メタルギア ソリッド

スネークイーター

長谷敏司

角川文庫
18110

目次

プロローグ

その日、ソヴィエト社会主義共和国連邦《CCCP》南部、アフガニスタン国境から約百五十キロメートルの地点で、核爆弾が爆発した。

爆心地は極秘の軍事研究施設ＯＫＢ《オーケービー》—７５４の直上二十メートル。W—54核弾頭は約二十三キログラム《五十一ポンド》の重量を持ち、サイズは全長約四十センチメートル《十五・七インチ》、全幅約二十七・三センチメートル《十・七インチ》だった。その核出力は二十トン。一九四五年八月六日にヒロシマで世界で初めて実戦使用された核兵器であるリトルボーイの千分の一ほどだ。信管は時限式で、止める手段はなかった。

当時、施設では四十四人の科学者と技術者が作業をし、それを一個中隊のソ連軍兵士が警備していた。中隊本部が置かれた施設内には、常時三十余名の兵士が詰めていたとされている。

炸裂《さくれつ》した核弾頭からまず放たれたのは放射線だった。核分裂時に発生した放射線は、爆心地にあったＯＫＢ—７５４内の人間を全員瞬時に昏倒《こんとう》させ、そのほとんどは即死だった。この最初の犠牲者たちには、何が起こったのか理解する時間もなかったと言われている。

百万分の一秒後には核分裂が進行し、超高熱の火球が発生した。火球は一秒にも満たない刹那《せつな》で急速に温度を下げながら膨張した。熱線として放出されたエネルギーは設計局の金属屋根を溶かし、鉄骨を歪《ゆが》ませ、石材の表面を焼いてごく小さな粒状のガラス質を無数に生じさせた。

急速に大気に熱を与えながら、熱線は施設の周りに広がっていた豊かな樹海を焼く。熱線は樹皮組織の奥までもを炭化させた。ＯＫＢ―７５４の周辺を警戒していたため即死をまぬがれたソ連兵たちも、この熱で皮膚を深くまで焼かれた。

衝撃波が地上を襲った。設計局に溶け残っていた窓ガラスがすべて割れ、超音速で吹き飛ばされる。施設近くの木々は枝葉をすべて奪われ、爆風とあいまったそれが砲弾となって近隣のものをなぎ倒した。最初の熱線で溶けて大きなガラスは残らなかったが、それでも施設から二百メートル圏内にいた兵士四人の遺体から、ガラスの破片が発見された。この爆風を至近距離で受けた兵士たちの中で、炸裂から一時間生存したものはいなかったとされる。

核爆発で発生した中性子線やガンマ線の照射はそれよりも長く続き、照射を受けた生物の身体を致命的に傷つけた。

そして、立ちのぼるキノコ雲を目撃した兵士たちは、中隊司令部のあった施設に戻ろうとした。爆心地にいなくても、その周辺にいた者は熱線や爆風で重度の火傷《やけど》を負っていた。それでも司令部に戻ろうとしたのは、彼らは軍隊で、命令を受け取るにしても部隊に合流するにしても、他に選択肢がなかったからだ。だが、爆心地を中心に広がった猛烈な山火事が彼らを阻んだ。

かわりに彼らが出会ったのは、おぼつかない足取りで燃える森からようやく逃げてきた友軍だった。

彼らはもはや武器を捨て、幽鬼のように手を前に突き出して歩いていた。皮膚が溶けただれて肉から剝《は》がれてしまったため、銃を持つことができなかったのだ。全員が肌も裂けて血まみれになっていた。皮膚の露出した場所はすべて重度の火傷に見舞われていた。顔は火ぶくれを起こして輪郭から変形し、熱線の直射を受けた場所では野戦服が焦げていた。

祖国のためと信じて戦った部隊の兵士たちが、口々に「助けてくれ」と訴えていた。そこには軍の秩序も、国家も思想も何もなかった。熱線による火傷で皮膚が剝がれた顔では人種もなく、苦痛に呻《うめ》き泣く言葉には母語の違いも関係ない。ただ、誰もが被害者だった。

OKB−754は深い樹海の中の基地で、救護の手が容易に入らない立地だった。そして、彼らの連絡するべき司令部は山火事の中心にある。

日が落ちて暗くなりつつある空から、黒い雨が兵士たちの頭上に降り注いだ。百名いた中隊のうち、まともに動ける者は二十名ほどしかいなかった。戦術核の核出力の低さのため致死量の放射線を浴びている者は少なかったが、それでも多くの者が重症だった。

彼らの乏しい手持ちの医薬品で、戦友を助けられないのは明白だった。助けが来るまで自分たちが生きのびられるかももはや定かではない。力尽きた戦友たちが、力なく家族を呼びながら、一人また一人と火が消えるように息絶えてゆく。露出した肌の大やけどで脱水症状に陥った兵士が、のどを渇かせて降り注ぐ黒い雨を飲もうと口を大きく開けていた。そして、いつしかそのまま息をしなくなっていた。雨に打たれて体力を奪われた重症の者は今夜を越せないことを、全員が理解していた。

彼らは核爆弾の被害を受けたヒロシマやナガサキの実際のデータを知らず、核の爆心地付近にいた人間の姿を見たのは初めてだった。核戦争がひとたび起これば大量の人間が死ぬことを、彼らも知識として知ってはいた。だが、眼前で現実となった惨禍は、彼らが考えていた悲惨さとは別次元のものだった。

この惨状を生み出した核兵器を、アメリカはこのとき約三万発、ソ連は五千発以上保有していた。たった二つの国が持つ核兵器で、世界中の都市をこうすることができた。それもこのW—54核弾頭は戦術核兵器という最も威力を小さく絞った核兵器で、当時すでに開発されていた最大の核兵器はこの二五〇〇〇倍という途方もない威力を持っていた。世界中の人々を、彼らよりもさらに悲惨な運命に遭わせることができた。そういう戦争に備えて、軍備を急拡大していたからだ。

一九六四年八月二十四日、アメリカとソ連は大量の核爆弾を抱えて、互いに開戦に踏み切れないままにらみ合っていた。この核兵器を自国に撃ち込まれないために、やれば自分たちもやり返されて滅びるのだと恫喝《どうかつ》し合った。これが冷戦だった。

　そして彼らは夜の樹海に銃声を聞いた。一つや二つではなく、統率のとれた集団によるものだ。核爆弾を使った側にとって、彼らは、死ねばいいと判断された人間たちだ。だから、救出するどころか、生き残りを掃討して回っている部隊まである。冷戦下では、核で大打撃を受けた残敵を掃討するため、核戦争下で通常戦力を運用するための研究も急ピッチで進められたのだ。

　もう動けない者は見捨てるよりなかった。彼らの多くは、治療すら受けられないまま苦しみ抜いて夜を越えられずに死んだ。掃討部隊によって銃殺された者もいた。火傷を負ったまま森に隠れた者は、乏しい手持ちの食糧と水を補給することもままならないまま、飢えによる体力の低下で、次々に最期を迎えていった。

　この一九六〇年代前半という時代の狂気を、彼らは身をもって味わいながら死んでいったのだ。最後の生き残りは、体力を失ったまま水を飲もうとして、川で溺死《できし》した。核爆発から二日目の夜だった。

第一部　ヴァーチャス・ミッション

『一章』

一九六四年八月二十四日の夜明け前、特殊作戦機MC−130EコンバットタロンIが、成層圏の澄んだ大気を滑っていた。高度一万メートル《三万フィート》の世界に、音源は他に存在しない。

翼端長四〇・四メートル、全長三〇・七メートルの機体は、ソ連領空内の目標空域に高高度から近づきつつあった。単機での敵支配空域への潜入を想定した最新鋭機にとって、これは実用配備前の非公式な初任務だ。特殊部隊の時代の本格的な幕開けを告げる、重要な意味を持つ作戦だった。

午前五時十五分。パキスタン上空。太陽はまだ昇らない。

〈パキスタン上空、高度三万フィート。間もなくソ連領空に近づきます〉

パイロットの声が、無線越しに鈍くこもって貨物室に響いた。詰めこめば二十五名を超える空挺《くうてい》隊員を運べるその貨物室《カーゴスペース》は広い。だが、今日ジャンプするのは一人だけだ。

その男は、空挺装備に身を包み、くつろいだ様子で備え付けの長いすに腰掛けていた。

輸送員《ロードマスター》たちが慌ただしく働く中、ただ一人、自分のペースを崩そうとしなかった。

〈降下二十分前……機内減圧開始〉

無線から、注意を喚起する声が、貨物室のスタッフに送られる。二十分後には機のカーゴハッチを開ける。そのとき気圧差で機内のものが吸い出されないよう、高度一万メートルの環境と差がないレベルまで、貨物室の気圧を下げておくのだ。

〈装備チェック……〉

酸素マスクを身につけた輸送員が、自分の装備を確認している。乗員は皆、精鋭で、訓練通りに整然と行動していた。

だが、作戦の主役である男だけがまだ動き出そうとしない。身長は一九〇センチを少し超え、鍛え上げられた肉体を降下用の野戦服で包んでいる。茶色い髪に青い瞳《ひとみ》をした居場所さえ違えばロマンチックな風貌《ふうぼう》にも映りそうな白人だが、荒々しい印象ばかりが際だっている。三十代にもならない若さなのに、ベテランに囲まれて彼がもっとも落ち着いていた。

〈アームメインパラシュート（自動開傘装置のアーミングピンを外せ）〉

ついに輸送員から、男の無線機に準備を促す指示が入った。

それでも長いすに腰掛けた男は泰然としたままだ。彼を動かすことができる人物は、この機上に一人だけだからだ。

そして、ついに無言の男を動かす声が、ヘルメットアセンブリとは別に装備した無線機から入った。

〈よし、準備はいいか〉

その声は、作戦指揮官であり信頼できる友人のものだ。指示は機中のプレハブ式気密オペレータールームから出ている。

パイロットの緊張した声が、男たちの会話に割り込んだ。

〈高気圧、依然として目標地域に停滞中、CAVOK《キャヴォーケー》（雲底高度、視程無限）！〉

煙がたなびく。減圧中で火気厳禁の貨物室で、男は悠々と葉巻を吸っているのだ。

再び、友人からの声が耳に入ってきた。

〈いいぞ、視界は良好だ〉

そばにいた輸送員が作業の手を止め、苛立《いらだ》たしげに男に声をかける。

「葉巻を消せ」

フリーフォール用の酸素システムアセンブリは、高濃度酸素を扱う。降下直前は火気厳禁だ。

輸送員たちは全員が酸素マスクをつけ、酸素ホースを機体のコネクターに接続していた。慌ただしい貨物室で、何も聞こえていないかのように男だけが平然としている。

「マスク装着せよ。……あの男、素人か？」

男が何者かは、機内のごく限られた者にしか伝えられていない。これからこの男は、一万メートルの成層圏を飛行する航空機から高度三百メートルまで自由降下し、パラシュートを開傘する。危険をおかして最新鋭機でソ連領内に単機潜入するこの作戦自体が、最高機密なのだ。

貨物室に酸素供給開始を示すランプがついた。

男はまだ葉巻を吸っている。紫煙との別れを惜しんでいた。

〈降下実施点《リリースポイント》に接近中……〉

パイロットからの無線が機内に響く。輸送員の動きが慌ただしくなる。

「降下十分前」

ついに気密オペレータールームにいる作戦指揮官も急かしだした。

〈おいっ！　聞こえたか？　葉巻を消してマスクを装着しろ〉

男がため息を吐《つ》く。葉巻を床に投げ捨てる。迷いのないプロフェッショナルの動きで、ヘルメットアセンブリと酸素システムアセンブリを装着する。遮光性の高い黒いゴーグルに、機内の計器類の明かりが映っている。

貨物室内部が緊張に包まれていた。これが特殊部隊の歴史に残る作戦の始まりだと、輸送員たちも理解しているのだ。

「機内の減圧完了」

輸送員たちが所定の位置につこうとしていた。

「酸素供給状態確認」

手続き通りに報告が響く。

「降下六分前！　後部ハッチ開きます！」

貨物室内の照明が一斉に消え、照度の少ない赤色灯に切り替わる。すでに機はソ連領空にある。赤いランプに浮かび上がる男は、単身でソ連領内に降下するのだ。だが、同じ姿勢で座り続けて怯《ひる》む様子もない。蝿男のようなフェイスキャップに顔をすっぽり覆われて表情は見えない。ただ、緊張感の中、たくましい肩に自信がみなぎっていた。

最初の光は、黒いゴーグルに映り込む太陽の赤だった。曙光《しょこう》が猛烈な勢いで貨物室に押し寄せてきた。カーゴハッチが開いてゆくに従って、外界から薄暗い貨物室に漏れ入る光の四角形が大きくなってゆく。ハッチが完全に開ききったとき、強烈な輝きが遥《はる》かな雲海の果てにあった。

朝日が昇り始めていた。

〈日の出です……〉

輸送員の賛嘆が、風の音の中、同じ陽光を浴びる機内無線越しで聞こえた。

〈外気温度、摂氏マイナス四十六度〉

藍色《あいいろ》に染まりつつある空から、温度差で寒風が一気に機内に吹き込んでくる。その冷たさが、彼らを現実に引き戻す。機内の輸送員たちは個人的な繋《つな》がりはゼロだが、同じアメリカ軍人だ。

無線でカウントダウンを続ける全スタッフが、そのときが近づくにつれて有機的に動きはじめる。

〈降下二分前……起立せよ《スタンドアップ》〉

男がついに立ち上がり、厳重な装備を慣れた手つきで点検する。グローブをはめた手で、機体の酸素コネクターからホースを外す準備をした。背中には主傘《メインパラシュート》アセンブリを、背中側のそのアセンブリ下には大きなバックパックを装備しているおかげで、男のシルエットは産卵前の蝿のようだ。

男はいっさい声を出さない。マスクを通して息づかいだけが聞こえた。気密オペレータールームから注意が伝えられる。

〈時速一三〇マイル《二〇〇キロ》で落下する。風速冷却での凍傷に注意しろ〉

輸送員が、カーゴハッチの脇で安全確認をしている。ハンドサインで男を誘導した。

さっき捨てた葉巻が、強風に押されて小さな火花を散らしながらカーゴの床を転がって戻ってきた。歩き出した男の、頑丈なブーツの第一歩が葉巻の火を踏み消す。

〈降下一分前……後部に移動せよ〉

男が成層圏の激しい風に逆らって足を進めてゆく。開放されたカーゴハッチ上を歩いて、その先には青空しかなくなるランプドアまで移動する。エッジから一メートルの所まで出て、立ち止まった。

〈酸素装置《ベイルアウトボトル》作動〉

オペレータールームから、指揮官が作戦開始を告げた。

〈これが記録に残る世界初のHALO《ヘイロー》降下（高高度降下低高度開傘）になる……〉

〈降下十秒前……スタンバイ〉

輸送員による降下前準備も大詰めだった。そして、最終アナウンスが発せられた。

〈全て正常、オールグリーン！〉

レッドライトが緑に変わる。

男がハッチの端に足をかける。朝日と高空の強い向かい風へと体を倒してゆく。

パイロットによる最終カウントダウンが聞こえた。

〈降下準備……カウント五《ご》、四《よん》、三《さん》、二《に》、一《いち》〉

そして作戦指揮官の号令が――。

〈鳥になってこい！　幸運を祈る！〉

男が機上から虚空へと身を投げた。

フェイスキャップで顔を覆った男のゴーグルに、朝日がまばゆく反射する。空中で回転してから落下姿勢を作った男の視界が雲海に突入する。

高高度から、空気抵抗による減速を避けるため真っ逆さまに落下する。

雲を抜けると、眼下にはただ緑の大地が横たわっていた。そこには国境など見えない。

敵地ソヴィエト連邦の地面に着地するまでの数十秒間だけ、男はあらゆるものから解き放たれていた。

ただ、鳥のように――。

ＨＡＬＯ降下作戦が開始する数時間前。

離陸前のガンシップ内部に設置された作戦司令室で、二人の男がブリーフィングを行っていた。

モニターや地図、資料が使い込まれた配置で置かれた中、説明をするのは白髪をなでつけた初老の男だ。左瞼《まぶた》を通って頬まで縦に浅く、皮膚に刃物傷が走っている。第二次大戦中に受けた古傷だ。

初老の男、デヴィッド・オゥ少佐が慎重に声を発した。

「ジャック、ヴァーチャス・ミッションの許可がおりた」

「この機でミッションに？」

機内の狭いスペースの、デスクの向かい側には、若い男が軽く足を組んでいる。ジャックと呼ばれた彼は、高度な訓練を受けた兵士だ。その肉体にはあふれる体力に経験が伴いつつあり、輝くばかりの自信に満ちている。

「そうだ。この機を使う。我々以外のスタッフは、君の素性を知らない」

「さっきの彼女は？」

精力のみなぎった声が響く。ジャックが尋ねたのは、彼と行き違いに作戦指令室を出た若い女性のことだった。赤みのある濃茶の髪をした知的な美女だった。

「彼女は、作戦行動中、無線で君をバックアップするサポートチームだ。君の体調管理を担当するスタッフで、ＦＯＸ《フォックス》の一員だ。作戦中はこのガンシップに同乗することになる」

「ブリーフィングは一緒じゃないのか」

「パラメディックが知るべきでない情報が含まれている」

　そして、少佐がつとめて軽い口調で口火を切る。

「約二年前……一九六二年十月十二日、ソ連のある科学者が西側への亡命を申し出た。我々《西側》の潜伏工作員《モール》を通じてな」

　オゥ少佐がデスクに数枚の写真を置いた。眼鏡をかけた長身痩軀《そうく》の中年男性だ。瞳《ひとみ》は茶色で髪は白髪交じりの黒。頭髪はU字型に大きくはげ上がっている。口ひげを生やした神経質な容貌《ようぼう》が、まじめくさった表情のせいでいっそう線が細く見える。妻と娘らしい人物と写った写真でだけは、穏やかな表情を浮かべていた。

「ニコライ・ステパノビッチ・ソコロフ、ソ連の兵器開発を担当する秘密設計局の一つ、OKB《オーケービー》―754の局長であり、東側の兵器開発における第一人者だ」

「ソコロフ？　あのロケット開発で有名な？」

世界的な科学者だった。亡命が成功していたなら、世界的なニュースになったはずだ。

「そう。そのソコロフだ。一九六一年四月十二日。ソ連は人類初の有人宇宙飛行に成功した」

「『地球は青かった。だが神はいなかった』」

「ああ。そのガガーリン少佐を宇宙へ送り届けたのがA1《エーワン》ロケット、通称ヴォストークロケットだ。ソコロフはそこで使用されたマルチエンジン・クラスターの完成に最も功績のあった人物だとされている」

現在、世界はいつ全面核戦争に転じるとも知れない緊張状態にある。アメリカや西欧をはじめとする資本主義陣営と、ソ連から今世紀急速に広がった共産主義陣営とが、猛烈な核軍拡を進めているのだ。わずか二十年前、第二次世界大戦のときは米ソが同盟国でいられたことなど、まるで冗談のようだ。冷戦と呼ばれるこの緊張下だからこそ、デリケートな任務を精密に果たす特殊部隊に光が当たるようになった。危機に際して、戦争の規模を大きくすることが、とてつもない危険を伴うようになっているためだ。国家にとっては、大げさに軍隊を動かさずとも精鋭を潜入させて戦争目的を達成できれば最良なのだ。

今日、一九六四年八月二十四日。CIA《シーアイエー》麾下《きか》の彼らFOX《フォックス》（Force Operation X《フォース・オペレーション・X》）は特殊作戦の歴史を一歩進めようとしている。CIA長官から、試験任務であるヴァーチャス《VIRTUOUS》・ミッションの許可が出たのだ。このミッションに成功すれば、正式に部隊として編成されることになる。

ブリーフィングから作戦実行までの時間は短い。小回りの利く少数精鋭の専門家集団にどこまでのことができるかを、試験することが大きな役割を持っているのだ。少佐が作戦地域の地図を机に広げる。

「有人宇宙飛行の成功後、ソコロフはロケット開発を離れ、新設された秘密設計局の局長へ就任した」

「一技師が設計局の局長に。たいした出世じゃないか。なぜ亡命を？」

「自分が設計、開発したものが恐ろしくなったらしい」

諜報《ちょうほう》機関は現在、ありとあらゆる場所から情報を集めている。核戦争では通常戦力を集中して移動させる時間のラグがなく、ひとたびことが起これば事態が急速に動く。だから、常に貪欲《どんよく》に手段を選ばず情報を集めている。

人間が裏切り者になる理由はいくつもある。だが、これほどの実績をあげた成功者がなぜと、ジャックは首をかしげずにいられなかった。

「恐ろしくなった？」

「良心の呵責《かしゃく》という奴だ」

「その為に国も家族も捨て、国境越え《オーバーザフェンス》を？」

「いや。家族も西側で保護するというのが彼の出した条件だった。我々は潜伏工作員《モール》を使って家族を先に脱出させ、間をおかずソコロフ本人にもベルリンの壁を越えさせることに成功した」

少佐がフライトジャケットの下に律儀に着込んだシャツのボタンを一つだけ外した。

「その亡命作戦の指揮を取ったのがこの私だった」

少佐の言う二年前、一九六二年の十月は激動の時期だった。ソコロフが有人宇宙飛行に貢献した一九六一年四月当時なら、ソ連からの亡命といえば、周囲を東ドイツに囲まれた西ドイツの飛び地である西ベルリンだった。だが、この都市は今や冷戦の象徴だ。フルシチョフ書記長体制の同年八月、東西ドイツを隔てるベルリンの壁が西ベルリンを包囲するように建設された。そして、東西に分かれてはいたが、一つの都市だから行き来がおおらかだった東西ベルリンが完全に分断されたのだ。家族が突然引き裂かれる悲劇が無数に起こった。ソコロフ亡命の一九六二年は、すでに壁はできているが、まだ東側の警備が薄かった頃だ。

ジャックは少佐に話を進めてくれるよう求めた。感情を英国人らしい自制で表に出さない少佐が、めずらしく沈んだ声だった。

「ソコロフの身柄は保護したが、体力の消耗が著しく、西ベルリンの病院に入院させた。ソ連の設計局から六〇〇マイル《一〇〇〇キロ》以上、二週間かかってベルリンまでたどり着いたらしい。まともに口がきけるような状態ではなかった。そのわずか一週間後だ。あの一大事件が起こったのは」

「キューバ危機か……」

ジャックが歴史の残酷さに呻《うめ》く。

ソコロフが東側を脱出した直後、世界は滅亡の危機に瀕《ひん》したのだ。あのとき、人類史の焦点はカリブ海に浮かぶ島国キューバにあった。

一九六二年十月十六日。キューバにソ連の中距離弾道弾が配備されつつあるという情報がケネディ大統領の下へ届けられた。首都ワシントンが核ミサイルの射程圏におさまっていた。大統領はソ連へミサイルの解体・撤去を要求し、同時に新たなミサイルの搬入を阻止するため海上封鎖を実行すると宣言した。

だがソ連はそれには応じず、第二戦備態勢を指令。つまり、この時点でソ連は核戦争の引き金に指をかけた。そして、ミサイルを積んだソ連輸送船団も依然キューバを目指しつづけた。米ソ両国は全面核戦争への臨戦態勢に突入。一触即発のにらみ合いの中、国連緊急安保理事会や非公式の接触を通じた必死の交渉が行われた。そしてついに十月二十八日、ソ連はキューバからのミサイル撤去に同意。世界は全面核戦争の危機を脱した。

アメリカ大統領ジョン・F・ケネディとソヴィエト連邦第一書記ニキータ・フルシチョフ、両陣営のトップがギリギリの決断を下した。一つ間違えば核戦争に至っていたのだ。

ジャックは葉巻に火を点けた。少佐は、煙草をフライトジャケットから出した。彼はキューバ以来、葉巻を止めていた。

「だがソ連がミサイルを引き上げた裏には、ある取引があったんだ」

「アメリカもトルコからＩＲＢＭ《アイアールビーエム》を撤去する話か？」

「いいや。トルコに配備されていたジュピター型ＩＲＢＭは旧式で、いずれにせよ撤去される予定だった。米ソ双方にとって戦略的な意味合いはない。トルコの件は偽装だ。業界の同業者たちへ流す　囮《カバーストーリー》　だったんだよ」

ジャックは身構える。

「では本当の条件とは？」

「ソコロフだ。西側に亡命したソコロフの返送だ」

「ソ連のキューバ撤退は、ソコロフ一人を手に入れることと引き換えだった？」

ソコロフを脱出させたCIAも、否《いや》も応もなかったはずだ。CIAにとっては、キューバはあらゆることが裏目に出る敗戦の地だった。

「そうだ。そのときの我々には何も分からなかった。タイムリミットは迫っていた」

そう言うと、少佐は世界地図に灰と火を落とさないよう、灰皿を隅にどけてから煙草を消した。

「ソコロフという一人の博士か？　全面核戦争か？　選択の余地はなかった」

重苦しい沈黙が、煙草と葉巻の煙が充満する部屋に落ちた。ケネディ大統領は、つまりフルシチョフの要求をのんだのだ。

「翌日、私はソコロフを病院から出し、東側の局員《KGB》に引き渡した。ソコロフは助けてくれと叫び続けていた。見えなくなるまで」

少佐は、ソコロフの亡命を良心の呵責ゆえだと言った。その良心をアメリカがソ連に売ったことになる。

ジャックにとっては陸軍のグリーンベレーとして任務についていた時期のことだ。歴史の荒波に、多くの人間が翻弄《ほんろう》されていたのだ。

「そして一ヶ月前、我々の潜伏工作員《モール》から再び、情報が入った」

「ソコロフか？」

少佐が重々しく頷《うなず》く。

「ソコロフは設計局へ連れ戻され、KGB《ケージービー》の監視下で、例の兵器の開発を続けさせられているらしい。しかもそれは完成直前ということだ」

「で、その兵器は宇宙ロケットに関係しているのか？」

「いや、ミサイルの方だ」

少佐が律儀に訂正した。だが、ロケットとミサイルがどちらも同じ技術であることはよく知られている。宇宙開発は、核弾頭の運搬技術を上げる軍事開発と、家族のように分かちがたい。

「とにかく詳細は分からんが、特殊な核兵器の一種らしい。この半年、ソ連のセミパラチンスクで頻繁に核実験が繰り返されている」

核兵器の進歩こそが世界にとっての一大事だった。それは戦争の変革だったのだ。威力だけではなく、運搬する手段も、爆撃機から、より確実な大陸間弾道弾《ICBM》や潜水艦発射弾道ミサイル《SLBM》へと多様化している。ソ連でもそうだった。

核実験と新兵器との関連については、少佐が無念そうに首を横に振る。だが、CIAに詳細な情報が摑めていなくても、フルシチョフがキューバからの撤退を受けてまで取りかえしたかった極秘兵器が重要なものでないはずがなかった。

男たちが囲むソヴィエト南部の地図には、輸送機の侵入ルートが書き加えられていた。その地図にはOKB―754の位置にマークが入っていた。

「その設計局に今もソコロフがいる？」

「いや、情報によるとその西三マイル《四・八キロ》にあるツェリノヤルスク、処女地のある絶壁という山の中だ」

ジャックは時代が古い地図を引き寄せてよく確かめた。彼が目線で問うと少佐が補足する。

「兵器の野外実験演習らしい。だが奪還には好都合だ。もし設計局内であったなら今回の任務は立案されなかったろう」

男たちの間には、このブリーフィングのもっとも大事な情報が共有されていた。彼らは万難を排してソコロフを救い出さなければならない。

「最後のチャンスだ。ソコロフもそれで連絡を取ってきたに違いない」

「わかった。ソコロフを助け出す」

核戦争の危機の中で微妙なバランスをとる、冷戦という時代の要請で、隠密潜入任務《スニーキング・ミッション》を行うFOXは設立された。核戦争の時代だからこそ、世界中いかなるところにも潜り込む精鋭の特殊部隊が必要だと、少佐達は考えた。敵に見つかってはならず、潜入の形跡も悟られてはならない。武器も装備も食糧も現地調達する。最悪の条件下で過酷な任務を達成するために、人種の壁を超えて最高のスタッフが集められたのだ。

「本ミッションでは、私のことはゼロ少佐と呼んでくれ」

　ＦＯＸの規定だった。彼らは傍受の危険がある場所では暗号名《コードネーム》で呼びあい、本名は口にしない。ゼロ少佐が彼の目を見た。

「君のコードネームはネイキッド《Naked》・スネークだ。以降はスネークと呼ぶ」

＊

　上空一万メートルのコンバットタロンから、ほぼ垂直に降下する。

　大気はまるで壁のようだ。身を切るように風が冷たい。

　スネークの任務は、ソ連領内へ単独潜入し、ソコロフの安全を確保して西側へ奪還する事だ。フルシチョフがそれほどの対価を払った兵器だ。完成前にソコロフを奪還しなければ国際情勢に多大な影響を及ぼすと予想できた。残された時間はわずかだった。

　上空三百メートルでパラシュートが開いた。強風に流されて、降下地点がずれつつあった。広葉樹の密林が、減速した風景に、見る間に迫ってくる。

　森の木々に身体が突っ込んで、パラシュートパックがもぎ取れそうなほど引っ張られた。高さ六メートルを超える高木の密林に、枝を折りながら着地する。

　着地のスムーズさは、降りるときの速度に左右される。世界初のＨＡＬＯ降下による潜入降下作戦は、スネークの身体の頑丈さによって成功した。

着地と同時にパラシュートは切り離されていた。スネークは蝿男のようなフェイスキャップとゴーグルを外す。降下装備のグローブとツナギを脱ぎ捨てる。ジャングル用に選定した米軍制式ではない野戦服と、木に引っかかったバックパックと、ナイフが一本、それが彼の持ち込んだすべてだ。

雨のように緑の葉が降り落ちていた。生命にあふれた、むっとするような密林の香りに包まれていた。森の気配が、歓迎してくれているようにあたたかい。顔にかいた汗が外気に触れて爽《さわ》やかだ。天を仰いだ彼は、我に返って近くにあった太い木の陰に隠れる。ツェリノヤルスクの地面に着いた彼はアメリカ兵に戻った。人間は鳥になどなれない。縛られず自由でいられるのは、制度《システム》に発見されていない間だけだ。

パラシュートの始末を手早く終える。野戦服につけたハーネスの専用ポケットに入れていた小型無線機が、薄赤の小型電球を明滅させていた。降下の衝撃で外れたイヤフォンをセットし直して、小声でも喉《のど》の震動を拾う首輪のようなスロートマイクを確かめる。

〈聞こえるか？ そこは既に敵地内だ。傍受される危険性がある〉

「ああ、少佐」

ＦＯＸの独自装備の無線機は、通話ボタンがスロートマイクにある。首を押さえながら、ノイズを嫌って本体のアンテナを伸ばした。

ゼロ少佐の乗った機を探すように、頭上を見上げていた。木漏れ日が注いでいた。

〈私は領空侵犯は出来ないが、機内にいる。そちらから話がある時は、このチャンネル

に頼む〉

この任務で支援は期待できない。全てスネーク一人にかかっている。

〈スネーク、それから紹介したい人がいる〉

ゼロ少佐が、彼の緊張がほぐれるのを待っていたかのように切り出してきた。

〈蛇《スネーク》、蛇と言えばザ・ボスを知ってるな？〉

スネークの胸の奥で、鍛錬しきれないものがざわめいた。近くにいたならば少佐に詰め寄っていたかもしれない。

〈お前の師匠だ。実は長官から本ミッションの実行許可を取りつけてくれたのがザ・ボスなんだ。彼女がFOXのミッション・アドバイザーを務めてくれる。ミッションの立案にも彼女が協力してくれた〉

「ザ・ボスが？」

ザ・ボスは第二次大戦の英雄だ。そして、最高の兵士でもある。彼女について知られているプロフィールは少ない。だが、その業績は有名だ。イギリスのSAS《エスエーエス》立ち上げに関わり、アメリカ最初の特殊部隊の一つであるコブラ部隊を率いた。戦後もさまざまな作戦に関わり、特殊部隊の母とまで称される大物だ。

〈ジャック、聞こえる？　何年ぶりかしら？〉

「ボス？」

〈そう、私よ〉

スネークは言葉を失った。思いを言葉にできなかったのだ。本体側面のチャンネル表示ダイヤルが、さっきまでのAからBチャンネルに自動で回転していた。チャンネルBを表示しているダイヤルに、じっと視線を落としていた。

〈返事をして、声を聞かせてくれる？〉

「ああ、五年と七十二日十八時間ぶりだ」

日数や時間まで数えていたのが子どもっぽいようで、一人前のつもりだった身体が熱くなった。

〈少しやせたようね〉

「声だけでわかるのか？」

〈わかるわ。あなたの事だから〉

「そうか。俺にはあんたのことがわからない」

声に困惑がにじんでしまっていた。彼は自分をザ・ボスにすべてをもらった人間だと思っている。だが、彼にとって彼女は謎のままだ。

〈何が言いたいの？〉

「……どうして突然、俺の前から消えたんだ？」

弟子である彼の感傷をザ・ボスがやさしく受け止めてくれた。

〈極秘ミッションだったのよ。あなたはもう一人前だったわ〉

「いや、まだ教えて貰《もら》いたい事があった」

〈いいえ、戦闘の技術は全て教えた。何もかもあなたに教えた。後はあなたが自ら学ぶこと〉

深いジャングルがスネークを取り囲んでいた。彼女は、かつてアフリカの森の奥で、民兵とどう猛な野生動物との両方から発見されないように潜入を行ったときの経験を語ってくれた。人間は、進化して言語や高度な道具を使いはじめる前から、縄張りをパトロールして敵を攻撃していた本能があるのだと。変わったのは、発見されないよう隠れ、必要とあれば野獣よりも迅速に障害を排除できる、技術を手に入れたことだ。彼はその遺産を受け継いだ。

「確かに技術は。しかし、兵士としての精神は……」

〈兵士としての精神？　それは教えられない。心技体……この中で他人から教わることができるのは技術だけ。むしろ、技術はどうでもいいの。大切なのはこころよ〉

無線ではなく余人をまじえず顔を合わせて会いたかった。スネークにとって彼女は特別だった。

〈心と体は対をなす、同じモノ。精神を教える事はできない。自分で習得するしかないわ。いい？　兵士はいつも同じ側とはかぎらない。兵士同士が個人的な感情を持つのは御法度よ〉

スネークは朝鮮戦争に従軍した新兵時代に、初めて彼女に出会った。彼女は変わらない。深く凛々《りり》しい声も、厳しさもだ。

〈戦闘相手は政治によって決まる。政治は生き物、常に時代は移り変わる。昨日の正義は今日の悪かもしれない〉

「それが俺を捨てた理由？」

〈違うわ、あなたには関係ない。言ったでしょう、ジャック。極秘ミッションだったの〉

設立そのものを秘匿されたＦＯＸの初任務で贈られた、彼のための訓辞だった。

〈軍人はどんな命令でも従わなければならない。理由や精査は必要ない。だけどあなたは闘う理由を求める。あなたは優れた兵士だけれど軍人になりきれないところがあるのよ〉

密林の警戒を続けながら耳を傾ける。鳥獣の声や風の音の中でも、ザ・ボスの声は耳に残って離れない。

〈軍人は政治の道具に過ぎない。まして職業軍人なら。任務に正義を持ちこむことはない。敵も味方もない。ただ任務でしかない。どんな命令にも従う。それが軍人よ〉

「俺は成果を上げるためにもてる力を使う。政治的なものは意識しない」

一人前だと分かってもらいたくて、大戦の英雄である彼女に嚙《か》みつく。

〈それは違うわ。いずれ、悩むときがくるはず。軍人として生きるか、兵士として生きるか……。東洋では『忠をつくす《loyalty》』という言葉がある。……意味わかる？〉

不穏な空気を感じて、ふと聞き返した。

「主君への……愛国心《patriotism》？」

〈国への献身〉

訓辞にしても、あまりにも言わずもがなだ。グリーンベレーとして敵地で行動する訓練を受けたときも、そう教育を受けてきた。

「国？　俺も大統領や軍に従う。その為に死ねる覚悟だ」

〈大統領も軍のトップも普遍ではない。任期が終われば変わる〉

きな臭かった。今月トンキン湾で駆逐艦が雷撃され、アメリカがベトナム戦争に介入しようとする中、この数年失点続きのＣＩＡが隠密《おんみつ》部隊ＦＯＸを持った。

「上が変わっても俺はトップの意向に従う」

〈任務は人が下しているものじゃない〉

「だったら誰が？」

若いスネークに、激動を生き抜いた彼女が答える。

〈『時代』よ。時の流れは人の価値観を変える。指導者も替わる。だから絶対敵なんてものはない。私たちは時代の中で絶えず変化する相対敵と戦っているの〉

彼にはその含蓄を理解する器が整っていなかった。時代などという漠然としたものより、軍と軍服に忠誠を捧《ささ》げるほうが納得しやすかった。

〈『忠をつくしている』限り、私たちに信じていいものはない。……たとえそれが愛した相手でも〉

まるで詩のようだった。

「それが軍人としての精神？」

〈ただひとつ、絶対に信じられるのは……。『任務』だけよ。ジャック〉

「わかった、だが言わせてくれ」

〈何？〉

「俺はスネークだ」

彼女が、彼の意地を認めてくれたように呟《つぶや》く。

〈蛇《スネーク》？ そう、スネークだったわね。ふさわしいコードネーム〉

ゼロ少佐が通話に入り込んできた。こころなしか、少佐もザ・ボスと話せて声が弾んでいる。

〈そうだとも。第二次大戦中、ザ・ボスが編成した伝説の部隊も蛇だった。コブラ部隊……大戦を終結させた、世界を救ったヒーロー。伝説のヒーローがサポートしてくれれば大丈夫だ。スネーク、そうだろ？〉

コブラ部隊の末裔《まつえい》であるとも思えば、蛇《スネーク》の名が誇らしくもあった。

「わかった。ボス、あんた以上に心強い人はいない。それと……」

〈ええ？〉

「また声が聞けてうれしい」

〈そうね。お互い、いつ死んでもおかしくない身だもの〉

そして彼女は無線を切った。スネークは無線機のチャンネルをAに合わせて少佐に尋ねた。

「ボスは何処に？　少佐のそばか？」

〈ザ・ボスは北極海のパーミット級原潜から無線で参加している〉

十年寝食を共にした師匠でもある英雄と一緒に戦える。チームの最初のミッションから彼女がサポートしてくれている。初任務でも、FOX部隊を家族のように思えた。いや、きっと本物の家族よりも心強かった。少佐が言った。

〈スネーク。悪いニュースだ。ソコロフから一時間前には来ているはずだった連絡が、大幅に遅れている。トラブルが発生したようだ〉

スネークは前方の密林をにらむ。見通しが悪く獣道は曲がりくねっている。ここをパトロールがどういう経路で進んで、どう目を配るかをイメージしながらよく観察する。ソコロフとは、北方の丘にある廃工場で落ち合う予定だった。もしも途中で捕らえられたのなら、奪還任務には一刻の猶予もない。

「今からミッションを開始する」

行動開始を報告して、無線機をハーネスの左胸の専用ポケットに入れる。任務は過酷だ。だが、彼らにならできる。

合流予定地があるラスヴィエット《夜明け》と呼ばれる地域に潜入するには、深さ二十数メートルの渓谷を越える必要がある。ここには車両が通れる幅の吊《つ》り橋が架かっている。警戒の重点区域で、ここをいかにして抜けるかが問題だった。

スネークは音を立てずに薄暗いジャングルを移動する。降下地点から、低地の沼沢地帯を越えて、上り坂の草地に入る。彼はバックパックとナイフ一本しか持たない、ほとんど丸腰だ。戦闘を避けて見つからずに進むのが妥当だった。

スネークは匂いが強い樹木の幹の背後に潜み、敵を探す。哨戒《しょうかい》の兵士が来るはずだった。五十メートルほど先の草地に、迷彩服姿で完全武装の兵士がいた。互いの死角を二人でカバーし合っている。

スネークは兵士たちの順路から遠ざかるように草むらに這《は》い入った。豊かな雨と陽光に育まれた草は、青臭く丈が高い。彼の存在を気づかせることなく、充分に離れて兵士たちを観察できる位置を手に入れた。

二十代なかばの若い兵士と、三十代後半のベテラン兵士の一組だった。先行は足取りが浮ついた若い兵士のほうだ。ベテランのほうが周囲に視線を走らせて警戒しながら、指示を出している。油断なく周囲を警戒していた。しかし、死角の多い密林をパトロールするのに二人は少ない。

ソコロフを見張っているKGB《国家保安委員会》の兵士だ。KGB《ケージービー》はソ連の国家を支える世界最大の巨大諜報《ちょうほう》機関だ。部隊はKGBの第9局だという。クレムリンの警備や要人警護を担当している部隊で、警護対象は党および政府の要人、つまり高級政治局員やその家族だ。野外演習の警備は本来の役目ではないが、第9局の局長はフルシチョフの子飼いとして有名だ。

それは、フルシチョフが兵士の数よりも信用できることを最重要視するほど、この演習が重要だということだ。キューバからのミサイル撤去以後、フルシチョフの立場は弱体化しつつある。今、ソコロフの新兵器を完成させることに、指導力を取り戻させるほどのインパクトがあるのだ。

また一方で、フルシチョフの政敵にとっては妨害工作を企てる価値があるということだ。ソ連内の内紛は、敵国の国内問題だ。だが、アメリカでも去年にケネディがダラスで遊説中に兇弾《きょうだん》に倒れている。秋の大統領選挙に向けてジョンソン臨時大統領が選挙活動中だ。今、米ソの間で緊張が高まれば、何が起こるかわからない。

背の高い若いKGB兵士は、精力的に草むらにも分け入っていた。第9局の若い兵士は、勇敢さと忠誠を示そうとしているかのようだ。対して、第二次大戦の生き残り世代のベテランは、攻撃を受けたとき盾にできる遮蔽物《しゃへいぶつ》に慎重に目を配っていた。前衛が死んでも、見通しを確保しているベテランが反撃できる。その動きには、奇襲されることに備えて訓練された緊張感があった。

スネークは息を潜める。既にソ連領内に不法侵入していた。CIAやアメリカ政府の関与をソ連政府《クレムリン》に悟られてはならなかった。FOXは諜報員と特殊部隊を兼ねる、ハーグ陸戦協定に認められた範囲を超える任務を行う。彼は国籍がない兵士として、捕らえられれば兵士の権利を行使できず、拷問を受けて捕虜交換なしで闇に葬られる身なのだ。戦闘も可能な限り避けて、隠密行動しなければならない。

スネークは、周囲の自然とひとつになるよう訓練を受けている。彼もザ・ボスと同様、森の中での移動に音をほとんど立てない。

彼らはそれぞれの見るべきものを見ていた。最も早く判断して行動に移ったスネークが、第9局の兵士たちに影にすら気づかせずすり抜けた。そのまま一気に進んでゆく。警戒の兵士たちは、誰ひとりスネークの痕跡《こんせき》も捕捉《ほそく》できない。

車一台がかろうじて通れる細い道を極力避けながら、坂を上る。人の気配がない土地だからこそ、地面についたタイヤ痕《こん》が目立った。

坂の上の、吊り橋が確認できる地点まで問題なく到達した。周囲には隠れられる障害物がなく、橋の入口に二人一組の兵がいる。橋は長さ五十メートルほどで、金属製の支柱にロープを固定して板を渡した単純な構造だ。向こう岸を双眼鏡で偵察すると、やはり二人の兵士が出口側を守っていた。

シンプルな通過方法は、歩哨《ほしょう》を倒すことだ。もしも連絡のないソコロフが合流予定地である丘の上の廃工場にいるのなら、橋からそう離れていないから危険は大きくならない。潜入者の存在が露見しても、警戒が厳しくなる前にソコロフを連れて戻ればいい。

ただ、廃工場にいなかった場合、捜索している余裕がなくなる可能性がある。警戒は厳しくなり、ソコロフと脱出できる可能性は時間を追うごとに低くなる。

だが、手をこまねいていても、状況は著しく悪化する。演習が終われば、秘密兵器と演習の警備についている人員がソコロフへ回されるからだ。彼は思案で時間を浪費することをやめた。

ＫＧＢ兵たちはさすがによく訓練されていた。だが、スネークほどではない。彼は、木陰を縫うように音もなく背後から忍び寄り、敵兵の口と鼻を手で塞《ふさ》ぐ。その声を封じた犠牲者の重心を崩し、頸部《けいぶ》への絞め技で瞬時に昏倒《こんとう》させる。もう一人の兵士が、鈍い物音に気づく。だが、その振り返る動きを完全に見て取ったスネークは、兵士の銃口の先にいない。二人は意識を奪われるまで、何が起こったかろくに認識すらできなかったはずだ。

気絶させた兵たちを、草むらに引きずり込む。廃工場で戦闘になる可能性に備えて、その装備からＡＫ－47と拳銃《マカロフ》を奪った。予備弾倉を確保し、スライドが正しく動作することを確かめると、拳銃は右腰に吊《つる》していたホルスターにぶち込んでおく。

戦闘の痕跡を処理してから、谷間の強風に揺れる吊り橋へと移動する。スネークが倒した兵士たちは、持ち場に慣れておらず視線の動きが固かった。橋の向こう岸の歩哨も同じだ。スネークが吊り橋を渡り始めるまでの数秒間、彼らはこちらの岸を警戒しなかった。

橋を極力揺らさないよう足運びに注意して、スネークはＡＫ－47を構えて一気に前進する。吊り橋には車両が通れる強度があり、軋《きし》む音も小さい。この渓谷の底には水量豊かな川が流れている。足を滑らせれば、ソ連軍の要塞《ようさい》のあるツェリノヤルスク《処女地のある絶壁》付近を水源とする谷底まで、二十数メートル落下する。発見されたなら、銃声を聞かれてでも撃つもりだった。

明るい朝の橋の上で身体を晒《さら》していたわずかな時間、哨兵は振り返らなかった。後ろから襲いかかり、抵抗を許さず昏倒させた。スネークは頭を殴打するのに使った銃床についた頭髪を、手で払う。

もはや猶予はなかった。木陰を辿《たど》りながら、丘を速やかに登る。

朽ち果てた廃工場が見えた。ツェリノヤルスクのある中央アジアは、第二次大戦でドイツ軍に踏み荒らされた戦地ではない。だから、道沿いに突然現れた赤錆《あかさ》びた金網は、軍からの攻撃に備えたものではない。

スネークは鉄製の金網を支えるコンクリート壁の陰に隠れて、状況を少佐に無線連絡した。

「少佐、予定通り廃工場に到着した。古すぎて半分崩れている。何の工場なんだ？」

伸び放題になった草の合間に、錆びたドラム缶がいくつも見えた。水辺ですらない人里離れた密林の奥で何を製造していたのか、後ろ暗さを感じた。

双眼鏡で建造物の様子を偵察する。工場の建家はソ連建国当時からあったような古い二階建ての煉瓦《れんが》建築だ。ただし、二階部分は崩れ落ちて、補強のための鉄骨が露出している。人が歩いて通れるほど大きな穴が開いてしまった壁すらあった。

〈ツェリノヤルスク周辺には人家もないはずだ。そこは闇工場だろうな〉

ソ連では建国初期、経済政策が失敗して、国民が生きるために食糧すら闇取引が必要になった。国境地域での闇経済のために、官憲の目を逃れて加工をする工場が建てられたということだ。

「吊り橋や道も工場の輸送用か」

ソ連は管理社会だが、その抱える闇社会は巨大で深い。完全に一枚岩の国家などない。

KGBの兵士が廃工場を見張っていた。建物外の警戒に四人いた。工場内部にもおそらく同数いる。施設の中身がよほど重要でなければ、こうも厳重に守る必要はない。ソコロフがここにいるのだ。施設は大きくはないが、双眼鏡で探しても科学者の位置は分からない。スネークが完璧《かんぺき》に隠れているため、外からの偵察で警備の手の内を高い精度で予測できた。

無線のノイズ越しに、少佐が指示を伝えてくる。

〈ソコロフを生きたまま連れ帰るのが任務だ。彼の身を危険にさらすわけにはいかない〉

そして少佐が続く言葉を言いよどんだ。

「まだ他にも？」

上空で待つ少佐の声に、珍しく感情がこもっていた。

〈いや……。救出に成功したら彼に伝えてほしい〉

「何を？」

〈『遅れてすまない』と〉

「それだけか？」

ゼロ少佐がああと答える。男同士にもう余計な言葉はなかった。

「わかった。これより目標への接近を開始する」

スネークは工場の屋根に陣取った見張りから身を隠しつつ、移動を開始した。兵士の一人は鉄の階段を二階へのぼって周囲を確認していた。守備隊は高所を確保することを重視している。

壁が朽ちて、建物内部が丸見えになる場所がいくつかあるからだ。出入口の扉もすべて失われて見通しが良すぎた。これでは装備の整った敵からの攻撃を受け止めるには厳しい。

廃工場の建造物を、潜入前に改めて観察する。壁には穴が多い。KGBの兵士たちは包囲されると遮蔽《しゃへい》に頼れないから、先んじて敵を発見して対処するため監視を重視している。現況では彼が優位だが、位置を捕捉されれば一人で突破するのは難しくなる。困難だが、彼には自信があった。彼は英雄ザ・ボスに戦闘の技術をすべて伝えたとまで言われた弟子なのだ。

スネークは警備兵たちの死角に、潜入しやすい突破口を探した。巡回コースから判断できる限り、ここの部隊は施設の破損状況を把握しきれていない。もっともよくかたちを残した壁の、高い草むらの陰になった下部に、原始的な通気口が穿《うが》たれていた。長方形に穴が切られていて、這《は》えば大人でもここから床下に潜り込めそうだった。

ここが闇工場なら、かつての主人たちが官憲や軍に踏み込まれたときのため開けた、抜け道である可能性があった。

スネークは放置されて錆びているドラム缶や木陰を縫って移動する。工場に近づくほど土と苔の匂いが強くなった。兵士が遠ざかった隙に、草の中に分け入った。手入れをされていない建物は、煉瓦の壁が風化してすり減り、その表面に苔《こけ》が生えている。何十年も前に割れたガラスが変色して地面に砂まみれで散らばっている。攻撃を受けたために廃棄されたようでもあった。

建物に肉薄するとは、警備の兵士から数メートルの至近距離まで接近することだ。注意を引けば発見されて死ぬ、ひりつくような危機感にさいなまれながら、スネークは目当ての通気口を確認した。彼が武装したまま中に入り込めるサイズだった。

潜入口を吟味して比べる余裕はなかった。意を決して暗い穴に潜り込む。通気口の奥は、排気管が置かれておらず、ただ天井までの高さが六十センチほどしかない空間が広がっていた。案の定、かつての工場の主たちの抜け穴だ。真っ暗だが、床材の隙間から漏れてきた光が、最低限度周囲の状況を分からせてくれる。動物の死骸《しがい》の匂いがした。

技術と経験で、高度に訓練された敵を出し抜くことに、とてつもない興奮と達成感があった。ザ・ボスがそばにいたら、彼の慢心を見咎《みとが》めるに違いない。そう思って、逸《はや》る気持ちをおさえる。それでも、自然とこの任務のデブリーフィングで、ザ・ボスと五年ぶりに会えるのだと考えてしまっていた。まるで生き別れた家族と再会するかのように、心臓が自然と高鳴る。

スネークは音を立てないように這い進んだ。窮屈な空間の頭上に張られた床を、兵たちのブーツの足音が移動していった。極度の緊張の中、その鈍い足音を追いかける。廃工場の奥、屋根に見張りが配置されていたすぐそばで、靴音が止まった。

思わずにやりと笑みが漏れた。一定コースを巡回している歩哨《ほしょう》が立ち止まるなら、そこはおそらくソコロフの監禁場所だ。

工場の床はしっかりしてはいるが木製だ。スネークの側からも床上からも銃弾が突き抜けてしまう。発見されれば、即座に蜂の巣だ。だから、安全に床下から出る手段を講じなければならなかった。工場の外観から想像できる内部見取り図に、頭上の足音を手掛かりに、警備兵の順路を再現してみた。施設内部を警戒している兵士は、屋根の上の見張りを含めて六人いる。

スネークは、実質建物内に四人ならばと監禁場所へのアプローチを開始する。普通ならば、バックアップなしでは無謀なチャレンジだった。だが、これはFOXにその実力があると証明するためのヴァーチャス・ミッションだ。

床下が闇工場の抜け道だったたなら、工場内に繋《つな》がる出入口があるはずだった。暗闇の底を、スネークは蛇が這うように速やかに移動する。頭上を手探りすると、低い天井に一箇所だけ鉄の冷たい感触があった。人間が入れるサイズの開き戸だ。力をかけて慎重に持ち上げると、かすかに軋みをあげて隙間が開いた。小さな子どもならようやく通り抜けられるくらいまで押し上げると、上がつかえてそれ以上は開かなくなった。どうやらベッドの下にこの戸が隠されているようだ。

室内は暖炉の明かりに照らされていた。中では男性が歩き回っている。靴も紳士靴で、足音も兵士のものではない。ソコロフだ。

スネークは、開き戸から腕だけを思い切り部屋の中へと伸ばした。ベッド下からぬっと手だけが出るかたちになった。床板を軽くノックする。二度、三度繰り返すと、忙《せわ》しなく歩き回っていたソコロフが足を止めた。

白衣を着た神経質そうな男が、ベッドの下を覗《のぞ》き込んできた。顔中にびっしょり汗をかいていた。

「君は？」

ロシア語でソコロフが尋ねてきた。スネークもロシア語で返した。

「声を低くしろ。ソコロフだな？」

「ヴォルギンの手先か⁉ あれは渡さんぞ」

「違う。俺はＣＩＡ《シーアイエー》の工作員《エージェント》だ。あんたを鉄のカーテンの向こうへエスコートしに来た」

ソコロフの緊張した高い声が穏やかなものになった。

科学者のソコロフに重い鉄のベッドを動かす体力はなかった。そのかわり、手近なロッカーを開けて中を探ると、頑丈そうなロープを一本持ってきた。ベッドの脚を縛ったロープを金属製の建造物の部材に引っかけて、ソコロフが思い切り体重をかける。スネークの頭上の開き戸が大きく開くようになった。素早く身を翻して部屋の中に飛び込む。顔を真っ赤にしてソコロフが天井に引っかけたロープにしがみついている。細く見えてもロシアの男だ。芯《しん》は強い。

スネークは、背広の上に着込んだ革コートをほこりまみれにしてまでソコロフが支えてくれていたロープを、力を込めて摑《つか》まえた。

「もういい。大丈夫だ」

そう聞かせると、ソコロフがほっとしたように手を放した。

ソコロフが監禁されていた部屋は、事務所というよりは工場長の居室のようだった。鉄製の重いベッドや暖炉はあるが、机は一つだけだ。壁側にロッカーが置かれている。土埃《つちぼこり》がべっとりこびりついた磨《す》りガラスが残っていて、外から内側は見えなくなっていた。

閉じた部屋であることは有り難かった。

ソコロフが、一心に書類を暖炉に放り込んでいる。書類ケースを開いて、写真や計算表を次々に燃やしている。

黒く焦げてめくれあがってゆく書類を見ていたソコロフが、額の汗をぬぐってスネークを見上げた。

「CIAだと言ったな？」

スネークからは、ソコロフにどの程度まで話が通っているのか正確には分からない。

「ああ。二年前あんたを亡命させたゼロ少佐の部下だ」

ゼロ少佐は、本名がデヴィッド・オゥだから、ゼロというコードネームを好んで使う。二年前のミッションでもそうだったようだ。

ほこりまみれの片眼鏡の奥で、ソコロフが視線を泳がせた。まず協力関係にあることを確認しなければならなかった。

「彼から伝言がある」

「なんだ？」

「遅れてすまない、だそうだ」

ソコロフがやわらかい微笑を浮かべた。

「そうか」

「どういう意味なんだ？」

「彼は約束を守る男だということさ」

男がやさしい顔になった。そして、また顔色を失って怯《おび》えだした。少し刺激されれば嘔吐《おうと》しそうにすら見えた。

「それより早くここから連れ出してくれ。奴等が来る前に」

「奴等《グルー》？」

「GRUのヴォルギン大佐だ。西側ではサンダーボルトと呼ばれている」

スネークはFOXに呼ばれるまでは陸軍でキャリアを積んでいた。そのせいでスパイとしての人物知識に関しては万全とは言い難い。

「何者だ?」

聞きながら、工場内を巡回する監視の足音が近づいたことに緊張する。夏だというのに暖炉で火を使っている以上、煙突から出る煙が発見されて、遠からず中の様子を疑われるからだ。

「我が連邦の政権奪取を狙う、軍の武闘派だよ」

説明を頼むと、さすがにソコロフにとっては母国情勢だった。

「二年前のキューバ危機以来、フルシチョフは西側との平和共存路線を進めてきた。軍や地方有力者などのタカ派から弱腰と非難されつつも、フルシチョフは反対勢力を何とか抑え込んできた。だが農業政策の失敗で立場が危うくなって来た上、去年の十一月の事件だ」

「ケネディ大統領《JFK》の暗殺か……」

「そうだ。ある意味での最大の協力者を失い、フルシチョフの足場は急速に崩れ始めている」

ソコロフが深いため息をつく。ケネディは、新しい時代を感じさせ人類を月へと送り込むと声明を出し、アメリカの男に夢を見せたリーダーだ。だからその死を残念に思う。

だが、ソコロフはその大統領にキューバ危機の回避のためソ連に売られたのだ。

「これを機に、ブレジネフやコスイギンを担ぎ、反フルシチョフ派を糾合して現政権を覆し、権力を手に入れようと画策する一派がある。その急先鋒《きゆうせんぽう》がGRU《グルー》の大佐、ヴォルギンだ」

GRU《参謀本部情報総局》は軍の諜報《ちようほう》機関であり、KGBとは常に監視しあう関係にある巨大組織だ。ソ連では、諜報だけでなくあらゆるものが多重の構造を持つ。一部局が力を持ちすぎることがないよう、制度が組み立てられているせいだ。彼らが至る所で監視し密告し合うことで、複雑な制度が回っている。

だが、同胞のGRUに対してKGB兵たちが臨戦態勢であるのも奇妙だった。疑惑が顔に出ていたか、ソコロフが慎重に小声で返す。

「ヴォルギン大佐はここと同じような秘密兵器設計局、OKB—812、グラーニン設計局を抱え、後ろ盾にしている。だがそれには飽き足らず、奴は私がここで作らされていた秘密兵器を奪い、権力奪取の切り札にしようと企《たくら》んでいるらしい」

ソコロフが脱出した設計局を再三「ここ」と呼ぶ。家族がいる西側ではなく、ソ連の兵器開発の世界がソコロフの今の居場所なのだ。亡命者になれなかった男の孤独を容易に想像できた。

「外にいた兵士は、それであの警戒ぶりか」

「奴等が、この演習中に行動を起こすという情報が入ってきていたんだ。万一の場合は私を殺してでも、ということらしい」

機密保持のための同胞殺しが含まれているから、ソコロフの様子がおかしくても誰も室内を確かめない。工場の屋根にいたKGBの兵士も、この暖炉から煙突が上げている煙を、面倒ごとに関わりたくなくて見逃していたのだ。

ソコロフはすべての書類を焼いてしまうと、一仕事終えて表情をゆるめた。

「大佐は必ずやってくるはずだ。その前に私を連れ出してくれ」

わかったと強く頷《うなず》いた。スネークに、ソコロフが興味を抱いたようだった。

「ところで、あんた。完璧《かんぺき》なロシア語だな。何処で憶《おぼ》えた？」

「俺の師匠から」

ソコロフが、スネークの答えにため息を吐《つ》く。

「そうか。やはりアメリカは怖い国だ」

「気が変わったか？」

科学者が首を横に振る。

「いや、ここに未練はない。行こう」

スネークも、ソコロフを生きてアメリカへと連れて行ってやりたかった。ゼロ少佐に、救助対象と接触したことを伝えた。少佐からは、彼を連れてすみやかに回収地点《リカバリーポイント》へ向かうよう指示を受けた。その地点に投下されたキャニスターからヘリウム気球を科学者に固定して空中に浮かせ、航空機で空中回収する手はずになっていた。

ミッションは新しい局面に入った。煉瓦《れんが》の壁に張り付いて、歩哨《ほしょう》がわずかでも遠ざかるタイミングを待つ。順調に進んでいるはずなのに、胸騒ぎがした。

脱出にベッドの下の開き戸は使わなかった。訓練を受けていないソコロフが床下で物音を立てれば、警戒中のKGB兵たちが容赦なく撃つからだ。ソコロフはソ連にとっても重要人物だ。相手から顔が分かるほうが万が一のとき安全だった。

ドアをゆっくりと開ける。

廃工場内の兵士の配置は頭に入っていた。だが、スネークは背中に汗をかいていた。気配はあるが、施設内が静かすぎた。

警戒しつつ、歩みを進めてゆく。

背後に、リズムの悪い足運びと床のきしみが聞こえた。ソコロフだ。中にいるよう言ったのに、怯えて付いてきてしまったのだ。

スネークが敵をすり抜けられたのは、発見されていなかったからに過ぎない。

ソコロフが、瓦礫《がれき》を蹴《け》飛《と》ばして音を立てた。直後、足音が彼らを取り囲んで大きく響いた。同時に兵士が三人動き出したのだ。うねるような殺気に、ソコロフが短く悲鳴をあげた。それで、すべてが崩れた。

屋根の上にいる見張りを残して、工場内の兵士が彼らを包囲するよう動きだす。つくべき隙は発見できない。これが本来の敵の練度だった。

銃を上げる音が立った。まず銃口に狙われたのはスネークではない。ソコロフだ。足を止めざるを得なくなったスネークも、すぐに背後を取られていた。

「動くなっ！」

ロシア語の警告が廃墟《はいきょ》に響いた。

スネークは、敵の練度の高さを認めざるを得なかった。素人のソコロフを連れて移動するのに、障害を排除しておかなかった失策を呪う。それでも兵士の権利を行使できない彼は、容易に降伏できない。一か八かで、銃を構えたまま振り向こうとした。息は緊張の極限で止まっている。

だが、生死を賭《か》けようとしたそのとき、足音を聞いた。KGB兵たちも半数がそちらを向いた。工場の外の密林から、男が歩いて来るのが見えた。訓練を受けた足音がする。

そして、近づいてくるにつれて、乗馬用の拍車が地面を打ってカラカラと回る音が、湿《し》気《け》った空気を場違いにくすぐる。

張りのある若い声が、こちらに投げかけられた。

「やっと会えましたね？　伝説のボスに？」

『二章』


森の奥からやって来た男は、堅苦しいソ連という国にあって、おそろしく自己主張が強かった。

赤いベレー帽を目深にかぶり、バックパックは背負わず、ジャングル用の迷彩ではなく黒い軍服を活動的に着こなしている。磨いたブーツに馬追用の拍車をはめて軍服に勲章をつけた装いに戦術的合理性はない。だが、不思議と隙は感じない。背の高い恵まれた体格と、アイスブルーの瞳《ひとみ》と鋭い目つきのせいだ。

拳銃《マカロフ》のトリガーガードに人差し指を突っ込み、器用にくるくるガンスピンさせながら、悠然と近寄ってくる。

スネークは、KGB兵たちに包囲されたまま、その奇妙な光景を前に動きを止めた。

戦場や訓練で出会ってきたどんなシチュエーションにも似ていなかったのだ。

晩夏のジャングルで赤いマフラーを巻いたこのスラブ系のブロンドの男には、特別な何かがあった。

「スペツナズの山猫部隊！」

兵士のうち三人が、スネークがいるのに、男のほうに銃口を向けた。

それでも男は、流れるようにスムーズに拳銃を回しながら近づいてくる。森が途切れる青空の下、廃工場の小さな戦場に、悠々と踏み込もうとしていた。

警備の指揮をとっていた士官が、奥にいた動きの若い無線兵へハンドサインで指示を出していた。警戒しながら、強い口調で尋ねる。

「GRU《グルー》の兵士が何故ここに？」

男が立ち止まって、眉《まゆ》を固くした。

スネークは銃口を下げた。後ろで怯《おび》えているソコロフに、様子をみるようにジェスチュアで示唆しておきたかったのだ。

その男が銃を腰に下げたホルスターにしまって、深くかぶっていたベレー帽を上げる。KGBの兵たちが息を呑《の》んだ。有名人であるようだった。肩章の階級は少佐のものだ。

「間違えないで欲しい。俺はオセロット少佐だ！」

高級士官がたった一人でやって来たことに、軍隊式の階級を与えられているKGB兵たちが動揺していた。だが、KGBは軍とは独立した機関であり、少佐といえどソコロフ警備部隊に対する命令権などない。

「ソコロフは渡さん。さっさと立ち去れ」

警備の指揮者が、銃口で作戦地域から去るよう促した。

だが、そのオセロット少佐が薄く笑ったとき、この場にいた誰もが瞠目《どうもく》した。

「山猫は獲物を逃さない」

「何だと！」

誰何《すいか》した兵士は、その後の急転に反応できなかった。オセロットが、ホルスターから目にも留まらぬ早さで銃を抜いたのだ。

KGB兵たちが慌てて銃を向けた。スネークは身を投げ出して伏せた。

見事な早撃ちだった。オセロットが腰だめにした銃を撃つ。リズムよく引き金が引かれるごとに悲鳴があがる。肘《ひじ》を曲げてリコイルの衝撃を吸収しながら狙いをつけ、見とれるほど迷いがなく撃ってしまう。戦術的合理性などどうでもよくなるほど完璧《かんぺき》な命中精度だった。

致命傷を負った兵たちが倒れてゆく音の中、山猫の大将が気取った片手撃ちで頭上を撃った。屋根の上を見張っていた兵士が、胸を押さえて悲鳴をあげた。力尽きて恐怖の悲鳴を上げ、屋根から転げ落ちて動かなくなる。

オセロットがマカロニウエスタンの映画のように、銃口を吹いてから銃をしまう。早撃ちの少佐が、横たわる死体をまたぎながら近づいてきた。味方を手に掛けたというのに、まったく動じる様子もない。

「GRU《グルー》の為とはいえ、同志を撃つのは気持ちがいいものではないな」

あり得ないことが目の前で起こっていた。アメリカ兵のスネークを包囲して殺そうとしていたソ連兵を、二挺拳銃のソ連士官が早撃ちで全員射殺してしまったのだ。

スネークは油断なく立ち上がる。芝居がかっていたが、この若い男がしでかしたのは陰惨な仲間殺しだ。

ソコロフが、死体を見ては短い悲鳴をあげていた。ＫＧＢ９局の兵たちは、彼を守る護衛でもあったのだ。

スネークはソコロフにその場で待っているよう促した。そして、廃工場に踏み入ってきた男と数歩の距離だと判断して、ＡＫ―47から取り回しのよい拳銃《マカロフ》に持ち替える。

オセロットがスネークの顔をまじまじと見た。そして、けげんな顔をする。

「おまえ、ボスじゃないな」

瞬く間に六人を射殺した銃口が、彼に向いた。軽快な動作だが隙はない。

スネークは拳銃を構えた。右手に拳銃を、左手はその銃把《グリップ》に添えながらナイフを逆手に握る。

「なんだ？　その構え方？」

オセロットが、重心を低くして構えるスネークを見下ろして笑った。笑うとオセロットの表情は、驚くほど若かった。少佐の肩章をつけているが、せいぜい二十歳になるかならないかだ。

スネークがとっているのは、ＣＱＣ《シーキューシー》と呼んでいる近接格闘技術での構えの一つだ。クロース・クォーターズ・コンバットは、特殊部隊の母とも呼ばれるザ・ボスが、スネークと協力して作り上げた。

ザ・ボスは、第二次大戦期以来、敵地に潜入しての捕虜捕獲作戦《スナッチ・ミッション》を数多く命じられた。彼女は、警戒の中、敵兵や護衛の警備員を静粛に排除してゆかねばならなかった。あらゆる局面に一人で対応するよりなかったからこそ、高度な近接格闘技術が練り上げられたのだ。

スネークは周囲の壁の配置を覚えながら、耳をそばだてる。廃工場の壁の陰に、兵士が忍び寄っている。オセロットが早撃ちでKGBの部隊を仕留めたように、今度はスネークが彼らをどうにかせねばならない。

オセロットが、開いた左手を猫のかぎ爪のように折り曲げ、猫の声マネをする。稚気のある合図で、廃工場の陰から黒い軍服の兵士たちが現れた。四人がお互いのカバー範囲を意識して、一体の生き物のように連携している。KGB兵士とは明らかに違う、なめらかで音が少ない特殊部隊の動きだ。

背後から、ソコロフの震え声がした。

「GRU《グルー》の部隊……」

速やかに接近した隊員たちの銃口がスネークをポイントしようとする。そのとき、後ろで乱れた足音があがる。ソコロフだ。確保対象人物が攻撃に巻き込まれる場所にいたせいで、部隊が半呼吸ほど迷った。

オセロットはというと、装弾数八発のうち六発までを使ってしまった拳銃《マカロフ》のマガジンを捨ててリロードしようとしていた。スネークとの距離は三メートルほどしかない。タイミングをしくじったと悟ったオセロットが、慌ててスライドを引いた。だが、薬室から排莢《はいきょう》された実包が、排莢孔《エジェクション・ポート》にがちりとジャミングしていた。

オセロットが短く呻《うめ》いた瞬間、スネークはそのふところに潜り込んでいた。ジャムを起こした拳銃ごと右手を捕獲すると、一呼吸でその長身を床に叩《たた》きつけた。経験不足を露呈したオセロットの手から、拳銃が衝撃でこぼれ落ちた。

胴体への打撲で息を吐いてしまい、オセロットが動けなくなる。

その頭部へと、スネークは落ち着いて拳銃をポイントする。何が起こったか分からないという様子で、若い少佐が仰《あおむ》向けのまま頭《かぶり》を振っていた。

気の抜けるような声が上がった。顔色を変えたソコロフが、周りを見ずに工場から逃げだしたのだ。その背中が廃工場の出入口から、吊《つ》り橋方向へ向かっている。

ソコロフを追うかスネークを殺すか、オセロットの部下たちが迷った。

「隊長！」

うろたえる部下の前で、オセロットが屈辱に唇を歪《ゆが》める。

「かまわん、撃てっ！」

我に返った部隊が、いっせいにスネークに襲いかかった。フレンドリーファイアを恐れてライフルの銃床や拳《こぶし》で殴りかかってくる。スネークの目は彼らの表情をはっきりと捉《とら》えていた。四人のうち三人が若い。若手のエリート中心で編制されているのだ。

スネークは突出していたロシア系の若い兵士に、自ら前進して距離を詰めた。敵の突進と彼の踏み込みの角度差で、合気道の入り身の要領で側面に回り込むと、同時にその身体を地面に投げ飛ばしている。連携が崩れてパンチのタイミングが遅れたGRU兵を肘で打ちのめした。腰が抜けたその男に、距離感を失ったまま突っ込んできた三人目を投げて巻き込んで倒す。慎重に攻撃の隙をうかがっていた唯一のベテラン兵の腕を摑《つか》むと、姿勢を崩して後頭部を壁に叩きつけた。

四人の特殊部隊兵士を、一分とかけずに全員叩きのめしていた。

これがザ・ボスがCQCと名付けた格闘技術だ。あらゆる局面に一人で対応するために、小さな銃器なら持ったままで戦える。彼女の他には、おそらく彼だけが完全なかたちで受け伝えている技術だ。

倒れていたオセロットが、拳銃《けんじゅう》を摑む。スネークは手刀でそれを叩き落とすと、グロッキー状態の男の身体を、再び容赦なく床に叩きつける。エジェクション・ポートに詰まっていたジャム弾が、衝撃でようやく外に排出された。

オセロットがうめいた。

「馬鹿な……」

不思議な魅力とユーモアが、この山猫を名乗る敵にはあった。

スネークは、中東の流行技術を見まねで取り入れようとした若者に言った。

「さっきも初弾を手動で排莢していたな。考え方はおかしくない。だが、聞きかじっただけの行為を実戦で試すもんじゃない。だから弾詰《ジャム》まりなど起こすんだ」

オセロットはまだ現実を信じられないように呆然《ぼうぜん》としたままだ。

「そもそもお前は自動拳銃《オートマティック》に向いていない。リコイルの衝撃を肘を曲げて吸収する癖がある。どちらかというとリボルバー向きだ」

普通なら気絶しているダメージを受けながら、オセロットがガッツで立ち上がる。腰から素早くナイフを抜く。

「くそっ、アメリカ人めっ!!」

突き込んできた攻撃をいなして、三度、背中を床にたたきつけた。

仰向けに倒れ、屈辱に歯がみするオセロットに、声をかけた。

「だが早撃ちは見事だった……いいセンスだ」

「いいセンス……」

スポーツではないのに、健闘をたたえてしまった。動揺した途端、オセロットは精神力でもたせていた肉体から意識を手放していた。戦場で倒れたのに、力を出し切った爽《さわ》やかな顔をしていた。

そして、廃工場で動いているのはスネークだけになった。ソコロフを追う前に、首につけたスロートマイクを指で押さえて無線連絡する。

「少佐、聞こえるか?」

〈聞こえる、スネーク。大丈夫か?〉

「ややこしくなってきた」

スネークは、オセロットに射殺されたKGB9局の兵士たちと、彼が気絶させたGRUの兵士たちが、累々と倒れる廃工場を見下ろす。

「ソコロフを狙っていた部隊を片付けた。例のGRU《グルー》……ヴォルギン大佐の手下らしい」

〈サンダーボルトか。ブレジネフ派だな〉

ゼロ少佐はさすがにヴォルギン大佐のことを知っていた。

「ソ連内部の勢力争いのようだ。ソコロフが言っていた」

気に入らなかった。事前情報と話が違いすぎていた。ソコロフの心配が現実のものになっていた。ソコロフと接触してからというもの、単純なはずのミッションが、手に負える規模を超えた複雑なものになっている。

〈KGBに守られながら、GRUに狙われている？　スネーク、どうやらそちらは想定より遥《はる》かにホットらしいな。急げ〉

廃工場で証明して見せたように、ソコロフは見かけによらず体力があった。スネークも丘を下って渓谷にかかった吊り橋までたどり着いてようやく追い着いた。

陽光に照らされて否応《いやおう》なく目立ってしまう吊り橋の入口で、ソコロフが立ち止まっていた。ロープをつかんで、スネークが来るのを待っていたのだ。

「大丈夫か？」

一声掛けねばならないほどソコロフは震えていた。

「やつら、山猫部隊だ」

スネークが倒してきた若いエリート部隊のことだ。ソ連が特殊部隊をつくりあげつつあることは、CIAも摑んでいた。

「スペツナズか」

「そうだ。GRUのスペツナズはエリート中のエリートだ。もうおしまいだ！」

パニックに陥っていた。ソコロフは、一九六二年には二週間かけて亡命の旅を踏破した、見た目より心身ともにタフな男だ。その彼が怯《おび》えきっていた。

「落ち着け。必ず俺が助ける」

そのとき、砲声が山間に満ちた大気を、底から揺らした。吊り橋から川の上流側、ソコロフ設計局《OKB－754》の方角からだった。

「見ろっ！」

ソコロフが指さす方向に、スネークはバックパックから出した双眼鏡を構えた。

闇工場のあった丘の向こうには、台地があった。そして、その荒々しい岩の稜線《りょうせん》に現れた見たこともないものが、スネークを金縛りにした。そこに鋼鉄の巨大な何かがあった。

前腕を地面に固定して踏ん張る、この世のものではない怪物のようだった。戦車というには大きすぎた。そして、前腕を踏みしめて身を起こし、一歩一歩前進する機構があまりに非合理的だった。真っすぐに天空に伸びた砲塔から、上空へと煙が上っている。

理解できないからこそ、ただ凄《すさ》まじいばかりの暴力の予感が見る者すべてを威圧した。

スネークの口の中が、唾液《だえき》が止まってからからになっていた。

「あれがあんたが作らされていた？」

ソコロフが丘陵から目を逸《そ》らす。

「そう。『一歩一歩踏みしめるもの《シャゴホッド》』……IRBM《アイアールビーエム》を射出する核搭載戦車だ」

悪夢を見ているようだった。

「あんな地形からでも核ミサイルが撃てるのか？」

「ああ。しかも友軍の支援なしでな」

思わず呻きを漏らしてしまっていた。

単独作戦行動が可能な核搭載戦車という、スネークにも戦略的価値を把握しきれない怪物がそこにあった。地獄の釜《かま》の蓋《ふた》を開けるような兵器をソ連は実用化して、実験を今日行っているのだ。とてつもない機密情報をキャッチしたが、手柄には思えなかった。ただ、キューバ危機以来の世界の危機に見えた。

「完成はしているのか？」

「いや。今はまだフェイズ1《ワン》が終了しただけだ。フェイズ2《ツー》をクリアしなければ完成とは言えん」

思わず双眼鏡を外してソコロフの表情をうかがう。

「フェイズ2《ツー》？」

「あの兵器の本質だ。あれが完成し大佐の手に入れば、この冷戦は終わる」

「冷戦が終わる？」

ソコロフの目は焦点が合っていなかった。

「そして始まるだろう。本当の恐怖の時代が……」

「世界大戦か」

怯えを表に出さないよう、スネークも黙るしかなかった。彼も軍で核実験に参加したことがある。ビキニ環礁での水爆実験で、呆然と仰いだ直径百キロメートルにもなる巨大なキノコ雲を、いつまでも忘れられない。大きすぎて人類がつくりあげたものとは思えなかった。あれが世界中にあがるのだと想像した途端、全身の血が冷えた。

ソコロフと目が合った。スネークの視線から逃げるように、男が叫んだ。

「私は協力せざるを得なかったんだ！　死にたくなかった。アメリカにいる妻と娘にもう一度会いたかった……」

禍々《まがまが》しいシャゴホッドを見上げるソコロフの顔は、疲れ切っていた。

おのれが正気を失ったのかと疑わせるほど、それは現実離れしていた。冷戦の狂気が具現化したようだった。

ソコロフが、誇りも何もかも失ったように彼に訴えかける。

「早く私をアメリカに連れて行ってくれ。まだ間に合う。私がいなければ、あれは完成しない！」

スネークにも異論はなかった。

「わかった。急ごう」

すべてはこの吊《つ》り橋を渡って、アメリカに戻ってからだった。AK―47を構えて警戒しながらスネークが先に橋を進む。彼の背後に、十メートルほど開けてソコロフが続いた。科学者が一歩あるくたび橋が微妙に揺れた。

その、往路にやり過ごした兵たちとの遭遇に備えて神経を張っていたスネークの足が止まった。

橋の向こうから、人影が近づきつつあった。スネークは構えていた銃を撃つことを、一瞬忘れた。その人物が大股《おおまた》で足を踏みしめているのに、体重がないかのように橋をまったく揺らさなかったからだ。

人影は、巨大な金属ケースを両手に一つずつ持っている。白昼夢を見ているのか、理解が及ばないほど高い技倆《ぎりよう》を前にしているのか、スネークには判別できなかった。その人物が、頼りない橋の中央で立ち止まった。その顔がはっきり判明しても、スネークには目にしている現実が信じられなかった。

「ボス？」

北極海にいるはずのザ・ボスだった。

彼女はまとめた金髪を後ろに流し、厳しい面持ちでそこにいた。青灰色の瞳《ひとみ》は、強靭《きょうじん》すぎる意志を反映して揺らがず鋭い。長身の彼女は、男性兵士と格闘して引けを取ることがない鍛え抜かれた肉体を、米陸軍の野戦服で覆っている。女性美よりも人間美が、周囲を圧するほどの存在感をまとってそこにあった。

スネークにとって、家族のように思っていた人だった。作戦が無事に終わってから、デブリーフィングのとき再会できるのだと思い込んでいた。

だから、もう一度呼んだ。

「ボス？　どうしてここに」

ザ・ボスは彼に言葉をかけなかった。ただ、巨大な金属ケースを両手に提げて、行く手に立ち塞《ふさ》がっている。

スネークたちはすでに吊り橋の真ん中まで来てしまっていた。もはや逃げるのも難しく、前に進むには彼女という巨大な障害を乗り越えるしかなかった。足場は細く、頼りなく揺れていた。だが、ここから足を踏み外せば、谷底へと転落して死ぬことになる。タイトロープを歩むしかない諜報《ちょうほう》の現場そのものにも似て、過酷だ。

ここからは、もう戻れない。

そう悟ったそのとき、ザ・ボスが、ケースを床に落とした。世界が重力のことを思い出したように、吊り橋が大きく波打って縦揺れする。

スネークですら強烈な揺れで立っているのが精一杯だった。ソコロフは吊り橋のロープまでも辿《たど》り着けず、祈るように両手をついて四つんばいになっていた。

ロープと板が軋《きし》む不吉な音に混じって、ソコロフが漏らした悲鳴が聞こえた。

北極海にいるはずのザ・ボスが運んできたケースには、アメリカのマークと、核爆弾を示すマークが記されていた。デイビークロケット《Davy Crockett》と白く印字されている。

「よくやった、ジャック」

ザ・ボスが言った。その声を聞いて、目の前で起こっていることの意味が少しずつ臓《ぞう》腑《ふ》に染み込んできた。全身に冷たい汗がにじんだ。

「なぜここに？」

北極海とツェリノヤルスクで、五千キロメートルほども離れた場所にいるはずだった。

彼女が、冷徹に答えた。

「ソコロフは、いただく」

彼女が、スネークを見知らぬ男のように冷たく見ている。軍人として訓練を受けた彼の頭脳は、もう答えを弾《はじ》き出している。FOXの目を誤魔化して彼女がここにいる理由は、一つしかない。

この世で最も信じた女《ひと》が、彼を裏切ったのだ。

じわじわとパニックが彼の心身を痺《しび》れさせはじめた。シャゴホッドが完成すれば核戦争がはじまるとソコロフが言った。核戦争で人類が滅びるかも知れないという漠とした恐怖が、これから、世界をキューバ危機以来の本物の臨戦態勢に突入させる。信じられない思いのスネークの視界が翳《かげ》った。陽光が厚い雲で遮られたように、大空が暗くなった。そして、異音が頭上遠くから覆い被《かぶ》さってきた。

暗雲が、スネークが仰いでいる間にも、上空の強風に流されて太陽を隠してゆく。あっという間に雨雲で陽が見えなくなった。

手元に、かさかさとくすぐるような不快感があった。さっきまでなかった乾いた音が、銃から聞こえた。ぎょっとして注視する。何十四もの蜂がＡＫの機関部にたかって、エジェクション・ポートや銃口の周りにまで這《は》い回っていた。すでに彼は攻撃を受けていた。

「蜂だ！」

スネークは科学者に警告すると、暴発を恐れて自動小銃を捨てた。拳銃《マカロフ》に武器を替えると、眼前のザ・ボスと作り上げたＣＱＣの構えをとる。すでに小さな蟲《むし》の大群が視界を飛び回って、彼女が見えなくなっていた。羽音はすべて蜂だ。巣箱をひっくり返したようなとてつもない蜂の群れに、スネークは取り囲まれていた。滑らかな軌道を描いて何千という蜂が飛び交い、ろくに目を開けていることすらできない。

背後でソコロフの情けない悲鳴があがった。

後ろを振り返ると、まったく気配がなかったのに、深い色の迷彩服を着た細身の男が、空中を逆さ吊りに蜘蛛《くも》のように降りてきていた。そして、ソコロフの身体を摑《つか》まえると、もろともに一瞬で空高くへと引き揚げられた。蜘蛛の糸のようなワイヤーが、蜂の雲のどこかにあるのだ。

スネークはソコロフを助けようと蜂を払う。聴覚を塞いでいた蜂の羽音の向こうに、ヘリのローター音が聞こえだした。吊り橋の上空を、ヘリが飛んでいた。ソコロフが抵抗むなしくそのカーゴへと引きずり込まれる。

接近したヘリのローターが起こす気流で蜂が煽《あお》られていた。スネークは猛烈な砂埃《すなぼこり》と向かい風の中の向こうに敵を見る。彼を取り巻いていた蜂が、不気味に空中に群れ集まっていた。向こうにあるヘリは、初めて見る形式のソ連の新型だ。全体的に角張った印象で、後部に安定翼《スタブウイング》が付いている。おそらくゼロ少佐が集めていた資料にあったハインドだ。

ヘリのカーゴハッチは全開で、搭乗している兵士の姿を覗《のぞ》くことができた。どこの国の軍服姿でもない異形の集団だった。

ソコロフをさらった細身の兵士は、雲を透かした太陽光線の逆光を受けて、蜘蛛のように空に浮かんでいた。目に見えているのに幻かと疑うほどに気配がない。無数の蜂が作る生きているような黒雲の中心には、目出し帽《バラクラバ》で顔を覆った筋肉質で横幅の広い男が居る。ヘリから身を乗り出した蜂使いが、鋭い目でスネークを見下ろす。そして、カーゴの座席にちらりと、狙撃銃《モシン・ナガン》を杖《つえ》のように抱えた老人の姿が確認できた。

FOXを超える特殊部隊が、CIAにも詳細を摑めていなかった新武装にバックアップされて、見事に運用されていた。巨大な力が、彼の想像もつかないところで蠢《うごめ》いていた。

ザ・ボスが異形の兵士たちを見上げて軽く会釈した。

「戦友たちよ、また共に戦える」

ヘリの異形たちが、歓喜する気配が伝わってきた。まるでザ・ボスが、スネークたち

FOXを、このヘリ上の兵士たちの当て馬として作ったようだった。スネークは母国から遠く離れた敵地で、まさに一人きりだ。

ソコロフすら為《な》す術《すべ》無く奪われて、敵に囲まれ、隘路《あいろ》に孤独に取り残されていた。

彼を育ててくれた恩人が、厳しくこちらを見ていた。視線を向けながら、興味の焦点はスネークではなく背後のヘリのほうに合っていた。

「これで揃ったわね。今度は地獄の底まで一緒……」

暗い空から、急ににわか雨が降った。夏の終わりとは思えない、ひどく冷たい雨だ。

CIAの隠密《おんみつ》特殊部隊として世界初の実戦でのHALO降下を行ったことも、最新の特殊装備も、もはや誇れなかった。ザ・ボスにとって本当に家族のような絆《きずな》で結ばれているのは、FOXやスネークではなく、彼らなのだ。頭から冷や水をぶっかけられたようだった。厳しい訓練で鍛え上げた肉体が震えた。

「血の雨……彼が泣いている？」

彼女がはっと周囲を見回す。彼女の戦闘服の肩に、血の滴がこびついていた。

スネークにとって、彼らを濡《ぬ》らしつつあるのはただの雨だ。彼と彼女は、同じ場所にいながら別の風景を見ている。

そして、吊《つ》り橋がまた大きく縦揺れした。ザ・ボスの背後からコートを着た大柄な男がやって来たのだ。その男は、身長がスネークより十センチ以上高い巨漢だった。スラブ系の金髪の白人だ。だが、その肉体に優しさを感じさせる要素はまったくなく、彫りの深い顔には火傷《やけど》の痕《あと》が稲妻のように幾筋も走っている。その手には赤いゴム製のグローブを嵌《は》めて、ブーツも制式のものではない。肩章は大佐の階級を示しているが、ソ連軍の支給品のモスグリーンのコートに勲章は付けていない。

その男は濡れることを嫌がるように微《かす》かに肩をすくめる。雨はすでに小雨になっていたが、小声でまじないごとを唱えていた。

「くわばら、くわばら……」

濡れた橋板を踏んでその男がザ・ボスのすぐ後ろに付いた。

そして、ソ連軍の大佐が、彼女に話しかける。

「皆、喜んでいるようだ、ボス」

彼女が振り返らずに返す。

「ヴォルギン大佐……」

「ようこそ、我が国、我が部隊へ」

世界がひっくり返ったようだった。スネークは、FOXの任務とは、敵地に潜入して、トラブルがあってもそれを達成することまでだと思っていた。任務が前提から吹っ飛ぶこんな事態が起こることなど、想像もしていなかった。悪い夢のようだ。

スネークはすべてをザ・ボスから学んだ。十年間も寝食を共にしてきた。朝鮮戦争に従軍していたときに拾われて、あらゆることを一からたたき直された。戦争を、戦う技術を、生存するための技術を、そして生きることを。

火傷の痕を幾筋も走らせた頬に、ヴォルギンが酷薄な笑みを貼り付けている。

「ボス？　これは？」

スネークはここまできても信じていたかった。彼女のことだけは、絶対に疑いたくなかった。彼がザ・ボスの愛弟子《まなでし》で家族のような繫《つな》がりで結ばれていることが、自分だけの思いこみだなどと考えたくもなかった。

だが、近づこうとすると、彼女に固い声で拒絶された。

「私はソ連に亡命する。ソコロフは亡命の手みやげだ」

ヘリは彼の頭上で、高度を上げて旋回し続けている。

ソコロフの恐れたGRUの大佐が、ザ・ボスが足下に置いたケースを二つ軽々と持ち上げた。その力強い腕で、愛《いと》おしげにケースを抱える。

「無反動核弾頭……私への手みやげはこいつ……」

「嘘だ！」

血を吐くように叫んでいた。

それで、スネークのことに、ヴォルギン大佐が初めて注意を向けた。

「その男は？　そいつも弟子の一人？　連れて行くのか？」

「いや、こいつはまだ幼い。我らコブラ部隊には純粋《ピュア》過ぎる」

世界を核戦争へ落とそうとしている男に、彼女が仲間のように語り掛ける。スネークにすべてを教えたのは彼女だ。今のスネークが忠実な兵士なのも、彼女が規律に従うことを教えたからだ。諜報《ちょうほう》が何が起こるかわからない世界だとしても、こんなことだけは起こってはならないのだ。

「まだ戦場で特別な感情を抱いてはいない」

「どういう事なんだ⁉」

ザ・ボスに向けて銃を構えた。

彼女が冷たく突き返す。

「撃てるのか？」

スネークは、グリップを強く握りなおした。だが、銃口の震えが止まらない。

ザ・ボスにその心が定まらない隙をつかれた。目にもとまらぬ早さで間合いを詰められていた。狙いを付け直そうと銃口を下げた銃を摑まれ、スネークの身体は橋板にたたきつけられていた。ＣＱＣだった。ザ・ボスの、これが本物のＣＱＣだ。

スネークはこれが現実だと思い知らされるような激痛にうめいた。

ばらばらと、仰向《あおむ》けに倒れたスネークの頭のそばに、金属部品が落下してきた。ザ・ボスが、彼が持っていた拳銃《けんじゅう》をあっという間に分解《フィールド・ストリップ》してしまったのだ。

谷間の風が、強くスネークに吹き付けている。ソコロフがシャゴホッドを完成させれば、核戦争が始まる。これは誰が相手でも絶対に負けてはならない戦いだった。スネークは起き上がると同時にナイフを抜き、ザ・ボスへと突きかかる。完璧《かんぺき》なタイミングで投げられて背中から吊り橋の橋板に落下した。口の中が切れて、血の味と屈辱に奥歯を噛《か》みしめる。

身体を丸めてなんとか起き上がる。一度手から離れたナイフを無様に拾い直して、ザ・ボスを攻撃する。かつて見た核兵器の巨大なキノコ雲を、彼はいつまでも忘れられない。あれを都市や基地に何千何万発と落とし合えば、人類の歴史は数日と待たずにおしまいになる。その世界の終わりが、ヴォルギンにソコロフを渡せばやって来てしまうのだ。

だが、必死で仕掛けた攻撃を、ザ・ボスがいともたやすく受け流す。手首を極《き》められてナイフを奪われて、流れるような動きで投げられてしまった。

彼女が突然姿を消してから、FOXに呼ばれるまでずっと一人でやって来た。なのに、彼女の前では、一人前の男どころか赤ん坊同然だ。

闘志だけは失っていなかった。全身の力を振り絞って立ち上がり、打ちかかった。立ったままの姿勢で腕を極められ、背筋に寒気が走った瞬間、右腕に異音と激痛が走った。肘《ひじ》と肩の間で、腕が異常な方向に曲がっている。骨が折られていた。

叫びがのどの奥で爆発した。膝《ひざ》をついてうずくまる。

ザ・ボスは余裕をもって、スネークのどんな動きにも対処できるように待ちかまえている。絶望的な実力差があったのに、右腕を失った今、勝てる糸口がまったく見付からなかった。

吊り橋の上に、もう戦いはなかった。スネークは敗北した。

ヴォルギン大佐が、彼を見下ろしていた。

「そいつは私の顔を見た。ソコロフの事がフルシチョフにばれると厄介だ。殺すしかない」

大佐がポケットから手を抜く。真っ赤な手袋だった。コートの肩にかけていたベルトからライフル弾を三発引き抜く。それを太い指の間に挟んでヴォルギンが拳《こぶし》を固めた。

スネークは、そう意識するより前に立ち上がっていた。呼吸をするだけで右腕には激痛が走ってまったく動かない。意識はショックで朦朧《もうろう》として、目の前がふらついた。全身は苦悶《くもん》で満たされ、心はすでに張り裂けていた。だが、負けても生きなければならない。命ある限り、生存《サブシスタンス》するのだ。

だが、ザ・ボスが大佐を制した。

「待て、私の教え子《サン》だ。私がやる」

立っているのがやっとの、師匠に胸を張るどころか頭すら上げられないスネークの前に、彼女が正対していた。

「ジャック、あなたは連れていけない」

彼女が手を差し出す。やさしい顔をしていた。新兵だったころ、最初に救いを差し伸べられたときのようだった。

戸惑いながら、スネークは手を伸ばした。頭では、この裏切りでもう道は分かたれたと理解していたのに、救いを求めてしまっていた。その手がザ・ボスの握力で容赦なく捕らえられた。そして、容赦なく、橋桁《はしげた》の向こうに投げ飛ばされていた。

スネークの身体は、人形のように投げられて空中にあった。裏切りが真実だと、最後に身体をもって思い知った。依《よ》って立っていた場所が根こそぎ砕け散ったようで、悲嘆と恐怖が絶叫になってのどから搾り出される。すべてがスローモーションのように過ぎ去っていた。落下する。今の彼は、鳥には似つかない。吊り橋の上のザ・ボスの姿が、遠ざかる。そして、衝撃――。


峡谷を墜落し、川に落ちたスネークを、ヘリ内からコブラ部隊の怪人たちが見守っていた。

古木のような老狙撃手《そげき》が呟《つぶや》く。

「新たな血は拒絶された……」

吊り橋では、ヴォルギン大佐が、力尽きて流れていくスネークの身体を一瞥《いちべつ》した。

ザ・ボスがきびすを返す。

「さあ、ソコロフの設計局を襲いにいくわよ」

大佐もすでにスネークへの興味を失った。

「シャゴホッドはいただきだ」

ローターの立てる強風をそよ風さながら気にも留めず、ヴォルギンがヘリへと大股《おおまた》に歩んでゆく。

ザ・ボスは一度、濁流にのまれていくスネークを見た。

「流されてゆけ。私は留《とど》まるしかない」

そして彼女の歩み出した先に、ハインドが、迎えるように降下してきた。

そして、数時間後、スネークの身体は流されて川岸にあった。

先刻のにわか雨は、上流ではもうしばらく降り続いて、増水した川は激しい泥水の流れだった。

意識を呼び戻されたのは、赤い光がまぶたの隙間に入ったおかげだった。朦朧とする頭を振る。すでに辺りの河原が暗くなりつつあることを知った。もう日が落ちる。夜がやってくる。暗く、冷え切った世界が訪れる。

折られた腕があらぬ角度に曲がっていた。激痛と、肘の熱と、気分の悪さが、これが現実だと教えてくれていた。

これが現実だから、激痛にあえぎながらでもスネークはゼロ少佐に連絡をとらなければならない。赤く明滅する呼び出し信号をあげる無線機を操作した。

〈スネーク、聞こえるか?〉

「ああ、なんとか……」

連絡が何時間ぶりか尋ねると、最後の定時連絡から四時間以上も経過していた。

〈スネーク、よく聞け。応急手当が必要だ。動けるか?〉

ゼロ少佐は早くもこちらの状況を察したようだった。

川から這《は》い出そうとして、激痛に悲鳴を上げる。

〈スネーク、いい？〉

通信チャンネルが切り替わって、女の声が聞こえた。ようやく川岸に身体を引き上げたスネークは、もはや虫の息だった。呼吸がまったく整わない。冗談も出なかった。

「少佐？　ザ・ボスが……ザ・ボスが亡命した」

〈しっかりして！〉

意識が混濁していた。女の声が頭の中で反響していた。

「……そうか、あんたがパラメディックか」

ブリーフィングの前にすれ違ったチームの仲間の声を、初めて聞いた。無線の相手が瀕死《ひんし》でもまったく取り乱さない、意志の強そうな女だ。

少佐の命令が、吐血したスネークの耳にいやに大きく響いた。

〈今から迎えに行く。そこでじっとしてろ……回収気球を投下する。設置できるか？〉

ゼロ少佐が大声でスネークを呼んでいた。

川縁《かわべり》に仰向けで横たわり、薄れ行く意識の中、上空を見つめた。夕日が沈みつつあった。五機のヘリコプターに吊《つ》られて、空を飛行する巨大なシャゴホッドが見えた。あのヘリにはきっと、ザ・ボスとコブラ部隊が乗っているのだと思った。

「シャゴホッド……」

ザ・ボスの思い出に縋《すが》るように手を高く上げた。一枚の布が風に乗って飛ばされてきた。見間違いようのない、彼女が愛用していたバンダナだ。風に優雅に舞ったそれは、空を駆ける蛇のようだった。

生命力を振り絞り、バンダナを掴《つか》んだ。

＊

ソ連の最新鋭ヘリの先行試作機内で、彼らは勝利に酔っていた。現行のＭｉ—８からパワープラントとメイン、テイルのローターを流用して、ミル設計局が製造した先行試作機は、五機でシャゴホッドを吊り下げることができた。

だが、重要なのは運搬中のシャゴホッドだけではなかった。ヘリのカーゴには今後の戦争を左右するものが積まれていたのだ。

ソ連軍情報部、ＧＲＵの大佐であるヴォルギンは、それを満足げに眺めていた。シャゴホッドの完成に不可欠なソコロフがいた。これから右腕として育てる予定のオセロット少佐と部下の山猫部隊がいた。そして、ザ・ボスをはじめとする大戦の英雄、コブラ部隊がいる。

「これでいい。大成功だ」

ヴォルギンはうなずく。そして、積み込んだ巨大なケースを開ける。核無反動砲デイビークロケットだ。歩兵が一人で扱える核兵器を目指して作られた外装式砲弾システムである。射程は二キロメートル《二・四マイル》。射出されるW―54核弾頭は、TNT火薬に換算して二十トン相当の核出力を持つ。

ザ・ボスが持ち込んだ手みやげは、アメリカが罹患《りかん》した冷戦の狂気そのものだ。こんな兵器を配備して歩兵にトリガーを預ければ、現場の判断で核が撃たれてしまう。その被害だけではなく、報復や意思表示を制御しきれなくなる。歩兵は戦場でもっとも乱戦に巻き込まれやすく、混乱のうちに取り残されやすいのだ。制御など不可能なものをできるつもりになり、安心する材料を大量に積み上げたうえで足を掬《すく》われるのは、アメリカの業病であるようだ。

「さすがはザ・ボスとコブラ部隊……シャゴホッドもソコロフも貰《もら》った」

オセロットはずっとマカロフと弾丸を見つめていた。オセロットはヴォルギンの最も有用な部下になるべき男だった。ソ連のスペツナズ《特殊部隊》は、戦後に再編成されてから、まだ大きな戦果をあげる機会に恵まれていない。だが、コブラ部隊に教育されることで、世界最高の特殊部隊になる。山猫部隊をその最精鋭にするのだ。

オセロットが、カーゴ内の空気の匂いを嗅《か》いでいた。そして後部座席を見た。ソ連軍の軍服を着た女秘書が座っていた。細身で金髪をアップにした若い女だった。女が眼をそらす。

「この女はどうします？」

オセロットはすでに失敗を糧に動きだしていた。ソ連では世界大戦で若い男性に戦死者と民間犠牲者が出過ぎたため、戦中生まれの子どもが極めて少ない。これからを担う世代が貴重なソ連で、優秀な若者は成長の機会を与えられねばならない宝だ。

ヴォルギンは女を一瞥した。

「何者だ？」

「ソコロフの女らしいです」

ヴォルギンが女秘書へと身を乗り出した。顔を近づけると、彼女の顎《あご》を上げ、眼鏡をかけたその姿を品定めする。唇が血のように赤く艶《つや》やかだった。

「良い女だ。私がいただく……」

女がはっとして上着のポケットを探った。

その動きを見咎《みとが》めて、ヴォルギンのたくましい右手が、女の腕を摑む。

「変な気を起こすな」

彼女が、怯《おび》えるように視線を動かした。

ヴォルギンは女の腕をポケットからゆっくりと引き抜く。そのたおやかな手を見ると、口紅が握られていた。

銀色のシンプルな金属カバーの口紅を取り上げて蓋《ふた》を取る。口紅のかわりに、青酸カリを射出する銃口が覗《のぞ》いていた。

「口紅型拳銃《キス・オブ・デス》？」

ヴォルギンの薄い唇からにやりと笑みが漏れた。オセロットがその単語に反応する。

「KGB《ケージービー》」

この女はソコロフを監視するためにつけられていたスパイだ。

GRUのヘリに捕らえられた女が、無言で横を向いていた。ヴォルギンはその口紅を女に返した。

「利用できそうだ」

女が、震えながらそれを受け取った。この場でヴォルギンを殺せば自分も死ぬ。それでも、女は逃げ場のないヘリの中でそうしようとしたのだ。

「度胸もいい」

ヴォルギンは女を放した。腰を抜かした女が、そのまま尻餅《しりもち》をついてシートに身体を沈み込ませる。

オセロットが確認をとった。

「基地に連れて行きますか？」

「そうだな」

ヴォルギンはもう女に興味を失っていた。それよりも、興奮をたぎらせる兵器があった。4インチ無反動砲をベースにして発射機構をアレンジメントしたM28ランチャーに、核弾頭の装塡《そうてん》を完了させる。

「ソコロフの設計局も用済みだ。さっそく、この手みやげを使わせて貰おう」

ヴォルギンはカーゴの大開きになったドアから、口径102ミリメートルもあるM28ランチャーを構えた。眼下のソコロフ設計局に照準を合わせる。

オセロットが血相を変えていた。

「大佐！　敵対しているとはいえ、同志ですよ」

「私が撃つのではない。これは亡命したアメリカ人、あの女《ザ・ボス》が撃つのだ」

「同志に核を使うんですか⁉」

若い彼が摑みかからんばかりだった。

ヴォルギンの手には、アメリカの国民的英雄の名を冠されたアメリカの狂気があった。ソ連の敵であるアメリカは、常に量的に増大することに寛容だった。デイビークロケットは元々、壊滅したアラモ砦《とりで》で、メキシコと戦って死んだ英雄の名だ。だが、その戦いが起こった底流には、人口増加の圧力のままにすでに人が居住している地域に開拓の手を伸ばした野放図な拡大がある。

「制御できない力に、国民的英雄《デイビークロケット》の名をつけたセンスを、私は評価しているのだ！　アメリカ人はくだらん倫理を度外視したよいものを作る。核などよい例だ！」

制御できない拡大が、英雄を生むのだ。

「これは英雄を作る引き金だ。そうだとも、核戦争の英雄を作ってやろうではないか」

猛烈な風がカーゴに吹き込んでくる。アラモ砦の復讐《ふくしゅう》を誓ったテキサス軍の合い言葉を、笑って叫びながら、ヴォルギンは引き金を引いた。

「アラモを忘れるな！（Remember the Alamo!）」

「大佐!!!」

オセロットがヴォルギンの狂気を正面から受けて、動揺していた。

デイビークロケットのM388飛翔体《ひしょうたい》が、その内部にW―54核弾頭をおさめて飛ぶ。信管は時限式で、止める手段はない。

まだ人が祖国のために働くソコロフ設計局の上で、閃光《せんこう》が設計通りに炸裂《さくれつ》した。爆心地のあらゆるものを熱線が焼き、放射線が生物を即死させ、爆風がなぎ倒す。そして荒れ狂う熱の副産物である上昇気流が、キノコ雲をもうもうと生き物のように膨らませた。

ヴォルギンが使った核弾頭は、戦術核という最も小さな威力のグループの核兵器だった。これは一九四五年八月九日に行われたナガサキへの原爆投下以来の、人間を殺すことを目的にした人類史上三発目の核攻撃だった。

だが、一九四五年と一九六四年の現在とでは、大き過ぎる違いがあった。現在世界中にある核兵器がもしも制限なく使われれば、人類の歴史は終わるのだ。

だから、中央アジアで密《ひそ》かにあがったこれは世界の墓標だった。

この世に信じるに足るものなど何一つなく、そして世界は核戦争で滅ぶのだ。

第二部　スネークイーター作戦

『三章』

一九六四年八月二十九日。朝。

アメリカ合衆国第三十六代大統領リンドン・ベインズ・ジョンソンは大統領執務室で一本の電話を受け取った。ソヴィエト連邦第一書記ニキータ・フルシチョフからのホットラインだった。

八月二十四日にソ連の主力設計局、ＯＫＢ—７５４が核兵器による攻撃で消滅。ほぼ同時刻、ソ連軍の防空レーダーがアメリカの軍用機とおぼしき機影を確認した。この事件について問い合わせが行われたのだ。現在、ソ連軍では第二戦備態勢が発令されている。ジョンソン大統領の返答次第では、直ちにアメリカによる先制核攻撃とみなして第一戦備態勢へ移行せねばならないという。つまり核戦争の臨戦態勢に入るということだ。世界は最終戦争へ突入する一歩手前にあった。

フルシチョフは、キューバ危機を乗り切ったときよりも自身の権限が弱まっていることを率直に伝えた。そして、アメリカ側に協力を要請した。

対するジョンソン大統領も、当時のケネディ大統領と比べて足場は不安定だ。大統領選挙中の危機を、選挙へのダメージ要因だと見たのだ。彼はソ連との協調路線をとり、ザ・ボスが小型核砲弾二発を手みやげにソ連に亡命したという情報を提供する。亡命事件に、ソ連側がGRUのエヴゲニー・ボリソヴィッチ・ヴォルギン大佐の手引きというかたちで関与していることも提示した。

さらに大統領は、レーダーに映った軍用機はアメリカ政府が関知しないものであり、核攻撃も無関係であるとした。核爆弾をOKB－754に対して実際に使ったのがザ・ボスだとは限らないと強弁したのだ。ソ連は、核爆弾を持ち込まれて領内で爆発させられた被害国であり、直ちに反駁《はんばく》した。だが、ザ・ボスの身柄がソ連国内にあり、亡命の意志を表明していることも事実だった。

そして、政治が行われ、両国首脳の間で取り決めがなされた。ザ・ボスの亡命が核攻撃を隠蔽《いんぺい》する偽装ではないと、アメリカ側が潔白を証明する。痛みを伴う証明と、表現はぼかされた。その行為なくして軍を納得させることはできないとソ連側は主張した。

キューバ危機よりなお悪い、アメリカの核爆弾がソ連領内で爆発してしまった歴史的事件だったのだ。

フルシチョフは軍部を押さえられる期限を一週間だと告げた。

収拾に失敗すれば、再び世界大戦が始まる。

＊

その朝、CIA長官である彼は、デスクでファイルをにらんでいた。そこには一人の女性の写真が三枚挟まれていた。

一枚目は二十代の、彼女がザ・ボスの称号を贈られた第二次大戦当時のものだ。連合国軍がナチスドイツ占領下のヨーロッパに侵攻を開始したノルマンディ上陸作戦で、彼女とその率いるコブラ部隊は多大な貢献をした。ザ・ボスこそが、後に大統領になる男が、CIAの前身であるOSS《戦略情報局》よりも信頼した切り札だった。この事件の発端を掘り下げて人に求めるならば、ドワイト・デヴィッド・アイゼンハワーに行き着く。

二枚目の写真は大戦終戦後のものだ。三十代前半の彼女は、病院着を着て陸軍の病院に入院している。彼女はナチス残党を諜報《ちょうほう》に利用したCIAに協力を拒み、特殊部隊の設立に奔走するようになった。特殊部隊の母と呼ばれるようになったゆえんだ。冷戦の極めて危険な時期だった当時、第三十四代アメリカ大統領になっていたアイゼンハワーは彼女に何度も極秘のミッションを命じた。

そして、三枚目は一九五九年六月、彼女がソ連に単独潜入する直前に撮影された。宇宙開発の滞りに焦ったアイゼンハワーが、直々に彼女にソ連の宇宙開発計画の妨害と技術の奪取を命令したのだ。恨み言を言うならば、大統領がザ・ボスの半分でもCIAを信じてくれていたなら、ここまで決定的な決裂は起こらなかったかも知れない。

そして、今、CIA長官のデスクの上にはスネークイーター作戦と記された一枚の命令書がある。これは英雄を暗殺する作戦だ。ザ・ボスは、アメリカ合衆国の裏側で生きることをあえて選んだ人物だった。この運命を選びさえしなければ、彼女はいつか合衆国初の女性大統領にもなったかも知れない。彼女が続けた戦いは、そういう才能ある人間を暗い場所に送り込んで献身を求めるものだったのだ。

スネークイーター作戦の実行部隊はすでに決まっていた。だが、彼らに事件の深い情報を伝えることはできない。

CIA長官として、彼は作戦命令書にサインした。それ以外の選択肢はなかったのだ。

＊

夜を剣のように切り裂いて飛ぶ飛翔体があった。

YF—12A改は成層圏を音速で飛行していた。その夜は宇宙のように真っ暗だ。雲は遥《はる》か下方にあり、薄い大気を除けば進路には何もない。

ヴァーチャス・ミッション失敗から一週間後——。

一九六四年八月三十日午後十一時三十分。北極海上空。

酸素供給システムをつけたパイロットからのくぐもった声が、ノイズの多い無線越しに聞こえた。

〈現在、北極海上空、高度三万フィート。ソ連領空に接近中。間もなくドローン射出ポイントに到達します〉

　弱い光の中、計器だらけの搭乗スペースに男は横たわっていた。棺《ひつぎ》のような窮屈な空間で、彼には身動きする自由すらない。

〈ドローン、油圧・電圧共に正常。ペイロードへの酸素供給は正常〉

　ドローンは密閉されて内部は与圧されている。だが、搭乗員用空間が狭すぎるため、個人用の吸気装置はない。

〈ペイロード用防寒装置への電力供給、異常なし〉

　異常が起これば、作戦続行でも中止でも、男が生きのびる望みはほとんどなくなる。パイロットからの無線が聞こえること自体が救いだった。

〈突風《ガスト》なし。現在、ドローン切り離しに問題なし〉

　その男、ネイキッド・スネークは、無人機として開発されたD―21偵察ドローンを有人改修したものに詰めこまれている。指揮官のゼロ少佐は、これによる突入を、西側諸国で初めて宇宙に行ったアラン・シェパード並みの栄誉だと冗談めかした。英国人が窮地で感情を隠すために見せる、土壇場のユーモアだ。この任務には栄誉も夢もない。起こってはならないことが現実になったため、歴史の闇に葬りに行くのだ。

　YF―12A改は事実上地対空ミサイルでは撃墜不可能な長距離迎撃戦闘機だ。この時代最高の推力を叩《たた》き出すJ58―ブリード・バイパス・ターボジェットエンジン二基で飛行する機体は最大巡航速度マッハ三・三五に達し、そのとき機体表面温度は摂氏三百度以上まで上がる。スネークはこのYF―12A改の背面に載ったドローンに、伸ばした身体を動かせない窮屈な姿勢で搭乗している。D―21ドローンに人間を詰めて射出するという潜入方法は、要員の命を軽視したものだ。だが、第二戦備態勢にあるソ連空域に、普通の方法では侵入すらできない。

優雅に弧を描きながらブラックバードがバレルロール《背面飛行》に移る。ドローンが切り離された頼りない浮遊感が、スネークを襲う。今、慣性で飛ぶD―21ドローンは、母機と飛行軌道を離しつつある。十分な距離が離れたタイミングでドローンのラムジェットエンジンが始動する。

推力五千キロ超のエンジンは、重量約五千キロのドローンを速やかにマッハ三の超音速に到達させた。慣性航法装置《INS》の正常作動を示すランプは点灯している。ドローンは事前にプログラムされたコースを、自律飛行で目標へ向かう。

そして復讐《ふくしゅう》の剣のように鋭く、ソ連上空を北から南へ一直線に貫いた。

その数日前、スネークはアメリカ本国の病院にいた。CIAの関連施設である医療機関の技術は確かだ。拷問で傷ついた情報提供者すら回復させられる、経験豊かなスタッフが揃っている。

集中治療室《ICU》でスネークの身体はチューブに繋《つな》がれていた。収容されたときは衰弱して瀕死《ひんし》だったが、数日で歩けるところまで回復した。骨折もすでに腕を動かせるようになっている。彼は昔から、異常に回復が早かったのだ。

「どうだ？　最新の集中治療室《ICU》に入院した感想は？」

ゼロ少佐が面会にやってきたのは、病室での軟禁状態にうんざりしていた頃だ。

病院着に身を包んでいると、本当に病人になりそうだった。

「背広の連中《スーツメン》に面会時間を教えてやってくれ。昼も夜も質問攻めでは治る傷も治らん」

「軍上層部の事情聴取だな」

「尋問、だ。奴等によれば、俺はザ・ボスの亡命を助けた売国奴らしい」

ヴァーチャス・ミッションは、ＣＩＡにとって貞淑《ヴァーチャス》どころではない結果に終わった。ザ・ボスは裏切った。スネークは敗北し、任務は失敗した。そして、世界は核戦争の危機にある。誰もがザ・ボスに騙《だま》されたようだった。

「連中には処分する対象が必要なんだ」

「あんたもその対象に？」

投げやりになっていた。誰よりも信じたザ・ボスに、利用されて、捨てられたのだ。しかも彼女は、アメリカを裏切って亡命した。新しい家族と居場所になると信じたＦＯＸは初ミッションでどん底に墜《お》ちて泥まみれだ。

ゼロ少佐という男は、最悪の窮地にあっても、冷徹に自分自身を突き放すことができた。

「うむ、お互いヒーローにはなりそこねたということだ」

「俺たちの『FOX』も死ぬ《FOXDIE》のか？」

「いや。狐《フォックス》はまだ狩られない（FOX NEVER HOUNDS）」

少佐は、さすがザ・ボスと第二次大戦を戦い抜いた男だった。彼は困難な戦局にあって最後まで敗北しない。

「今日来たのは……そう、我々『FOX』の汚名を返上するためだ。状況が変わったんだ。まだ我々が生き残るチャンスがある」

「何のチャンスが？」

怒りが、痛みが、恐怖が、哀しみが、胸に荒れ狂って止まらない。あらゆるものが信用に値しないかのようだ。

「落ち着け。葉巻でもどうだ。ハバナだ」

点滴やドレーンチューブを繋げたまま、スネークはベッドに腰掛ける。ゼロ少佐の取り出した特大の葉巻を、彼はゆっくり吸う。病院ではとびきり贅沢《ぜいたく》な一品だった。病院の消毒液臭さから、芳醇《ほうじゅん》な葉巻の香りに空気の匂いが変わると、本物の世界に戻ってきた気がした。自然に、熱と涙が、目の奥に浮かんできた。

肺から嫌な空気を全部捨てるように、息を吐いた。煙が目に滲《し》みて、まぶたを閉じる。

自分の煙草を吸っていた少佐が言った。

「今朝、CIA長官から呼び出しを受けた」

「俺たちの処刑時期が決まったか？」

「違う。いいか、よく聞くんだ」

少佐も表情に疲れを隠せなかった。

「昨日、ホワイトハウスにある人物から連絡が入った。フルシチョフからジョンソン大統領へのホットラインだ」

そして、フルシチョフ第一書記とジョンソン大統領との間で交わされた取り決めを、スネークは初めて聞いた。

政府は正気なのかと、まず思った。アメリカから潜入した暗殺要員が拘束されたら、ソ連が核の引き金を引く名分を与えることになるかも知れないからだ。アメリカもソ連も後ろ暗い本当の思惑を隠しているかのようだった。

だが、少佐がこの病室を訪れたとは、それでも司令官の責務を果たしたということだ。裏切り者の汚名をそそぎ、チームが生き残るための任務をもぎ取ってきたのだ。

「つまり、全面核戦争を回避するには、例の核爆発にアメリカが関与していないことを証明しなければならない」

スネークの手が震えた。今の彼の顔を、少佐が背を向けて見ないでくれたことに、感謝した。

「アメリカの手でザ・ボスを抹殺することが潔白の証明になると？」

「そうだ。いいか、この任務はお前にしかできない。お偉方はそう判断した。お前が彼女の最後の弟子《サン》だ。しくじればお互い葬られる」

嫌だと言いたかった。だが、この病室は監視されている。即座にCIAは、FOXがザ・ボスの裏切りに協力したと断定するだろう。スネークは処理される。ゼロ少佐も、パラメディックも生き残るチャンスを失う。

「スネーク、君に任務がある。ソコロフの救出。シャゴホッドの開発状況の調査と破壊。そしてザ・ボスの抹殺……」

「ザ・ボスの抹殺……」

血の味がするほど奥歯を噛《か》みしめた。ザ・ボスを恨んでいた。だが、激情が身を焼くほど荒れ狂うのに、直接手を下せる気がしなかった。心の底から信じて、愛したのだ。彼女の血で手を汚すなど想像もできない。家族のように近しかったのだ。任務だから家族を殺せと言う。臆面《おくめん》もなく、こんな狂った話をよく持って来られたものだと、当たり散らしたかった。

「本作戦《ミッション》はスネークイーター作戦と名付ける」

FOXにとってあまりに過酷な状況だった。CIAが裏切りに報復をもって応じることが順当な成り行きだったとしてもだ。諜報《ちょうほう》の世界は厳しい。少佐にとっても、ともにSASの設立に関わった盟友を殺す任務になる。

「選択肢はない」

スネークの葉巻から灰の塊が落ちた。ずいぶん長い時間、呆然《ぼうぜん》としていたのだ。

「ソ連側の協力は？」

「君と我々の通信用に、ＫＧＢが管理している通信衛星を一つ間借りさせる約束をとりつけた」

貧弱なバックアップだ。核戦争の臨戦態勢にあるソ連に、身一つで飛び込んで要人を殺せということだ。

「それだけか？」

それは、軍人として身につけた訓練が出させた、任務を成功させるための問いだった。

少佐が彼のほうを振り向く。

「ソ連側が内通者を用意するそうだ」

「内通者？」

「一九六〇年九月の亡命事件……。覚えているか？」

スネークは頷《うなず》いた。国家安全保障局《NSA》の暗号解読員二人がソ連へ渡った事件のことだ。国家安全保障局はアメリカ国防総省の諜報機関だ。現時点では存在自体が秘密にされている機関だが、暗号解読はまさにＮＳＡの主任務だった。

「彼等はその後、こういう時の為にＫＧＢで訓練を積んでいたらしい。コードネーム、ＡＤＡＭ《アダム》とＥＶＡ《エヴァ》……そのうちのアダムがヴォルギン大佐のもとへ潜入しているそうだ」

両国に顔が利く二重《ダブル》スパイが、一時的に架け橋の役を負うのだ。NSAの裏切り者に、この作戦は命運を預けることになる。嵐の中で綱渡りを強いられるようなものだ。不安だらけだが、少佐がCIA外からこれほどの協力を引き出したのだと考えれば、感謝するよりない。

「脱出経路も彼が用意する手はずになっている。現地で落ち合ってくれ」

「ザ・ボスの所在は？」

「状況は刻々と変化している。現地に入ってから、内通者が教える」

CIAは情報を摑《つか》めていないということだ。スネークは、これからたった一人でソ連領内に潜入し、現時点では所在すら定かではないザ・ボスを暗殺する。こんな計画が成功するなら、世界中からアメリカに不都合な政治指導者は消え失《う》せている。

そして、男たちの間に沈黙が降り落ちた。

本当なら話したいことがいくつもあった。世界を危機に突き落とした亡命への疑問、計画の不備への指摘、そして彼女へのやるせない気持ちのこともだ。だが、何一つ口にできない。言えば売国奴だと決めつけられてしまうからだ。この残酷な任務を二つ返事で受けることが、作戦に参加するための最後の試験だった。

そうと分かっても身を切られる選択だった。実の家族よりも大きな存在だったのだ。

絶望的な命令を少佐が下した。

「これが最後のチャンスだ。愛国心《パトリオッティズム》を示せ」

彼らは故国にあって、行き場のない不名誉な死を迎えようとしている。このICUには窓がない。この病院には窓のない特別な用途の病室がいくつもあって、まだ少佐のぶんの空き室もある。

「失敗すれば、また病院のベッドの上で銃殺されるのを待つことになる」

スネークにとって、ドローンでの飛行は長いものに感じられなかった。猛烈な加速に、手すりを掴んで耐えるくらいしかすることがなかったのだ。高度を下げている間に、一度は迎撃されかけているはずだった。だが、過酷すぎる任務を受けた思い出と眠りとの間を彷徨《さまよ》っている間に、国境を越えてソ連領に潜入し、レーダーにかからない超低空飛行で旅は終わっていた。

着陸予定地点に到達するとドローンが逆噴射を開始し、同時にラムジェットエンジンをカットする。一定速度まで減速したことがコンピューター管理された速度計に感知されると同時に、ドローン腹部よりパラシュートが射出。そのパラシュートに引っ張られるかたちでスネークの身体が転がり出た。

ドローンは慣性のまま夜の密林に消え、雷鳴が何十発も乱打されたような地響きと轟《ごう》音《おん》をたてて、木や岩をなぎ倒しながら減速、停止する。

スネークのパラシュートも予定地点から大きく流されていた。減速したとはいえ足から着地など不可能な速度で夜の森に呑《の》み込まれる。枝を折りながら着地して地面に転がった。密林の腐葉土と下生えがなければ、大ケガをしていた。両手をついてようやく勢いを殺しきり、何度も何度も荒い息をつく。生きているのだと感じた。

パラシュートを外すと、姿勢を低くして首のスロートマイクに手を当てる。

「こちら、スネーク。聞こえるか？」

〈聞こえるぞ。まずは着地に成功したな〉

少佐との無線にはタイムラグがある。もはや国境にコンバットタロンを飛ばすことは不可能だった。アメリカ本土のFOX施設内にいる彼と、衛星通信で話をしているせいで、ラグが避けられないのだ。

「かなり流されたが……」

スネークは周囲を観察する。ツェリノヤルスクの麓《ふもと》の密林は、夜になった今はヴァーチャス・ミッションのときと違った顔を見せた。夜行性の動物の鳴き声と活動音が、日中よりもよく響いている。

〈スネーク、君の任務をもう一度伝える。ソコロフの救出。シャゴホッドの開発状況の調査と破壊。そしてザ・ボスの抹殺……〉

「ザ・ボスに従うコブラ部隊もな」

任務での暗殺対象ではないが、コブラ部隊が必ず立ちはだかる。おそらくは伝説のコブラに勝って生き残らねばならないから、スネークイーター作戦なのだ。

〈さらに、GRUのヴォルギン大佐もだ〉

これもフルシチョフの要請だ。ヴォルギン大佐は、フルシチョフの政敵ブレジネフの派閥の有力者で、現政権を脅かす邪魔者だ。

彼は、有力者に不都合な人間を節操なく殺す殺し屋ではない。だが、ソ連政府の要請はそういうことだ。

〈不満か。だが、米ソが核を使わずにすむ、それが現政権を支持するということだ〉

「ＣＩＡ《我が国》の要請は？」

〈ソコロフの救出とシャゴホッドの破壊が最優先だ〉

「わかった。少佐」

通信を切ろうとして無線機を見た。今回は、チャンネルB、ザ・ボスの割り当てだったチャンネルでは誰にも繋《つな》がらない。

〈それからスネーク、パラメディックにも作戦に参加してもらっている〉

「彼女にとっても最後のチャンスか？」

〈失敗すれば医師免許は剝奪《はくだつ》される。似たようなものだ〉

パラメディックとも話をしておかなければならなかった。

〈それと、もう一人、サポートをつける。武器装備、最新テクノロジーの専門家、ミスターシギントだ。設計局に潜入して、最新兵器を相手にする以上は専門家がいる〉

「わかった」と返した。ザ・ボスが抜けたら、今度は武器の専門家がやって来た。

ふと月を見上げる。夜の間に進んでおきたかった。

〈この先の廃工場でKGBの協力者、アダム《ADAM》が待っている〉

降下後の行動指示を初めて聞いた。作戦に入る前、彼らは監視を受けすぎ、そして情報を漏らす敵の気配は至る所にあった。こんなことすら作戦開始後に伝えるほど警戒しなければならなかったのだ。

「ソコロフが捕らえられていた廃工場だな。そのアダムの風貌《ふうぼう》は？」

〈廃工場まで行けばわかる。あのあたりは、このあいだの核爆発の汚染地域に隣接している。用のないものは近づかん。合い言葉は……『愛国者は』『ら・り・る・れ・ろ』〉

情報をぼかされた。この通信の電波はソ連の中継局に入った後、KGBが管理する通信衛星を経てアメリカのFOX本部に中継されている。全情報をKGBに記録されているせいで、情報開示してもらえないのだ。

『ら・り・る・れ・ろ』？　了解だ」

持ち込んだ銃の作動状態と弾倉を確認する。45ACP弾を使用する拳銃《ガバメント》だ。武器装備は現地調達がFOXのやり方だが、今回は痕跡《こんせき》が必要だからだ。

作戦は、アメリカの工作員がザ・ボスを暗殺した証拠を、ソ連のフルシチョフ政権が摑むことも一部に含まれる。顔を持たないはずのFOXが、米軍を装って潜入するようなものだった。

拳銃をホルスターにしまう。

〈いいか、スネーク。君が失敗すれば、それは全面核戦争の始まりを意味する〉

「ああ、スネークイーター作戦を開始する」

スネークは無線通話を終えると、行動を開始した。彼の荷物は、米軍制式採用品のバックパックとウェブギア、拳銃《M1911》が一挺《いっちょう》。戦闘服は、米陸軍のオリーブドラブのシンプルなジャングルファティーグだ。スネークの私物は、裏切りの日、手の中に落ちてきたザ・ボスのバンダナだけだ。

夜のジャングルは、ヴァーチャス・ミッションのときよりも歩きにくい。だが、今回は背後に処理するべき痕跡を残したままにする。早く離れなければならなかった。パラシュートすら隠していないのだ。

前回も道は分かりにくかったが、夜間ではほとんど見えなくなっていた。

先日の核攻撃で廃棄されたＯＫＢ－７５４はそう離れていない。放射能汚染地域に近いここに、大規模に部隊が展開していなければありがたかった。

スネークは身体を低くして夜のジャングルを進んでゆく。鳥の声、獣の声、蛇の這《は》う音、様々な生物の気配が、彼に反応して乱れる。

星が見えないほど木の枝が茂る密林の下、息を潜めて移動した。スネークは自分の足で進んでいるのに、真っ暗で冷たい世界を、濁流に押し流されてゆくようだった。

行く手で馬のいななきを聞いた。

スネークは森の小径《こみち》を外れて、その力強い鳴き声を確かめに向かう。

高木が途切れて月が見える草地に、美しい白馬が立っていた。体格はたくましく、立ち姿には風格と気品がある。スネークは、たてがみを揺らす神秘的な馬を脅かさないよう慎重に接近する。蹄《ひづめ》で一度二度、地面を軽く蹴《け》り、鼻を鳴らしたが、彼に近づくことを許してくれた。おとなしい馬だった。だが、馬具をつけている。誰かが乗ってきたものなのだ。

馬に見とれていると、背後から声をかけられた。

「命拾いしたようね」

こんなに早く会うつもりはなかったから、気持ちの準備がなかった。振り向くと同時に、スネークは拳銃をCQCに構える。

ザ・ボスが立っていた。バンダナをつけずに髪を後ろになでつけ、米軍の野戦服姿でもなくなっていた。彼女の戦闘服は、宇宙服のような素材感でライダースーツのようなデザインの新式だ。その上に、武装のためにタクティカルベルトをつけ、樹木に保護色となるマントを羽織っている。

「ボス？」

「腕は治ったの？」

彼女の声は穏やかだ。彼に様々なことを教えてくれたころと同じだ。まるで裏切りなどなかったかのようだった。

だが、スネークは恐れた。

「どうしてここに？」

極秘の作戦で、最新のドローンによる空挺《くうてい》で潜入したはずのスネークが、即座に発見されてしまっていたからだ。

返答のかわりに、ザ・ボスに間合いを詰められていた。反応する余力すらなかった。摑《つか》まった恐怖に背中が強張《こわば》った次の瞬間には、問答無用で地面に叩《たた》きつけられていた。

ザ・ボスのCQCは、スネークの自信をへし折るほど見事な切れ味だった。

敗北感と傷の痛みが、回復しきっていない身体にうめきをあげさせる。

「帰れっ！」

彼女がスネークに命令する。拳銃《ガバメント》を投げられたときに奪われてしまっていた。

「なんというざまだ」

彼女が見下ろしている。失望されたことの屈辱にスネークは震えた。鍛え上げたはずの彼の技術が、感情の揺れで明らかに鈍っている。

スネークは血の混じった唾《つば》を吐いた。直視したくないことを、目の当たりにせずにいられなかった。彼自身が思っているよりも、彼は弱い。

銃を失って、彼は追い詰められて打ちかかる。そして、ザ・ボスに摑まったと同時に、再び地に叩きつけられた。顔から地面に落下して、首が折れそうなほどの衝撃で意識が飛びそうになる。敵になった師の技の冴《さ》えは、記憶のままだ。

「帰れっ！　この先には我が息子たちとGRUが待ちかまえている。武器もなく、任務が遂行できるはずはない」

ザ・ボスが息子たちと呼んだのは、第二次大戦で彼女の部下だったコブラ部隊だ。スネークたちFOXは〝家族〟ではない。痛めつけられた身体に熱と力がわいて、挑みかからずにいられなかった。

こんなにも自分の動きは鈍かったかと、スネークは愕然《がくぜん》とする。彼自身ですら違和感を覚えるナイフの一振りが、ザ・ボスに通用するはずもない。

「ボス!!」

だが、咆哮《ほうこう》するスネークを容赦なく彼女が投げ飛ばした。受け身を取ることすら許されなかった。息も絶え絶えで、地面にぐったり倒れるしかなかった。

「もはやお前のボスは私ではない」

彼女が言う意味が理解できなかった。当惑する彼をよそに、彼女が腰から大型の拳銃を抜く。

「お前のボスはここにはいない。帰るがいい。お前の雇い主《ボス》の下へ」

ザ・ボスの愛銃パトリオットは、彼女のためだけに作られた携行兵器だ。機関部は突撃銃《アサルトライフル》のものなのに、拳銃として扱えるよう銃身を極端に短く切り詰め、銃床まで取り除いてしまっている。常識外の体力と技倆《ぎりょう》がなければ扱えない携行兵器が、森の奥へ向けられた。

「もう貞操《ヴァーチャス》を示す必要もない」

そこには全長十三・一メートルのドローンが横たわっている。この場所にドローンが墜落したからこそ、森の木がなぎ倒されて月明かりが差していたのだ。スネークを運んできたアメリカの機密兵器に、ザ・ボスが銃口を向けた。

「いいか、ここはアメリカではない」

引き金が引かれ、パトリオットがフルオートで銃火とうなりを上げる。常人では片手で扱うなど到底不可能な重量と反動を、ザ・ボスはいともたやすく右手一本で押さえ込む。

途切れなく発射される銃弾が、ドローンに無数の穴を穿《うが》った。そして、ラムジェットエンジンの燃料に引火して爆発が起こる。それでもザ・ボスはトリガーを引き続ける。何かを打ち払うように撃ち続ける。森に火が広がる。爆風に火の粉が飛ぶ。さらに連射は続く。密林の木の葉に、枝に、炎が燃え広がった。

「これでここも騒がしくなる。いまのうちだ」

炎の影を背負って、最強の兵士が彼の前に立っていた。

「南に六〇〇マイル《一〇〇キロ》行けば国境だ。お前なら走破できる」

スネークはうちひしがれていた。これでは何のためにソ連領内に降下してきたか分からない。立ち上がれなかった。

「なぜ亡命を？」

ザ・ボスはスネークをもはや顧みない。白馬へと近づいて、脚を止めた。

「亡命ではない。自分に忠をつくした」

命懸けで発した問いなのに、謎かけで返されたようだった。かつてザ・ボスは、『忠をつくしている』限り、自分たちに信じていいものはないのだと言った。だったら何ら信じていいのか、まさか何も信じずに戦えというのかと、叩き返したくなる。それでも、売国奴とののしることはできなかった。心にまだ深く刻まれている敬慕が、彼女を侮辱することをスネーク自身に許さなかった。

彼女が最後に振り返った。

「お前はどうだ？」

彼女は忠を尽くしたと言う。それが亡命に繋《つな》がることが、若い彼には納得できない。

「国に忠を尽くすか？　それとも私に忠をつくすか？　国か恩師か？　任務か思想か？　組織への誓いか？　人への情か？」

戦いは終わったとばかりに、ザ・ボスが脱ぎ捨てていたマントを羽織る。そして鐙《あぶみ》に足をかけ、さっと馬にまたがってしまった。

「おまえにはまだわかるまい。だがいずれは選択を迫られる。お前は私を許せないだろう。しかしお前に私は倒せない。私を知りすぎているからだ」

馬上に彼女はいる。もう行ってしまう。なのに、返せる言葉すらない。愛がドブに捨てられたようだ。だが、彼女にまだそんなことを言っているのかと、失望されるに違いなかった。冷静になろうとして、揺れる心はまったく定まるところを知らない。

立ち上がれないスネークの間近まで、馬が歩いてきた。彼女が、手も動かさず顎《あご》でスネークのバンダナを指す。

「そのバンダナがいい証拠だ。過去を引きずると死ぬ事になる」

彼女が投げた言葉は短かった。

「次に会うことがあれば殺す」

スネークの任務は彼女を殺すことだというのに、彼がソ連領内に舞い戻った理由を尋ねもしなかった。

「いいか、このまま帰るんだ」

そして、ブーツの踵《かかと》で横腹を蹴られた白馬が走りだした。

ザ・ボスが遠くなってゆく。その姿が闇に消えた。

生きのびた。その事実を噛《か》みしめていると、軍人としての判断力がようやく麻痺《まひ》から回復した。今がザ・ボスと一対一で対決できた、暗殺任務を果たす絶好の機会だった。

彼女の後を追って駆け出さずにいられなかった。走りながら喉《のど》に手をやった。

「こちら、スネーク。ゼロ少佐？」

〈ああ、私だ〉

「ザ・ボスが待ち伏せしていた」

少佐が息を呑《の》むのが、ノイズ越しにはっきりと聞こえた。スネークは少しほっとした。

「ドローンが破壊されて炎上した」

森の夜景の底が、すでにオレンジ色に明るくなっていた。木が焼ける匂いと音が、百メートル以上離れてもまだ判別できる。

〈まずいな。敵の偵察部隊が駆けつけてくるぞ〉

早期に痕跡《こんせき》が発見される事態は当然想定していた。だが、ここまで目立つのは厳しかった。兵士の足音がもう前方から迫りつつあった。ドローンの墜落で異状の確認にきたソ連軍部隊が、火災のせいですぐそばまで接近しているのだ。

「わかってる。しかし、なぜここにザ・ボスが？　情報が漏れているとしか思えない」

〈それは考えられん。ザ・ボスと組んでいるヴォルギン大佐は、フルシチョフにとっては絶対に息の根を止めたい男だ〉

スネークは密林に素早く分け入って、姿勢を低くした。顔に汗をびっしょりかいていた。道から死角になる草むらの中に隠れ場所を確保して、無線報告を再開する。

「銃も無くした……。ザ・ボスに銃を」

ほとんど泣き言だった。どこまで錆《さ》び付いたのかと愕然とする。武器がない状態から現地で用立てるのがＦＯＸの任務だったはずだ。

ゼロ少佐が、司令官ではなく友人として彼を叱咤《しった》する。

〈スネーク、私もいまだに信じたくはない。あのザ・ボスがソ連に寝返るとは……。しかし、現実だ。現実を受け止めなければザ・ボスには勝てない〉

「いや、そうじゃない。技倆《ぎりょう》的に俺はザ・ボスには勝てない。それはわかっている」

草に潜んで低く伏せる。静かにしていなければならないこのとき、まだ無線を続けていることが、彼が鈍っている証拠だった。

いよいよ敵兵の足音が迫ってきた。思ったより数が多い。囁《ささや》き声で返した。ゼロ少佐の声が思った以上に大きくて、苛立《いらだ》った。

〈スネーク、やるしかないんだ。わかるな、彼女は敵だ〉

「敵？　十年も一緒にいたんだ。ザ・ボスのことを敵だと？」

あのとき病室では監視があって言えなかったことを、CIAに手が出せなくなったから吐き捨てた。任務はもう始まってしまっているのだ。錯乱していると判断されかねない醜態だった。少佐が念を押した。

〈いいか、アダムの待つ廃工場に急ぐんだ〉

言われるまでもなくその途中だった。前回のミッションで地形を覚えていた。

　無線の通話ボタンから指を放した。

　山道を走って来た兵士たちは六人一組だった。スネークは、完璧《かんぺき》に隠れたはずなのにひどく緊張した。ブリーフィングの資料で見た野戦服だった。GRUは、ソ連内でKGBと独立して存在する、軍事諜報《ちょうほう》の情報ピラミッドの頂点だ。そのGRUのスペツナズ《特殊部隊》と呼ばれる特科部隊の中でも、ヴォルギンの部下たちは、コブラ部隊を引き入れたことで間違いなく急速に強化されている。

下生えを銃口でかき分けるようにして、スペツナズの兵士がロシア語でコミュニケーションをとりながら、間隔をとりつつ二人で用心深く草むらに踏み入ってきた。残ったうちの二人が山道の前後に移動して警戒、二人は遮蔽《しゃへい》をとりながら仲間を援護するため監視を続けた。草むらのチェック担当の兵士が、背後の援護を信頼して深く分け入ってくる。

慎重に捜索の手を伸ばし、地面に伏せたスネークに近づきつつあった。発見されれば、彼の任務は失敗に終わる。至近距離の二人をCQCで仕留めても、姿を現したが最後、残った四人に蜂の巣にされるからだ。さりとて這《は》って逃げ出しやすい場所は、敵に監視されている。

思ったよりそばまで来られている。焦りが、全身の筋肉を強張《こわば》らせた。軽く咳《せ》き込んだ途端、胸の下で小枝が折れた乾いた音がした。考えられないミスだった。スネークが捜索する側なら聞き逃さない。自分はもうダメなのではないかと恐怖する。一分、二分と、緊迫する時間を耐える。そして、後方にいた下士官がハンドサインで部下を呼び戻す。彼に気づかず、兵士たちが遠ざかってゆく。スネークは確認して、深く長い息を吐いた。

もはや速度優先で歩きやすい道を使おうとは思わなかった。敵は役割分担が明確で動きに迷いがなかった。ヴォルギンに従うGRUのスペツナズは手強い。

だが、時間に追い立てられていた。スネークは周辺地形を記憶している。この先は、彼がソコロフを奪われた吊《つ》り橋だ。交通のチョークポイントになるあそこを捜索部隊も押さえているはずだった。

暗闇を、今の自分がどの程度気配を立てているのか不安を抱えながら、できる限り静かに進む。更に三人の小分隊をやり過ごした。風の音がした。夜になって冷えた空気が、高地から吹き下ろして渓谷を抜けているのだ。谷風に揺れて軋《きし》む吊り橋の入口に、歩哨《ほしょう》が二人いた。

スネークは草むらに隠れて、手頃なサイズの小石を遠くの茂みに放り投げた。葉の揺れる硬い音を聞いて、兵士が一人、ロシア語で報告してから確かめに行った。そうして開いたわずかな死角に、素早く身体を滑り込ませる。ほんの数メートルの敵兵の鼻息が聞こえる至近距離で背中の後ろを通り抜けた。そしてスネークはロープが軋むタイミングに合わせて崖《がけ》から身を躍らせる。吊り橋に飛びついたのだ。ギシリと一際大きく橋が揺れて、肝を冷やす。谷底まで二十数メートル、かつてザ・ボスから投げ落とされた橋に、両手の腕力だけでぶら下がる。

感覚ではこれで間違いないはずだった。なのに、自分を信用しきれない。

懐中電灯の光が、音を怪しんだスペツナズ兵によって吊り橋へ向けられる。だが、スネークの身体は、床板にかかった指を除いて、もうそこにはない。舐《な》めるように強いライトが橋を向こうまで照らした後、敵兵が橋への警戒を緩めた。

吹き付ける谷風に身体を冷やされながら、音を立てないように、ぶら下がったままじりじりと向こう岸へと進んだ。額から浮いた汗が、バンダナに吸われる。

この橋で奪われたソコロフのことを思い出す。あの丘の向こうから現れた巨大なシャゴホッド《核搭載戦車》の姿を忘れられない。そして、ここから投げ落とされた敗北を。吊り橋の向こう岸に、見張りはいなかった。身体を崖の上に引き上げると、発見されずに橋を渡り切れたことに、安堵《あんど》の息をつく。合流するアダム——二重《ダブル》スパイを危険にさらさずに済む。

　合流地点である廃工場まで、そこから障害はなかった。振り返ると、夜の森ではドローン爆発の火災が鎮火したようだった。暗闇の底に煙が薄く眺められた。神経を尖《とが》らせて、スネークは廃工場の崩れた煉瓦《れんが》壁へ近づいてゆく。気配を探りながら、ＣＱＣに即座に入れるようナイフを逆手に持つ。アダムとの合流地点は、まったく安全を保障されていない。

開けた小径《こみち》に出たとき、気配を感じて横合いからの攻撃に備えた。次の瞬間、浴びせられた強烈なライトに目が眩んだ。思わず顔を背けて目をかばう。

だが、逃げるわけにもいかなかった。手掛かりはアダムだけなのだ。ここは危険を冒しても乗り越えるしかない、このミッション全体にとってのチョークポイントだ。手をかざして逆光に透かす。バイクのヘッドライトだった。バイクにまたがった人間のシルエットが、黒く焼き付いたように浮かび上がる。

「少し遅れたかしら？」

英語で問いかけられた。声は女だ。

バイクのエンジン音が腹の底に響くようだった。百メートル先からでも聞かれそうだった。

「エンジンを切れ、聞かれる」

「あなたが西側のエージェント？」

女の使った英語は、流ちょうなネイティブの発音だ。

「お前がアダムか？　男だと思ってた」

「アダムは来られなくなった」

スネークは光の向こうに目をこらそうとする。見えなかった。ここで躓《つまず》かなければいいがと願いながら、強い声で確かめる。

「合い言葉を言え」

人影が、会話のテンポを失った。また裏切りの嫌な予感がして、もう一度強く尋ねた。

「『愛国者《パトリオット》は』？」

スネークはナイフの握りを確かめて、一歩前に出る。女は答えない。

「『愛国者は』？」

人影のうろたえたような微《かす》かなしぐさが、逆光に浮かび上がる。

「答えろ」

光を浴びてスネークは丸見えだ。彼は米兵だと分かりやすい制式の野戦服姿だ。見間違えることはないはずだった。対処を切り替えようとしたとき、闇の中から兵士の足音が上がった。スネークは取り囲まれていた。ライトに襲撃者が照らし出されていた。スペツナズの迷彩服を着た兵士が四人だ。

強烈なライトに気を取られて、夜の底の致命的な動きを見逃したのだ。

銃口が向けられた。ナイフ一本ではどうしようもない距離だ。スネークは呪いの言葉を吐いた。どこまで鈍ったのかと、傷ついた誇りが鈍痛のように疼《うず》く。

「伏せて！」

英語で女が言った。スネークは姿勢を低くする。バイクの人影が、車体に跨《また》がったまま腰から銃を引き抜くとトリガーを躊躇《ちゅうちょ》なく引いた。横に構えた拳銃《けんじゅう》がフルオートで射撃される。連射による強烈な銃の跳ね上がりで水平方向へ銃口がズレてゆき、敵をなぎ払って撃ち倒してゆく。暗闇を、その強烈な銃火《マズルフラッシュ》が水平に走る。一瞬のうちに十発を全弾撃ち尽くす思い切った掃射だった。

敵兵たちが、あっという間過ぎて、迎撃の暇もなく絶命していた。

バイクの人影がマガジンを捨てて、新しいマガジンに交換する。惚《ほ》れ惚《ぼ》れするほど度胸のよい女であることだけは、はっきり分かった。

スネークは立ち上がる。硝煙の匂いが流れてきた。

「これが合い言葉の答えよ」

女はライトを消して、フルフェイスのヘルメットを脱いだ。長い髪を解き放つように頭を振る。蜂蜜《はちみつ》色のブロンド、青い瞳《ひとみ》に整った鼻筋、ファスナーを思わせぶりに下ろすと現れた肌は息を呑《の》むほど白い。

月明かりの下、こんなにも美しい女が戦場にいることにスネークは唖然《あぜん》とした。

「よろしくEVA《エヴァ》よ」

彼女の憂鬱《ゆううつ》そうに微かに開いていた唇が、甘い微笑みを作る。

エヴァはツナギのファスナーを大胆に下げていた。黒い下着を内側から押し上げる豊かな乳房が、双丘の間に見事な谷間を作っている。

スネークは感嘆の吐息をついた。

そして、彼らは協力して四人のソ連兵の死体を隠すと、廃工場内に移動した。前回の任務でソコロフと出会った部屋で、落ち着くことになった。

スネークはベッドに腰掛けた。エヴァは少し離れていた。ライダー用のヘルメットが脇に置かれている。彼女も腰に拳銃は差したままだが、ツナギのファスナーはリラックスして腰まで下がっていた。

「計画と違う。アダムはどうした？」

生きのびて、ほっと力を抜ける時間のありがたさが身にしみた。だが、エヴァが信用できるかは別だ。

「あなたの名前《コードネーム》は？」

「俺は、……スネークだ」

彼女がベッドにやってきて、隣に座った。

「スネーク？ 蛇ね。私はエヴァ。誘惑してみる？」

「アダムはどうした？」

信用できなかった。もうトラブルはたくさんだ。軽口に乗らない彼に、不満そうに彼女が顔を背ける。

「ヴォルギン大佐は用心深いわ。アダムは適任でないと判断されたの」

「君なら適任なのか？」

ベッドから甘い匂いの彼女が立ち上がる。

「ええ」

「どうして？」

「彼には出来ないことが出来るから」

エヴァが誇るように体を見せつける。

スネークは、エヴァの見事すぎるプロポーションを眼で舐めた。彼女がザ・ボスの裏切りに関わっているわけでもない。緊張を彼女にまで押しつけるのは情けなかった。

「NSA《国家安全保障局》の暗号解読員だったと聞いたが？」

「そう。四年前にアダムと一緒にソ連へ亡命したの」

腰のホルスターを見た。特徴的な銃把を見て、先ほどの銃の腕前を思い出す。

「箒の柄《ブルーム・ハンドル》……モーゼルミリタリーとはな」

古い拳銃だった。口元ににやりと笑みがこぼれた。

「火力があるから、バイク乗りには重宝するの」

「銃を横に構えて銃口の跳ね上がり《マズルジャンプ》で水平に薙《な》ぎ撃つあの撃ち方……見事だった」

指で拳銃のかたちを作って、スネークは真似てしまった。彼女が男の稚気に、愛嬌《あいきょう》で返す。

「西側《にし》にはないやり方でしょ？」

重いモーゼルミリタリーを、片手で構えて見せる。機関部のハンマーのすぐ脇に漢字の刻印があった。

「コピー品だな？」

「ええ、中国の十七型拳銃……」

彼女が彼の視線に居心地悪そうにする。

「ここじゃ、これでも高級品なのよ」

そして、彼女がタクティカルベルトに留めたポーチから、拳銃を取り出した。

「大丈夫、あなたにはアメリカ製を用意しておいたわ」

手渡されたものの風格にスネークは眼を見開いていた。

「45口径《フォーティファイブ》か」

思わず声に熱がこもる。その銃の状態を確かめようとして、スネークは手についた汚れを野戦服でぬぐっていた。

「これは……」

一目見て、感嘆するよりなかった。ガバメントには入念な改造が施されていた。

「気に入った？」

銃の各部を点検しつつパーツを確認する。慣れたはずの指先が、初めて銃に触れたときのように自然と興奮で震える。

「鏡のように磨き上げたフィーディングランプ……」

闇の底で、弾丸を薬室へスムーズに送り込むための入口スロープを確認する。

「強化スライドだ。更にフレームとのかみ合わせをタイトにして精度を上げてある」

スライドの手触りが制式のものと違った。フレームとのかみ合わせに、よくできた精密機械のような信頼感がある。構えてみた。

「サイトシステムもオリジナル」

ポイントするものを素早く変えても、ノーマルの固定サイトとは狙いの付けやすさが雲泥の差だ。

「サムセイフティも指を掛け易く延長してある……」

親指を下ろすと、吸い込まれるようにセイフティにぴたりとかかる。

「トリガーも滑り止めグルーブのついたロングタイプだ」

引き金も、もちろん万が一の失敗がないよう気を払っている。撃鉄もそうだ。

「リングハンマーに……」

前の持ち主の銃器とはかくあるべしという想いが伝わるようだった。

「ハイグリップ用に付け根を削りこんだトリガーガード」

あらゆる角度に意識が行き届いている。

「それだけじゃない。ほぼ全てのパーツが入念に吟味されカスタム化されている」

消耗品でもある拳銃に、経験と技術をあらん限りに注ぎ込んだ逸品だった。

撃鉄の音を確かめる。元の持ち主も何度も味わったに違いない音だ。スネークは夢中だった。

「これほどのモノをどこで手に入れた？」

「西側兵器の保管庫から持ってきたの。もとは西側《そっち》の将校のものだったんでしょうね。他にもあるわよ」

エヴァの声に距離を感じた。予備弾倉と有り難いサプレッサー、幾分かの食料に加えて、思いもよらぬものが防水ポンチョに包まれて入っていた。

科学者が着る清潔な白衣だった。彼のサイズのものだ。

「科学者に変装するための服よ」

「変装？」

「そう。ソコロフを助けたいんでしょう？」

敗北とザ・ボスからの問いがよみがえる。だが、スネークイーター作戦を進めれば、必ずリターンマッチの機会はあるのだ。

「……ソコロフは無事なんだな」

「ええ。引き続きシャゴホッドを作らされてる」

「どこで？」

「研究所よ。最新兵器を研究するために科学者たちが集められているの。警備は厳重よ。だけど、科学者に変装すれば潜り込める」

白衣を凝視した。危険だが、チャレンジなしで成功を見込める状況ではない。

「ソコロフも連れ出せるか？」

「それはあなた次第ね」

スネークは頭の中でスケジュールを組み立てる。与えられた任務のうちもっとも時間に余裕がないのはソコロフだ。シャゴホッドの開発が終われば、科学者は殺される。

「研究所へのルートを教えてくれ」

エヴァによると、グラーニン設計局へ向かうには、車両用道路がある表口よりも裏手から入るルートのほうが手薄だという。この闇工場から北へ向かって進むと、大きなクレバスにたどり着く。豊かな水に育まれたクレバスは、降りると底に洞窟《どうくつ》があり、ここが自然の抜け道だ。ここからマングローブが植林された密林の水路に出て、更に上流へと遡《さかのぼ》ると、埠頭《ふとう》が設置された倉庫がある。かつては重要な中継拠点だったが、他にヘリポートや陸路が整備されて、警戒が薄くなっているという。この倉庫施設を通り抜けた先が、研究所の裏口だ。スネークは軍事施設群が広いエリアに散在していることを思い知る。だが、よく下調べできているように思えた。

「よし、出発しよう」

「ちょっと待って」

ベッドから立ち上がると、彼女に呼び止められた。

「疲れてるんでしょ、少し休んだらどう？」

彼女のことを疑った。エヴァはNSAを裏切った二重《ダブル》スパイだ。スネークを捕らえるだけでも、KGBには価値があるかも知れないからだ。CIAは組織の存亡の危機にある。ここ数年、ソ連領内でU2偵察機がスパイ飛行中に撃墜された事件やキューバでの度重なる失敗と、大失態が続いたのだ。このザ・ボスの亡命と核攻撃が、止めになるかもしれない。スネークイーター作戦にかかっているものは重い。

「大丈夫だ」

押しのけようとして、よろけてしまった。痛めつけられた身体が悲鳴をあげていた。

「その身体では無理だわ。この先はまだまだジャングルよ」

エヴァに身体を支えられて、もう一度ベッドに座らされる。

「それに夜明けまでまだ一時間あるわ。夜のジャングルを案内《ガイド》無しに行くのは危険よ」

「君は？」

味方になってくれるのかと期待しかけた彼に、彼女は一線を引いた。

「案内はできない。私は戻らないと。長くは空けられないわ。感づかれるもの」

夜が明けかけていた。彼女も、割れた窓から薄明の空を眺める。

「大丈夫、無線機で情報を送るわ」

「それだけか」

ベッドに座って休んでいる間にも、厳しい任務の刻限は迫ってゆく。ソコロフを助けなければならない。そして、もう一度ザ・ボスに会わねばならない。ソ連側の協力が生死を分ける。

「私の任務はあくまでもあなたへの情報提供よ」

彼女が拒絶の意志を見せた。彼女はプロだ。

「不満みたいね」

やわらかい表情になった彼女が、ベッドへと歩み寄ってきた。

「じゃあ少しサービスしてあげる」

エヴァがどん底の彼に迫るように身体を寄せてきた。

「夜明けまで見張っててあげるわ。さあ、横になって」

スネークは彼女から顔を逸《そ》らした。

「どうしたの？」

「信用できるほど、君を知らない」

温もりが怖かった。

「どこまで知れば信用できるの？」

「いや、もう誰も信用できない」

ザ・ボスですら裏切った。ここは敵地だ。

ソ連の二重スパイである彼女が、付き合いきれないとばかりに遠ざかってゆく。

野戦服の上につけたウェブギアの右胸ポケットで、無線機が呼び出しを意味する赤い電球を明滅させていた。うなだれていた彼は、無線機の本体を出して手に握っていた。

「出たら？」

彼女が、魅惑的な腰に手を当てる。自業自得とはいえ、隔意を感じた。

スネークはスロートマイクの通話ボタンに手をやった。通信はパラメディックからだ。

〈スネーク、やっぱりまだ起きてたのね。一度も休息をとった報告がないから、そうだろうと思った〉

パラメディックの声は、あの日、谷底に投げ落とされて瀕死《ひんし》のスネークに応急処置の指示を出したときのままだ。

「礼を言えてなかったな。あのときは助かった」

彼女は四日前、入院中のスネークに会いに来たが意識がなかったそうだ。単純骨折とはいえ、一週間で骨折が治ったのも奇蹟《きせき》だという。傷の治りの早さを医者に驚かれるのは初めてではない。

〈昨日まで包帯とチューブだらけで意識がなかったってことは忘れないで。本当ならまだ集中治療室《ICU》にいる身よ〉

ＦＯＸの仲間と話しているとほっとした。

〈傷ついた時や疲れた時は眠るのが一番よ。医療担当《メディック》としての命令よ。不安でもきちんと眠りなさい。いいわね〉

この廃工場が防御に向かないことは、ソコロフをここから連れ出した彼も知っている。兵士たちの死体を隠した場所も、すぐ近くだ。安全とは到底言えない。だが、この先、誰かの見張りの下で休める機会など望めない。

リスクを決断するよりなかった。

「ああ……」

彼は生き残らなければならない。

スネークは、銃を握ったまま、壁に身体をもたせかけて眠った。もう夢は見なかった。

朝日を顔に感じて眼を覚ましたときには、少し人間に戻った気分がした。

夜が明けた。眠気に頭を振り、まだ重い瞼《まぶた》を開けると、下着姿のエヴァがツナギを着直しているところだった。

煉瓦《れんが》壁の向こうで、足音がした。野生の獣のように、即座に身体が警戒態勢に入った。

壁に頭を押しつけて耳を澄ます。外に軍靴の足音がした。

敵だった。

窓の外を見ると、血の色のベレー帽をかぶった軍服の兵士が見えた。ＧＲＵの誇り高いエリート、山猫部隊だ。

「どうしたの？」

エヴァはまだ気づいていなかった。スネークは窓際に身を隠して周囲の様子をうかがう。

「囲まれた。敵は……四人確認できる」

敵の姿を確かめてエヴァが焦りだす。

「山猫部隊よ！　逃げましょう？　急いで！」

エヴァが部屋の中央に進むと、自分のヘルメットをベッドに置いた。

「さあ、手伝って」

鋳鉄のベッドのフレームを、かがんだ彼女が握った。ベッド下の開き戸のことを知っているのだ。スネークも重いフレームを持って、息を合わせて一気に移動させる。床に設置された蓋《ふた》を開けて、エヴァが床下へと身を滑らせた。

「ここから床下に潜るわ」

エヴァが床下から屋外を覗《のぞ》く。そこから彼らを包囲する山猫部隊の足の位置を偵察して、彼女が指さして示してくれた。

「オセロットだわ」

彼女が、頭を床上に出して警告してくれた。厄介な敵だ。

「私はバイクで突破する。また連絡する！」

「わかった。俺は奴等を引き付ける」

彼女が女戦士の顔でスネークをにらみつつ、顔を寄せる。そして、一転、スネークの頬に軽くキスをした。驚く彼に彼女が言い残した。

「死なないでね」

フルフェイスのヘルメットを被《かぶ》ってしまったから、表情はもう見えなかった。

そして彼女は床下を這《は》って去った。部屋には動かしっぱなしのベッドが残された。たちが悪い女だった。床下を逃げる彼女のために、彼が注意を引きつける囮《おとり》を派手につとめる必要がある。

スネークはドアを内側から蹴《け》り開ける。直後に、背後の屋根を拳銃《ガバメント》で撃った。そこに陣取っていた山猫部隊の兵士が、腕を押さえて転落する。

銃声で敵部隊が動き出した。次々に襲いかかろうとする山猫部隊に連携をとらせないため、スネークは次々に遮蔽《しゃへい》を移動してゆく。敵よりも常に迅速でなければ話にならなかった。

縦横無尽に廃墟《はいきょ》を移動する。敵を発見する速度と、決断の早さで、高度に訓練された相手をスネークが更に上回る。ザ・ボスが十年かけて彼に伝えたものが、彼を生きのびさせた。遭遇の次の瞬間、確実に山猫部隊を地に伏せさせてゆく。

スネークの身に息づいていた技術が、心と体から求められて咆哮《ほうこう》する。死角が多い場所での、距離感を失いやすいもみ合いは彼の独壇場だった。襲われる者だったスネークが襲う側に逆転した。

より強い男、より強い兵士だったスネークが、短いが激しい戦闘のすえ全員を無力化した。前歯が五本折れて、息も絶え絶えであえぐ山猫部隊の一人から、AKM—63ベースの自動小銃を取りあげる。初めて扱う銃の取り回しと作動方法を確かめた。AMD—63の刻印があった。特殊部隊用の優秀な武器だと判断し、スリングを肩にかけて予備弾倉も奪う。

興奮で、勝ったスネークのほうも息が荒くなって止められない。粘っこい唾《つば》が口の中で気持ち悪くて吐き出す。彼を裏切り、不信のどん底に突き落としたザ・ボスにもらったものが彼を生きのびさせた。厭《いと》わしく思えても、怒りに焼かれそうでも、彼女とは繋《つな》がっている。苦いものが胸中に広がった。

日中の密林へと、ここから逃げるように踏み入ろうとした。日が昇ったばかりなのに、ひどく暑い。

背後からスネークには馴染《なじ》みのある銃声が響いた。最初の射撃音の応酬があった後、最後に立て続けに二発あった。

廃工場のほうを振り返った。スネークはガバメントをCQCの構えに構えて、足音を殺して戻ってゆく。手に汗をかいていた。あの銃声は、彼への挑戦だった。

工場跡の崩れた二階へ上がる階段の先、見晴らしのよい高所でその男は待っていた。そして、声を張り上げてスネークを呼んだ。

「会いたかったぞ、貴様に」

二十メートル以上も離れているがはっきり分かる。オセロット少佐だ。

一人ではない。エヴァが、後ろから羽交い締めに捕らえられていた。オセロットが、人質にとったエヴァの首を掻《か》き切れるようにナイフを握り、階段からうれしそうにスネークを見下ろしていた。

「その構え、その構えだ」

オセロットは、あのときのジャム弾を首飾りにしてかけていた。右手にはリボルバーを、左手にはナイフを持って、恍惚《こうこつ》とする姿すら絵になっている。

「動くな！」

銃口をポイントしたスネークへ向けて、オセロットが右手の銃を撃った。牽制《けんせい》しつつ、左腕を巻き付けて人質の拘束を強化する。左手の指をエヴァの身体にかけようとして、けげんそうに眉根《まゆね》を寄せた。そして、確かめるようにエヴァのツナギの上から胸をわしづかみで揉《も》む。

「女スパイか？」

密着した姿勢で、エヴァの首元に鼻を近づけて、臭いを嗅《か》ぐ。

「雌犬め、香水などつけやがって」

スネークはそのわずかな隙を盗んで、慎重に距離を詰める。角度を変えて試しても、エヴァの身体に当てずにオセロットを確実には撃てない。

「そこで止まれ！　もうジュウドーはごめんだ」

二階から拳銃を向けてきた。今度の銃は、銀色に輝く、表面に彫刻を施された美しいリボルバーだった。マカロフから銃を変えたのだ。

「シングル・アクション・アーミーか？」

コルト・シングル・アクション・アーミーは、45口径の六連装リボルバーだ。使用弾薬は45ロングコルト。同じ45口径でもスネークのガバメントより威力は上だ。だが、リボルバー式拳銃は弾丸の再装塡《リロード》に手間がかかるという欠点がある。

「ああ。もう弾詰まり《アクシデント》は起こらない」

オセロットが愛《いと》おしげに自分の銃を視線で撫《な》でる。

エヴァが人質にとられている。隙を引き出すよう、スネークは嗤《わら》う。

「あれがアクシデントだと？　あれは貴様の虚栄心が生んだ必然だ」

「なに？」

「確かにいい銃だ。だが、その彫刻《エングレーブ》は何の戦術的優位性《タクテイカル・アドバンテージ》もない。実用と観賞用は違う」

銃を馬鹿にされることは、一部の男には恋人を嘲笑《ちょうしょう》されるより耐え難い。洒落《しゃれ》者のオセロットもそうだった。銃声が響き、スネークの足下の地面が飛沫《しぶき》を上げた。

血の臭いがする緊張感が、男たちの間に満ちた。

「なめるな!!」

「それとお前はもうひとつ、根本的な誤解をしている」

いぶかるオセロットにスネークははっきりと告げた。

「お前はもう、俺かエヴァのどちらかしか殺せない」

オセロットは六発の装弾数のうち五発を使ってしまった。リボルバーは撃ち尽くせば、シリンダーに弾丸を一発ずつリロード《再装塡》しなければならない。弾倉を交換するだけのオートマチックに比べて無防備な時間が長い。

焦ったオセロットがゆるめてしまった拘束を、エヴァがナイフを恐れず振り切った。肩を掴《つか》もうとした男の手をいなして、見事な回し蹴りを顔面に決める。階段の上から、吹っ飛ばされたオセロットの身体が地面に墜落する。

かろうじて昏倒《こんとう》を免れる程度に受け身を取ったオセロットをよそに、彼女が二階から飛び降りる。着地点には大排気量の大型バイクがあった。彼女がスターターをキックしてバイクのエンジンをかける。吠《ほ》え猛《たけ》り始めたエンジンを解き放つよう、エヴァがアクセルをふかす。

オセロットも起き上がった。泥だらけになった軍服を払いもせず、闘志を全身にみなぎらせてナイフを構える。

鋼鉄の獣に、臆《おく》せずオセロットが正面から身を低くして挑みかかる。相手をスピードに乗せてはならないにしても、突進の鋭さは素晴らしかった。

だが、エヴァのバイク操縦技術は超一級だった。体重をかけて反発させたサスペンションの弾性と、アクセルを全開にしたバイクの圧倒的パワーを利用して、車体を馬のように後輪で立ち上がらせる。正面からぶつかってきたオセロットの顔面に、浮いた前輪がカウンターパンチを決めた。そのまま一片の容赦もなく、エヴァがブレーキという手綱を緩める。身体を一瞬よじ登りすらして、バイクがオセロットを轢《ひ》いた。

手から吹っ飛んだナイフが地面に落ちる。ゲームセットだった。

スネークは、仰《あお》向《む》けにぶっ倒れたオセロットをポイントしながら近寄ってゆく。タフなことに、もう頭を振って身体を起こそうとしていた。あの倒れかたでも、猫のように最低限の受け身をとったのだ。

タイヤの痕《あと》で汚れた額を、朦朧《もうろう》としているのかオセロットがたたく。そして、転がっていたコルトを大事そうに拾い上げた。銃をじっと見ている。不平や負け惜しみは一切漏らさなかった。

戦場で清々《すがすが》しく喜怒哀楽を出せるこの男に、スネークは自然と声をかけていた。

「高貴な銃だ。人を撃つもんじゃない」

敵に説教をされて、オセロットが吐き捨てる。

「くそっ！」

立ち上がると、トリガーガードに指を入れて、冷静さを取り戻そうとするようにガンスピンで拳銃《けんじゅう》を回す。そして、手になじんだ銃を腰のホルスターに挿した。本物の銃の勝負で負けた照れ隠しのように、指で銃のかたちを作って、両手でスネークを指す。目が合うと、ジェスチュアの人差し指の銃口を跳ね上げさせた。

「また会おう！」

後ずさっていたオセロットが、悪びれずに背中を向けて逃げだす。エヴァがヘルメットのバイザーを上げて、モーゼルで射殺しようとした。

「待てっ！」

スネークは彼女の腕を押して狙いを逸《そ》らした。口角がつり上がってしまったスネークを、彼女が咎《とが》める。

「どうして？」

彼女は昨晩スネークに疑われたのだ。だが、裏切られる前の自分を取り戻せたようで、スネークは感情を押し通した。本来の彼はこういう男だった。

「奴はまだ若い」

この任務の中では、オセロットは敵側で彼はこちら側にいる。だが、裏切りだらけの作戦の中、あれほど憎みがたい姿を見せた男を、背中から撃つのは惜しかった。

「後悔するわよ」

彼女がモーゼルをしまい、アクセルをふかす。

「奴が戻る前に帰らないと」

もはや彼女の頭は切り替わっている様子だった。バイクを発進させると、廃工場の壁の隙間を巧みなブレーキングとアクセルワークで車体移動させ、あっという間に行ってしまった。

彼女は去った。彼ももう移動するときだった。まずはグラーニン設計局へ行くため、抜け道の洞窟《どうくつ》があるというクレバスまで密林を踏破しなければならない。

かつて大英帝国とロシア帝国が抗争《グレート・ゲーム》を行った地域の一角でもあるグロズニィグラードは、気候や植生が特徴的だ。中央アジアとしては奇跡的に降水量が多く、オキナワやもっと低緯度の地域に植生が近い。草の丈は高く、木の幹は太い。さいわいラオスやベトナムのジャングルほど虫は多くないが、それでもこの地域だけが高温多湿だ。

鳥が起き出す早朝の森は、騒がしいほどだった。枝が小動物の体重で揺れている。太陽が高く昇る前に、距離を稼いでおきたかった。

フルシチョフが切った期限の一週間にはまだ五日ある。だが、この暗殺行がどれほどの長さになるか、計算がまったくつかなかった。バックパックの容量のために、五日分の食料を用意してもいない。

スネークは廃工場から丘を降りて広がる沼地を、深みに踏み込まぬよう、慎重に越えてゆく。泥の中を大型の動物がのたくって、微《かす》かな波が立つ。全身に鳥肌が立った。ワニだった。大きさから見て、このあたりが原生ではない。沼で襲われたらひとたまりもないサイズだった。

息をするのも苦しい極限の緊張の中、五感に神経を集中して接近する野生動物の気配を察知しようとする。奪ったAMD－63の銃口を、慎重にポイントし続ける。泥をかぶってこの最新型がどの程度動作するかわからないことを思い出す。さっきの勝利も、不安と不信をぬぐい去ることはなかった。

戦いを生き残った興奮が冷めれば、目の前にあるのは任務をまだ何一つクリアしていないという現実だ。ザ・ボスのことを思うと、昨晩の謎かけのような言葉が脳裏によみがえる。「亡命ではない。自分に忠をつくした」と。彼女は裏切りの前にこうも言った。『忠をつくしている』限り、私たちに信じていいものはないと。

じりじりと焦《じ》れるように、感情のないワニの瞳《ひとみ》と向かい合った。生き残る意志が尽きればすべて終わりだ。

泥濘《でいねい》をかき分け、蛭《ひる》に血を吸われ、汗に塗《まみ》れて、飢え、渇き、それでも武器を握り続ける。

沼地を踏破すると、疲れ切って茂みに隠れた。スロートマイクに手をやってFOX本部に通信する。

彼の報告を聞くと、ゼロ少佐はエヴァの伝えたルートを使って、ソコロフを救出することを命じた。

「信用していいのか？」

エヴァがそばにいるときには聞けなかったことだった。

〈なんだって？〉

「エヴァはKGBの人間だろう。彼女の情報を信じていいのか？　彼女が罠《わな》を仕掛けていないという保証は？」

〈スネーク、諜報《エスピオナージ》に保証などありはしない。あるのは計算だけだ。今の時点でKGBが我々を裏切るメリットはない〉

「だから信用できると？」

〈裏切る可能性は少ないだろうということだ〉

ゼロ少佐が、エヴァの言ったルートをほめた。FOXでも確認したが、敵の警戒網の裏をついたよくできた侵入経路らしかった。

そして、通信を終えようとしたとき、彼の通信機のチャンネルが変わった。武装担当だと伝えられていたシギントのものだった。

〈遅いじゃないか。あんたの作戦時間に合わせて、ずっとスタンバイしてたんだぜ〉

軽い口調の男だ。だが、不平を露《あら》わにしている。作戦開始から半日ほど、彼は連絡をとらなかった。

〈さっきから聞いてたが、もっと込み入った話をしてくれよ。俺の通信機を信じてくれていい〉

「大丈夫なのか」

この無線はKGBが管理する通信衛星を経由している。盗聴国家であるソ連が、KGBの設備を使わせて盗聴しないなどあり得なかった。

〈電波を発信するとき、機械側でいじるようにしてあるんだ。いつかは解読されるだろ

うが、今すぐ情報が漏れて作戦中に横やりを入れられることはないな〉

スネークは感嘆する。この通信機は陸軍で使っていたものよりずっと高性能だ。通信機がこれほど小型でなければ、この単独潜入は本当に絶望的だったはずだ。

〈機密に気を遣うなら、たまには無駄話でもしてくれ。多すぎてもヒントになるが、少なすぎても解読班にヒントをくれてやることになる〉

「ところでシギント」

命を預けることになるスタッフに興味が湧いた。

「シギントっていうのはあのシギントか？」

シギント《SIGINT》は、シグナルインテリジェンスのことだ。暗号解読や電子戦に関する諜報のほか、通信を傍受、解析することや、レーダー波や通信頻度から敵情を推測することも含まれる。

〈そうだ。エヴァのいたNSAの職務もこのシギントだった。あと四十年もすれば電子諜報戦の時代になるはずだ。そのうち戦場で重要視されるのは火力から情報になる。いい名前だろう〉

奇妙なコードネームだが、らしいと思った。ゼロ少佐がFOXに最高のスタッフを集めたというのは、嘘ではなかった。

「俺の出番もなくなるということか」

〈あんたにゃ悪いが、そうはならない。いつの時代も最後に必要になるのは人間の力だからな〉

スネークは人間の力が必要だからこそ、今、非人間的な任務についている。彼が遭遇したトラブルのことを、シギントも思い至ったようだった。

〈とにかく少佐は、そういう時代が来ることを見越して俺に声をかけてくれたのさ〉

「で、お前はそれに応じた」

〈他に就職先もなかったしな。最先端の研究が出来るようなところからはみんな門前払いを食らったんだ〉

スネークは信じられず聞き返す。

「いや、お前ほどの腕があればどこにでも」

〈さあな。ひょっとしたら俺が黒人だからかもしれない〉

公民権法が施行されて黒色人種に参政権が与えられたのもようやく今月だ。シギントには言葉にしている以上の何かがあったのかもしれなかった。

異国の茂みの中で、泥まみれで夢を語っていた。そんな仲間がアメリカで待っていることに、勇気づけられた。

〈二十一世紀になっても人種差別は続いているだろう。俺はコンピューターを使って世界を繋《つな》ぐ仕事がしたいんだ。電子の世界では国籍や人種なんて偏見はなくなるさ。そう信じてる〉

FOXに夢をかける男がいた。スネークが任務を達成できるかに未来がかかっていた。

彼が失敗すれば、シギントの夢だけではなく、世界すべてを焼き払う全面核戦争に突入するかも知れない。家族のように愛したザ・ボスを殺す任務でも、誰かの夢とも繫がっていると思うと、少し救われた。

通信を切った。

風に、ワニが沼を尻尾《しっぽ》で叩《たた》く音が聞こえた。

双眼鏡でその方向を確かめる。背後遠くに、沼地を踏破しようとしている赤いベレー帽の兵士が六人見えた。山猫部隊が、あの闇工場から彼のことを追跡してきているのだ。それにワニが反応している。

流木や岩に身を隠しながら、スネークは沼地を抜けて森に入ってゆく。振り切らねばならなかった。単身で潜入中の彼は、相手側のイニシアチブで接近されることを許容できない。

このあたりで軍事訓練を行っているはずの、土地勘がある相手を、ひたすら脚を動かすことでなんとか引き離す。

他の部隊が集まってきて包囲されるのではないかと、生きた心地がしない。だが、ルートを大きく外れて隠れる選択はとりたくなかった。フルシチョフは一週間と切ったが、これは状況を摑《つか》めていない中で切ったタイムリミットだ。ザ・ボスが待ちかまえていた情報の筒抜け加減を考えれば、敵の動きがもっと速い可能性があった。敵情の一端すらもまだ摑めてはいないのだ。

地面になだらかな窪《くぼ》みの多い森を抜ける。待ち伏せの気配はない。ひとまず窮地を脱したことにほっとした。

　クレバスまでの残りの道は山道が中心だ。トラックが一台通れる程度の道幅はあるが、廃棄されて久しい様子で、大小の落石が転がるままに放置されている。すでに昼を過ぎて、太陽が高く昇っていた。エヴァが持ってきたソ連軍のレーションに汗をかきすぎたぶんを補うため塩を振りかけ、水を飲んだだけの昼食をとった。

　ツェリノヤルスクでは山地に入ると緑が少なくなる。標高の高さの影響が大きく表れるようになるのだ。

　慎重に移動する。本来よりも動きの質が落ちていることは、スネーク自身よく分かっていた。それでも、コンディションが悪いなりに危険をくぐり抜けるしかない。

　そして、立ち枯れた樹木が目立つ、巨木と背の低い草が共存する荒れ地に風景が転じていった。岩場が多いが、日当たりも見通しもよい、隠れ進むには危険な場所だ。吹き下ろす強い風が土埃《つちぼこり》を巻き上げる。あまり長くない期間のうちに、もっと自然豊かだった環境が破壊されたようにも見えた。

　にわかに上昇した気温に汗をかきつつ進んでゆくと、道が途切れた。大地のそこかしこに切れ目が覗《のぞ》いていた。ここがクレバスだ。

　スネークは自然が作った雄大な風景に目を見張る。低めの丘がある方向、遥《はる》か遠くにパミール高原の峻厳《しゅんげん》な雪嶺《せつれい》がそびえていた。足下では草木が揺れている。森の端の巨大な枯れ木が、雄大な大地の裂け目の前に屹立《きつりつ》していた。

この幅十メートルはあるクレバスの向こう側にも、鏡に映したように岩場と枯れ木がある。

夏の終わりの強い日差しが、まぶたを貫いて眼に痛いほど激しく地上を打つ。

スネークがクレバスに近づくと、向こう岸の枯れた大樹の陰から男が歩み出た。

黒い軍服、赤いマフラーとベレー帽のこの男と、ここで出会うとは予想していなかった。

「やはり来たな。ザ・ボスの情報は確かだ」

山猫部隊を遥か後方に振り切ったはずだったからだ。

オセロットが右手でリボルバーを抜いて、見事なガンスピンを披露する。そして、挑発するように銃口をスネークにポイントする。

「お前は俺の顔に二度も泥を塗った」

顎《あご》でスネークの背後を示す。彼が見逃した巨大な岩の陰から、彼の退路を塞《ふさ》いで山猫部隊が現れた。彼は見事に包囲されていた。

「コブラ部隊には悪いが、お前はこのオセロットがもらう」

大地の裂け目に隔てられて、今度は近づいてＣＱＣで打ち倒すことはできない。完璧《かんぺき》に待ち伏せにはまって逃げ場はない。銃の勝負に付き合うと、腹をくくった。

太陽はまだ高く、荒れ地の日差しは苛烈《かれつ》だった。汗に濡《ぬ》れたオセロットが、革のベルトに吊《つる》した水筒《キャンティーン》の水をぐいとあおって捨てる。長い行軍だったはずなのにバックパックを背負っていない。スタイルへのこだわりは立派ではあった。

スネークはAMD—63の安全装置を解除して、山猫部隊を即座に撃ち殺せるよう位置を確認しておく。可能なら、オセロットを捕らえて尋問したかった。ザ・ボスの情報で先回りができたと漏らしたからだ。彼女が昨晩、降下した直後のスネークを捕捉《ほそく》できた理由が分かるかも知れなかった。

オセロットが、スネークがやる気になったことによろこびを露《あら》わにする。

「お前達は下がっていろ」

命令に従って、スネークを狙っていた山猫部隊が、銃口を下に向けた。見事な統率だ。

「二人っきりだ。邪魔するものはいない」

オセロットが、左手でもう一挺《いっちょう》のリボルバーを抜いて、右手と同じくらいスムーズなガンプレイを見せる。

「オセロットは気高い生き物だ。本来、群れることはない」

右手もあわせて、両手で二挺のピースメーカーを曲芸さながらくるくると回している。

そして、二挺の銃口をスネークに突きつけた。

「十二発だ……いいか、今回は十二発だ」

オセロットが、手になじんだ動作で銃をホルスターに戻す。

クレバスを挟んで向かい合う彼らの距離は、約十メートル。ガンマン同士の決闘だった。

彼はソヴィエトまで、意地の張り合いをしに来たのではない。だが、バカバカしいことをしているのに、自然と笑みが漏れた。こうなってしまった以上、逃げることもできない。

山猫部隊は顔をにやつかせている。もう勝ったつもりのようだった。特殊部隊としてのスペツナズも、オセロットも発展途上だ。若く、だからこそ傲慢《ごうまん》だ。スネークも、もっと年上の兵士からはこんなふうに未熟で荒々しいものに見えたのかも知れなかった。スネーク自身の姿が、少しだけ客観視できた。本当に無様だったのは、裏切られて傷つき、疲れ切った今の自分ではない。ヴァーチャス・ミッションのときの、何も終えられていなかったのに、任務を達成したつもりで浮ついていた姿だ。

彼は完調ではない。家族に捨てられたことはもう取り戻せないが、任務は現実にここにある。巨大な壁を乗り越えられるよう、もう一度鍛えるのだ。オセロットとの戦いで、バランスの狂った自分を鍛え直すつもりだった。

風が吹いて、青臭い草が揺れた。オセロットの背負った向こうに丘があった。頂上にある焼け跡が、核爆弾で焼き払われたソコロフ設計局《OKB-754》だ。スネークは前に進まなければならない。どんなことをしても核戦争を阻止しなければならない。

オセロットが両手の指をリラックスさせている。スカーフを巻いた首で、あのジャム弾が揺れていた。

「さあ、来いっ！」

オセロットが右手の銃を腰だめに早撃ちするより一瞬早く、スネークは地面に身を投げ出した。空中でガバメントを腰のホルスターから抜くと、そのまま地面に転がる。勢いを利用して手近にあった岩塊の陰に身を滑り込ませた。

銃声が数をカウントするように、山間に鳴り響く。彼が岩に隠れている間も放たれる銃撃のリズムが、オセロットの恍惚《こうこつ》を表していた。

スネークは十発撃たれたのを数えてから、岩陰から飛び出した。残り二発をオセロットが思い切りよく射撃する。そして、洒落者《しゃれ》の少佐は、大胆にも身体を晒《さら》したままシリンダー後部のローディングゲートを開き、一発ずつ弾丸を装填《リロード》し始めた。

「こんなにもリロードタイムが戦闘に抑揚をもたらすのか！」

無防備なオセロットへと引き金を引いた。外れた。戦場に愛されたような男の度胸に気圧《けお》された。弾ごめを終えたオセロットが、再び拳銃《けんじゅう》をスネークにポイントする。

「礼を言うぞ。よくぞ俺にこのよろこびを教えてくれた！」

亜音速の45ロングコルト弾が頰をかすめた。耳鳴りがした。オセロットはリロード前よりも集中力を上げていた。

次は身体に当たる。寒気がする。だが、十メートル余は、撃鉄を起こさねばならないシングルアクションの銃を片手の早撃ちで当てるには遠すぎる。オートマチック拳銃であるガバメントのほうが次弾が早い。

銃声が二つ重なった。

スネークの脇腹を音がかすめた。肉が、ほんのわずかにえぐり取られた。彼の弾丸は、オセロットの赤いベレー帽を弾《はじ》き飛ばしていた。

オセロットの注意が一瞬、愛用の帽子の行き先に逸《そ》れた。スネークは次弾を急所に当てられる確信があった。

そのとき、様々なものが同時に動いた。勝負に集中しすぎたスネークが見逃していた予兆が、一気に表面化したのだ。

大将の危機に、山猫部隊たちが銃口を上げた。そして、クレバスの底から突如噴き上がった黒い雲が、スネークたち全員を吞《の》み込んだのだ。虫の羽音に耳を塞がれて状況が分からなくなった。それは、すさまじい密度の蜂の大群だった。

「くそっ、見つかったか!!」

オセロットが蜂をはたきながら後退する。スネークの全身に鳥肌が立つ。同じものに、あの日、吊《つ》り橋の上で襲われた。ザ・ボスの大戦時からの部下、コブラ部隊だ。

空を蜂の大群がすっぽりと包むようだった。太陽を遮った蜂の群れの中、戦うどころか眼を開けていることすらできなかった。

山猫部隊もパニックだった。蜂はあらゆる人間を隔てなく攻撃した。昆虫は国籍も思《イデオ》想《ロギー》も問わない。たまらず身を低くして、スネークは拳銃をホルスターに収めると逃げ場を探して走り出す。

ソ連兵が蜂にたかられて悲鳴をあげていた。服のわずかな隙間から、皮膚を這《は》い回る蜂は侵入してゆく。パニックに陥って、銃を撃った兵士の身体が、それが合図だったかのように制服を内側から膨張させてゆく。断末魔の悲鳴をあげて、目出し帽をたまらず脱いだ。その下から現れた顔は、蜂に刺されて腫《は》れ上がっていた。

スズメバチよりも大きくて長い、独特のフォルムの蜂が、身体をえびぞりにして痙攣《けいれん》していた兵士の口から這い出してきた。鼻から、眼から、同じ種類の殺人バチが這い出しては飛び上がってゆく。地面のかわりに人間の肌に留まる蜂たちが、瀕死《ひんし》の犠牲者を覆ってゆく。仲間の無惨な最期に、総崩れで他の兵士も逃げ出した。

だが、蜂の雲は、蜂の群れはどんどん濃密になり、ついに視界は完全に失われた。

悪魔がざわめくような羽音のうねりに、理性を失った恐怖の叫びや断末魔がときおり混じる。

「邪魔が入った！　また会おう！」

オセロットが逃げだした。スネークは、虫が作る雲の中を闇雲に走るしかない。

そのとき、足下が崩れた。巨大なクレバスに脚から落下する。

悲鳴をあげながら、スネークはその底まで落ちるよりなかった。

『四章』

痛みは制御できるものだと、幼い日々、彼は教えられた。彼の父は、オスマン帝国の特別な養蜂家だった。二十世紀前半の一大事件だった帝国の崩壊で、新天地を求めてオーストリアに流れた父は、学者肌で森と毒について多くの知識を持っていた。山深い小さな村外れで、隠れ住むように彼は蜂の扱いを学んだ。彼は寂しい土地で、肉体に与えられるものだけでなく、同年代の友だちがいない孤独や、理不尽の痛みを知った。

そういう生き方をしてきたから、父を喪《うしな》う痛みも、故郷を追われる漂泊の虚無も、飼い慣らすことができた。第二次大戦が始まり、オーストリアはナチスドイツに占領された。父は殺され、彼は逃げた。彼の一族はユダヤ系だったのである。

だから、まだ三十歳前だった彼は、《彼ら》にコブラ部隊へと誘われたとき、一も二もなく飛びついた。ナチスには恨みがあった。喪失の痛みを、いつか復讐《ふくしゅう》するところに決めて制御していたのだ。

「無理をしないでくれ」

彼は小瓶を手渡した。

受け取ったのは、灰色がかった青い瞳《ひとみ》をした背の高い女性だ。二十代前半の整った顔だちの彼女は、金髪の額にバンダナを巻いている。古い都市の中心の広場が、すぐそばに見える。

「傷はふさがっているわ。痛みが少し残っているだけ」

街灯の光が届かない細い道は、ほとんど真っ暗だ。だが、人目がないところで若い女と二人きりでも、そこにロマンスはない。彼女が野戦服を着て背嚢《はいのう》を背負い、完全武装しているからだ。

「ボス、やはり俺がやろう……」

そう言った彼の、虫に刺されすぎて固くなった手を、彼女が止めた。ザ・ジョイとも呼ばれる彼女はコブラ部隊のリーダーで、兵士としてのみならず諜報員《ちょうほう》としてもあらゆることを高いレベルでこなす英雄なのだ。

ヨーロッパでの戦争は、ノルマンディ上陸作戦以降、趨勢《すうせい》が完全に決まった段階にあった。この勝利を確実にするため、米軍に属するコブラ部隊は幾多の特殊任務に参加している。この夜、彼らはナチス政権幹部を拉致《らち》するため、ドイツ西部の小都市に潜入していた。秋深い真夜中の大気は肌を刺すように冷たい。友軍とドイツ軍がにらみ合う前線は遥《はる》か後方だ。もしも発見されれば、彼らがすんなり脱出できる可能性は著しく低い。

「私が一番静かだ。ここでバックアップしなさい」

彼女の指示は揺らぎがない。彼も隠密《おんみつ》行動の訓練を積んではいるが、彼女のレベルには遠く及ばない。コブラ部隊では射撃がもっとも下手だから、弾丸をばらまくトンプソン・サブマシンガンを彼だけが使っているのだ。

ザ・ジョイはこの夏、手ひどい痛手を受けた。だが、彼女は近しい者が向ける気づかいが無用のものであることを、任務を果たし続けることで証明している。

「追跡は、この液を対象に塗るといい。そこに、夜光塗料をつけた蜂が夜間でも追いかけて留まる」

「ありがとう」

厳しかった表情を、彼女は幾分ゆるめた。彼女が大事なものを奪われたことを、彼も知っていた。痛みを皆が負う時代で、彼女はそれを他の誰かに押しつけるのではなく、終わらせるために戦っている。

「ボス、痛みをコントロールするには、悪いときに無理をしないほうがいい」

コブラ部隊のリーダーが、風景に溶け込むように軽い足取りで行動を開始する。石畳の広場を抜けて教会へと向かう彼女を誰も見咎《みとが》めない。そこが防空壕《ごう》の入口だった。

今夜は作戦のバックアップのために、爆撃機を市街周辺まで飛ばすそうだった。ドイツ防空軍と夜間戦まではせず、まとまった数の航空機を見せて、要人拉致後の追跡を混乱させるのだ。本当に大規模な追撃がかかったときには、引き返して地上戦力を殲滅《せんめつ》することになる。タイミングが勝負だった。

コブラ部隊が都市の内と外とで待機している。彼の役目は、ザ・ジョイの撤退時に必ず通るこの広場を、もしものとき混乱させることだ。彼は腰のベルトに吊《つる》した袋の中で虫がうごめく音を聞く。袋の中で休眠する何万という蜂たちは、彼の調合した薬品を嗅《か》ぐと興奮し、忌避剤を塗っていないあらゆる人間を攻撃する。蜂の群れは、武装した兵士の集団を容易に混乱に追い込むのだ。

夜間の町を警備するドイツ兵が、順路を通ってパトロールしている。灯火管制のため、歴史ある町並みに明かりはほとんどない。夜間に出歩くのは、特別な用事のあるものだけだ。あらゆるところに痛みがあった。

気配を殺して、息を潜めること一時間ほど、ザ・ジョイはまだ帰らない。胸ポケットから懐中時計を取り出す。もうそろそろ、動きが欲しいところだった。

作戦は決行された。無線を戦争にとりいれる技術はまだ発展途上で、彼に仲間への連絡手段はない。細い路地に潜んだまま、彼女の合図を待つ。

袋から這い出してきた蜂が一匹、彼の腕に留まった。この蜂は彼の家族に代々伝わるものだ。その毒は強烈で、一刺しで大きな馬も激痛でのたうち回らせる。幾度も不意の落馬事故を起こすのに活躍し、歴史を裏から作ってきたのだ。彼の一族は、闇に潜んで、権力者に都合のよい事故を起こすのが生業《なりわい》だった。

その古い暗殺の技術を受け継ぐ自分が、現代装備と訓練を与えられて、昔とは違って高度なチームを組んで任務を行っている。

爆撃を警戒して灯火がまばらで、星がよく見えるほど暗い町で、じっと首尾を待つ。彼らは何百年も前から同じような営みを繰り返しているようだ。同胞たる人間に制御された痛みを与え続けることで、社会を制御し続けている。ほんの数年前まで、夜でも煌々《こうこう》と明かりを使った社会が、爆撃の痛みと、監視の兵が与える痛みで、すでに本能的な闇の恐怖とまで妥協している。

コブラ部隊を編成した《彼ら》は、新しい戦争のありかたを模索していた。戦略爆撃でいくら市街や国土を焼いても、戦争指導者が生き残ると戦争は続くことが、大戦の教訓として積み上げられつつあったからだ。

《彼ら》は二つの可能性を模索した。一つが敵地に潜入して、戦争に必須《ひっす》な指導者や重要標的を精密に潰《つぶ》すことだ。《彼ら》は、その精鋭のための戦術と技術を検証するために、近代戦が取りこぼしたあらゆる伝統的な戦争技術を集めた。ザ・ジョイをリーダーとするコブラ部隊だ。

もう一つの可能性も、ザ・ジョイは見たという。彼女はそれを、戦争がもう続けられないと考えさせるための兵器だと言った。彼には、敗戦すれば権力を失う指導者たちを諦《あきら》めさせる兵器など、想像もできなかった。その正体を彼が知るのは、この夜からしばらく後、一九四五年八月六日以降を待つ必要があった。

一族が育んできた知識と技術を手に、兵士としての責務を抱えて、彼は闇の中に潜み続ける。

サイレンが、全市を眠りから叩《たた》き起こすような音量で鳴った。ザ・ボスが発見されたかと、広場の向こう側にたたずむ教会の様子をうかがう。そちらは静かなままだ。思わず夜空を見上げた。探照灯の光が夜空に投げられていた。空襲の警報だった。

「馬鹿な、早すぎる」

撤退を考えた。そう指示されてもいた。

だが、踏み止《とど》まった。あのザ・ジョイを見捨てることが、彼にはどうしてもできなかった。彼女の、大きなものを失ってそれでも責務を果たす姿に共感していた。

東の空が明るくなった。

爆音が響いた。爆撃が始まったのだ。爆撃機から投下される焼夷《しょうい》弾は、あらゆる可燃物を炎に包む。石造りの町であっても、住居に燃えるものはいくらでもある。

身をかがめて震えるようだった町の、家々のドアが開いて住民が逃げ出してきた。防空壕への避難が始まったのだ。警備部隊が、軍の防空壕の入口がある教会へ集まってくる。

一刻の猶予もなかった。

対空砲火が始まった。

星空に何十機もの爆撃機が、天に蓋《ふた》をするように飛行していた。夜の底が太陽のようにまぶしかった。都市が爆撃で燃え崩れていた。

住民たちが逃げまどっていた。ドイツ軍のものではない野戦服姿の彼は、炎の明かりから身を隠す。炎の臭いに、袋の中の蜂たちが暴れ始めていた。このままでは虫たちが死んでしまう。すでに彼の技術が有利に運用できる局面ではない。広場を混乱させてもザ・ジョイの撤退に繋《つな》がらない場合は、速やかに撤退することになっていた。

だが、それでも彼女からの合図を待ち続けた。

仲間の痛みが伝わるからだ。ザ・ジョイは人生に傷跡を残す痛手を受けたばかりなのに、過酷な任務で役目を果たし続けている。こんな時代だから、彼女の惨苦はそこらじゅうで起こっていることなのかもしれない。だが、彼女はそれを終わらせるために、もっとも厳しい戦場に身を置いて、おのれに忠を尽くし続けている。

祈るような思いで、蜂をおさめた袋の口を握る。

そのとき、頭上に濃密な死の気配がした。細い路地を挟む石造りの建物の屋根で、爆弾が炸裂《さくれつ》した。爆風に打ち倒された。

数秒間か、それとも数分か、意識を失っていた。

世界は、叫びを上げることすらできない苦痛に満たされていた。

荒れ狂うように、黒い蜂の群れが飛び回っていた。何万匹という群れが、大混乱に陥ってまわりのあらゆる人間を襲っていた。だが、小都市が阿鼻叫喚《あびきょうかん》の地獄絵図と化したのは、彼のせいではない。

戦略爆撃という第二次大戦の狂気の下で、人間が、火傷《やけど》に、崩れる瓦礫《がれき》に打たれて、苦悶《くもん》の悲鳴をあげていた。広場は火の海だ。もはや敵も味方もなかった。

彼は体中を袋から逃げた蜂に刺され、生涯経験したことのない激痛に身体をよじるよりない。彼の武器である蜂たちが、大火災の炎でパニックに陥って制御不能になったのだ。彼の一族が、代々育ててきた特別な蜂が、彼を死に追いやろうとしていた。蜂の巣が袋からこぼれ落ちて、絶えることなく蜂の群れがわき出ていた。

まさしく地獄だった。都市を警戒していたドイツ国軍の軍人たちも、火の付いた軍服を脱ぐこともできず倒れてゆく。

「情報が違う。今日は牽制《けんせい》だけで、本当の爆撃はやらないはずだ！」

ドイツではほとんど見ることのない黒色人種の兵士が、怒声をあげていた。コブラ部隊の〝家族〟の一人である爆薬の専門家で、足止めのために街道に爆発物を仕掛ける任務についていたはずだった。頭に音が耐え難くガンガン響く。

前線ではしばしば致命的な連絡の手違いが発生した。

「撤退する！　動けないものには手を貸しなさい」

彼女の声がした。彼女が戻ってきたのだ。自分も刺される危険を気にも留めず、肩を貸してくれた。

彼はショック状態で朦朧《もうろう》としながら、何かに触れるたびに走る激痛で痙攣《けいれん》する。だが、その制御などしようがない激しい感情の中で、真っ白に漂白されて生まれ直したようだった。

ただ、叫んでいた。

「痛み《ペイン》だ！　ボス、痛み《ペイン》だ!!」

敵も味方もなく、等しく痛みにさいなまれた世界が、朦朧とする彼の前に広がっていた。極限を超えた苦痛の中で、人間がみんなのたうち回っていた。

痛みを通じて、彼は世界と繋がっていた。世界は惨苦にもがき苦しんでいた。至高の痛みが、彼を他のあらゆることから解放してくれた。もっとも激しい苦悶にのたうっている間、それ以外のあらゆることは真っ白に塗りつぶされる。

だが、生まれ直したように叫ぶ彼を、揺り起こす手があった。今、人生の耐え難い苦痛を乗り越えようとしている彼女が、彼の胸ぐらを摑《つか》み、じっと目を見て一喝した。

「痛みに支配されるな！」

彼女は、戦場では決して流されることがないが、年相応に激情家だ。彼女は任務と愛との、二つの求心力に常に心を引かれている。

「コントロールできない痛みこそ耐えろ。一人でできないなら、〝家族〟が手を差し伸べてやる」

激情の洪水に溺《おぼ》れる彼を、繫ぎとめるように、彼女が暴れる彼の身体を押さえつける。

彼の目から、涙がぼろぼろとこぼれていた。

「……ボス」

「おのれを見失うな。あなたは兵士よ」

ぎりぎりのところで思い出した。悲鳴をあげる市民たちと違って、彼は手に銃を持っていた。彼は兵士だ。戦場で痛みを与える側だからこそ、越えてはならない一線がある。

極限の痛みの中で、コブラ部隊として為《な》すべきことはある。

痛みという特別な感情を足場に、彼はあらゆることを受け入れ克服する精神力を手に入れた。一人の兵士がザ・ペインになった。ザ・ボスがいたから、彼は怪物ではなく英雄になった。彼は、醜く腫《は》れ上がっていない場所などどこにもない身体で、人間の言葉を搾り出す。

「ボス、帰ろう。〝家族〟のところへ」

そして、苦悶の夜から二十年が経ち、ザ・ペインは冷戦の暗闇の中にいる。

痛みは癒《いや》されることはない。まだ続いている。生き続ける限り、ずっと続くのだ。

＊

スネークはクレバスの底に落下するとき、ひとつの奇蹟《きせき》に恵まれた。足から着地することができたことだ。

落ちたことで蜂の群れから解放された。暗い谷底から五メートルほど上にはまだ蜂の群れがいて、不気味なうなりを反響させていた。

このクレバスから、洞窟《どうくつ》に入れるはずだった。そして、それを抜ければ水路に出る。

壁面を丹念に調べてゆくと、人が通れる洞窟が本当にクレバスの底にあった。自然に水に浸食されたらしい岩壁は、微《かす》かに濡《ぬ》れている。密林を作る豊富な雨がしみ出しているのだ。苔《こけ》が豊かに生えている。真っ暗な洞窟に逃げ込むと、スネークはまずバックパックを外して腰を下ろした。身体に悪寒が走っていた。あえぐように呼吸が乱れておさまらなかった。だんだん全身の痛みがひどくなった。蜂に刺されすぎたのだ。

バックパックの予備水筒からあおるように水を飲む。からからだった口の中が湿って、生き返った思いだった。人心地がつくと、スネークは野戦服の上着を脱いで上半身裸になった。上着を振ると、蜂が飛び立った羽音がした。まだ何匹か服にへばりついていた。

洞窟でほどよく冷やされた風が、素肌に心地よかった。スネークは体温を失いすぎない程度に休憩して、それから上着を着直した。あの蜂の群れは、ヴァーチャス・ミッションで彼からソコロフを奪ったコブラ部隊の兵士に操られたものだ。まだ近くにいる。あのとき蜂たちは、覆面の男の身体のすぐそばを取り巻いていた。何百メートルも離れた場所から昆虫を制御することなど不可能だと、スネークは思いたかった。

無線機を取り出して、チャンネルをゼロ少佐に合わせる。スロートマイクの通話ボタンを押す。返事はなかった。暗闇の中、何度も試した。通じない。まるでソ連領内でたった一人見捨てられたようで、恐怖が押し寄せた。

「少佐！　少佐！　応答してくれ」

オセロットやザ・ペインに襲われたときを超える死の予感が、スネークを搦《から》め取った。バンダナが吸いきれなかった汗が、眼にまで垂れ落ちてきた。

バックアップや救助があるのだと信じられるから、特殊部隊は困難な任務につくことができる。プロでいられる。

スネークは一センチ先も見通せない洞窟の中、足を前に進められなくなっていた。どうしようもない孤独の中、ザ・ボスのバンダナに無意識に手を触れていた。ザ・ボスですらもが彼を裏切ったのだと、胸に重く現実がのしかかってきた。

そして、しばらくして思い至った。洞窟の奥では無線の電波が通らない。湿った漆黒の中、手探りで移動した。懐中電灯《フラッシュライト》はつけなかった。光に反応して虫が寄ってくる危険を負いたくなかったのだ。空が開けている場所でもう一度無線を試さずにいられなかった。かすかに天井から光が差している場所を見つけた。分厚い岩盤の裂け目から、わずかに太陽の光が漏れ入っているのだ。

外はもう夕方らしく、差し込む光は赤く弱い。その光で銃の状態を確認した。薬室と銃身に虫が詰まっていないことを確かめて安堵《あんど》する。無線機本体からアンテナを引き伸ばして、裂け目に突っ込む。ひどい雑音混じりだが、通信がやっと繋がった。

〈スネーク、無事だったか〉

ゼロ少佐も心配していたようだった。オセロット少佐と対決になり、蜂の群れの襲撃で水入りになったことを伝える。少佐が古い英雄のことを語る口調は、真剣に言葉を選ぶようだった。

〈ザ・ペインはコブラ部隊で最もサバイバル技術に長《た》けた兵士だ。彼の動植物に関する知識は、比肩する者がなかった〉

「少佐、大戦でボスと一緒に戦ったあんたならくわしいはずだ。人間離れしている。コブラ部隊というのは何なんだ？」

〈ブリーフィングで話したことで、知られている確かなことはほぼすべてだ。コブラ部隊は、全員が戦場で抱く特別な感情からくる名前を持っている。ザ・ペインは、至高の痛みと呼ばれている〉

スネークの身体もこのとき、蜂の毒でいたるところが激痛に見舞われている。

〈真実の終焉《しゅうえん》、ジ・エンド。無限の憤怒《ふんぬ》、ザ・フューリー。至純の恐怖、ザ・フィアー。そしてザ・ボスは、無上の歓喜、ザ・ジョイというもう一つの名を持っていた〉

「俺が知りたいのはそういうことじゃない」

CIA内部での情報漏洩《ろうえい》を恐れて事前情報が少なかっただけで、隠し球はあると思っていたのだ。

〈V2ロケット基地破壊や、ナチス政府要人の拉致《らち》で、連合国軍の勝利に多大な貢献をした業績は知られている。だが、手口はCIAでも長らく機密だった。スネークイーター作戦の発令から閲覧許可が出たが、まったく整理されていない。有効なデータの捜索はFOXの総力でやっている最中だ〉

「ザ・ペインと交戦になる。やつを排除しなければ先に進むことは難しいだろう」

そしてゼロ少佐はしばらくためらってから、慎重に言った。

〈コブラ部隊は、当時から伝説になるほど機密だらけだった。ただ、こんな話を聞いたことがある。……コブラ部隊は、近代的な軍隊が切り捨てていた、世界中で発達した伝統的な戦争技術を拾い上げるために作られた。そして、近代的な装備や戦術と、歴史的

な技術を組み合わせる検証部隊だった〉

アメリカのグリーンベレーのサバイバル技術にも、ネイティブ・アメリカンズが扱っていたものがある。CQCのような戦闘技術は、まさに闘争の歴史の結晶だ。

「だが、ザ・ペインの蜂は？　あんなものをどこから見つけてきた？」

〈あの戦争では、みんな生き残るためにあらゆることを検討した。戦争準備からそうだった。人類の歴史が衝突した時代だった〉

ザ・ボスが言ったように、常に時代は移り変わり、政治はそこで現場の戦いとは違ったルールで動く。そして、兵士の戦闘相手を決めるのは政治だ。だが、それでも彼も、他に選択肢があれば、家族のように思った恩人の暗殺ミッションを受けはしなかった。

「それが、ボスが亡命した理由なのか」

〈それは分からない〉

スネークイーター作戦の話は、どうしてもザ・ボスの裏切りに行き着いてしまう。激痛が全身をくまなく苛《さいな》んでいた。この苦しさが、安全な本国で話している少佐と、敵地で苦しむスネークとを切り離すようだった。

「少佐、本当にザ・ボスの裏切りを予想できなかったのか？」

掘り返すつもりのなかった疑いを、口にしてしまっていた。

痛みが、感情を不必要なほど鋭敏にしていた。苦痛の下で抑制を失うこころが本当の自分であるかのように、説得力を感じる。彼を突き動かす痛みが、世界を支える特別な感情であるようだった。

「あんたほど用心深い男が、ザ・ボスにあそこまで見事にやられるものなのか」

暗闇の中、通信の音声にはノイズが混じり続けていた。さっきのようにスネークからの連絡は突然繋《つな》がらなくなるかも知れない。そして、敵しかいないソ連領内で見捨てられるかも知れない。息が止まりそうな沈黙の末、ゼロ少佐が言った。

〈私のミスだ。すまなかった〉

この衛星通信のデータはKGBに記録されている。少佐に事情があったのだとしても、遠からず解読される通信で真実を明かすはずがなかった。

「いや、忘れてくれ」

痛みだ。もっとも信用するものに裏切られた痛みが、彼の臓腑《ぞうふ》を焼き続けている。癒せないうずきをかばって、まっすぐ立つことがかつてないほど難しい。

〈済まない。任務が終わったらゆっくり話をしよう〉

今はまだできない話があった。CIA局員が数名、前回ミッション以後軟禁状態になっている。後追い亡命の噂もある。大戦の英雄であるザ・ボスは、東側ではヴォエヴォーダ《女戦士》と呼ばれ、敬意を払われていた。彼女の亡命は、今もアメリカと西側の諜報《ちょうほう》機関に大きな影響を及ぼしているのだ。

スネークが疲れて通信を切ろうとしたとき、パラメディックの声が聞こえた。

〈お話、いいかしら?〉

ＦＯＸ無線機のチャンネルが自動でパラメディックに切り替わっていた。

〈ザ・ペインほど専門的ではないけど、ＣＩＡの資料から、わかったこともある。ザ・ペインの扱う蜂は、一種類ではないことが確認されているわ。そのうち一種類は毒を持たない昆虫よ。たぶんこれがガイド役になってターゲットに攻撃フェロモンをつけて、殺す役の蜂を誘導している〉

大戦の英雄と戦うための手掛かりだった。だが、あの蜂の嵐の中から、危険なガイド役の蜂を避けるのは相当難しそうだった。

「その攻撃を防ぐ手段は？」

〈蜂は水の中までは襲ってこないから、水の中に逃げるのは手よ。火や煙にも弱いわ〉

「それで逃げ切れるほど生やさしい勢いじゃなかった。ザ・ペインは、犠牲者をごく短時間で殺していた」

〈スネーク。資料では、ザ・ペインは、生息地がわからない固有種を育てている。体長は約八センチメートル。現在発見されている蜂目《ハチもく》の昆虫では最大の生物よ〉

「その蜂の習性は？　身を守るにはどうしたらいい？」

〈残念だけど、資料は死骸《しがい》の写真だけなのよ〉

嵐のように押し寄せる蜂の群れから、危険なガイド役を発見し、習性の分からない殺人蜂から逃げる必要があるようだった。

そして、無線の会話を聞いていたのだろう少佐が、最後に付け加えた。

〈スネーク。ザ・ペインの蜂は、コントロールするために攻撃性をおそらく下げられている。精密に制御できるのでなければ、特殊部隊の兵士が持ち歩くような兵器ではなくなってしまう。制御するためのルールがあるはずだ〉

通信を切って無線機をしまった。もう日が暮れていた。天井から漏れ入る光は、赤く弱い。蜂に刺された体中の肌は痛み、脇腹のえぐられた傷は脈打ち続けている。だが、傷の治療ができる明るさではなくなっていた。彼の気持ちが腫《は》れあがって膿《うみ》を流そうが、任務があるから前に進まねばならない。

まずはこの洞窟《どうくつ》を抜けるよりなかった。

地下水がしみ出しているのか、壁も床も濡《ぬ》れていた。スネークにとっては危険な足場だった。彼のジャングルブーツがやわらかいものを踏んだ。小さな蟹《かに》だった。水場があるのだ。

スネークはまったく眼がきかない闇の中、蜂からの逃げ場になる水場を探して自分の足音に神経を集中する。

水が生命線になるはずだった。エヴァはこの洞窟から水路に出るのだと言っていた。だとすれば、洞窟が地下水や水路に繋がっている可能性もあり得た。

明かりが欲しかった。

身を低くして、手探りで気温の低い洞窟内を進むしかない。腫れた蜂の刺し痕《あと》に野戦服がこすれるたびに、痛みが聴覚や嗅覚《きゅうかく》をかき乱していた。眼が見えなかった。手が尖《とが》った岩に触れる。うずきが止まらない。体中が熱かった。壁の感触が、以前に触ったものと違いがないように思えた。絶え間なく激痛だけが続く。もう進まなくても、休んで態勢を立て直すほうが合理的に思える。だが、敵が近くにいる場所で意識を手放せば死ぬ。

叫び出したい本能をおさえた。スネークは敵に備えてナイフをCQCの構えに構えたまま、それでも感覚を信じて足を踏み出し続ける。

そして、痛みについに慣れ始めたころ、風の臭いが変わった。水の臭いだった。そして微《かす》かに、動物の臭いがあった。

「ザ・ペイン！」

スネークは叫ぶとナイフを左手に持ち直して、右手でガバメントをホルスターから抜いた。真っ暗で何一つ見えなくても分かる。やつはここだ。

頭上から耳の穴を覆うような蜂の羽音が微かに聞こえた。気配が爆発的に広がって、スネークの頭の上から土砂降りの雨のごとくかたいものが降ってきた。まるで怪物に一飲《の》みに呑み込まれたようだった。

スネークは一瞬の判断で思い切り前方に身を投げ出した。彼を受け止めたのは、洞窟の地面ではなかった。冷たく深く彼を沈めて包み込むものがある。冷たい水だ。

武器は手から放さなかった。真っ暗闇の水中で、どちらが上かすら分からなくなる。溺《おぼ》れる恐怖と戦いながら、浮力で浮かび上がるのを待つ。顔が大気と、蜂のうなる大きな音に触れたことで、水面の上に顔が出たのだと知れた。

足音がした。スネークはナイフを上着に吊《つ》った鞘《さや》に戻すと、ガバメントを両手でホールドしてそちらに二発ぶっぱなした。

「いい反応だ。だが、ようやく捉《とら》えたぞ」

野太い声がして、炎があがった。そして視界がまるごと燃え上がるように、周囲がまばゆい光に包まれた。

スネークは、岩が浸食された洞窟の、水が溜《た》まった地底湖にいた。彼は半径二十メートルほどの透明な湖で立ち泳ぎしていた。岩場から暗闇で見えないまま飛び込んでいたのだ。

湖の中心に、平たい岩場が水上に突き出ていた。そこには、黄色の防弾ベストを着た身の丈二メートルの巨漢が、サブマシンガンを持って待ちかまえていた。周囲を飛び回る蜂の群れが、黒い目出し帽やどの国の制式装備でもない黒い生地の野戦服に留まっている。大戦を常に最前線で生き抜いた英雄が、お互いに退路がない場所で待ちかまえていたのだ。これが、ザ・ペインだ。

スネークは暗闇に慣れすぎた眼に痺《しび》れるほど光を受けて、小さくあえぐ。ザ・ペインは、明かりを得るため、洞窟の岩壁に設置されていた十本近い松明《たいまつ》に火を灯《とも》したのだ。火種の紐《ひも》を脚に縛り付けた蜂が、ひゅうと空中を横切っている。

「我らはザ・ボスの息子たち。……俺はザ・ペイン……。おまえにこの世で最高の痛み《ペイン》をやろう」

ザ・ペインが野太い声で名乗りを上げる。死も苦痛もまったく恐れず、戦えることを楽しんでいるようですらあった。円盤形のドラムマガジンが装着された銃がスネークに向けられる。その銃口の動きだしに、すでにスネークの身体は反応していた。彼が冷たい湖水に潜るとほぼ同時に、水中に弾丸が次々に刺さった。

水中は今の彼にとってはもっとも安全な場所だ。水上から撃ち込まれた弾丸が、エネルギーの一部を音に変換して急減速してゆく。ザ・ペインが持つサブマシンガンは、米軍でも第二次大戦で活躍した短機関銃、トンプソン・サブマシンガンだった。彼のガバメントと同じ45ACP《エーシーピー》弾を毎分七百発ばらまくことができ、頑丈で信頼性も高い。

狙われている同じ場所に顔を出したら、射殺されてしまう。スネークは真っ暗な水中を泳ぐ。地底湖の底は深かった。息を止めた肺が痛んだ。澄んだ湖水を掻《か》いて目指すのは、潜る前からあたりをつけていた向こう岸だ。湖水を泳ぎ続けて消耗しないうちに、広場の出口の様子を確認したかったのだ。

ザ・ペインは蜂に対して唯一スネークが地の利をとれる湖で待ち伏せていた。ならば、蜂から逃れることができる湖水にスネークが頼っていたら、敵にとって有利になる仕掛けがあるはずだった。

真っ暗な闇の底の水中で、彼は必死で水を掻く。壁のような固いものに手が当たるときまで、ただひたすらに泳ぎ続ける。肺が空気を求めて激痛に苛《さいな》まれていた。苦しい。

息が出来ない。頭が痛む。何も考えられない。だが、呼吸すれば死ぬ。耐えろと、ただひたすら念じて重い手足を動かす。力尽きればこのまま冷たい湖底に沈む。彼の今の敵は、苦痛そのものだ。ただひたすら自分のしていることが正しいのだと信じて、耐えながらがむしゃらに進む。

岩壁に手がかかると同時に浮上する。酸素を求めて大きくあえぎながら、目を見開く。スネークが顔を出したと同時に、ペインが叫ぶ声がした。スネークは両手でその岸をつかんで、身体を引き上げる。そして、絶句した。

広場の出口を塞《ふさ》ぐように、壁にびっしりと蜂が留まっていた。洞穴の足場になる岩場の至る所に、這《は》い回る蜂がいた。

「ご苦労！　そこだな」

ザ・ペインのトンプソンの銃口から、逃れる隙はなかった。十メートル以上距離があったことが幸運だった。重い銃器を振り回したザ・ペインの狙いがわずかにぶれて、岩棚に弾丸が命中する。火花があがり、流れ弾を受けた蜂の身体が砕け散った。

それに反応して、蜂たちが飛び立つ。虫の死体がバラ撒《ま》かれた周辺に、蜂の群れが一斉に襲いかかった。このあたりじゅうにいる蜂は、すべて潰《つぶ》せば攻撃フェロモンをまき散らす感圧センサーなのだ。

スネークは咆哮《ほうこう》しながら、身をよじりつつスライドを引き、拳銃《けんじゅう》を撃った。ここは罠《わな》だ。だが、食い破って敵を排除しなければ、前に進めない。

蜂にびっしりと覆われたザ・ペインの野戦服は、一部が弾《はじ》けただけだ。輪郭が変わるほど寄り集まり重なった昆虫が、鎧《よろい》になったのだ。拳銃弾では致命傷を与えられない。

萎《な》えそうな足に力を込めて立ち上がる。蜂の嵐に襲われることを覚悟で、岩陰へと走りつつ、肩にかけていたAMD―63を構えた。威力不足の拳銃は岩の足場に放置し、小銃を安全装置を外すやフルオートで連射する。山猫部隊の最新装備はカービン化して取り回しやすく、7・62ミリ弾の威力は拳銃弾をはるかに凌《しの》ぐ。

岩場に隠れようとした。蜂の群れがびっしりとそこにへばりついていた。スネークを、容赦なく新たに舞い上がった蜂の群れが刺す。激痛が全身に電撃を走らせるようだった。

だが、この痛みは十分に味わった。

血が歯茎から流れ出るほど歯を食いしばったまま、銃を撃ち続ける。嵐の中に飛び込んだように、横殴りに重量感のある蜂が彼の顔にぶつかってくる。だが、銃の腕と銃器の性能では、スネークが勝っていた。それが彼の勝機だった。

蜂がボールのように固まって、空中を浮かんで近寄ってきていた。全身に戦慄《せんりつ》が走った。これから逃げなければ死ぬと悟った。軌道から外れるように走って撃つ。だが、走りながら集弾するのは彼の腕前でも無理があった。幸運にも至近弾があって、過敏な昆虫が群れを乱した。十分な浮力を維持できなくなった蜂の集団が、運んでいた荷物を取り落とす。スネークのいる岸からわずか二メートルの水中に、ぽとりと落ちたものはピンが抜けた手榴弾《しゅりゅうだん》だ。爆発物を蜂に運ばせたのだ。

爆発音が轟《とどろ》き、凄《すさ》まじい水柱があがる。スネークの身体を水の塊が打った。その衝撃と圧力に流され、為《な》す術《すべ》無く転倒した。だが、うめきながら四つんばいになり、彼は自分が並外れて幸運だったと知った。水が、彼の身体を覆い尽くしてたかっていた蜂を押し流してくれたからだ。溺れた蜂が、おびただしい数で、水たまりのなかで節足を動かしてもがいていた。

スネークは、地面から、蜂まみれの拳銃をとりあげた。AMD―63は弾丸を撃ちつくしていたのだ。

今の体力では小銃《AMD―63》が重すぎて、捨てた。ようやく立ち上がる。

「若き蛇よ!」

ザ・ペインが目出し帽を引きむしるように脱いだ。顔中の肉が蜂に刺されて、至るところに瘤《こぶ》ができた、凄惨《せいさん》な表情をしていた。何十年も身体を苦しめ続けただろう痛みの記憶が、刻み込まれていた。

「痛み《ペイン》は……おまえにとっての特別な感情ではない」

ザ・ペインが血を吐いていた。防弾ベストと蜂の守りを貫いて、7・62ミリ弾がその身体をズタズタにしたのだ。

兵士としては全盛期を過ぎた大戦の英雄が、よろけ、膝《ひざ》を突きかけて踏ん張る。防弾ベストに留められていた、蜂を操る薬品の金属フラスコもいくつか割れていた。そして、蜂の群れが、そのザ・ペインに襲いかかった。殺人蜂たちの制御を失ったのだ。

スネークには足を止めて撃ち合うしかなかった。下手に動けば、身体にへばりついた蜂を潰して、飛び散った攻撃フェロモンでより猛烈な攻撃を受けたからだ。ザ・ペインの蜂の制御方法の隙を、強引に食い破った。これがたぶん唯一の正着手だった。

「この感覚！　……この痛み《ペイン》!!　この痛み《ペイン》だ!!!」

身体をよじらせたザ・ペインが、全身から血を噴きながら絶叫した。その断末魔とともに、黄色い防弾ベストが一瞬内側から膨れあがり、身体が炎をあげた。

炎をスネークが見たと思った瞬間、ザ・ペインの身体が大爆発を起こした。爆発物を持っていて、自爆したのだ。

光と熱に反応して、パニックに陥った蜂たちが飛び立った。もはやそこに兵器としての制御は存在しない。それはただの力だ。無秩序にあらゆる生き物を襲って殺してゆく。凶暴性を解放された虫の嵐から、スネークはただ逃げるよりなかった。ただの圧倒的な力に対して、人間できたことなど、ただ必死で走ることだけだった。

洞窟《どうくつ》の闇の中、残った体力を振り絞って脚を動かし続けた。呑《の》み込まれれば死ぬしかないからだ。にどうこうできることなど何もない。

息も絶え絶えで、洞窟から飛び出したとき、外はもう夜だった。どこまでも高く、満天の星が広がっていた。

泥水の水路に、彼は腰まで浸《つ》かっていた。マングローブの林が、水路の周りを取り巻いている。

ブーツは足首まで水底の泥に沈み込んだ。歩くだけで体力が削られた。

スネークは、これ以上の戦闘は限界だと判断した。二つの耐え難い痛みが衝突し、ザ・ペインのほうが死んだ。だが、痛みは今もスネークを苛んでいた。動ける体力があるうちに、ヒルギの木の頑丈な根を乗り越えて林に分け入った。その幹ごと、緑の葉が揺れた。

足場としては、支柱根に支えられた細い幹はブーツでは滑りやすかった。身動きが取りがたく、発見されたら射殺されるのは間違いなかった。だが、水路を今のコンディションで前進するのも死と同義だった。

疲れを自覚すると、荷物が重く感じられた。休まねばならなかった。

支柱根をいくつか乗り越えて密林の奥に入り、水路に流された土砂が溜《た》まった湿った地面を見つけた。休める場所を見つけてほっとした。腰を下ろして、スネークは残った装備を確認する。

バックパックの水筒の水を、飲み尽くした。バックパックには蜂が数匹侵入していたが、中の荷物は無事だった。マングローブは、塩水と真水が混じる汽水域で林を作る植物の総称だ。塩分のせいで、恨めしいがこの水路の水は飲めない。恵みの雨でもない限り、早急に飲み水を確保しなければならなかった。

小銃は拾って逃げる余裕がなかった。残った武器はナイフ一本と拳銃が一挺《いっちょう》だけだ。

弾丸も装塡《そうてん》されているものは残り二発、予備弾倉の七発を撃ちきれば終わりだ。

生きていたことが奇蹟《きせき》のような戦闘だった。

スネークの足と腕に、肉にねじ込むような異様な激痛が残っていた。神経をアイスピックで削るような痛みが、いつまでもおさまらない。治療しなければならなかった。星明かりだけに照らされたマングローブの森で、スネークはブーツを脱ぎ野戦服のズボンを脱いだ。立ち止まったことが、生命を救う選択だったと知った。膝より上、もう太もも動脈に近いところに、肉が盛り上がった瘤があった。生き物のように瘤が内側から蠢《うごめ》いてる。この瘤から、ドス黒い内出血の痕《あと》が筋のように、膝上《ひざうえ》に開いた傷口まで続いている。つまり、この膝の傷口から侵入した小さな生き物が、スネークの太ももの肉を今も食い破りながら、胴体へ向けて上りつつあるのだ。

ナイフをライターで炙《あぶ》ると、スネークはその瘤を刃先で切開した。衛生的に危険な野戦手術だった。だが、危機感より嫌悪感と怒りに突き動かされていた。これを一秒も早く自分の身体から引きずり出したかった。

体長八センチにもなる、弾丸《バレット》のような身体をもつ蜂が、肉片をつけた大顎《おおあご》を激しく嚙《か》み合わせていた。これがパラメディックがＣＩＡの写真資料で見たという、ザ・ペインの殺人蜂の正体だ。これが犠牲者の肉に潜り込み、短い触角で探りながら急所へと身体をむさぼり進んでゆくのだ。

スネークは激痛と嫌悪感で、蜂の身体を指で強引に引きずり出す。弾丸を麻酔なしで摘出するような激痛に、必死で悲鳴をあげないよう歯を食いしばった。歯茎から噴き出した血で、口の中が血の味になる。力を入れすぎて殺人蜂の胴体をなかば指で潰《つぶ》していた。身をよじって暴れる昆虫の首をナイフで落とす。まだ脚をばたつかせているその死骸《しがい》を、水路に捨てた。

同じ異常な痛みがある腕から二匹、弾丸蜂《バレットビー》を摘出する。そして、苦痛が増すばかりの脇腹を看《み》た。オセロットのリボルバー弾がかすめただけの銃創が、異常に盛り上がっていた。銃創に、複数の殺人蜂がたかっていたのだ。スネークは丁寧にそれを引きずり出す。三匹いた蜂は、どれも頭の触角が一本外れて、身体にも傷がついていた。人肉を巣とする殺人蜂が同じ傷口に眼を付けて、大きな傷口の縄張りを争って喧嘩《けんか》をしたのだ。この殺人蜂の習性がなければ、内臓を食い荒らされて死んでいた。

殺人蜂の摘出手術をすべて終えると、ナイフを鞘《さや》に戻して荒々しく息を吐く。戦いに勝って終わりではない。生存しなければならない。

バックパックからメディカルキットを出して、傷口の処置をした。蜂用の軟膏《なんこう》が入っていた。パラメディックが、コブラ部隊のことを調べて用意してくれていたのだ。

通信でFOX本部に報告した。これから休んで、水路を進んで明日の夜明け前にグラーニン設計局へ潜入することを伝えた。ゼロ少佐は、そうかと短く返した。ザ・ボスの戦友である彼には、感慨があるのかもしれなかった。彼らはプロだが、本当の意味でザ・ボスの亡命を心情的に片付けるには時間が必要だった。

ザ・ペインにクレバスで待ち伏せを受けたことには、調査を要求した。あそこは近くに何かある場所でも、ついでに立ち寄る場所でもなかった。ＦＯＸもザ・ボスのコブラ部隊も同じ隠密《おんみつ》作戦チームだ。だからこそ、情報で上を行かれていることに手を打たねばならなかった。

パラメディックにも礼を言っておいた。

残り四日だ。慎重に進めなければならない。一日かけて任務が目に見えて進んだわけではないが、コブラ部隊を撃破できたことは上出来だった。

防水ポンチョと手近な材料で虫の入らない寝床を作り、三時間ほど眠った。

さいわい傷の悪化はなかった。そして、今日の行軍の準備をしながら、起きるまでザ・ボスのことをほとんど考えなかったことに気づいた。スネークは彼女の家族であるコブラ部隊を殺した。次に会ったときは、もう彼を生かして帰すことはない。そう思うと、未練が少し薄れたようだった。遅かれ早かれ殺し合いになって、どちらかが死ぬ。彼と彼女の道は分かたれたのだ。その現実が、鈍い倦怠感《けんたいかん》のように身体に積もった。

出発は、まだ空に星が輝く真夜中だった。雨雲がかかっている。一雨きそうだった。日の出までまだ四時間以上あった。深夜の水路を、スネークは進み始める。水路の警戒は薄いと、エヴァは言っていた。マングローブ林という絶好の隠れ場所があるぶん、手薄になることをある程度諦《あきら》めているようにも見えた。

ＣＩＡはこの林がスペツナズの訓練に使われていると予想していた。ツェリノヤルスクまでは、パキスタン国境から航空機で一時間とかからない。そして、マングローブ林は、低緯度では海岸線の汽水域で珍しい風景ではない。もちろんパキスタン南部の海岸線にもある。

シャゴホッドが完成すれば冷戦は終わると、ソコロフは言った。兵器はただ作るものではなく目的に従って準備するものだ。シャゴホッドを必要とする軍事計画が鉄のカーテンの内側で準備されているのだ。

水路とマングローブ林の警戒は、情報通り粗かった。だが、スムーズに進めるわけではない。ジェット機が飛ぶような轟音《ごうおん》が通り過ぎ、サーチライトがときおり深夜の水面を照らしてゆく。コックピットが剝《む》き出しの一人乗りの小型VTOL機が、川面《かわも》を撫《な》でるように低空飛行しているのだ。立って操縦する剝き出しのコックピットの台座に直接ジェットエンジンをつけたような、危なっかしい航空システムだった。アメリカではフライングプラットフォームと呼ばれた実験機と同じものを、ソ連でも実用化していたのだ。

ただ、ジェットエンジンを積んだ機体を低空飛行させれば、空気を高音でかき回す大きな音が立つ。その大気の揺れが水面に波紋を作り、圧力が肌にまで伝わる。接近を察知して隠れるなら容易だった。

ヒルギの支柱根の陰に身を隠したスネークは、無線の呼び出しを示す薄赤のランプが右胸の専用ポケットでついているのを見つけた。状況が変化した可能性を考えて、冷たい緊張が走った。

〈スネーク、聞こえる？〉

通話ボタンを押すと、聞き覚えのある声だった。エヴァだ。なぜか、ほっとした。別れてから経過した時間を思えば、最初の呼び出しではない。エヴァはそのことをおくびにも出さなかった。

腰まで冷たい汽水に浸かったまま、小声で尋ねる。

「君はヴォルギンのそばにいるのか？」

〈そばもそば……〉

「ザ・ボスは？」

〈ええ、彼女も近くにいる〉

スネークは緊張を禁じ得ない。エヴァも彼とともに死地にいる。

「気をつけろよ」

〈ありがとう。ザ・ボスとは気があうの。同じ亡命者同士ね〉

「どうして国を売った？　君はアメリカで生まれ育ったんだろう？」

〈そうよ、小さな田舎街でね。他の国や異なる文化や考え方が存在するなんて思いもしなかった。国家安全保障局《NSA》で働くまではね……。ある日、これまで当たり前だと思っていた事が信じられなくなった〉

スネークにとってはザ・ボスもエヴァも故国を裏切った人間だ。ザ・ボスのことを知りたかった。エヴァになら彼女を理解できるかも知れないと思えた。

「何を見た？　何を知れば亡命を考える？」

彼女は、少しためらって、そっと大切な秘密を打ち明けるように囁《ささや》いた。

〈宇宙を見たの〉

スネークは思わず、黒雲に覆われようとしている星空を見上げた。一九五七年のスプートニク・ショック以降、アメリカとソ連は宇宙開発競争に鎬《しのぎ》を削っている。アメリカも一九六二年のマーキュリー6号で、ソ連に遅れて有人宇宙飛行を達成したばかりだ。

〈本当の宇宙ではないわ。傍聴会で聞いた宇宙。そう、私は地上の重力に縛られていた。それだけ……。人も国も環境で変わる。時代で変わる〉

ザ・ボスも似たようなことを言っていたから、胸をえぐる痛みがよみがえる。ボスの〝家族《ザ・ペイン》〟に打ち勝ったせいか、昨晩ほど耐え難くはなかった。

〈この国とアメリカではなにもかもが違う。でもそれは立場が違うだけ。見る角度が違うだけ。こっちに来てわかったことがある。今まで伝えられてきたことの半分は根も葉もない嘘で……残りの半分は利用する為に創られた嘘〉

またサーチライトが川面を通り過ぎてゆく。フライングプラットフォームという兵器は、実用性が薄いにもかかわらず、アメリカでもこのソ連でも開発された。他の様々な兵器もだ。運用する制度が違っても、似たものを必要として作ることはよくある。彼らの世界はおそろしく複雑なのだ。

「真実は何処に？」

〈嘘の中に隠れているの〉

「君も嘘を？」

〈どうかしら。嘘でも本当のように振る舞うように訓練されている。それはあなたも同じでしょ？〉

真夜中の空は、雨雲に閉ざされてもう星が見えない。

「いや、俺達は……嘘であっても信じなければならない」

スネークは、冷たさを顔に感じた。雨が一粒、頬に落ちたのだ。

「それが任務であれば」

無線が聞こえにくくなった。エヴァの側でも物音がした。彼と彼女は、同じ冷たい夜の下にいるのだ。

〈憶《おぼ》えておくわ。何かあれば無線連絡して。このチャンネルで繋《つな》がるわ〉

通話が終わった。無線機を見ると、確かに自動でこれまで使っていなかったチャンネルに変わっていた。

＊

夜のジャングルの音で、もっとも大きいのは人間が立てるものだ。

中継基地に設置された水路の埠頭《ふとう》も、作業の音をあたりじゅうに響かせていた。かつてはこの水路がグラーニン設計局へ物資を運ぶ役目を負っていた。その後、ヘリコプターや整備された道路に取って代わられていたが、敵に発見されにくい輸送路として、久しぶりに施設が本来の役目を発揮したのだ。

埠頭へと貨物を運び出す巨大な金属扉が、今夜は開いていた。ここからボートに満載された物資が運び出されたところなのだ。

GRUの兵士に取り押さえられたソコロフが、身をよじって抵抗していた。コンクリート造りの施設内部へ連れて行かれようとしているのだ。

「離せ！」

大きな力に翻弄《ほんろう》され続けた科学者の、精一杯の抵抗だった。

「私はいかんぞ！」

ヴォルギン大佐が、オセロットが、そしてザ・ボスがその様子を見守っていた。だが、彼の身を案じていたのは、長い金髪をアップにした秘書、タチアナだけだ。駆け寄りたそうにしてはためらっている。

ヴォルギン大佐がその様子にあきれていた。

「全く。何度言えばわかる？」

一行の中で飛び抜けて大柄な大佐が、そばにいたタチアナの細い肩に手を置いた。その大きな手と、苦痛を与えられる予感に、彼女がはっと振り向く。

短い悲鳴とともに女の身体が弾《はじ》かれたように倒れる。銀縁の眼鏡が外れて床に落ちた。憔悴《しょうすい》した女が、凄艶《せいえん》な表情で顔を上げる。息も絶え絶えだった。

「ターニャ！」

ソコロフが駆け寄ろうとして兵士に取り押さえられる。タチアナが感電してコンクリートにへたり込んだ。大佐に触れられたとき受けた何かのせいで、足腰が立たないのだ。

苦しむタチアナを足下に、大佐がソコロフを煽《あお》る。

「お前が抵抗するたびにこの愛人が痛い目にあうんだぞ？」

「ヴォルギン……‼」

睨《にら》み付けても、ソコロフは羽交い締めにされ、上半身を押し下げられて動けない。もがき、無力を思い知らされて吐き捨てるしかない。

「くそ！」

ヴォルギンが、動けないタチアナの細い首を無造作に左手で摑《つか》んだ。そのまま、凄《すさ》まじい腕力で、猫でも持ち上げるように軽々と引きずり起こす。そして、右手を彼女の整った顔の前で開いて見せつけた。恐怖に歪《ゆが》んだ彼女の顔を、軽く摑む。それだけなのに彼女がこらえきれず身も世もない悲鳴をあげる。ヴォルギンのグローブは強力な小型バッテリーに繫がっていて、触れたものに高圧電流を流せる凶器が仕込まれているのだ。

彼女が口紅を塗った唇を大きく開き、首筋を細かく痙攣《けいれん》させる。その絹製のパンティストッキングが、圧力のかかる太ももからひとりでに裂けて伝線してゆく。気丈にも彼女が悲鳴をのどで押しとどめようとこらえている。

ヴォルギンの野卑な視線が、ソコロフを射すくめた。科学者がうなだれて観念した様子を確認して、タチアナを拷問から解放する。

ぐったりとくずおれる彼女には、地面に落ちた土埃《つちぼこり》まみれの眼鏡を拾うのがやっとだった。

抵抗する気力を失った家畜のように、ソコロフが、兵士に腕を掴まれて基地の大きな鉄の扉へと連れられてゆく。

「待て、売国奴」

その彼を制止する声があった。

二挺拳銃《にちょうけんじゅう》の若い士官、オセロットだ。

振り返ったソコロフが腰を引かせる。人間を戯れで食い殺しそうなどう猛さに、本能が反応したのだ。

「お前の運を試してやろう」

楽しげに、リボルバー銃のローディングゲートを開き、一発の弾丸をこめた。

「よく見ておけっ！」

そして、よく手入れされたシリンダーを勢いよく回す。もう本人にも弾丸がどこにあるかは分からない。

「この三つの銃のどれかに一発だけ実弾が入っている。続けて六回トリガーを引く。いいか？」

ロシアンルーレットの犠牲者に確認などとらず、手に持った銃を空中に投げた。凶器が宙を舞っている間に右のホルスターからリボルバーを抜く。それをジャグリングに加えると、即座に左のホルスターからも目にも留まらぬ速さで抜く。三挺の拳銃のお手玉を呆然《ぼうぜん》と眺めるソコロフに、オセロットが右手でキャッチした拳銃を突きつけた。

「う！」

おびえた悲鳴をあげるソコロフに、容赦なく瞬時に撃鉄を起こして引き金を引く。そして、空撃ちだった拳銃を素早くジャグリングに戻す。

二挺目の銃口がソコロフの額にポイントされ、引き金が引かれた。

「は！」

ソコロフはもう血の気が引いて卒倒しそうになっていた。

ロシアンルーレットのルールを理解しても、彼にはオセロットを止められない。

「ひ！」

手元が見えなくても、オセロットが引き金を引いたタイミングが、ソコロフの悲鳴で全員に分かる。

「ひぃ!!」

タチアナは電流のおかげで放心している。彼を助けるどころか、スカートから覗《のぞ》く自分の太ももにもまったく気づいていない。ヴォルギンは、女の精神が壊れかけているかのような沈黙に、興奮で唇をにやけさせている。

「ひぃぃ!!」

そして六発目――。

もうソコロフの息を絞りすぎた喉《のど》からは、悲鳴すら出なかった。

「まだ運があるようだ……」

「はぁぁ」

暴力から解放された男が、腰を抜かす。そのまま無様に失禁していた。

両手でマジシャンが道具を見せびらかすように拳銃を披露し、オセロットがソコロフのあらゆる尊厳が打ち砕かれた醜態を見下ろす。得意げにもう一度ジャグリングを始めようとした手元から、オモチャにしていた拳銃がかっさらわれた。

ザ・ボスだ。気配すら感じることもできなかったオセロットの青い目が、驚愕《きょうがく》に見開かれる。

彼女が、オセロットの目の前で、無造作に掴んだリボルバーを水面に向け、トリガーを引き絞った。

銃声が轟《とどろ》き、小さな水柱があがった。次の一発が発砲されるアタリだと、彼女は知っていたのだ。

彼女が経験の浅い将校を諭す。

「戦場で運をあてにするな」

才気に逸《はや》るオセロットにとって、歴然たる力の差がおもしろかろうはずがなかった。露骨に舌打ちする。

その自らの陣容の豊かさに、ヴォルギンが得意満面だった。今ここに、好きにできる女と、頼れる同志と、先行き楽しみな部下と、勝利のトロフィとが揃っている。一人の男として限りなく充実した光景だった。

ヴォルギンが兵士に合図する。彼らの未来を約束するソコロフが、連れられて施設内へと消えた。

それを見送って、ザ・ボスがオセロットに釘《くぎ》を刺す。

「勝手な真似はするな」

そして、彼女が、若い少佐から奪ったリボルバーをバラバラに素手で分解して返した。

「奴《スネーク》は我々コブラ部隊が処理する」

オセロットとザ・ボスがにらみ合う。

そして、圧力に負けたオセロットもまた憤懣《ふんまん》も露《あら》わに大股《おおまた》で去った。

埠頭《ふとう》にはザ・ボスと大佐と、タチアナだけが残った。

「CIAの犬は片づいたのか?」

勝利を確信した大佐の問いに、ザ・ボスは冷厳な面持ちのまま返す。

「……ザ・ペインがやられた」

「なんだと!」

ヴォルギンが次の瞬間、憤怒《ふんぬ》の形相で壁を殴っていた。ロシア的な暴力の爆発に、タチアナがひっと肩を縮める。コンクリートに穴が二つ開いていた。ヴォルギンの拳《こぶし》からは煙が上がっている。

「ガキとはいえ、やはりザ・ボスの弟子だな」

ヴォルギンがその手を開くと、ライフル弾の薬莢《やっきょう》が二つあった。銃弾を握り込んだグローブに高圧電流を流すことで弾丸を発射する技術を彼は得意としている。彼のパンチは、殴った瞬間相手に致命傷を与える必殺の凶器なのだ。

「フルシチョフが裏で手を引いているかもしれん。早いほうがいい。最終試験の前に消してくれ」

「大丈夫だ」

ザ・ボスのすぐ背後に、いつの間にか兵士の気配があった。

「彼らに任せる」

そう言う彼女に近づくように、ひとりでに車いすが動いているようで、ヴォルギンが目を見開く。車いすには老人が乗っていた。野戦服を着た死体のようだった。頭ははげ上がって皮膚はもはや肌色でない部分が多く、立ち上がることすらできそうになかった。モシン・ナガンM1891/30小銃を杖《つえ》のように抱いて、老人は目を開かない。ジ・エンドと呼ばれるこの伝説の狙撃《そげき》手は、記録上はもう百歳をゆうに超えているのだ。

そして、眼前にいてすら幽霊のように気配が薄い黒髪の男が、それを押していたのだと知った。

「ザ・フィアー、任せたわ」

ザ・ボスが命じた。蜘蛛《くも》のように手足の長い兵士が、小さく頷《うなず》く。直後、ザ・フィアーの姿が消えた。まるでその場に最初からいなかったかのようだ。

その人間離れした技術を目の当たりにして、ヴォルギンは車いすの老人と見比べた。

こちらの兵士も気配がないが、そもそもまったく動いていなかった。

「このじいさん。ずっと寝てるが大丈夫か？」

「エネルギーは戦場のみに使う。ジ・エンドは普段、死んでいる。時が来れば目覚める」

ザ・ボスの言葉でなければ、冗談かと疑うところだった。

雷鳴が轟いた。

「そして、奴は……ジ・エンドだ」

分厚くたれ込めていた暗雲から、雨がとうとう降り出した。

大佐が苛立《いらだ》って舌打ちする。雨が嫌いなのだ。

彼も埠頭からきびすを返す。

「来い、ソコロフの愛人。雨が上がるまで私を楽しませろ」

基地へ入る彼に、タチアナがふらつきながら後をついていく。

一人残ったザ・ボスが、マングローブの水路を見渡した。

「ザ・ソロー？　居るの？」

＊

晩夏の雨の中、ぬるい水路を遡《さかのぼ》って、スネークは埠頭にたどり着いた。

ついさっきまで人がいたような、熱気の余韻があった。雨が続いていることはありがたかった。コンクリートが水たまりになっているおかげで、水路を進んできてずぶ濡《ぬ》れのスネークの足跡が残らずに済んだのだ。

歩哨《ほしよう》の兵士の靴も雨で濡れて、靴跡が残っていた。警邏《けいら》の順路すら丸見えだ。ちょうど一仕事終わった後のように施設全体の緊張が緩んでいた。ドアの鍵《かぎ》すら場所によってはノーマークで開いている杜撰《ずさん》さだった。

敵地の軍施設内を通り抜けるなど、本来無謀であるはずだった。だが、再降下した当初は感情が揺れて無惨に鈍っていたものが、ようやく嚙《か》み合ってきた。激痛を乗り越えたスネークの身体は高いレベルで技術をこなせるようになっていた。中継基地内を通路のように通り抜けられた。

警戒は、グラーニン設計局へ至るまでの密林でも完全におろそかだった。不審に思うほど核戦争間近の危機にそぐわなかった。

疑惑が決定的になったのは、設計局らしき建造物が見えたときだ。二階建ての建物の窓からは、もう二時間もすれば夜明けだというのに光が漏れていた。だが、核戦争を引き起こす兵器の開発施設のわりに、驚くほど活気がない。設計局を取り巻く夏の夜の森林のほうがエネルギーに満ちていた。ここにザ・ボスがいれば、こんな緊張感のない警備体制であるはずがなかった。

　スネークは十分な遠方から、双眼鏡で警備状況を偵察する。灯火のない場所は闇に包まれているが、窓から白衣の科学者たちが働いているのが見えた。エヴァのくれた白衣を本当に使うことになりそうだった。

　もっと厳重であるべき金網の外部フェンスも、屋外灯で見える範囲では兵士が少なすぎた。ソコロフはシャゴホッドが完成すれば冷戦が終わると言った。そのソコロフが囚われているとは思えない、嫌な空気だった。

　設計局施設に近づくと、遠目の印象はやはり正しかったのだと知れた。高さ三メートル近い厳重なコンクリートフェンスがあるのに、裏口とはいえ犬が一匹と警備が二人いるだけだった。

　犬は拳銃《けんじゅう》にサプレッサーをつけて射殺するしかなかった。兵士は暗がりから忍び寄って格闘戦で制圧した。双眼鏡で偵察した限りでは、グラーニン設計局は地上二階建てのコンクリート造りの建物だ。トラックを十台以上停められる広い前庭がある。別棟として一階建ての兵士詰め所まで備えているが、兵士が巡回する間隔がまばらすぎた。

　フェンスの裏口の金属のドアをそっと開ける。屋外灯の光が未明の前庭をほのかに照らしている。トラックが二台停車していた。見回りがいる。警備兵が気絶していることを知られるのは時間の問題だった。

バックパックから、防水のポンチョに包んだ白衣を取り出した。水路で水に浸《つ》かったが、汚れてはいなかった。トラックの陰で野戦服の上着を脱ぐと、糊《のり》の利いたシャツに袖《そで》を通しネクタイを締めて、科学者の上着に着替える。武器はナイフ一本を除いてすべてトラックの荷台に隠した。

警戒中の兵士たちの目を盗んで研究所に忍び入る。科学者に変装したおかげで、見とがめられることはなかった。設計局の兵士たちには、敵に攻撃を受けるよりも気がかりなことがあるかのようだ。

外観も内部も、グラーニン設計局は趣味がよかった。タイル張りのファサードや上品な煉瓦《れんが》造りの建物と、白い採光のよい飾り窓に、それがはっきりと表れている。館内の床はタイル張りで、人通りの多い場所には絨毯《じゅうたん》が敷かれ、壁に絵画が掛かっている。しかも、社会主義を称賛する社会主義リアリズムの様式ではなく、ナチスドイツから大戦のとき奪ったものだろうヨーロッパ美術だ。建物の経年から計算すると、まずソ連の書記長がスターリンだった時代に建造されたものだった。

ヴォルギン大佐はグラーニン設計局を後ろ盾に権力を持ったのだと、ソコロフは言っていた。だが、設計局を目にしてみると違和感がある。この設計局の建物があまりに贅《ぜい》沢《たく》な施設だからだ。これほど豊富な資金力を持つ設計局が、ただのＧＲＵのスパイマスターの後ろ盾になぜついたのか、どうにも臭かった。

ＣＩＡも把握していない最新装備やシャゴホッドまでが、ツェリノヤルスクにはひしめいている。その資金の出所がまったく見当も付かない。スネークは、命懸けで戦っている敵の本当の規模すら知らないのだ。

この作戦で、フルシチョフがアメリカにどの程度真実を伝えたのか、分かったものではなかった。ＣＩＡがＦＯＸに与えた情報の信用性も定かでない。ゼロ少佐が、失敗して捕らえられる可能性が極めて高いスネークに渡す情報を絞ったとも考えられた。ザ・ボスですら彼を裏切った。ゼロ少佐も何かを隠している。スネークは世界を救える英雄などではない。ただ巨大な陰謀の末端に巻き込まれた、特殊な訓練を受けた兵士に過ぎない。かわりがきくただの男なのだ。

グラーニン設計局の廊下は幅が広いわけではない。当然、ソ連人たちと頻繁にすれ違う危険な潜入だ。だが、警備の兵士は浮き足だっていた。科学者に化けたアメリカ人の存在に気づかない。武器を置いてきた思い切りも功を奏していた。蛍光灯の、呼び止められれば侵入者だと露見してしまう明るさの下で、軍服姿の警邏の兵士をやり過ごす。

兵士たちは拠点にいることで気が弛《ゆる》んで、階段裏や廊下の片隅でよく私語をしていた。外回りの部隊と違って目出し帽はかぶっていない。顔が見えると、ＧＲＵの兵士たちは人種や民族がさまざまだ。白人もいればアジア系もいる。顔つきが微妙に違う男たちが、それぞれ違った母語で話をしているのだ。スネークに分かるロシア語もあれば、少数民族言語もある。ツェリノヤルスクはアフガニスタン国境から近い、地理的にはイスラム地域だ。兵士もかなりの割合は、ペルシア語によく似た言葉を話す現地住民だった。

科学者たちの仕事場を、スネークはソコロフを探して盗み見た。科学者はロシア人が多い。兵士たちの間では、ロシア語は、中庭の隅で煙草を吸うときのような仲間内での会話では使われず、報告や命令伝達に用いられていた。指揮官たちはその様子を見て見ぬふりだ。あるいは、外回りの兵士が目出し帽で顔を隠しているのは、部隊内での差別を減らすため、人種や民族を判別しにくくするためかも知れなかった。

スペツナズの兵士たちもスネークたちと同じ人間だ。生活感が伝わってくると、敵兵の表情や声がよく印象に残るようになる。

それでも、ソコロフの姿はない。名前が会話の端に上ることすらない。

雲行きが本格的に怪しくなってきた。だが、スネークが任務を果たす手掛かりは、今のところこの研究所だけだ。

逃げ場がない施設の奥へと、探索を進めるよりなかった。計画も脱出路も事前情報もなく、頼りは自分の技術だけだ。屋内で警備兵をやり過ごすたび、いつ運が尽きるか生きた心地がしなかった。

だからこそ、開いたドアの向こうに豪華な執務室が現れたとき、安堵《あんど》した。棚に金メッキのトロフィがいくつも飾られている。机もしっかりしたマホガニーだ。重要人物の部屋であることは間違いなかった。

人間は一人だけだ。革張りの椅子に、紺鼠色のストライプのスーツを着た大柄な男が、背中を向けて座っている。デスクにだらしなく足を乗せている。高そうな革靴はよく磨かれて、蛍光灯の光をピカピカに照り返していた。

スネークはこの男がソコロフであればいいと願って接近する。背中を向けていた男がゆっくりと椅子を回転させた。気づかれたと緊張する。ソコロフと同年代だが、太りじしで肉がたるんだ男だった。別人だ。

「ソコロフはどこだ？」

スネークは声を押し殺して尋ねる。

男は四角い顔をしていて、酒と肥満のせいで血色がひどく悪かった。青い眼をしたロシア系だ。足は短い。スーツは上等で、胸に大事そうに勲章をいくつもつけている。手にはロシアの業病である酒《ウオッカ》を満たした金属の携帯ケースを、この期に及んでも握っていた。

「ソコロフなら、もうここにはおらんよ」

男がうんざりしたように吐き捨てる。スネークの目的を知っていた。反射的に上着の内側に吊《つる》した鞘《さや》からナイフを引き抜く。

「物騒なモノを出すな。酒がマズくなるだろうが。あんた、例の侵入者だろう？　さすがは資本主義の犬。人間の礼儀を知らん」

面白くもなさそうに男がぐいとウォッカをあおる。

命懸けで潜り込んだ先に、いたのが人違いのうえ酔っぱらいだ。落胆したことは否定しようがなかった。

「お前は？」

「私を知らんのか？　それでよく工作員《エージェント》がつとまるな」

憤って声を大きくして、酒臭い息を吐く。ようやくフラスコから口を離した。

「まあいい」

億劫《おっくう》そうに椅子から立ち上がる。

「私はアレクサンドル・レオノヴィッチ・グラーニン。一言で言って、偉大な男だ。我が連邦最高の兵器開発者であり、栄光あるグラーニン設計局の局長でもある」

尊大にグラーニンが名乗った。その胸の勲章には、諜報員《ちょうほう》なら見逃し得ないものがあった。グラーニンが得意そうにそれを指し示す。

「レーニン勲章だ。最も優秀な労働者へ社会主義労働英雄の称号と共に贈られる最高の栄誉。私の輝かしい実績に対して授与されたものだ」

それに気づいたことに、グラーニンが気をよくしていた。

スネークは最悪の任務の真っ最中だが、他の誰かの人生には今日に別の意味があるのかも知れない。だが、この男を尋問して情報が手に入るとも限らない。

「偉大な共産主義社会建設のため、私は大戦中から様々な兵器を作り出してきた。下劣なナチどもを追い散らすことができたのも私のおかげと言っていい」

グラーニンが、壁際の模型や資料を目線で示す。それが何か一目で分かった。ナチスドイツのV2ロケットのコピーをベースに開発された、弾道ミサイルシステムだ。

「今、お前らがSS―1Cと呼んで、恐れおののいている道路移動型弾道ミサイルシステムの基礎を作ったのも私なのだぞ」

一気にしゃべるとまた酒をあおる。ケースから口を離す。透明な酒が口から漏れて、首や胸をぬらす。

「随分酔ってるな」

毒気とともに緊張も抜けてゆくようだ。スネークにとっては空振りだが、酒を呑《の》んでいるときに押しかけてきて空振り呼ばわりするのも酷《ひど》い話だった。

ナイフをしまった。彼は任務の中で、多くの決断を強いられている。だが、それは障害を排除せず、交渉解決も裁量でできるということだ。考え方を変えれば、情報源が護衛なしでいる幸運に恵まれたのだ。

「酔おうとしてるだけだ。今はコイツを飲《や》る以外にすることがない。奴のせいだ」

「奴？」

「ソコロフだよ。あんたの目当ても奴なんだろう」

武器が見えなくなると、グラーニンが恐怖の反動のように興奮しはじめた。

「奴のせいで私は全権を奪われた。私の研究もお払い箱だ。見ろ！」

机から書類を取り、スネークへ次々と見せた。その書類に記されていたのは、見たこともない兵器だ。戦車のようだった。だが、無限軌道ではなく、人間のような二本の足がっている。

アメリカ人に話したくて仕方ないのか、自分から教えてくれた。

「画期的な移動核ミサイルシステム……二足歩行戦車……」

「二足歩行戦車？」

書類にクリップで留められた写真には、歩行試験に失敗して転倒大破したそれが写っていた。

「歩く戦車、ロボットだよ」

室内には、グラーニンがイメージしたのだろう様々な模型が並んでいる。ここは新しい兵器に魅せられた男の、夢の住処《すみか》だ。

政府の予算で夢を追いかける身勝手さに、呆《あき》れつつも視線が引きつけられる。極度の緊張を越えて出会ったせいか、この俗っぽさが嫌ではなかった。

スネークの表情をうかがっていたグラーニンが、反応に手応《てごた》えを覚えたようだった。

「猿から人への進化におけるミッシングリンクの話を知ってるか？」

進化があったはずなのに途中の化石が見つかっていない部分を、鎖の中の欠けた環《リンク》にたとえた話だ。UFOやUMA《未確認動物》が好きなゼロ少佐に嫌というほど聞かされたことがある。

「それがおまえのロボットだと？」

酔った男の汗ばんだ顔の中で、目だけが野望にぎらついている。

「この技術こそ欠けていた歯車だ。歩兵と兵器をつなぐ歯車になる。まさに金属の歯車。

兵器は革新的な進化を遂げる。……偉大な金属の歯車なのだ！」

「金属の歯車《メタルギア》……」

その言葉が奇妙に印象に残った。思わず、口の中で繰り返す。兵士《人間》と兵器《道具》は同じ種類のものではないから、鎖の環《リンク》ではなく歯車《ギア》なのだ。現実には実現困難な、妄想の産物だ。戦車を二足歩行させれば、重心が上にきて転倒しやすくなる。足の骨格と関節は凄《すさ》まじい重量を支えねばならず、必然として膨らむ重量を動力がさばけなければ一歩も動けない。戦車が走れるのと同程度の不整地を歩けるようにするだけで、おそろしく高度な制御技術も必要だ。

だが、妄想じみた兵器が現実になってしまう恐怖を、彼はシャゴホッドですでに知っていた。

「ククク……だが私はタダでは引かんぞ。泣き寝入りはゴメンだ。私はこの資料をアメリカの友人に送ってやるのだ」

「何だと？」

ソ連の科学者と、こんな兵器の情報をやりとりするアメリカ人がいるとは、聞き捨てならなかった。

「ここの連中は後悔する。そして自らが標的となったとき、身をもって私の偉大さを思い知ることになるのだ！」

スネークの問いなど聞いてはいない。見果てぬ何かを追っていた。

「そう、私の研究はソコロフの下品なシャゴホッドとは志が違う！　戦車にロケットエンジンなぞつけてどうする⁉」

ソコロフの恐怖に歪《ゆが》んだ顔を思い出す。ロケットの専門家のソコロフが、フェイズ2《ツー》をシャゴホッドの本質だと言っていた。それが戦車にロケットをつけることだとしたらと想像する。こちらも二本足と同じくらい途方もない妄想だ。

「そもそも戦車に付加すべきなのは、ロケットなどではない！　……これを見てみろ」

グラーニンが太い指で足元を指した。上等の靴だった。

「いい靴だ」

「違う！」

科学者が、自らの足を平手で叩《たた》くと、あれだけ酒を呑みながらふらつきもせずゆっくりと歩き出す。

「脚だ‼　どこへでも移動できる脚なのだ‼　人類が直立歩行したようにな！　それこそが真の革新だ！　あんたもそう思うだろうが⁉」

何度も自分の足をぱちんぱちんとグラーニンがたたく。酔って涙目になっていた。

「だが上層部の馬鹿どもはソコロフを選んだ」

「そのソコロフはどこに？」

ようやく欲しかった情報に手が届く。彼にもツェリノヤルスクのルールが、ほんの少し見えてきた。ここでは公にできないことが多すぎて秘密と嘘が蔓延《まんえん》している。真実を見通している人間がいないから、この任務は裏切り者だらけで、ひどく暗い。

「私の研究《プロジェクト》は廃止、『遺産』もソコロフに回された」

「何の話だ？」

スネークは思わず周囲を見回した。彼にとってまったく未知の情報が顔を出してきたからだ。

「『賢者の遺産』だ。あんた、『賢者達』を知らんのか？　大佐はその莫大《ばくだい》な『遺産』を引き継いだのだ。ヴォルギンの親父が『賢者達』のマネーロンダリングを担当していた。奴の親父は大戦後のどさくさに紛れてそれらの『遺産』をいただいた。ヴォルギンはそれを違法に相続したんだ」

グラーニンは同情を乞《こ》うように熱弁する。スネークが話を合わせられないことを察する様子もない。この男にはもうそれすらどうでもよいのかも知れなかった。

「軍の予算など取るに足らん。この設計局のあらゆる兵器開発費は全てその大佐の懐から出ている。ここで生まれた数々の兵器が遺伝子となって、やがて人類の戦争の形を変えていくだろう！」

捨てられたはずの男の目に、確かに熱狂が見えた。ヴォルギン大佐は『遺産』という求心力を握っている。妄想を現実にするために使わせてくれる、巨大な資金という力だ。グラーニンのような男には夢の世界だったはずだ。そして、それに見放されたから、施設は重要度が下がり、警備も集中力が切れている。

「私の研究資金もその『遺産』から出ていた。……出ていたんだ」

かいま見えた敵の実力にぞっとした。ソコロフの話とは逆だった。グラーニン設計局が後ろ盾なのではなく、ヴォルギンが『遺産』の力ですべてを握っていたのだ。

「金も人員も全てシャゴホッドに回され、いよいよ明日《あした》最終試験だ。ソコロフがグロズニィグラード大要塞《ようさい》の兵器廠《へいきしょう》で最終調整している間、私はここで敵のスパイ相手に酒を飲むしかない」

そして、力なく笑った。

グラーニンが、言葉にならない沈黙をウォッカで埋める。この科学者は企業人なら引退を考える六十代だ。その最後に心血を注いだ研究を打ち切られ、ソコロフに軍上層部の興味を奪われたのだ。冷酷なスポンサーはすべてを引きあげ、設計局は死に体だ。

「ソコロフはそこに移されたのか？」

「ああ」

スネークに明日という日付が重くのしかかった。

「シャゴホッドもそこにあるんだな？」

「そうだ」

グロズニィグラード要塞にソコロフはいる。だったら、絶望的な挑戦でもスネークの目的地もそこだ。

「おい？ ……グロズニィグラードへ行く気か？ あの大要塞はヴォルギンの本拠地だ。

文字通り鉄壁だぞ」

「だろうな」

　ＣＩＡもその内部の情報をまったく持っていない施設だった。

「死ぬぞ」

「そのつもりはない」

　任務を果たさねば、核戦争が始まる。そして、家族のように愛したザ・ボスを殺さねば、彼には帰る国すらないのだ。

「待て！　手を貸してやる」

　怪訝《けげん》な彼に、分別盛りのグラーニンが肩をすくめた。哀しいほど、その男が小さく見えた。ひどく人間味のある仕草だった。

「誉めてくれた礼だ」

「俺が何を褒めた？」

　グラーニンが、人差し指で靴を示す。

「靴だ。タチアナに貰《もら》った、この靴を誉めてくれた礼だよ」

　だらしなくグラーニンはスーツの前ボタンを外している。格好にこだわらない男には似合わないくらい、靴だけがぴかぴかだ。

「要塞への侵入ルートを教えてやる。……そのかわり、必ず奴を連れ出し、シャゴホッドを破壊してくれ」

スネークには不可解だった。彼にはザ・ボスの裏切りと同様に、この心変わりも理解できなかったのだ。露見すれば本人だけでなく家族もただでは済まない。

「あんた、家族はいないのか」

「私には必要なかったものだ」

言われてみれば、部屋の壁にも棚にもデスクにも家族の写真はない。すべてを仕事に捧《ささ》げたのだ。この男は家族が西側で保護されているソコロフとは、何もかもが違う。

そうかと、スネークは真剣に頷《うなず》く。

グラーニンがポケットでごそごそやっていたかと思うと、鍵《かぎ》を取り出した。

「こいつをやろう」

そして、歩み寄ってくると鍵をスネークの手に押しつけた。

「グロズニィグラードの下には地下壕《ごう》が張り巡らされている。それをうまく使えば内部へ潜り込めるはずだ」

いぶかしむスネークと目が合って、男の目が泳いだ。嫉妬《しっと》と怒りと、忠誠と誇りが、かわるがわるにたるんだ表情に表れる。だが、結局グラーニンはすべてをウォッカで押し流した。

「一度倉庫まで戻れ。それからこの鍵で開く扉から先へ進め。そこにある森に、地下道がある。わかったか？」

グラーニンによると、地下道で防衛の要所となっている山の中腹まで登れるのだという。そこから更に山道を行くと、要塞地下壕に繋《つな》がる厳重な扉があるそうだ。

「なぜ俺に協力を？」

彼はザ・ボスの裏切りで破滅し、今、ソ連人の裏切りで救われようとしていた。にわかに信じがたかった。だが、グラーニンが愛《いと》おしむように部屋のトロフィを眺める。

「私はソコロフのように亡命を考えた事など一度もない」

その四角い顔に、諜報《ちょうほう》の世界にしばしば現れる逆説的な人間の真実がよぎる。

「私はこの国が好きだ。この土地を愛しておる。他で暮らす事など考えられん」

そして、自分の心臓に触れるように、胸の勲章に大切そうに触れた。そのとき、スネークの胸にも不意に孤独が押し寄せた。その寄る辺のなさを、スネークも知っていた。

グラーニンには家庭がない。残す遺伝子がないからこそ仕事を伝え残そうとしていた。そういう人間にとって、この世界に遺《のこ》せるものを掴《つか》みたい欲求はデリケートで苛烈《かれつ》だ。ライバルに、亡命してでも消えて欲しいほどにだ。

「私はこれからもこの偉大な祖国の英雄でいたいのだ。隅へ追いやられ朽ち果てていくなど耐えられん……」

窓の外が明るくなりつつあった。もう日が昇る。スパイのための薄闇は終わり、嘘とごまかしを照らし出してしまう太陽がやって来る。

グラーニンが、語り終えると、力尽きたようにだらしない身体を椅子に沈ませた。

「もう夜明けだ。急ぐといい。私はもう少しここで飲ませてもらう」

そして、スネークの沈黙に感謝するように、穏やかな顔つきになった。だが、本当は彼にもグラーニンの痛みと恐怖に何も言えなかったのだ。

彼も、人生で、遺伝子を残す家庭をおそらく持たない、仕事しか遺すものがない男だからだ。

スネークは、一九五四年三月に、ビキニ環礁で行われた水爆実験で被曝《ひばく》した。生命は助かったが、放射線障害で生殖機能を失い子孫を遺せない。彼の人生で、死後にも受け伝えられるものは、ザ・ボスから学んだ技術だけかも知れないのだ。

彼が部屋を出る間際、グラーニンがウォッカを乾杯の仕草に掲げる。

「資本主義に！」

裏切り者が健闘を祈る。男たちの間に通い合ったものは、温かい友情ではなかった。忠実だった人間をすらスパイに転落させる、厳しい人生の何かだ。

脱出は、予想よりもうまくいった。グラーニンのお陰だ。スネークが捕縛されて口を開いたら、あの男は身の破滅だからだ。キャリアを積み直せるほど若かったら、グラーニンは裏切り者にはならなかった。功成り名を遂げた人物であっても、人間は自分の大事なものを裏切る。

研究所を離れると、米軍の野戦服に再び袖《そで》を通し、再び使うときに備えて白衣を防水ポンチョに包んでバックパックにしまう。暑い季節だから、もう野戦服は生乾きになっていた。

敵の裏切りのおかげで、任務に希望が繋がった。なのに、胸の奥に空虚がぽっかりと広がっている。ザ・ボスの亡命もグラーニンの背信のようなものだとは、彼女を尊敬するからこそ思いたくなかった。

助けられたのにどこかで怒っていた。そして、真実を知ることを怖れていた。

最終試験は明日だ。命令を果たすには急がねばならない。

泥のように足は重かった。昨日と違って、今はFOXに無線が通じるはずだった。だが、報告の連絡を入れることをためらった。何故なのかは彼にも分からなかった。

＊

その日、ドワイト・デヴィッド・アイゼンハワー元大統領は、一通の書類に目を通した。スネークイーター作戦に彼が出した質問に対する、政府からの回答である。

アメリカの歴史が繰り返した過ちが、またしても行われたことが記されていた。

彼のデスクには、一枚の印刷物の切り抜きがスタンドで飾られている。アメリカ建国の父の一人、ベンジャミン・フランクリンが創刊した新聞に、一七五四年に掲載されたイラストだ。そこではアメリカ独立戦争の前、バラバラの植民地だった十三州が、身体を八つに分断された蛇になぞらえられていた。「戦いに加われ、さもなくば死を（JOIN, or DIE.）」の一句が記されている。その後、植民地は団結した一匹の蛇となって、イギリスからの独立戦争に勝利した。

ザ・ボスの先祖はこの建国の戦いに参加した革命勢力、「愛国者《パトリオット》」の一人だ。フランクリンその人と面識もあったという。彼女にとって団結や共同体は大きな意味を持つのだと、本人から聞いた。

老境にあるアイゼンハワーにとって、ザ・ボスは人生の後悔の一つだ。あの第二次大戦で、彼女の率いるコブラ部隊はまぎれもなく連合軍の切り札だった。情報が不足していた最前線や敵地に潜入し、常に戦略的に最良の選択をすることができた。そして、その戦略センスがゆえに当時は味方だった東ヨーロッパ諸国に、強い信頼で結ばれた人脈を築くことができた。だが、それが後に彼女を窮地に追いやったのだ。

彼女は極めて優れた軍人であるだけでなく、政治家の素養を持っていた。彼女の家には、独立からのこの国の歩みを綴《つづ》った一族の日記が大量にあったのだという。表に出れば第一級の歴史資料だろう記録に薫陶を受け、彼女は歴史を愛した。彼女にとってアメリカ史とは、当事者として血を流した家族の歴史だったのだ。

ザ・ボスは特別だと、大戦当時彼女と会ったすべての上官が口を揃えた。彼女が歴史と国とを語るとき、それが自分自身の言葉である重みがあった。

年老いた彼の手に力がこもる。スネークイーター作戦を止める力はなかった。すでに事態は核戦争に突入するかの瀬戸際だった。

今年秋には大統領選挙が控えていた。八月にトンキン湾で魚雷発射事件まであった。

この時期、勝つのがジョンソンであれゴールドウォーターであれ、これは詳細が表沙汰《おもてざた》になってはならない事件だ。だが、それでも歴史の闇に追いやるには惜しまれるべき人物だった。

「わたしは《彼ら》の影響を取り除けなかった。あのころ、ソ連の《彼ら》との分断が、流れを決定づけてしまった」

大統領を退任した一個人だからこそ言えた。ふと、誰かの気配を感じたようで、目頭を指で揉《も》む。

一九四〇年代末から吹き荒れた反共産主義キャンペーンと、冷戦の拡大期は重なっている。おかげでザ・ボスは歴史の節目に政治力を発揮できなかった。コブラ部隊にソ連出身の隊員がいたのだ。それでも赤狩りのヒステリーの中、ザ・ボスは片腕だったザ・ソローを家族と呼んではばからなかった。

アメリカの歴史は、現地人を追い出し侵略戦争を繰り返した排除と抑圧、そして過ちの積み重ねだ。だが、この国のもっとも輝かしい果実は、苦境から立ち直るときにこそ現れてきた。なのに、不屈の美徳をよく知る彼女が、仲間集めや宣伝を行わずに非難を受け続け、潔白を秘密任務の献身で証明することを選んだ。

机にはスタンドが置かれている。大統領を退任した彼へと、彼女が贈ってくれた切り抜きだ。この分断された蛇の漫画は、独立戦争前の、団結を求めるキャンペーンのものだ。彼女は団結していた戦後アメリカが、自分がきっかけで分断されることを恐れたのだ。

彼の大統領時代は、ソ連と関係が遠く離れてゆく時期だった。連合軍の同盟の象徴だったからこそ、ザ・ボスは巨大な流れに翻弄《ほんろう》された。彼は公的に反共キャンペーンに敵対はしなかった。無実の者もいたが、本当にソ連のスパイや共産主義者もいたからだ。核配備を急速に進める中、赤狩りを抑制しながらでは機密保持にリスクを抱えすぎた。大統領として彼女を特別に守ることをしなかった。

そして、今、たった二ページの書類を机に置くことができない。

CIAはザ・ボスの亡命を、ソ連と以前から繋がりがあったためだとしていた。彼女に極秘任務を与えていた彼が最もよく知っている。彼女は多大な貢献を続けていた。

だから、一九五九年にマーキュリー計画にザ・ボスが加わると決まったとき、政府内の彼女の支持者は祝福した。書類に彼がサインをした。人類を宇宙に送る名誉ある任務が、政治的痛手から彼女を立ち直らせると考えた。アメリカのポジティブな部分が彼女の献身に報いると信じた。

だが、タイミングが悪すぎた。計画に決定的な事件が起こったとき、大統領《プレジデント》はCIAの本音を見抜くには若すぎるケネディだった。政治は生き物で、常に時代は移り変わる。大きすぎる後悔だけが残った。

彼女に贈られた切り抜きには、身体を細切れに分断された一匹の蛇が描かれている。

記されたスローガンが、核の時代のこのとき違った意味を持って迫ってきた。

この切り刻まれた蛇は、今、アメリカではなく世界そのものだ。

結びつけ、さもなくば死だ。(JOIN, or DIE.)

そしてアイゼンハワーはしばらく黙考すると、書類をもう一度確認し、デヴィッド・オゥ少佐の名前にアンダーラインを引いた。彼らがこの困難で苦痛に満ちた任務を成功させたとき、その手柄をCIAに横取りさせてはならない。彼とFOXを孤立無援にしてはならない。

団結と共同体とを大事にした、真に勇者と呼べるアメリカ人がこの国を去った。あまりにも多くの尻《しり》ぬぐいを、この国はザ・ボスに求めすぎたのだ。

『五章』

一九四四年のクリスマス前、彼はアルデンヌ高原南方の深い森にいた。暗い森には、彼を訓練教官にして、二十一名からなる部隊が訓練中だった。

数日前からドイツ軍の大規模な反撃があり、連合は森の各所で孤立しているところだった。コブラ部隊の彼以外のメンバーは、最前線で偵察任務についている。彼だけが教官として、選ばれた精鋭を訓練していた。代々フランスのお狩り場の狩猟番だった彼の技術が、訓練で伝えやすいものだったせいだ。

米軍は当時、特殊部隊を増強しようとしていた。アルデンヌを越えれば連合はドイツ本土に入る。ここで、当時世界最高だったドイツのロケット技術者をはじめ、すぐれた技術を極秘裏に接収するつもりだったのだ。戦略情報局《OSS》の立案で、そのための特殊作戦チームを、城塞《じょうさい》都市ベルダンの北方の森で訓練していた。

彼は若い兵士たちに、雪中での身の隠し方を教える。西部戦線にいる米軍中から集めた精鋭たちは、柔らかい頬を雪焼けで赤くしている。彼らが命令されたのは、ドイツ領内での潜入任務だ。敵領深くに潜入する難度の高さから、ドイツ移民の子弟とドイツ留学経験のある者で占められていた。

コブラ部隊のリーダーであるザ・ジョイは、計画に難色を示していた。充分に訓練期間をとれない兵士を、諜報《ちょうほう》任務につかせることを危惧《きぐ》していた。任務でぶつかるナチスドイツの防諜能力を評価していたのだ。

「止まれ。五人ずつの班に分けろ」

彼は手振りのサインで、遠く離れている訓練兵に指示を出す。リーダーであるザ・ジョイが命じたのは、野外や市街地で身を隠しながら移動する訓練だった。市街で諜報員として行動することは難度が高すぎると、特殊部隊の兵士として運用するほうを選んだのだ。

雪が降っていた。現在、北方のアルデンヌでは、ドイツの総統アドルフ・ヒトラーが命じた、ドイツ兵を偽米軍として偽装する作戦が混乱を呼んでいた。

後にバルジの戦いと呼ばれるドイツ軍の攻勢が始まったばかりだった。前線から、ここは五十キロメートル以上も南に離れている。敵軍が本来いるはずもない地域だった。

コブラ部隊は、各人がさまざまな手段を駆使して、最低でもおおよそ一個分隊ぶんの仕事を果たす。訓練中の兵士たちにそれを期待はできなかった。

雪深いベルダンの森を、新雪を踏む音をたてながら兵士たちが移動してゆく。その五十メートル離れていても察知できそうな音を殺す手だてを、どう教えたものか考えながら、彼は手近な木に登る。

彼の両腕は、肘関節《ひじかんせつ》が普通の人より一つ多い。そのせいで、小銃を両手で撃とうとすると、姿勢が彼独特のものになってしまう。理想的な射撃教官とは言い難かった。だが、静粛行動では彼がもっとも長《た》けている。

夜の森は暗いが、雪明かりで地面から照り返され、彼の目には兵士たちが丸見えだった。この後、確保対象役の兵士に接触し、無事に所定の位置まで連れてくることが今回の訓練だった。捜索役の訓練兵も同数いて、こちらは確保対象を連れ去られないように発見することが役目だ。

彼は音もなく木の枝の上を渡ってゆく。枝や木の葉に積もった雪すらほとんど落とさない。彼が頭上にいることに、確保対象を探している訓練兵たちも、捜索役も、どちらも気づかない。枝をほぼ揺らさずに隣の木に飛び移る絶技は、数年程度で身につくものではない。彼が身につけさせようとしているのは、もっと堅実で基本的な技術だ。

暗く目印のない森で遭難している者がいないか探す。

彼の家は代々狩猟番をしていた。だから、フランスの森は故郷に戻ってきたようだ。

両腕の関節のことで奇異の目を向けられた彼は、子供の頃から多くの時間を森で過ごした。おかげでこの豊かな世界を熟知できた。彼を誇った父は、《彼ら》が正しく賢者だった時代、アメリカに渡った主家の親戚《しんせき》をもてなす大事な狩りに同席させてくれた。狩り場で迷子になる者はときどきいて、彼が枝を渡って見つけ出したものだった。

子供の頃を思いだすと、恐怖がわきあがる。幸せな時代は、主家の当主が《彼ら》との狩りの会で、彼の父ともども暗殺されたことで終わったからだ。そして、彼も幾ばくかの見舞金を渡されて、追い出された。傭兵《ようへい》になって世界中を転戦した。狩猟番時代の縁で彼の技術を知る《彼ら》にコブラ部隊に誘われたのも、雇われてスペイン内戦に参加しているときだった。

厭戦《えんせん》する兵士もよく見ていたから、訓練兵たちの動きの悪さが見て取れた。彼らがドイツでしようとしていることは、いかに美名で飾っても道義的に問題が多い。ナチスが悪行を重ねていようと、民間人科学者を拉致《らち》し工場や研究所から盗みを行うことは、まったく話が違うからだ。夜の森を移動する兵士たちの顔に、よろこびはない。本当は北方で今進みつつあるドイツ軍の大攻勢から、味方を救いに行きたいのだ。

森の中を、かすかにくぐもった銃声が響いた。雪に音が少し吸収されていたが、確かに軍用小銃の音だ。誰かが暴発させたのかと思った。

また小銃を連射した音があがった。今度は別の場所だ。彼は暴発である可能性を頭から追いやった。そして、絶望で身体が震えるのを感じた。

攻撃を受けている。

かなりの数の敵兵から、奇襲を受けたのだ。

彼らは五人ずつの班に分かれて訓練している。ここは前線から五十キロメートル以上離れている森だ。雪中訓練中の兵士が攻撃に適切に対応できるはずがない。

訓練予定の情報が漏れたのだ。そして、それを利用してドイツ軍が攻撃をかけている。目的は褒められたものではなくても、仲間としてできる限りの技術を伝えた。だが、その中の誰かが裏切って、仲間を売ったのだ。

彼が最初にしたのは、訓練兵たちへの救援ではなかった。高木の頑丈な枝に固定した通信機に向かったのだ。

「ボス、帰ってきてくれ。襲撃を受けている！　規模は少なくとも二十人以上だ」

無線機に叫んだ。ノイズしか聞こえない。アルデンヌは無線状態が悪く、通信は途絶していた。

彼らの行動予定を正確に把握しての待ち伏せだ。敵は隠れながら移動し、練度も高い。前線を遠く離れた内懐へ潜り込まれたのだ。ドイツ側の特殊部隊だ。あらゆるものが恐ろしかった。

コブラ部隊に繋《つな》がらない。不通だった司令部にもう一度繋ごうとする。知っている限りの司令部に繋がる周波数を試す。不通だった。嫌な予感が、急に密度をもった恐怖となって彼を襲った。コブラ部隊の仲間が向かったアルデンヌは、今、予想を超える大混乱にあるのだ。処理しきれないほど無線が飛び交っているのだ。

「何をしている……。訓練の日程も地域の情報も完全に漏れていた。奇襲だ。こんな攻撃は内部に裏切り者がいて、手引きしなければ無理だ」

OSSも不通だった。ドイツ軍の攻勢が大規模で、おそらくOSSまで混乱に陥っているのだ。ドイツ国内に諜報を仕掛けようとしているのに、この大攻勢の情報を摑《つか》み損ねたのだ。ザ・ジョイが言っていたことが、骨身に滲《し》みた。OSSは、アメリカが経験を充分積んでいなかった分野に、英国の手を借りて急速に仕事を広げようとしている。

だが、ヨーロッパは諜報の本場だ。まだ歴史の浅いアメリカの対外諜報がそう思い通りに進む場所ではないのだ。

自分の無線機が故障している可能性を考えた。今夜の訓練では、無線機を背負った訓練兵が一人いる。そちらの機械なら通じるかもしれなかった。

だが、捜索の結果は惨憺《さんたん》たるものだった。通信士は、銃撃を受けてすでに事切れている。大きな無線送受信機も銃弾を撃ち込まれて破壊されていた。

銃声は今も散発的に響いている。深い森に助けは来ない。

サブマシンガンの軽い銃声が聞こえ、そして雪中に断末魔の悲鳴が響いた。だが、銃声は雪に吸われて遠くまでは届かない。彼はクロスボウを片手に訓練部隊の生き残りを集めようとする。彼に答える声はなかった。彼とどこかにいる裏切り者以外はおそらく全滅したのだ。

「やはりこんな計画を急ぐべきではなかった……」

無線通信をあきらめて、冠雪した木に登った。夜の森で、足跡なく動くものをとらえることは至難だ。そして、彼には雪をほとんど落とさずに隣の木に飛び移る体術があった。

隠れ進むごとに、夜の雪に倒れ伏した訓練兵たちの死体を見た。そのたびに、生きていたときの姿を思い出して恐怖した。敵にでも、死そのものにでもなく、彼が訓練兵たちを守らなかったことが、骨に滲みるような寒気に変わった。奇襲を察知したとき、彼は姿を隠すほうを選んだ。闇に隠れて味方を仕留めて回るドイツ軍特殊部隊から、訓練兵を守るどころか囮《おとり》にして後方と連絡をとろうとしたのだ。

それが一番彼の能力にも合った戦い方で、全滅を防ぐ唯一の選択だった。

その結果、彼は生きのびたが闇の森で一人だ。姿を見られたのだろう。通信機を背負った訓練兵の死体のほうへ、ドイツ兵が三人やってきた。そして、手振りで樹上に注意するよう指示して、彼の姿を探し始めた。裏切り者は、彼の情報もドイツ軍に伝えたのだ。冠雪した枝の上で、寒さに凍えながら、怒りよりも誰も信じられない恐怖に震えた。

雪の大地には無念の形相を貼り付けた、彼が見捨てた若い兵士たちが倒れている。訓練兵たちにとっては、彼のほうも裏切り者だ。

三分、五分と、丹念に捜索し、この近くにはいないとドイツ兵が南へ向かう。彼は樹上から慎重にその背後を追跡する。米軍支配地域のより深く、城塞《じょうさい》都市ベルダンへと進軍していた。彼には司令部の状況が分からなかった。あるいは攻勢に対応するため、ヴェルサイユからベルダンに前線司令部がすでに移されていて、そこがこの特殊部隊の攻撃目標かも知れないのだ。

アルデンヌの大攻勢と同時に前線ではドイツ軍の諜報活動も行われている。その混乱の中、敵は森を通って、米軍支配地域に潜入してきたのだ。そして、彼らの訓練区域をまるごと警戒線の抜け穴として利用されつつある。

だから彼は、枝の上に伏せたまま、愛用のボウガンを構える。狙いは彼に背中を向けて行軍しているドイツ兵の延髄だ。

撃つ。殺す。倒れる音がして、敵が振り返る。容易には撃ち返さない。足を止めて、捜索が始まる。

敵は精鋭だ。二十人どころか、五十人を超えるかも知れない。対する彼は、たったひとりだ。それでも足止めしなければならない。

隠れながら、彼はあらゆる手だてを使って人間を狩り続けた。

そして、まるで子供の頃の狩猟会の獲物のように追いまくられた。

どこまで続くとも知れない森の中、数時間も絶望の中で生きのびていた。

敵はすでに何十人も南へ抜けていた。

殺し合いを続けているからこそ、相手の意志と決意の強さが伝わってくる。このドイツ軍部隊は、彼に何人殺されても、犠牲を覚悟して前進している。おそらく最終目的は連合軍の要人たちの暗殺だ。戦略情報局《OSS》の大失態だった。だから今回の事件も作戦も、失敗自体をなかったことにして消されてしまう。兵士たちの死の真相も歴史に残ることはない。

歴戦の彼が、ついに新兵のように身体の震えを止められなくなった。生きのびても、都合の悪い証人として闇に葬られるかも知れなかった。アメリカはかたちを変えてまたドイツの科学技術を手に入れる作戦を行うだろうからだ。

彼にとって恐怖は、今夜特別な感情になった。

だが、彼の技術は研ぎ澄まされていた。動物じみた怯《おび》えに満たされて、驚くほど周囲の変化に敏感になった。人間的ないっさいが剝《は》ぎ取られて、野獣の反応速度で身体が動いた。闇の中、誰も信じられずにいた。何も信じていないのに、正確にただ殺し続ける自分自身に怯えた。それが許される戦争という状況に恐怖した。

「恐怖《フィアー》だ、恐怖《フィアー》だけが正しい……」

正気を手放しそうな恐怖の中、祈るように愛用のボウガンを額に押し当てる。雪明かりだけを頼りに森の枝を渡り、音の立たない矢で敵を射殺す。恐怖を呼吸し、勝利しても次の脅威を明敏に察知してしまう。正義も、倫理も、政治も、歴史も、すべてが混沌《こんとん》としていた。だが、生命の危機というフィルターを通すことで、一つの純粋な感情だけが漉《こ》し通される。恐怖だ。恐怖だけが、至純だった。

凍える森の枝が雪の重みでしなり、ドサリと地面に落ちる。怯える敵兵の気配を察知する。目覚めた彼、ザ・フィアーの痕跡《こんせき》は自然の音より小さい。

白雪の森をじりじりと移動し、ドイツ兵を一人ずつ殺してゆく。何度も撃たれて、飛び散った木の枝やかすめた弾丸で傷だらけになっていた。

矢で首を貫かれ、恐怖を顔に貼り付けたドイツ兵の顔に見覚えがあった。訓練兵の一人だ。この男が裏切り者だったのだ。ついに裏切り者を殺した。そうわかった彼の目が、歓喜どころか恐怖で自然に見開かれてゆく。

すでに自分が敵を殺しているのか、味方を殺しているのか分からなくなっていた。

振り返ると、これまで斃《たお》したドイツ兵の顔も、彼が育てた訓練兵たちと同じ顔に見えた。気が狂いそうな恐怖に、声を出さずに嗚咽《おえつ》する。それでも任務が残っていた。何を信じていいか分からなくなっていた。敵兵は、顔を確かめるとみんな訓練兵の中にいたように思えた。間違いなく、覚えのある顔もいた。裏切った訓練兵は一人や二人ではなかったのだ。雪の夜の底で、白い息を吐きながら、恐怖に震えていた。止まっていると、心が底なしの穴に落ちてゆきそうだった。それでも殺し続けた。

そして夜が明けようとする直前の時刻に、北の空から飛行機が南を目指して飛んできた。それから数十秒後、地面ギリギリでパラシュートが開いた。何者かが森へ夜間降下を敢行したのだ。

それから一分と経たず、狙撃《そげき》銃の乾いた銃声が響いた。立て続けに、二発。そして森の一角で、爆弾が爆発し、大樹が何本かへし折れた。

様子をうかがうザ・フィアーが隠れている木の下に、一人の兵士が新雪をかき分けてやって来た。敵意はないとハンドサインで示す。完全に気配を断ったはずの彼を、学者のような線の細いその男はたやすく発見した。コブラ部隊の中核、ザ・ジョイの右腕である勇士、ザ・ソローだった。

「ザ・ソロー。戻ってきてくれたのか」

ザ・フィアーは白く凍った息をついた。夜間の空挺《くうてい》降下を神業の正確さで行ったのは、ザ・ソローの仕業だ。この男は、目が届かない隠れた場所にいようと、生きた人間の位置とその向いている方向を感知できるのだ。

　ザ・ソローが聖職者のような深い声で言う。

「もう安心だ。ボスがやつらの鼻先を押さえた」

　ザ・ジョイはいつも一人で、もっとも厳しい場所に潜入する。戦いは局面を変えた。彼女が来たなら大丈夫だと、恐怖に溺《おぼ》れていても思える。ザ・ジョイは闇の中であかあかと燃える太陽のような人間だ。彼女という献身的な英雄がいるから、コブラ部隊は、特殊部隊として後ろ暗いものに触れながら、夢を見られている。

　一匹の蜂が、ザ・フィアーの身体に止まる。蜂がほのかに自発発光していた。気温の低い冬期に蜂は活動しないが、ザ・ペインが育てているものは別だ。

「蜂についているのは、夜光塗料か？」

「こいつでザ・ペインが敵兵に目印《マーカー》を付けた。夜が明ける前にできるだけ仕留めよう」

　どんなにうまく人間が隠れても、ザ・ペインの蜂を欺くことはできない。そして、その蜂につけた夜光塗料の目印を狙って、世界一経験豊かな狙撃手、ジ・エンドが射殺してゆくのだ。ザ・ソローが彼に小瓶に入った塗り薬を放ってきた。

「これを首筋と手首に塗っておけ。目印《マーカー》の蜂は寄りつかない」

　真に恐るべきは、コブラ部隊だ。だが、ザ・フィアーにとっては、胸のすくような逆転を前にしても暗黒が取り除かれることはない。

　恐怖が生涯自分を縛り続けることを知った。人間がいる限り、生命の危機と恐れが彼を苛《さいな》む。今、明かりを微《かす》かに見つけられたとしても、彼は必ずすぐに恐れの闇に溺れる。

後にペーパークリップ作戦と呼ばれる計画の、最初の人員たちは、ザ・フィアーを残して全滅していた。雪をのせた木の枝から下りようとしない彼に、ザ・ソローが尋ねてきた。

「どうした？」

「恐怖《フィアー》が、俺の身体から離れないんだ……」

ザ・フィアーは震えている。そんな彼に、ザ・ソローが敵に察知されるのもかまわず大声で叫んだ。

「ボスからコブラ部隊の〝家族〟に伝言だ。……待たせてすまない、だそうだ！」

夜明け前の闇に、一本の蜘蛛《くも》の糸が垂らされたようだった。それは恐れに沈みそうな彼の心を、ぎりぎりで救った命綱だ。ザ・フィアーは怪物ではなく、人間で居られた。彼は恐怖に縛られて凍えたままだ。だが、恐怖以外のすべてを失ったわけではなかった。コブラ部隊の家族という一本の糸が、闇の中に垂れ下がっている。


そしてザ・フィアーはあれから二十年を経て、ソ連のジャングルにいる。因縁のように、ヴォルギン大佐から次世代の特殊部隊の訓練をまかされた。スペッナズの兵士たちに、コブラ部隊の技術でもっとも伝えやすいのは隠れて移動する技術や罠《わな》だからだ。

彼は未熟な兵士を率いて強敵に仕掛けることに、どうしようもなく怯えていた。戦場で信念が揺らぐことは恐ろしい。生死の境目で、信じるものがなくなることこそが恐怖だ。だから、彼らは戦場にあって〝家族〟なのだ。

恐怖から解放されることはない。救いは彼にとっての太陽であるザ・ボスだけだ。

振り返ると、この地域出身の兵士たちが彼に信頼を向けている。今度はおそらく内通者はいない。それでも、この若者たちは戦場で信念を試され、至純の恐怖を覗《のぞ》く。そして、今度こそあのとき見捨てた訓練兵たちを、彼は救えるかも知れなかった。

ザ・フィアーは音もなく行動を開始する。

＊

空気がおかしいと気づいたのは、埠頭《ふとう》の倉庫へ戻る途中の小径《こみち》でだった。夜は明けて、視界がよくなったにもかかわらず、重要なものが見えていない厭《いや》な感覚が残った。

スネークは拳銃《けんじゅう》をそっと抜いた。それと同時に、緑の葉を揺らす音がした。

かわせるタイミングではなかった。左の太ももに、熱く鋭い痛みが撃ち込まれた。その正体をスネークは瞬時に理解して恐怖する。軽金属製の軸の短い矢が、彼の大腿筋《だいたいきん》に刺さっていた。クロスボウの矢だ。

攻撃されるまでまったく感知できなかった。うめき声をあげてひざまずく。気配を感じて矢の飛んできた方へ視線を向けた。頭上だ。高い木の葉の葉ずれで、枝の揺れで、密林の木から木へと何かが駆け抜けたのが分かった。

まるで風だ。朝日の木漏れ日を一瞬、黒い煙がよぎった。影すらほとんど察知できない気配の薄い何者かが、枝から枝へと飛んだのだ。

ザ・ペインとの戦いで小銃を落としてしまっていたのが恨めしかった。アカガシの高さは十五メートル以上ある。巨木の高い枝を縦横に飛び回る敵に、拳銃では遠すぎる。角度から、撃たれたときの敵の位置を探る。五十メートル以上離れていた。完璧《かんぺき》に間合いの優位を握られていた。しかも、スネークが視線を走らせても痕跡すら察知できない。コブラ部隊だ。傷を負った左足を柔らかく肥沃《ひよく》な土に引きずり、スネークはようやく木陰にたどり着く。

遠くで下生えを踏む音に気づいて、密林の奥へ目を凝らす。樹上に注意を引かれていたうちに、あっという間に接近してきた部隊がいたのだ。十人ほどの精鋭だ。

体重を足裏に均等にかけた訓練を受けた歩き方だった。牽制《けんせい》で聞き逃してしまったほど静かだ。猶予はなかった。太ももの矢を抜こうとする。筋肉が締まっていた。苦痛に耐えきれず、断念する。荒い息をついた。

視界がかすんだ。矢に毒が塗られていたのだ。ザ・ペイン戦での消耗から回復しきっていないとはいえ、効果が現れるのが異常に早かった。まぶたが痙攣《けいれん》する。視界が急速に狭まる。

意識が薄れて暗くなってゆく中、手足がおそろしく細長い男が正面に降りてきた。垂直にワイヤーを垂らして、蜘蛛のように滑って地面に着地する。わざわざ顔を見せに来たのだ。

「俺はザ・フィアー……」

背の高い四十代の兵士だった。顔はトカゲのようにのっぺりしていて、白いものが混じった黒髪を額になでつけている。男の口から長い舌が覗く。舌先は二股《ふたまた》に割れている。その両腕の肘関節《ひじかんせつ》は人間より一つ多い。黄色の瞳《ひとみ》が、試すようにスネークを観察していた。

「その矢にはクロドクシボグモの毒が塗られている。じきに耐えがたい激痛が全身を襲うだろう。体は麻痺《まひ》し、息も出来ず、やがて心臓が止まる」

死の宣告だった。この異相の男、ザ・フィアーの技倆《ぎりょう》はおそらくスネークを上回る。彼からは向こうが姿を現すまで分からなかったが、こちらは発見されていたのだ。

「しかし、それでは足りない。まだ死ぬな」

怪人がボウガンを腰の後ろにしまう。全身を倦怠感《けんたいかん》が襲い続けていた。だが、逃げなければ、彼は死ぬ。

意識を取り戻そうと頭を振った。震えながら銃を構え、朦朧《もうろう》とする頭を左手で叩《たた》く。

「ボスの教え子よ……。貴様にまだ見たことのない、本当の恐怖《フィアー》を見せてやろう。俺の巣《ウェブ》の中で……」

スネークは手遅れになる前にと、思い切って矢を引き抜く。血が流れるが、噴き出すほどではなかった。嘔吐《おうと》感にさいなまれ、頭が揺れた。

敵はザ・フィアーだけではない。静かな足音が、十人ぶんほど確実に迫りつつある。

包囲されては死ぬしかないから、身体を低くして移動する。

だが、彼の動きは固まった。足下の草陰にワイヤーがぴんと張られていたのだ。トラップだった。スネークの背後で、接近が露見したと知った兵士たちが更に速度をあげた。

このままでは囲まれる。だが、逃げ場を塞《ふさ》ぐように、何本ものワイヤーが樹木の間に渡されている。密林はすでに蜘蛛の巣《す》のようなトラップ地獄だった。

「さあ、恐怖《フィアー》だ、恐怖《フィアー》を感じろっ！」

振り返ると、ザ・フィアーはいなかった。声は頭上から反響して降り注ぐ。まるで悪夢の中にいるようだった。

全身から汗が止まらない。拳銃を握る右手が、脂汗でぬるついた。恐怖していた。

ザ・フィアーはまさにスネークの技倆に対する自信を打ち崩すために、顔を見せたのだと自分に言い聞かせる。頭が激痛で揺れる。恐れるなと必死でおのれを叱咤《しった》した。

一歩先に死が待っている恐怖に飛び込むように、足を踏み出す。トラップをまたぎ越し、そこを狙って配置されていた、逆さに突き出るよう釘《くぎ》を何十本も打った板を仕掛けてある落とし穴を寸前でよける。

全身から汗が噴き出た。たった一歩で幸運を使い果たした気分だ。怯《おび》えた小動物のように周囲に目を走らせる。そして、絶望に心を折られそうになった。

落とし穴や、ロープ、ワイヤー、木片や石を利用した作動トラップと、あらゆる罠が仕掛けられた死の檻《おり》の中にいた。ここから敵兵たちより速く移動できない限り、スネークは絶対に死ぬしかない。

トラップの正体に瞬時にあたりをつけて、嘔吐しそうな緊張をこらえて迂回《うかい》してゆく。荒い息をつく。呼吸が定まらない。最後には当てずっぽうの勘だよりだった。

スネークがよけきったはずの細いロープが、気の抜けるぷんという音を立てて切断される。頭上からザ・フィアーがボウガンでロープを撃ったのだ。地面に転がったすぐ背後を、木製の杭《くい》が跳ね上がってくる。だが、危うくかわして立ち上がろうとしたとき、ジャングルブーツにぞっとする違和感を覚えた。声にならない絶叫をあげて、もう先も見ずに全力疾走する。その背中に、爆発の衝撃波が襲いかかった。森のそこかしこでトラップが誤作動を起こしていた。

肩から転倒したスネークは、泥だらけの顔をぬぐいもせず、ついに胃の中のものを全部吐いた。自分の技術があやふやで精度が低いようで、罠を越えるのが恐ろしかった。発見できていない危険の存在を疑い出すと、足を一歩踏み出すのもためらわれた。

それでも、やらなければ死ぬこともわかっていた。生死の境目に立って、今、スネークは弱い。

生存本能が、危険へ向かってスネークを立ち上がらせた。震える腕で踏ん張って、ワイヤーに触れないように身体を起こす。

運だった。

毒で萎《な》えた身体で、敵の足音に追われて格好をとりつくろう余力もなく逃げる。

ここから中継基地に戻るまでは、シイや樫《かし》の木などの常緑の広葉樹が茂る深い森だ。森の日の当たるところにはすべて木が生えていた。巨木の木漏れ日が強く差すところには低木があり、足下にはそこかしこに木の根が広がっている。

ザ・ボスに鍛え上げられた技術を信じようとした。ザ・ボスが裏切ったという記憶が、苦しい身体から毒のようににじみ出て脳を痺《しび》れさせる。ザ・フィアーには教えていて、彼には教えていない技術があるのではないかと疑った。だから、簡単に発見されてしまったのだと考え出すと、すべて合致する気がした。ただ音を殺して隠れながら移動した。辛抱強く、諦《あきら》めずに、苦しみをこらえた。それでも虚脱感が押し寄せる。

ザ・フィアーが見えなかった。敵のスニーキング技術はスネークを上回る。

危険を承知で、敵を振り切るためにトラップ地帯へ侵入する。技術と経験の限りを尽くして速度を上げる。それでも引き離せない。ザ・フィアーの姿は見えないが、兵士たちの足音が正確に迫っていた。地上の兵士に、ザ・フィアーがスネークの位置を教えているのだ。無力感が、抑制している感情をじわじわ恐怖に蝕《むしば》ませてゆく。

彼を支えていた、技術への自信や誇りまで崩れつつあった。信じていたすべてに裏切られた実感が強まると、密林のあらゆる場所に潜む死に過敏になった。このまま孤独に死ぬことが耐え難かった。

国も政府も関係なかった。それは密林で彼を助けてくれない。ここには脅えきって死から逃げている、彼のちっぽけな生命しかない。

杉の巨木の幹にもたれかかった。もうトラップの有無は確かめなかった。それほど憔悴《しょうすい》していた。

「こちらスネーク。少佐！ 聞こえるか!!」

スロートマイクの通話ボタンを押して、FOX本部に呼びかける。スネークに残ったものは、もうこれしかなかった。ゼロ少佐が、十秒近いノイズの後でようやく出た。

〈どうしたスネーク。問題が発生したのか〉

「情報が漏れているんじゃないか。また位置が正確に捕捉《ほそく》された」

少佐から返事はなかった。情報漏洩《ろうえい》が事実だから何も言えないのだと疑った。FOXだけは信じさせて欲しかった。額からバンダナで吸いきれなくなった汗が垂れ落ちた。

「教えてくれ少佐。いったいなにが起こってる？」

身内の誰かが敵に繋《つな》がっているなら、この絶体絶命の窮地はおかしくなかった。そうでなければ、トラップを仕掛けて待ち受ける余裕などあるはずがない。

「OKB－812《グラーニン設計局》から脱出後、ザ・フィアーに襲撃を受けている。潜入がバレてから駆けつけたにしては早すぎる。俺の位置を正確につかむ手段を持っている」

スネークは二つの大国が最終戦争に及ぼうとする、利害渦巻く狭間《はざま》にいるのだ。この任務は本当に達成が可能なのかと、頭の片隅で考えてしまっていた。

ザ・ボスはコブラ部隊を家族と呼んだ。スネークは家族ではない。スネークには戦場に家族はいない。ＦＯＸは結成されたばかりだ。二次大戦から二十年はザ・ボスと運命をともにしていたコブラ部隊のような結束を、スネークは望めない。

少佐がゆっくりと、だが断固として言った。

〈スネーク。私は君を犠牲にするために送り込んだんじゃない。核戦争の危機を食い止めるこのミッションは、君にしか達成できないんだ〉

力強い言葉だった。

ゼロ少佐は、彼は使い捨てられる犠牲役ではないと言っているのだ。彼は高度な任務を成り立たせるためのバックアップを、今、受けている。ギリギリの情勢の中で、これしかなかっただろうツェリノヤルスクへの潜入手段を、スネークに使ってくれた。核戦争を目前にしてアメリカが切れる最後のカードの一枚を、彼に託してくれた。

〈家族ではないが、我々は最高のチームだ。私は君を信頼している、家族よりも〉

頭は朦朧としていても、胸にずしんときた。目の底がひどく熱くなった。

チャンネルがゼロ少佐から自動で切り替わった。

知性的で活力に満ちた声、パラメディックだった。

〈ザ・フィアーがクロドクシボグモの毒を使っていたという情報が、ＣＩＡの記録から見付かったわ。そのしゃべりかた、今毒を受けてるのね？　スネーク、賭《かけ》だけれどももしそうなら助かるかも知れない〉

「やつが言っていた。そのクモだ」

彼女が、強い声で念を押してくる。

〈クロドクシボグモは世界で最も強い毒を持つと言われる毒グモよ。強力な神経毒だから、ザ・フィアーの毒矢を受けたなら、すぐにメディカルキットの血清を注射して。いいわね！〉

「血清を用意してくれていたのか⁉」

〈私たちも戦っているのよ。できる限りの調査をして、準備をして送り出したつもり〉

落葉樹の葉が、雪のようにはらはらと降り落ちてくる。瞬間、輝くように世界が美しく見えた。スネークは息を整えた。バックパックを下ろして、中からメディカルキットを探って出す。本当に注射器とアンプルが入っていた。消毒する余裕もなく、震える手で注射針を腕に刺し、血清を注射する。大きく息を吐いた。

慎重にソ連兵たちはスネークとの距離を詰めようとしている。この森のトラップが、兵たちの足をも遅くしているのだ。ザ・フィアーの経験や能力に比肩する凄《すご》みは、彼を追う他の兵士たちにはない。恐怖が敵を必要以上に大きく見せていたのだ。

バックパックを背負い直すと、拳銃《けんじゅう》を抜いて深呼吸する。清新な心もちに満たされていた。仕切り直しだった。

周囲を確認する。細いロープや不自然な藪《やぶ》の状態が、いくつも見えた。トラップの仕掛けかたも、落ち着いてみれば、見事なものと今ひとつのものとがまちまちだ。

ザ・フィアーは、彼を追う実戦の中で兵士たちを訓練している。動きに慣れさせないと彼を仕留めるには不安だと、練度的に判断したのだ。それほどスネークとコブラ部隊の技術水準からは隔たりがある。スネークはおそらく幸運だった。この作戦が半年遅かったなら、コブラ部隊に鍛えられたスペツナズは更に手強《てごわ》くなっていた。

スネークは目頭を押さえる。視界がこころもち明るくなっていた。即効性の毒に、血清が効くのも早かった。頭が少しずつ醒《さ》めてゆく。丈夫な葉を持つアカガシの大樹に隠れて、二人のスペツナズ兵が回り込もうとしていた。ザ・フィアーの弟子たちは目出し帽で顔を隠していなかった。経験を重ねたベテラン兵士が先行して、勇敢な若い兵士がその動きを見ながら警戒している。

呼吸一つ、鼓動一つごとに、毒で奪われていたものを取り戻してゆくようだった。そして、研ぎ澄まされた集中力までもがスネークに戻ってくる。

視界にほのかに赤い光を見た。確認すると、ウェブギアにつけた無線機の通話呼び出しランプが明滅していた。ランプを切っていなかったのだ。通話にこたえると、シギントからだった。

〈ちょっと試してみたいことがあるんだが、聞いてくれるか。あんた、通話状態のまま無線機本体を頭に近づけてみてくれ〉

「今すぐ必要か？　手がふさがってる」

〈さっきから通話をモニタしてるが、どうも少佐の周波数の通信にノイズが多いのが気

にいらない。強い電波の発信源があんたの近くにあるかもしれない〉

「どういうことだ」

〈追跡用の発信器《ビーコン》をつけられちゃいないか。……それなら、あんたが感じてる臭さも、俺の気に入らない感触も納得だ〉

ザ・フィアーの動きを聞き逃すまいと耳を澄ませ、スネークは声を押し殺す。

「なんだと？」

〈もしつけるなら、上半身だ。水路で水に浸《つ》からない。……水没すると電波が遮断されるからな。追跡したい対象が、もしもマングローブを植えた水路に入るんなら、おれだったらビーコンは肩より上につけるね〉

マングローブは汽水域の塩水で生きられる森林だ。そして、塩水は電気回路の天敵だ。スネークもあの水路では、ウェブギアのポケットの無線機を常に注意していた。

視界がずいぶん明るくなっていた。拳銃でも射殺できそうな距離に、一人スペツナズ兵が入っていた。

「こっちだ！」

攻撃のタイミングをはかっていたスネークの注意を、ザ・フィアーが引いた。

敵を一人殺すタイミングを逃した。それ以上に、妙技に瞠目《どうもく》して、銃を構えることも忘れた。木陰から、傷ついた樹皮を這《は》って、大戦の英雄があっという間に木を登った。

信じがたい技術だ。ザ・フィアーは、指の力だけで、垂直の樹幹を蜘蛛《くも》のように這い登ることができるのだ。弱い枝に体重をかけないから、音もなく密林を移動できる。離れ業のために鍛錬し、体重が極限まで軽くなるよう肉体も絞り込んでいるのだ。

ザ・フィアーが、さらに太い枝を選んで、木を飛び移ってゆく。攻撃がどこから来るかわからないと煽《あお》って、注意を逸《そ》らそうとしている。超人的な技倆《ぎりょう》だった。

だが、その動きが静かすぎるからこそ耳に入るものがある。スペツナズ兵の声だ。トラップが中途半端に作動した危険地域に踏み込む兵士が、怯《おび》えたロシア語で仕掛けの様子を尋ねていた。先行するベテランが後続を激励する。

スネークは密林のより奥へと踏み込んでゆく。樹上のザ・フィアーは地上のトラップを無視できる。スネークには危険に踏み込む肚《はら》をくれる。だが、スペツナズ兵たちはどうしても遅れてしまう。

決断の早さが、彼の命を救った。木陰を大胆すぎる速度で移動する彼に、優秀な兵士たちも追随できなくなった。銃撃が始まった。だが、まだ包囲されてはいない。スネークを仕留めるには明らかにタイミングが早すぎた。

制圧射撃が途切れたと同時に、遮蔽《しゃへい》から身を乗り出して撃った。狙いは矢を撃ち出すトラップに繋がった細いロープだ。弾倉を撃ち尽くす前にロープが切れてくれた。地中に仕掛けられた弓から、手榴弾《しゅりゅうだん》をくりつけた矢が打ち出される。下草を貫いて飛んだ矢が、木の幹に当たって、その位置でピンの抜けた手榴弾が爆発する。今回、ブービートラップの犠牲者は、スネークの側面に回り込もうとしていた二人のソ連兵だった。凄《すさ》まじい爆轟《ばくごう》と破片で、二人が文字通り吹き飛ばされた。巻き上げられた土と枯れ葉の混じった煙がもうもうと上がる。木の葉が雨のように降った。ザ・フィアーの教え子たちが、負傷した仲間の救援と包囲の維持のため煙へ向かって駆け出す。

スネークはソ連兵の足音が乱れる中、影のように静かに移動する。正確に死角を選んで身を低くしながら、シギントに警告された発信器を探して自分の肩から上を探った。それまで気づかなかったが、首の後ろ、ぼんのくぼのあたりに違和感があった。こぶのように盛り上がっていて、肌にしては感覚が鈍い。摘《つま》んで思い切り引っ張った。毛髪が引き抜かれる痛みとともに、べりりとシートが剝《は》がれた。皮膚のように滑らかな絆創膏《ばんそうこう》がスネークの首に貼られて、その内側に金属製の発信器が留められていたのだ。

スネークは毒づくと、それを絆創膏ごと手近なシイの大木に貼り付けた。

止まらずに藪の背後に回り込み、隠れながら忍び寄る。ソ連兵たちは、発信器がスネークの位置だと勘違いして、シイの木を包囲し始めていた。スネークは拳銃をホルスターに戻すと、鞘《さや》からナイフを抜いた。

誤った標的を追う殺しごろの兵士を、背後から襲ってナイフで心臓を一突きする。口を塞《ふさ》がれたまま声すら漏らせず絶命したのは、彫りが深く肌が茶色がかった中東系の若者だった。続いて、背後の若者を守れなかった勇敢なベテランを始末する。

「どこを見ている！」

頭上のどこかから、ザ・フィアーが挑発してきた。この挑発や名乗りの裏にある感情が、今はよく見えた。〝家族〟であるザ・ペインを殺したスネークを警戒していたのだ。ザ・フィアーは恐怖の支配者で、同時に彼に脅えている。

血の臭いが広がる前に、スネークは速やかに犠牲者から離れる。攻撃は受けなかった。戦いのルールは書き換えられた。スネークにはザ・フィアーの姿は見えない。だが、発信器なしではザ・フィアーも条件が同じだ。つまり、技倆が及ばないスペツナズたちだけが、恐怖して死ぬのだ。

精鋭であるスペツナズにもスネークの接近を察知できない。彼こそがもっとも高度に鍛えられた暴力だった。忍び寄り、CQCで拘束し、ナイフで急所を掻《か》き切る。単純な繰り返しだ。だが、豊かな技術のバリエーションがあることで、部隊の連携でそれを防ぐのが難しくなってゆく。

ナイフで切り裂いた六人目の死体の拘束を解いた刹那《せつな》、スネークは気配を感じた。咄《とっ》嗟《さ》に、死体を盾にする。力尽きたソ連兵の胸に、太い矢が突き刺さった。

「貴様……」

樹上にクロスボウを構えたザ・フィアーがいた。発信器を外したことはバレている。最初に毒矢を受けて向き合ったときとは、立場が逆転していた。ザ・フィアーが焦っていた。

スネークは、断末魔の恐怖に顔を歪《ゆが》めたままの白髪のベテランから、小銃をストラップごと奪うと同時に撃った。狙いはザ・フィアーではない。密林を怯えて進む、彼らに気づくのが遅れた教え子たちだ。二人の兵士が血を噴いて倒れる。

「くそ！」

ザ・フィアーが毒づいて撃った二本目の矢、スネークの頭を狙ったそれが死体の頭に突き立つ。スネークはバレットポーチからAK—47の弾倉を抜き取ると、ソ連兵を解放した。

死んだ兵士が地面にくずおれる。弾倉交換しながら、スネークは走る。ザ・フィアーの教え子で動ける者はもういない。戦闘が始まってもう十分以上になる。スネーク発見が連絡されていないとしても、遠からず基地からの捜索部隊が到着する。

恐怖に満ちた密林で、スネークはしっかりと視界にとらえていたはずの敵を見失った。熱風に吹かれたような圧力を背後から感じて、振り返った。ザ・フィアーが樹上から身を投げてきたのだと知った。

スネークと薄紙一枚の至近距離を、蜘蛛男の身体が落ちる。その身体が、墜死する五センチ手前でぴたりと空中に静止した。何が起こったのか理解したのは、伸びきった命綱のワイヤーが眼前で震えるのを見たときだ。敵はずっと高さ十メートルの空中に渡したワイヤーを足場に、密林を移動していたのだ。

内心が真っ黒くて強烈な感情に塗りつぶされた。頭上に神経を向けていたスネークが、銃口を足下に向け直す時間などない。両脚を抱きかかえるように摑《つか》まれた。諸手《もろて》刈りされたように、後ろに倒れそうになる。直後、凄まじい力が瞬間的にかかって、今度はスネークの身体が逆さに宙吊《ちゅうづ》りになった。

足首の激しい痛みにうめく。スネークは今、足首に結《つ》ばれたワイヤーに引かれて、空中へと引き上げられつつあるのだ。身体が、容赦なく吊られて激しく揺れる。ワイヤー罠《わな》にかけられた獣のように、もがいても足首が締まるだけだ。ザ・フィアーにさっきの接触で足をくくられた。樹上に巻き上げ機があった。

ザ・フィアーが、自由に動けない彼を見送りながら、命綱を外して両脚で地面に立つ。

スネークは、宙吊りのまま、ＡＫで巻き上げ機を撃った。射撃の反動をまったく支えきれない。反動で銃口が身体ごと無様なほど流れた。弾痕《だんこん》が樹幹に穿《うが》たれ、地面で小さな土煙が上がる。当たらない。

吊り下げられて足を踏ん張れない状態で、人間にできることはほとんどない。反動の小さい拳銃《けんじゅう》ならと、腰のホルスターから抜こうとした。頼みの武器が、逆さになったホルスターから自重で滑り落ちる。空中で拾い損ねて、そのまま地面に拳銃が落ちる。右手を伸ばした途端にストラップが外れて、ＡＫまでかろうじて肩紐《かたひも》を握れただけになってしまった。引き寄せて銃を持ち直さなければ、この状態では撃てない。

スネークはもはや銃を失いＣＱＣも使えない。ただ為《な》すすべ無く足首に結ばれたワイヤーに引き上げられてゆく。ザ・フィアーがクロスボウの狙いをつける。

「さあ、恐怖《フィアー》だ、恐怖《フィアー》を感じろっ！」

異形の黄色い瞳《ひとみ》と目が合った。戦場で武器を失い動きを封じられ、赤ん坊のように無力になった自分に、敵が引き金を引こうとしていた。絶望に凍り付いた思考の奥底から、生き物のもっとも古い本能が押し寄せてくる。

失望の叫びをあげかけたその口に歯を食いしばらせ、渾身《こんしん》の力で身体をひねった。スネークの鍛え上げられた体幹のバネが、その鋭い空間把握力が、諦《あきら》めなかった意志力が彼を競り勝たせた。発射されて森の大気を貫いた矢が、ほんの数ミリをかすめてスネークの胸に当たらない。

数メートルの距離で矢が外れると思っていなかったザ・フィアーは、棒立ちだった。反動で身体が大きく振り回されているのも構わず、野戦服の胸の鞘からナイフを抜く。抜き打ちに、肩の力だけで、最後の武器を迷わず投擲《とうてき》した。

ザ・フィアーが反応できたのは、ナイフがその細い首に刺さった後だった。頸動脈《けいどうみゃく》に突き立ったナイフを伝って、鮮血がもう大量に流れ出していた。致命傷だった。

暴力の陶酔が終わり、敗者には恐怖のときが訪れる。爆発して、からっぽになって、その空白におびえが宿る。

「恐怖《フィアー》だ!!」

ザ・フィアーがよろけながら後ずさってゆく。急激な失血で朦朧《もうろう》としながら、目だけはスネークから離さない。蒼白《そうはく》な顔で、必死に口をあえがせて十メートル以上も後退していた。そして、怪人が、自ら首に刺さったナイフに手をかけた。そして、恐怖のどん底を突き破った、二度と忘れられない形相を晒《さら》す。

「見えたぞ、恐怖《フィアー》が!!」

そして怪人がナイフを引き抜いた。切れていた頸動脈から、動脈血が大量に噴き出す。心臓が耐えられなかったのだろう死体が、仰向《あおむ》けに倒れると同時に爆発した。

逆さ吊りのまま、スネークはその腕で頭を守った。もしも自爆がもっと近くで起こっていたら、彼も道連れで死んでいた。

スネークは敵の増援が来る前に、罠から足を外した。そして、自由になると、装備をひとつずつ回収する。ザ・フィアーが自爆した痕《あと》を見ずにはいられなかった。

なぜスネークを爆発に巻き込まない距離まで離れたのかは分からなかった。あの失血なら身体を動かさずに倒れたほうが遥《はる》かに楽で、彼を倒す目的も果たせた。だが、不可思議にも、あの最期の姿が、仲間のために命を振り絞った献身に見えた。

とてつもない男だった。コブラ部隊に、裏切り者の負い目や悲壮がなさすぎるのが不可解だった。ザ・ボスに盲従しているわけでも核戦争に執着しているわけでもなく、堂々と戦っていた。

血と死の臭いが森に満ちていた。スネークは手早く、倒した兵士たちから必要な装備や弾薬を集めてゆく。弾薬の補充がきかないガバメントをバックパックにしまい、ソ連兵のマカロフをホルスターに入れた。グレネードと小銃の弾薬を、大要塞《ようさい》への潜入を考えて多めに持ってゆく。有り難いことに、ＳＶＤ、ソ連製の最新狙撃《そげき》銃と弾薬を持った兵士がいた。コブラ部隊には近代狙撃術の祖と謳《うた》われるジ・エンドがいる。最低限度、敵と同じ距離で勝負できる武器が欲しかったのだ。

そして最後に、発信器を絆創膏《ばんそうこう》で貼り付けた血まみれのシイの木に戻った。彼の位置を露見させ、窮地に追いやった発信器は、長さ五センチにも満たない小さなものだった。

スネークは迷った後、絆創膏だけを自分の首に張り直した。そして、バックパックから予備の水筒《キャンティーン》を取り出す。プラスチック製の水筒の口から、発信器を水に落として水没させた。これで、発信器からの電波は水に遮断される。コブラ部隊はスネークの位置を知ることはできない。

『六章』

グラーニン設計局と水路の中継基地からの捜索隊は、彼が去って十五分も経ってからようやく戦闘現場に到着した。スネークは森に潜んでスペツナズの部隊が通過してゆくのをやり過ごした。

埠頭《ふとう》の中継基地のスタッフたちは、追跡されている当のスネークが軍事基地を通路代わりに利用することを想定していなかった。グラーニンのくれた鍵《かぎ》で、厳重に閉ざされていたドアが本当に開いた。

裏切りに手を染めてしまう、人生の曲がり道の多さに寒気を覚える。施設を出た先には、岩場の多い上り坂が続いていた。坂の中腹に至って傾斜がゆるくなると、周囲に森が広がりだした。ここがグラーニンの言っていた森だ。この奥に地下道があったとして、探すのは容易ではない。グロズニィグラードへ繋《つな》がる地下壕《ごう》があるという山岳は、密林の更に先にそびえていた。

手つかずの森林には巨木が多く、内訳はスギなどの針葉樹中心だ。ツェリノヤルスクは標高差が大きく、降下地点と目的地の山岳地帯とでは六百メートルの高低差がある。豊かな自然が奇蹟《きせき》のバランスで成り立ち、低地の植生が高地では存在できないのだ。

スネークは道を避けて森に分け入り、木陰に隠れて休んだ。食事をとって水分を補給する。しばらくレーションばかりだったから、英気を養うため這《は》っていた蛇を獲《と》って食べた。火を使えたらと、文明生活が懐かしくなった。ザ・フィアーたちの命を奪ったナイフは、爆発に巻き込まれたが、幸運にも刃こぼれしなかった。刃にこびりつく脂を、落ち着いて広葉樹の葉でぬぐって落とす。バックパックから小型の砥石《といし》を取りだし、水筒の水を注いでナイフを丹念に研いだ。ナイフで髭《ひげ》を剃《そ》った。切れ味を取り戻した刃の、その心強さを確かめて鞘《さや》におさめる。休養と気分転換は万全だった。

ＦＯＸ本部に通信を入れるつもりで通信機を見ると、呼び出しランプがついていた。通話ボタンを押してみると、エヴァからだった。エヴァはグロズニィグラード要塞への帯同に成功し、ソコロフも施設にいるということだった。

小さな幸運を嚙《か》みしめる。巨大な要塞に少なくとも一人、協力者がいる。

「無事なんだな？」

〈ええ、今、要塞内でシャゴホッドの最終調整をさせられてる〉

「少なくともまだ奴は必要とされているということか」

急ぐ必要があった。最終調整とは、つまりシャゴホッドはその本質であるフェイズ2をすでに手に入れたということだ。これが終われば用済みになる。ＣＩＡに奪われるくらいなら、ソ連はソコロフを殺すだろう。

警戒厳重な要塞に単身で忍びこむと考えると気が遠くなりそうだ。だが、やらねばならない。

「エヴァ、ソコロフのそばを離れないでくれ」

〈わかってる。スネーク、グロズニィグラードにはどうやって入るつもり？〉

スネークはグラーニンに聞いたとおりを伝えた。そして、またしても現実の厳しさを思い知る。

〈……でも、スネーク、要塞内部へ繋がる地下壕の山岳側出口も封鎖されてるのよ。特別の鍵がなければ入れない〉

KGB側のスパイである彼女が断言した以上、道は本当に使えないのだ。

〈大丈夫。私がなんとかする。そうね。山岳の頂上にある廃墟《はいきょ》で夕方に落ち合いましょう〉

「山頂に夕方、だな。わかった」

〈待って、まだあるの〉

慌てて彼女が言い添えた。

「どうした？」

〈コブラ部隊の一人が山岳手前のジャングルで待ち伏せしてるらしいわ。伝説の狙撃手……ジ・エンドよ〉

貴重な情報だった。コブラ部隊について事前情報はほとんどなかった。だが、ジ・エンドは例外だ。彼は世界各地で傭兵《ようへい》として戦果を上げ、第一次大戦ではアフリカ東部戦線から西部戦線へと転戦した有名人だ。近代狙撃技術の祖と謳われる名狙撃手と戦うのだと思うと、胃が重くなった。タイムリミットは明日だ。だが、狙撃手との戦闘は時間がかかる。焦れば死ぬのだ。

「奴は一人か？　観測手もコブラ部隊がやるのか？」

狙撃手には観測手が付き添うのが近代のセオリーだ。スコープから目を離せない精密作業中の狙撃手に状況を教えるのも、身辺を警戒するのも、風や距離をはかって教えるのも、観測手の役割だ。

〈いいえ、彼は一人よ。観測手は必要ないらしいの〉

「どういうことだ？」

米軍の狙撃教本にもジ・エンドの名前は登場する。だが、観測手のことまでは記述されていなかった。

〈森の全てが彼の味方らしい〉

全身に緊張が走る。現実の話とは思えなかった。だが、常識の枠内でコブラ部隊の技術をはかろうとすれば死ぬ。

エヴァの通信が切れる。

スネークは山岳の頂上をにらむ。エヴァはいつまでと期限を切らなかったが、待てる時間やタイミングが無限であるはずがない。

ＦＯＸの力を借りるべきときだった。スネークはずっとザ・ボスと彼女の〝家族〟であるコブラ部隊のことに意識を向けていた。だが、チームの仲間たちはずっと彼を助けてくれていた。一人ではまったく勝てる気がしなかった。ザ・ボスから離れて、スネーク自身の家族を築くべきだった。

「こちらスネーク。ザ・フィアーを仕留めた」

ゼロ少佐に通信で、必要なことを報告した。少佐は彼の勝利を軽くねぎらうと、次のプランに話を進めた。

問題の焦点は、やはりタイムリミットが明日であることだ。時間制限をつけてジ・エンドと勝負をするのは危険すぎた。狙撃手《そげきしゅ》との戦闘なら、射程距離の長いライフルでお互いを狩り合う展開になる。適切な場所で待ちかまえているほうが常に有利だ。

「シギントの言っていた発信器は無力化してある。山を登るだけでも半日かかりそうだ。いっそジ・エンドを無視してすり抜ける手もある」

〈破壊はしなかったのか？〉

「発信器は水の入った水筒に水没させた。今のところ電波は敵に届いてないだろう」

そしてゼロ少佐が、しばらく沈思して、返した。

〈山へ向かうなら、森で仕留めるしかないぞ。航空写真を分析しているが、その山には草木や身を隠す場所がない。森に潜んだ狙撃手に登山中を狙われたらどうしようもない〉

スネークは呻《うめ》いた。双眼鏡で登らねばならない遠い山道を偵察する。細い道がここからでも確認できた。この密林の奥に潜んでいるジ・エンドのスコープからも、山肌は丸見えだということだ。

「森でやるしかないな」

〈ジ・エンドと戦うとき、自由に移動できることがこちらの強みだ。ジ・エンドはもう百歳を超えている。その身体で戦えることは脅威だが、自由に動くのは不可能だろう〉

コブラ部隊に常識が通用しないことは思い知っていた。だが、狙撃の教本にも登場する有名人とはいえ、百歳の兵士が現役だとは想像できなかった。

「現役だというのは本当なのか？　狙撃の教本でも、第一次大戦の後のページでジ・エンドは出てこなかった」

〈ジ・エンドの最初の狙撃は、十九世紀後半にアメリカ南北戦争《シビルウォー》で記録されている。それから百年間現役で、世界で一番人を射殺した人間だ。ＣＩＡのデータを探っても、これは事実だ〉

「現役を裏付ける情報が？」

〈ジ・エンドは、冷戦中も数件、アメリカ政府の要請で狙撃を請け負っている。観測手はいらないと告げて、誰も近づけさせなかった。伝説だった彼の仕事を見ようとして、約束を破った記録班が射殺されている。一九六二年……初仕事から百年のメモリアルだ〉

　胃が冷たくなった。狙撃手は必要最低限の少人数で行動し、その自由の代償として戦闘が過酷だ。わずかな隙で自分が獲物になって殺され、降伏しても多くは捕虜になれず殺されてしまう。その狙撃手として百年生きたこと自体が、想像を絶する偉業なのだ。

「……なんて一日だ」

〈ブレックファーストにコブラ部隊のザ・フィアーを片付け、ティータイムにはジ・エンドと戦うのか。ハードだな〉

「ちょうどランチも蛇だった」

　不謹慎でもユーモアは忘れない。これがスネークたちがこれから築こうとしている彼自身の家族、ＦＯＸのペースだ。今日はスネークイーターの日だ。根拠はないが、勝てる気がした。ゼロ少佐が少し笑った。スネークもそうした。

「少佐、今朝はとんだメロドラマに付き合わせたな」

〈そういえばバックパックは確認したか、スネーク〉

　スネークは、おろしたバックパックから、心当たりのものを取り出した。生きのびるための最低限度に混じって、葉巻ケースが入っていたのだ。

「やっぱり少佐だったか！」

　祝い事でもあったら開けようと思っていた三本入りのケースを、今、開いた。銀紙に包まれて葉巻が入っていた。ハバナ産《キューバ》だった。どこから手に入れてきたのか、ケネディ《JFK》元大統領が愛用したＨ・アップマンだった。

〈こういうときに一本つけるくらい、悪くないだろう〉

「狙撃手と戦う前に、ケネディ愛用の葉巻はどうなんだ？」

そう言いながらも、スネークは豊かな香りの葉巻の、吸い口をナイフで切る。ライターで点火した。通信機の向こうでも、ライターの火打ち石を擦る小気味よい音が聞こえた。

木陰で、常緑の木の葉を透かして青空を見る。葉巻の煙をふかす。空気の匂いが、これまでと変わっていた。

〈パラメディックとシギントには、ブースを出てもらった。通信をモニタしている者はいない。少なくとも今はな〉

この会話を聞いているのは、お互いだけだった。

スネークは煙量が多い葉巻の煙を口の中で薫《くゆ》らせる。狙撃で死んだ大統領が愛した、一九六二年の通商制約でもうアメリカに入れなくなった葉巻の、強いコクと香りと甘さを楽しむ。細かな手掛かりから想像できる陰謀より、感覚《センス》を信じるほうが重要に思えた。

「あのとき言ったことは忘れてくれ。居場所が筒抜けだったのは、発信器のせいだった」

〈こちらも君に負担をかけすぎだと知りながら、情報を小出しにした。隠しごとがあると疑われて当然だ。だが、こちらにとって最悪の展開は、君までもが裏切ってザ・ボスと合流することだった〉

「考えもしなかった。疑いは晴れたのか？」

〈ああ、君に発信器をつけたのはザ・ボスだ。最初の接触で、ＣＱＣで君を倒したときに貼り付けたとしか考えられない〉

「本部《ラングレー》を納得させるには薄い証拠だ」

〈信じるのは我々くらいだろうな〉

スネークは恐れが自分の中で和らいでいることを知った。彼は信じられるすべてを失って、戦場に取り残されたわけではない。

この通信内容はＫＧＢに記録されている。デブリーフィング《帰還報告》の後で話せばいいことばかりだった。だが、少佐は今しかないと話してくれた。ジ・エンドとの戦闘はそれほど危険なのだ。

「生きて帰る」

それはスネークの決意だった。

〈そうだ。発信器とジ・エンドとの戦闘のことで、シギントから話があるらしい。少し葉巻でも吸って待っていてくれ〉

ゼロ少佐が追い出していたスタッフを呼び戻しているのだろう空き時間のあいだ、自然とリラックスしていた。彼には、居場所があった。家族というには足りないが、味方が居た。だから、諜報《ちょうほう》の非人間的な世界にあって、彼は人間として任務に向かえる。彼の任務は敵地で孤独に死ぬことではない。この梯子《はしご》を外されたとしたら、もはや常人ならば精神が耐えられない。

チャンネルが、兵器担当アドバイザーのシギントに切り替わった。

〈発信器を予備の水筒に放り込んだらしいな。悪くない判断だ。水は電波を遮断するから、今のところ信号は漏れてないだろう。プラスチックの水筒本体に遮蔽《しゃへい》効果を期待しないほうがいい。第二次大戦のときのアルミ製ならよかったんだろうけどな〉

「水筒の水は飲んだらまずいのか」

〈覚悟を決めて発信器を外に出すんじゃなきゃ、できるだけやめたほうがいい〉

スネーク自身の判断だが、実質予備水筒を失ったのと同じ状態になったようだった。

「そうか。さっきは発信器に気づいてくれて助かった」

〈あんた運がよかったぜ。発信器は正確に位置を特定できていた。そんなものに気づかず狙撃手《スナイパー》と戦ったら、本当にジ・エンドだった〉

「確かにそうだな」

ゼロ少佐が集めたFOXは最高のスタッフ揃いなのだ。今では彼も認めていた。その最高のアドバイザーがとんでもないことを言い出した。

〈ところで、発信器がもし機能してたら、狙撃手をサポートする観測手として凄腕《すごうで》だったと思わないか？〉

「発信器が観測手か、おもしろいことを言うな」

〈ジョークじゃないぜ。科学を観測手に使うんだ。そのくらいやらなきゃ、ジ・エンドはちっと厳しい相手じゃねえか〉

行く手の山麓《さんろく》の森は広大だ。ジ・エンドがここで待っているなら、スネークは自分が勝つ手だてが想像できない。古木と若木の入り交じる豊かな密林に覆われていて、遠目で地表の細かい凹凸が判別できないのだ。熟達の狙撃《そげき》手をこの地形で発見するのは至難だった。

「ジ・エンドの身体に発信器をつけてくれたのか？」

シギントが鼻の下の汗をぬぐう音が無線越しに聞こえた。本部の仲間も、戦っているのだ。

〈そうじゃない。コンバットタロンは、グロズニィグラードの上空を飛んだ。そのとき、データをとってるんだ。……計算すればジ・エンドの潜んでいる場所を絞り込めるかも知れない〉

シギントは最低限度の機密情報を避けて曖昧《あいまい》に言った。ゼロ少佐はコンバットタロンに地上レーダーを積んだと言っていた。ＨＡＬＯ降下のときは高度一万メートルの飛行だったが、瀕死《ひんし》のスネークをフルトン回収したときは機が低高度まで降りたとも考えられた。精度は分からないが、周辺の地形データをとってあるのだ。

「本当に信頼できるのか？　コンピューターで敵を探して狙撃なんて聞いたこともないぞ」

〈長距離射撃は精密作業だから、どこからでもやれるってわけじゃない。弾道は風や重力やコリオリの力のせいでまっすぐにならない。弾道にノイズが多いから、狙撃手は統計学的に標的の動きを見やすい狙撃地点を選ぶんだ。……ジ・エンドが位置どるのも、あんたをまっすぐ狙えて視界のとれる場所だ〉

言うことはもっともだ。だが、スネークが狙撃手をやると考えても、この森は狩りのしやすい立地だった。

「このあたりの地形は、高低差が大きくてアップダウンも複雑だ。狙撃手が隠れる場所はいくらでもある」

〈どうせ地形条件は人間に公平なんだ、難しいところよりいいところを見ようぜ。地形が平坦《へいたん》じゃないのは、あんたに有利なんだ。……考えてもみろよ。ジ・エンドは山道を普通に歩けたらおかしいくらいの年寄りだぜ。森で身を隠すことはできるんだろうが、あんたの動きを見ながら狙撃場所を修正できないだろ〉

思わず声が大きくなった。

「ジ・エンドの足腰じゃ、俺の動きに合わせて狙撃位置を変えられない！」

〈そういうこった。百歳の爺《じい》さんの体力じゃ、あんたの行動を一点読みしなきゃ待ち伏せが成立しない〉

煙量の多い葉巻の煙を大量に噴いてしまって、スネークは目を細める。

シギントの頭脳に驚かされるのは、これからだった。

〈ジ・エンドは移動できないからこそ、あんたが通る場所を読み切って陣取ってるんだろうさ。だから、ジ・エンドがいる居場所は、あんたを殺すベストの狙撃点なんだ〉

「ジ・エンドは俺の行動を完璧《かんぺき》に読む。だから、俺を最高に殺しやすい場所が、やつの居場所だってことか？　そんなものが分かるのか？」

〈素人じゃ無理な複雑な計算だ。きっと宇宙ロケットで、姿勢制御ロケットを最低限しか使わずに人工衛星を軌道投入するくらい難しいんだろうさ。だけど、もうこれからは、そういうのはコンピューターでシミュレーションするんだぜ〉

シギントはコンピューターの専門家だ。ふつふつと得体の知れない興奮が湧き上がってきた。初めてジ・エンドに勝てるイメージができた。

「やれるのか」

〈信じろよ。選べる答えが無数にあれば、コンピューターは人間の想像力に追いつけない。だけど、条件が極端に厳しくなったら別だ〉

シギントの言葉は、夢見るように熱を帯びていた。

〈正解が一つなら、人間が出す答えも、コンピューターが出す計算結果も最後には同じになる〉

まるで夢物語に聞こえた。そんなことが本当に可能なら、極端に難しい答え、たとえば冷戦を解決するとか世界を平和にするみたいな答えを、コンピューターに計算させられるからだ。それが夢だと、シギントもきっと分かっている。

「人間は制御できない」

〈今はそうさ〉

シギントは百パーセントの善意で言っていた。

その話を、無線チャンネルを強引に変えてきたパラメディックに遮られた。

〈スネーク、あなた怪我は大丈夫なの？〉

「ああ、ザ・フィアーに矢を受けたが、行動に支障はない」

心身ともに回復はしたが、アドレナリンが切れると傷が痛かった。

〈あきれた。わたしは昨日あなたが受けた傷の話をしたのよ〉

「そうか。まだ痛むが、そのうち回復するだろう」

本当にあきれたように、パラメディックがため息を吐《つ》いた。

〈コブラ部隊みたいな人たちがいるなら、あなたみたいな人も世界にひとりくらいいてもいいのかも知れないわね〉

もう一度ため息を吐かれた。メディカルスタッフにとっては、彼は働きがいのない兵士かも知れなかった。

仲間と話をしていると、これから飛び込む死にとらわれていたのが、楽になった気がした。追い詰められていた気分が、和らいでいた。

気がつけば、もう葉巻を中盤まで吸ってしまっていた。

十分に休んだ。これからは死の時間だった。

＊

戦場の死は、彼にとってもっとも見慣れた風景だった。

一八六二年、アメリカ南北戦争の頃、アメリカは岩と森ばかりでだだっ広かった。サーベルや銃を握って喚声を上げる勇敢な軍人たちを、彼は木陰や岩陰から容赦なく撃ち抜いた。エンフィールド銃は撃つたびに黒色火薬の煙をもうもうとあげた。

南北戦争が北軍の勝利に終わり、南軍兵士だった彼は銃の腕だけを頼りに傭兵《ようへい》の道を選んだ。少年の日に手に入れたぴかぴかの前装銃から、いくつか銃を持ち替え、ボルトアクション式の狙撃銃にたどり着く。銃弾は、射撃のたびに位置が露見する黒色火薬から、薬莢《やっきょう》と無煙火薬を使うものに進歩した。銃の性能が上昇するにつれて、遠くにいる兵士を正確に仕留めて自分は生き残る技術を練り上げていった。

若者になって、アフリカ南部に渡ってボーア人《アフリカーナー》と意気投合した彼は、傭兵稼業を続けながらトランスヴァールに居を構えた。南部人だったジ・エンドには、風土は違ってもそのフロンティアが性に合った。イギリスとの第一次ボーア戦争の頃には、妻を持ち子供と暮らした。彼の人生のよろこびのときだ。その実の家族は、第二次ボーア戦争の最中、息子は戦死し、妻は世界初の収容所に収容されて劣悪な環境の中で無惨に死んだ。

彼はゲリラとして戦闘を継続し、一九一〇年に南アフリカ連邦が成立すると同時に、イギリス領となった南アフリカを去った。

彼は熟達の職業暗殺者であり傭兵だった。ボーア戦争の遺恨が残るイギリス人を中心に数え切れない標的を射殺する。英国諜報《ちょうほう》部につけねらわれながら、第一次世界大戦には、東アフリカを中心に転戦した。その後は名を伏せて各地で激戦に飛び込む。もう憎むことにすら倦《あ》いたのだ。

戦争の主役はすでに近づく者をなぎ倒す機関銃だ。兵士たちは塹壕《ざんごう》を掘ってそこにこもるようになった。潜んで近づき機関銃手や士官を撃つため、隠蔽《いんぺい》技術を工夫した。戦場の死は、もはや彼にとって馴染《なじ》みすぎた風景になっていた。彼は近代狙撃術の祖と謳《うた》われ、ジ・エンドと呼ばれていた。

そんな彼にとって、《彼ら》はときおり依頼人になったり標的になったりする、ただそれだけの関係だった。

一九三六年、すでに八十代もなかばを過ぎた彼はスペイン内戦に参加していた。スペイン共和国の要請によって、暗殺を請け負っていたのだ。

「宇宙へ行ってみたい。いつか、宇宙からこの星を見てみたい」

まだ十代なかばの彼女が、ジ・エンドに言った。《彼ら》は、彼女を連れてきて、ライフルの使い方を訓練するように依頼したのだ。彼にも息子が生きていたら、きっと孫もいて、このくらいの年のひ孫がいたかもしれなかった。

バルセロナの町並みを、ジ・エンドはセーフハウスにしている集合住宅から眺める。

「どこに行っても、あるのは戦争だ。銃の訓練をして、宇宙で撃ち合いをするのかい」

だが、凛々《りり》しい印象のその少女は、青灰色の瞳《ひとみ》を輝かせて言ったのだ。

「宇宙は戦争よりもいいフロンティアだ。時代が混迷しているのに、戦争で儲《もう》け続けようとしたら、戦争に負けても戦いをやめない民兵が限りなく現れて収拾がつかなくなる」

彼女の言葉は、挫折《ざせつ》を知らない少年のように傲慢《ごうまん》だ。だが、若き日々、ボーア人と一緒にアフリカ開拓に汗を流していた頃の匂いがした。

「フロンティアでは、人知れずたくさんの人間が死ぬよ。開拓が大規模なほどひどい戦いも起こる。それでも、宇宙を開拓したいのかい？」

政治はドイツではナチスが政権を獲得し、ファシズムの嵐と激動のときを迎えようとしていた。

「この戦争を生き残った国は、きっと宇宙を目指す。でも、宇宙にたどりつけばもう戦っている余裕はないはずだ。宇宙はとても厳しい」

海からの風が吹いていた。彼女は遠いところを見ていた。この傲慢も、彼が世界一多くの人間を狙撃《そげき》した男だと承知してのことだ。彼女は、《彼ら》が育てる次世代の指導者候補なのだ。

「ちいさなボス、この戦争を戦っている人たちは、宇宙のことなんて考えてもいないよ」

「戦争が過酷になるほど、国境線や政府に関係がない支えが必要になるんだ。民兵が勝って、自分たちの経済や思想を支えにしようとすると、夢から現実になった社会が抑圧の源になるからだ。勝った後があるから、抑圧に耐えるためにフロンティアがいる」

若さのわりに、彼女自身の言葉として社会を語っているように聞こえた。彼女は将来の大器だ。彼女が男性に生まれなかったことを、惜しいと思った。男性ならゆくゆくは政界にでも入って、歴史に名を残したかもしれない。

そして、そんな聡明《そうめい》な選良が、銃を使って自ら人を殺す訓練を受けようとしていることに、興味がわいたのだ。

「わしは戦場でしか人を教えたことがない。それでいいかい？」

彼女が純粋すぎて、危うく感じられた。だが、すぐここにある戦場で、この若者が見ていない足元を教えてやることができる。

「スペインで、このまま共和国政府と反乱軍の内戦に参加するといい。この戦争は間違いなくひどいものになる。だから、ここで現実の世界と人間を学ぶことができるだろう」

彼女が息を細めて頷《うなず》く。狙撃を学ぶということを、覚悟しているようだった。戦場の死は、彼が戦った長い年月でまったく変わらない。突然ふっと命を持ち去り、兵士も士官も貴族も貧民も、等しく死体にしてしまうのだ。

そしてジ・エンドは、緊張する彼女に求めた。

「そのかわりに、わしには、その支えを見せておくれ。ちいさなボス。わしは、あらゆる区別を越えて人間を動かすものを、死の他に知らないのだ」

それがコブラ部隊という彼の新しい〝家族〟の始まりだった。

彼は夢を見続けている。その夢の中で、思い出と今はまざりあって混濁する。

「ジ・エンド」

呼ばれて目を開いた。彼は車いすでうたた寝する百歳を超えた老人で、彼のそばにはザ・ボスがいた。グロズニィグラード要塞《ようさい》から、これから彼を運んでヘリが飛び立つ。そして、ロシア語で聖《きよ》き山径《やまみち》という意味のソクロヴィエノの森へと、彼をワイヤーでおろすのだ。

「ああ、ボスか。あいかわらず見事なステルスだよ……」

ジ・エンドは懐かしむ。あの日の強い目をした少女が、人生を乗り越えて見事な女性になっていた。彼女が厳しかった目許《めもと》をやわらげる。

「ずいぶん変わったわ。あのころとは、何もかもが」

第二次世界大戦が終わった十九年前を境に、世界は変わった。その果てに彼女はソ連への亡命者になった。だが、変わった世界の真ん中で、彼女がまだ訓練中だったころの面影と今の姿が、彼の中では重なっている。

「ボス、かわりはない……。わしらは兵士で、戦場ですることは変わりがない。道具がどんなに変わっても」

ザ・ボスを見上げた。彼女は、いくつかの板状のものを吊《つる》したサスペンダーを持っていた。

「ジ・エンド、戦場に出る前に、あなたにこれをつけにきた」

「そうだった、爆薬だ……。コブラ部隊はこういう部隊だった……」

手が昔ほどうまく動かなくなったジ・エンドのかわりに、ザ・ボスが手ずから彼の野戦服の内側に爆薬をとりつけてくれた。懐かしくジ・エンドはにこつく。

「少し変わった。あの戦争の頃は、まだ走っていられたのに、今は重たく感じるよ……」

それでも、彼女は手を止めなかった。

「夢の中にいるようだ。……死はいつもともにある。それでも、満足だ」

少年の日、初めて与えられた銃を抱いて眠った夜のようだ。ぴかぴかのエンフィールド銃ほしさに南軍に入営してから、彼は思ったほど兵士が立派な仕事ではないと知ってからも、人を撃ち続けた。

「ジ・エンド、あなたはどうして来てくれたの？　軍に関わっていたザ・ペインやザ・フューリーとは違う。引退していたと聞いた」

腕を鈍らせないための小さな仕事だけを受けながら、彼はこの日に備えていた。彼が戦場で死ぬことを望んでいると、彼女もよく理解してくれていた。

「……わしらは時代には合わなかった。ボスと戦えることがしあわせなんだよ」

冷戦世界でも、コブラ部隊は最高のプロだ。新しい居場所はあった。だが、ボスがいなかった。彼の身体に爆薬をとりつけ終わった彼女が、車いすの把手を持ってヘリまで運んでくれた。彼女は自分の亡命のことを、部隊にもくわしくは伝えなかった。彼もすべてを知らなくてもよかった。

ジ・エンドは万感の想いを込めてつぶやく。

「この戦いに……間に合ってよかった」

車いすを押すザ・ボスの表情は見えなかった。老狙撃手は知っていた。これが最後の戦いになる。

彼女が耳元で呟《つぶや》くように夢を語った。その希望は、ジ・エンドだけに聞こえた。そして、彼の長い兵士としての歴史に、意味が与えられたように思えた。

「ボスはもうゴールを見つけたんだね。それはきっとよい終わりだ……」

強い風が吹いていた。彼は、まだ十代だった彼女を訓練した頃を思い出す。彼女に、近代と古い技術の教師たちとが、《彼ら》の要請であらゆる戦争技術を伝えた。ジ・エンドはまず人と接することを教えた。戦場は支え合いで成り立っていて、その人間関係から弾《はじ》き出された者は長生きできないからだ。彼は嫌というほどよく知っていた。

そして、彼女は成長して、戦場にコブラ部隊という家族を作った。

「わしらはボスの部隊《家族》だ……。もしも呼んでくれたなら、コブラ部隊はいつだってすべてを擲《なげう》ってボスのために駆けつけるだろう」

ソ連の新型ヘリが、ジ・エンドを待っていた。ローター音が耳を叩《たた》く。向かい風が強く吹き付けた。戦場の空気、死の気配がジ・エンドの身体に活力を吹き込んでゆく。

「それが三度目の世界大戦だったとしても、構いはしない」

そして、ジ・エンドは、またうたた寝していたことを知った。ヘリが彼を密林に下ろしてから、もう半日経っていた。彼は、車いすを降りると、自分の足で歩いて狙撃に最適な位置を探したのだ。若いときなら簡単だった仕事に長い時間がかかり、疲れて休息していた。若い蛇が近づきつつあると、深い森の気配で分かっていた。

今、目を覚ました彼の身体の上、顔の上には、虫や蛇がたかっている。まぶただけを開く。身体はまったく動かない。

心がけてゆっくりと落ち着いた動きで、ライフルを持ち上げ、スコープを目に当てる。あのコブラ部隊《家族》を殺した若い蛇、スネークが直接見えるわけではなかった。それでもジ・エンドにだけは伝わる。

「どうか、最後の獲物を倒すまでの余命をください。もうしばらくわしをこの世界に……」

祈りの言葉は、眠っている間に口の中が乾いて、今にも事切れそうなほどか細くなっていた。

狙撃のための伏せた姿勢のまま、眼を閉じて念じる。

「わしは既に一生分は眠った……。あの世の分も」

森の木漏れ日が、老いた体を照らす。呼吸を整える。血肉に熱が少しずつ戻り、力が取り戻されてゆく。こうやって何千回も、彼は殺すために標的が訪れるのを待った。ジ・エンドは野戦服に留めた現地の草木で、完全に風景に溶け込んでいた。近代狙撃《そげき》術の祖と彼は呼ばれる。だが、本当は技術の基礎は南北戦争の頃にはもうあって、兵士たちに常に工夫されていた。ただ最後まで生き残り、技術を語り継ぐ役が彼になっただけだ。戦場に息づく死が、彼の身体から生命力を絞り出させる。

「礼を言わせてもらう。よくわしを起こしてくれた。貴様が現れなかったら、本当に永遠の眠りについていたところだ」

戦場が彼を若返らせるようだった。声も大きく、力強くなる。

「蛇よ、聞こえるか。わしはジ・エンド。貴様に本当の終焉《しゅうえん》を見せてやろう。……最後《ジ・エンド》にはもってこいの獲物だ」

森のどこかにいる、彼の人生最後の獲物に宣戦布告する。ザ・ボスの最後の息子《サン》に、核の時代の申し子に、死を伝えるのだ。今、はっきりと、倒すべき敵の気配を感じていた。

＊

スネークは神秘的な深い森の中で、すさまじい殺意を浴びせられて足を止めた。

思わずまわりを見回す。古木の森に人間の気配はない。

山岳が近づいたせいか地形が複雑だ。坂や小さな崖《がけ》が目に付いた。どこかから流れ着いた種が潤沢な水のある地に根付き、何万年もかけて育った森だ。高さ二十メートルを超える大樹が、堂々たる樹海を作っていた。大気が静謐《せいひつ》だった。風すらも特別に清らかなものに感じる。

殺気はこのどこかから来ていた。見上げても、不安なほどに緑だった。

ぞくりと背筋に嫌な引きつれがした。すぐそばの大きな岩の陰に隠れた。

ジ・エンドとの戦いにアイデアがあると言っていたシギントに連絡する。

〈戦闘が始まったか。オーケー、こっちも少佐と相談しながら地表の計算を済ませたところだ。今、位置を絞り込んでる〉

「早いな」

〈そのかわり、位置の指定がおおまかだ。例の山頂を起点に、西南西七時三十分の方向に四キロメートルの場所に注意してくれ。その周囲二百メートルが崖の上で見通しがいい。他にも二つ、狙撃位置として有望な斜面がある〉

シギントが、こちらが正確に観察できているかのように、ジ・エンドがいる確率が高い場所を指定した。スネークは双眼鏡をのぞき込みながら、方位磁石で方角をチェックする。枝の隙間から微《かす》かに見えるそこは、狙撃手が潜むのに有望だった。

「いい読みだ。……その崖に、安全に八百メートル程度まで近づくルートはあるか」

〈あんたの現在地からだと、山頂に向かって右手側から回り込むと、地面が大きく隆起してるはずだ。そこの外縁を回ってゆくと、射界を通らずに崖に接近できる〉

まったく奇妙な経験だった。踏み入ったことのない地形のガイドが、遠くアメリカ本土から行われていた。

ジ・エンドにはこの森の自然すべてが観測手なのだと、エヴァが言った。今、スネークの観測手は、地球の裏側にいるコンピューターと兵器担当アドバイザーだ。狙撃手として世界最長のキャリアを誇るジ・エンドにも、初体験の戦いであるはずだった。相手の知らない手札は、経験の絶望的な差を必ず縮めてくれる。

スネークは双眼鏡で丹念にルートを確認する。手に汗がにじんでいた。標高が高くなり、ザ・フィアーと戦った地点より気温は低いのに、うっすらと汗ばんでいた。エヴァに狙撃手の情報を聞いていなければ、今ごろ不用意に森を歩いて射殺されていた。

ザ・フィアーの教え子の死体から奪った狙撃銃《SVD》を、身体に引き寄せる。

〈ジ・エンドは近代の狙撃技術を作ったひとりなんだってな。そいつをぶっ飛ばすと思ったらワクワクしないか〉

危険に身を晒《さら》す彼の手は緊張でかじかむようだ。技倆《ぎりよう》で遠く及ばない最高の技術者に、機械に助けられて戦いを挑むのだ。グラーニンが開発中の二足歩行戦車を称した、人間と兵器とを繋《つな》ぐ歯車――メタルギアという言葉が胸に引っかかる。人間と機械の境界があいまいになり、機械が人間化する未来の戦争の入口に、彼は立っていた。

〈近代（modern）を、未来（future）で叩き潰《つぶ》してやろうぜ〉

シギントの声は無邪気だ。時代を乗り越えようとする自分の若さに酔っているのだ。

「目標地点に接近する」

古代そのままに手つかずの土地を、彼は進みはじめる。この森には道がほとんどなかった。

あらゆる行動がジ・エンドに把握されているかのような、嫌な気配だ。音を立てずに動こうとしても、まったく草や木を動かさないのは無理だ。動物や昆虫がかすかに反応してしまう。そんな密《ひそ》やかな情報が敵に拾われている気がするのだ。

昼をすぎ夕方に近づこうとしているのに、山頂でエヴァと落ち合うどころか、山に登り始められてすらいなかった。

空模様も気になった。朝のうちは晴れていた空が、雲に覆われつつあったからだ。雨の中、山を登るのは必ず速度が落ちる。

ふと頬に冷たいものが落ちた。曇り空から、雨が一滴降ってきたのだ。森に漂う死の気配が、濃密になっていた。狙撃手の弾丸は突然の雨だれに似ている。次に備えて逃げたり傘を差したりはできるが、最初の一滴は気づけば顔に当たっている。熟練の狙撃手は、その最初の一滴のように防ぎようもなく人を殺す。

移動時間の間に、また疑いが首をもたげた。シギントの計算が誤っていたら、スネークは敵の銃口の前にのこのこ姿をさらそうとしているのかもしれない。

教えられた地面の隆起が見えてきた。こうした隆起部はこの地域では若い土地で、林の樹齢もそれほどではなく、草や低木も茂っている。そこでは一度大樹が枯れて、変化した環境で新たな植生が育ちつつあるためだ。

慎重に進みながら全神経を集中する。ジ・エンドの隠蔽《いんぺい》技術は完璧《かんぺき》だ。森は静謐だが盛んに音を発している。動物の声や風に揺れる枝、途切れることなく生命が音を立てる。不自然な響きはどこにもない。

そして、スネークの足が止まった。ここにあるべきではないものがあった。

死体だった。目出し帽をかぶっている。スペツナズ兵だ。パトロール中だったのか武装していた。

一目で分かった。頭を一発で撃ち抜かれて倒れている。シギントの予測ではまだ安全だったはずの位置で死んでいる。サプレッサーを通して減衰させたものまで含めて、銃声もまったくなかった。無線を送った。

「シギント、死体がある。ライフルで撃たれている。まだ新しい」

〈ジ・エンドか？〉

スネークは慎重に死体のブーツの足首を摑《つか》んで、木陰まで死体を引きずり込んだ。身体が温かかった。

「おそらくそうだろう」

〈どういうことだ？　ソ連兵の死体か？〉

「スペツナズだ。傷は右こめかみの三センチ上だ。……即死だ」

スネークは血まみれの目出し帽を剝《は》いで確認した。中央アジア系の、眉毛《まゆげ》の太い若者の死体だった。

〈ジ・エンドはだいじょうぶなのか？　パトロールの兵士が紛れ込むと邪魔だったんだろうが。友軍じゃないのか〉

「ザ・ペインも、山猫部隊を巻き込んで攻撃していた」

コブラ部隊の行動を、ヴォルギンも止められていない。ジ・エンドはもはやルールに縛られていないようだった。

〈あんた、銃声は聞こえたのか。異常な音みたいな手掛かりは〉

「……音を立てずに撃つ方法があるのかもしれん」

異常なことが起こっていた。だが、これが条件が重なって偶然銃声が消えたのか、ジ・エンドの絶技による再現可能な現象かすら判別できない。

聞いていたゼロ少佐が、会話に割り込んできた。

〈落ち着け。ジ・エンドは近代狙撃技術の祖だ。狙撃の常識を作った側が、自分だけの切り札を誰にも教えないのも自由だ〉

スネークは呪いの声をあげた。シギントもそうしている気がした。限られた条件からコンピューターに詰み手を計算させたつもりが、チェス盤に新ルールを追加されたのだ。スネークにしても、目算が吹っ飛んだことは間違いない。

ジ・エンドが、戦場で名射手たちの死とともに失伝したはずの技術をどれほどため込んでいるか想像もつかない。近代狙撃《そげき》の歴史と戦うとは、そのパンドラの箱を開けることだった。鍛え上げたスネークの双肩にとっても重すぎた。

「少佐。やつだけが知る裏技がいくつあっても、それでも出し抜くアイデアはあるか」

仲間を頼った。ジ・エンドが蓄積してきた歴史の豊かさに、少佐も感嘆していた。

〈これはジ・エンドの予定にはなかった殺しだろう。君が射殺できないルートを通ってきたことを把握したんだ。ジ・エンドは、この死体で改めて君を誘導したい〉

ここまではジ・エンドの裏をかいて正解を選んできているのだ。だから、死体という新しい情報源を置くことで、狩りのルールを変えようとしている。

スネークは周囲の地形を確認する。ジ・エンドが潜んでいると最初にコンピューターが予想した崖《がけ》は、ここからは見えない。スペツナズ兵を殺した射撃は、予測された場所からではない新しい位置からなのだ。バンダナは汗を吸ってじっとりと重くなっていた。

無線越しのシギントの声が震えていた。

〈くそっ、なんだって、味方を撃ち殺したりしやがるんだ……〉

「間違えを教えたんだ。俺たちに……」

死体からスネークは目を離せない。スネークは気づいたのだ。この死んだ兵士は通信機を背負っている。ここを巡回路にしている兵士ではない。無線でわざわざ呼んだのだ。そうした理由がジ・エンドにはある。

〈何をだ?〉

本部のシギントには伝わらないかもしれない。だが、スネークは明確な殺意を感じる。

「百歳を超えた年寄りで、やつは自由に動けないと思いこんでいた。だが、やつは、自分の足でちゃんと動ける。……今も、この山を移動している」

ぞわりと、スネークの全身が粟《あわ》だった。あらゆる計算が、たったそれだけのことで狂ってしまったからだ。

あらゆる場所から狙われているようだった。死は、善も悪もなく、あらゆるものに降りかかる。彼はまだ生きていた。だが、一秒後にはわからない。

無線機の向こうで、シギントがついに押し黙った。息苦しい死の気配が、地球の裏側の人間をすら縛り付けたのだ。

「リラックスしろ。アメリカまで弾丸は届かない」

兵士の死体の傷の角度と身長から判断して、狙撃位置はだいたいわかった。

「ジ・エンドがスペツナズを撃ったのは、死体の位置から二百メートル離れた高地の崖だろう。崖の上に丈の高い草が茂っているのが見える。崖の高さは、俺の立っている場所より十五メートル高い」

位置を変えて偵察をしてみた。ジ・エンドの新しい狙撃位置も崖で、最初にシギントが計算したほうの崖とほぼ同じ高さだ。そちらは角度が急すぎるが、最初のほうの崖には手を掛ければ這《は》い登れる傾斜が見つかった。新しい狙撃位置を偵察するなら、いっそ傾斜を登って高さを合わせてしまう手もあった。

そして、この発見できた四十度ほどの急傾斜に目をやる。坂は、スペッナズ兵を射殺した位置からは死角だ。だが、ジ・エンドがこんな絶好の登り口を見逃すはずがない。明らかに誘われている。

スネークが無線の通話ボタンを押すと、聞く前にシギントが言った。

〈地形のネタが割れた。ジ・エンドが味方を撃った崖と、最初に予測した狙撃地点とは繋《つな》がってる。最初の計算位置と同じ崖の上だ。高低差は一〇メートル以内、一分で三メートル移動できればその狙撃ができる〉

成人の平均的な歩行速度の五パーセント以下で間に合う。百歳をゆうに超えていてもその速度なら現実的かもしれないと、一瞬だけ安心できた。

「崖の上への登り口は、一箇所発見した。岩に取り付いて強引によじ登る訓練もしているが、それだと両手が完全にふさがる」

頭がぐらぐらした。自分がどの瞬間この世から消え去るか分からない。生と死の分かれ目が定かでなくなった、悪夢に溺《おぼ》れているようだった。絶望や恐怖にもまだ分化していない、けれど誰もが味わう感覚だ。これは死の手触りだった。

複雑な形状の崖の上は森だ。高さ五メートルから十メートルの樹木がもっとも高い。崖の端は背の高い草に覆われていた。人影や人間の痕跡《こんせき》はおろか、不自然なところも発見できない。

大きく息を吐いた。アメリカにあるコンピューターは、この対決の形勢判断をしているわけではない。相手の意図を読むことは、スネークとジ・エンドに任されている。そして、今はコンピューターが計算するまで不利な勝負を避けることが彼の戦いだった。狙撃手との戦闘が始まってから、すでに三時間が経過しようとしていた。

ついにシギントから、連絡が入った。

〈コンピューターが再計算した位置は、最初に計算したほうの射撃位置から、更に崖の奥に入った場所だ。この崖は奥側が少し前側よりも上り傾斜になってるんだ。それで、例の登り口の端から、五十メートル奥側を二百メートルほど進んでいくと、崖の上の土地でもさらに高くなった高台がある。ジ・エンドはそこだ〉

自然と大きな息を吐き出した。

「最初の計算基準と違う。射界を大きくとれる位置を計算したんだろう？　その位置からじゃ、おれが崖を登って勝負をつけに行かない限り、射界に入らない。それに、さっき言った一分で三メートルの速さじゃ絶対にそんな奥まで辿《たど》り着けない。覚えてるか？　俺が見つけたとき、死体はまだ温かかったんだ」

〈だが、あんたが勝負を逃げて山を登ったら、森から山肌を狙い放題で狙撃できる位置だ。やつは森のすべてが味方らしいが、山でも同じことができない保証があるのか？〉

スネークは追い詰められた獣になったようだった。計算結果は、人間の感覚を裏切っている。位置取りが極端に防御的だ。しかも、囮《おとり》を撃つためにわざわざ崖の上を大きく移動し、その後に急いで最初の狙撃位置より更に奥に陣取ったことになる。

勘や経験より強くコンピューターの計算を信じられるかを試されていた。計算が本当に正しいのなら、ジ・エンドがスペッツナズ兵を殺した狙いも筋が通りはする。動きののろいジ・エンドは、自分が狩られる立場になると弱いからだ。だからこそ、狩りに来た相手に警告を与え、それでも踏み込んでくるなら必殺出来るように誘導している。ジ・エンドが慎重な狙撃手であることだけは間違いなかった。もっと冒険的な射手が相手なら、スネークが撃たれているタイミングもあった。ジ・エンドの狩りは、確実に殺せる状況を作って、確信してから撃つものなのだ。敵は、チャレンジでは引き金を引かない。

指先はずっと冷たいままだ。

〈やつがコンピューターの予測位置まで移動するには、一分あたり十三メートル歩けばいい。成人の五分の一をあり得ない速さに感じさせられるなら、それが百年生き残った技じゃないのか〉

崖の傾斜がゆるくなった危険すぎる登り口を、丹念に確かめる。スネークが潜んでいる木陰から七十メートルほど先だ。崖が崩れてできた坂で、幅は二十メートルほどだ。たぶん、論理的であるだけでは、命を懸けるには足りなかった。仲間がすすめるものだから真剣に向き合えた。仲間との団結が死に近づく支えになる。

本能はあれを絶対に登るなと告げていた。だが、スネークは地面を這って、坂ににじり寄り始めた。シギントの計算が正しければこそ、ここで勝負をつけるしかない。勝つために、自分の知識と経験を裏切った。

一センチ進むたびに、ジ・エンドの銃口に近づいている。

ただ正確に、音を極力立てないよう這い進む。もしも予測が見当違いなら、一秒後には、弾丸を受けて無惨な骸《むくろ》を晒《さら》しているかもしれない。

運命の崖に手を掛けた。坂道には草もろくに生えていない。頻繁に崩れていて、木が根付かないほど脆弱《ぜいじゃく》なのだ。些細《ささい》な音でも立てれば、森を味方につけたジ・エンドが彼の位置を精密に知ることになる。祈るような思いで、石を落とさないようにゆっくりと這い上がる。スネークの顔から汗がしたたった。思っていたよりずっと汗をかいていたことを知った。

彼は環境に溶け込むようにと息を整えてにじり寄ってゆく。岩が指に当たった。土に顔を押しつけるように身を低くして、スネークは数センチずつ臆病《おくびょう》なほど慎重に前進する。視界に崖の上に生えた背の高い木のてっぺんが見えはじめた。森の端の高木が、もうそこまで迫っているのだ。あの森のどこかに、ジ・エンドがいる。

スネークは捨てられずにいたＡＫ－47を、意識せず坂に置き去りにしていた。彼の手には狙撃銃《SVD》しかない。

いかにも水はけが悪そうな地盤に、生えている木は杉が圧倒的に多い。低い位置には枝が少なく、高い位置に立派な枝が茂っている。

野性が、急げとせき立てた。だが、訓練で叩《たた》き込まれた規範が、それを押しとどめる。コンピューターは、ジ・エンドが潜んでいるだろう最も優位な狙撃《そげき》地点を、何を評価して計算したか。

——高さだ。

周囲よりも高くて狙いやすいから、コンピューターは森の中を二百メートルも進んだ地面の隆起を選んだ。だが、高さを稼ぐなら、この森にはいくらでも適切な足場があった。そして、スネークの脳内で、勘としか言いようのない火花が走って最後の修正を加えた。崖上の杉でも何メートルかよじ登れば体重を支えられる枝が見つかるはずだ。

百歳を超える老人が一人で木を登れる手だてを、想像できなかった。だが、高木を登れば、良好な射撃位置の選択肢は大きく広がる。常識の埒外《らちがい》だが、戦略的アドバンテージを得られる条件は揃っている。

顔を地面につけたスネークから、森の高い針葉樹のてっぺんの緑が見えている。崖《がけ》の印象をつけて、狡猾《こうかつ》にも地面に伏せた敵を探させようとしている。キャリア百年の老人が高木の枝上に潜んでいるとは普通思わない。そして、地表を探しながら坂を登れば、まだ死角だと勘違いしているうちに射殺されるのだ。

ジ・エンドは坂に近づいただけで発見される場所に、崖の地面に伏せて撃った死体を晒しておいた。この餌が印象づけようとしていたのは、地面だ。

勝負は崖を上がりきるまでに、スネークがのろのろとしか動けない隙を突かれて終わる。

ジ・エンドがスネークを発見して銃を構えるまで、何秒あるか。ライフルの筒先も、頭も、上から見下ろすほうが発見しやすい。そのうえ、スネークは深い森の中で偽装したジ・エンドを探さねばならないが、敵は、草もまばらにしかない坂からひょいと出た頭を狙い撃てばいい。

だが、コンピューターが狙撃手の位置を予測することもジ・エンドの常識の外だ。この距離なら、スネークの技倆《ぎりょう》をもってすれば目視でも当たる。双眼鏡なしでも発見できる。彼は、最強の兵士、特殊部隊の母、ザ・ボスから技術を受け継いだ弟子《サン》なのだ。

この坂でやると覚悟を決めた。狙撃銃を、上り坂で射撃する難しい体勢で構える。頭から余計なことがすべて消えてゆく。戦場を支配しているのは死のままだ。だが、ここには死しかないわけではない。スネークが生きていて、ジ・エンドが生きていた。死に追い立てられて、生へと駆り立てられている。少しずつ、狙撃手を探しながら急な坂で身体を引き上げてゆく。

森を凝視していたスネークの視線に、引っかかった場所があった。

一本の杉の木の枝の輪郭に、微妙な違和感があった。百五十メートルほどの距離、八メートルほどの高さだ。四倍のスコープを滑らかな動作で覗《のぞ》くと同時に、射撃体勢に入っていた。人影だと確証を持てないほど、見事なカムフラージュだった。コンピューターの予測なしでは絶対に引き金を引けなかったほど、曖昧《あいまい》な予感の針が振れた。

祈らなかった。コンピューターは祈りを聞かない。あるものはただ峻厳《しゅんげん》とした論理だ。スネークは、勝利を摑《つか》むため、すべてをかなぐり捨てその論理の手足となる。

引き金を引いた。強靭《きょうじん》な心身は、指を震わせなかった。

銃声が樹海に響き、死の一瞬が過ぎ去った。

静かにその余韻が、夕方に差し掛かりはじめた大気に消えてゆく。

森に入ったときからまとわりついていた圧迫感が、確かにゆるんだ。

彼は、偉大な狙撃手がどうなったか、その死体を見なかった。森の奥で、凄《すさ》まじい爆発が起こったからだ。コブラ部隊が身体につけている自爆用の爆薬だった。

スネークは、まだ樹海に漂う死の気配をぬぐえないまま、坂道で立ち上がる。空がひどく高かった。

数時間ぶりに、肺の奥まで空気を吸い込めた。

そして彼は、勝利をもたらしてくれた仲間たちに無線で報告する。

「こちらスネーク、ジ・エンドを倒した」

シギントたちが無線の向こうから祝福の声をかけてきた。シギントは、彼とこの勝利のことを希望だと言った。だが、彼にはその言葉が耳から耳へと抜けてゆくようで、頭に残らなかった。

スネークとジ・エンドの運命を分けたのは、わずかな引き金を引く早さだ。若い兵士に体力と移動速度で勝てないジ・エンドが、初弾を確実に命中させる戦い方をするようになってから、二十年や三十年はゆうに経っているはずだった。だから、彼の方が、撃てば当たると確信するまで間が短かったのだ。

歴史の表舞台に記されることのない、生身の兵士と、コンピューターに補助された兵士との、おそらく世界最初の勝負だった。このときスネークが何を代表していたのか、彼自身にも分からない。コンピューターに判断をまかせてでも生存《サブシスタンス》する人間の極限の姿か、それとも人間を押し潰《つぶ》す巨大な影か。

彼にとって、ジ・エンドに捕捉《ほそく》されたことはアンラッキーな遭遇だった。だが、それと引き替えにラッキーな出来事があった。ジ・エンドが陣取っていた崖の奥に、金属製のドアでふさがれたトンネルがあった。苔《こけ》むした古いコンクリートの施設だった。これがグラーニンの言っていた地下道だ。

地下構造物が作られた目的は謎めいていた。だが、コンクリートで固められたその通路がはっきりと告げていた。彼の敵には、こんな山をくりぬく大工事を行える資金力がある。長いまっすぐなトンネルは、長い梯子《はしご》に突き当たった。コンクリートで固められた広い縦穴の壁に、無骨な金属製の梯子が打ち付けられている。手も腕も痺《しび》れるほど長い梯子をのぼりきると、山の中腹に出た。

グラーニンの言ったとおり、地下道は山をショートカットしていた。

『七章』

夕方の山の風は、吹き下ろしで、夏の終わりであることを忘れそうなほど冷たかった。さっきまでジ・エンドと殺し合いをしていた樹海が麓《ふもと》に広がっている。

葉巻を一本つけたいほど、見事な夕焼けだった。眼下にどこまでも広がる常緑の森は、谷のある場所だけ色を変えている。地形の変動が激しいのか、ところどころには赤みがかった岩肌が覗いている。

似た地質の岩盤なのか、どの岩肌もスネークがこれから登る山の土と同じ色だ。もう彼のまわりには、これまでずっと視界を遮ってきた森がなかった。背の低い草がまばらにあるだけだ。土も乾ききっていた。

山頂まで急がねばならなかった。

山岳の警備は、シャゴホッドの最終テストを控えて厳重になっていた。エヴァはKGBのダブルスパイだ。スネークイーター作戦にはソ連内の勢力も関わっている。GRUとヴォルギンは、複雑な権力構造を持つソ連国内からの攻撃にまず備えなければならないのだ。

新型ヘリが、山道を行くスネークの間近を通ることすらあった。

厳しい道中だった。消耗した身体に鞭打《むちう》って、スネークは約束を果たしに向かう。

山頂には一階建ての廃屋があった。踏破に時間がかかりすぎて、もう日は没しようとしていた。山岳の警戒は、山頂では空白になっていた。山越えの山道でもっとも標高の高い場所から、更に百メートル以上も道なき荒れ地を登らねばならないからだ。エヴァは合流に適した場所をよく知っていた。

廃墟《はいきょ》とはいえ、軍事施設のものらしく、入口は深い塹壕《ざんごう》から直接入れるようになっていた。ドアを開けると、物音が聞こえた。拳銃《けんじゅう》とナイフを抜いて油断なく音のほうに迫ると、エヴァの裸の背中が迎えてくれた。彼女が寝台に横になっていたのだ。

隠すそぶりもなく彼女が下着のまま身体を起こした。

「あら、早かったのね」

スネークの視線は彼女の身体に釘付《くぎづ》けになった。生々しい拷問の痕《あと》があったのだ。

ツナギの上半身は脱げたままで、豊満な乳房を隠すものは黒い下着だけだ。

エヴァはかなり疲れている様子だった。やつれた様子がなまめかしい。

「疲れているようだな？」

「ええ、大丈夫。二役が忙しくて、ちょっと寝不足なだけ」

彼女の仕事は質が高い。スネークのことも時間の限界まで待ってくれた様子だった。ここまで無理をしてきた甲斐《かい》があるように感じられた。

そして彼女が、不思議そうにスネークを見ていた。

「あなた、少し変わったわね」

そんな言葉が女スパイから出てきたことが意外で、返す言葉が見付からなかった。

「そうかもしれない」

確かにスネークは変わったのかも知れなかった。今の彼には、家族のようだったザ・ボスではなく、これから共に戦ってゆく仲間がいる。目に付いたもののことを尋ねた。

「その傷は？」

彼女が勢いなく微笑む。

「大佐に……」

「まさか、ばれたのか？」

「だったら生きてはいないわ。彼の趣味よ。人をいたぶる。人を痛めつけて快楽を得る。最低の男《ゲスヤロウ》……」

彼女が表情を隠すように背中を向ける。スネークは、彼女の傷口に誘われるように指先ですこし触れた。生々しい傷跡が、彼女が今、進めている戦いを雄弁に物語っている。背中に触れられた女が、くすぐったがるように顎《あご》を少し上げた。

「珍しいの？」

「いや、俺も……傷だらけだ」

エヴァがこちらに向き直る。彼女からも触れられる距離感だった。スネークの野戦服の上着に手をかけてきた。男を疼《うず》かせる、なめらかで白い手だった。

「見せて？」

「ダメだ」

スネークは、CQCで身体を捌《さば》くときのように身を引いてしまった。ぎこちなくなった空気をごまかそうと、指先でエヴァの一際大きな古傷を示していた。

「この傷はどこで？」

彼女の脇腹に大きな縫合痕があった。

「ソ連《こっち》に亡命してから」

「いや、もっと古い傷だ。NSA《国家安全保障局》は内勤だろう。どこでこんな傷を……」

「知りたい？」

背中を向けて身支度を始めていた女スパイが、力強い表情で振り返る。そして、腰に手を当てた。

「教えない」

反応が顔に出てしまったか、エヴァが足を進めてくる。思わず一歩引いた彼の顔にやさしく触れた。

「いい女に秘密はつきものよ」

そして彼女は親密さの消えた真剣な声に戻る。

「そんなことより、急いで。シャゴホッドのフェイズ2の最終実験が始まる。実験を邪魔しようとする動きがあるわ」

「フルシチョフか？」

スネークは問いかける。次の仕事を始めなければならないエヴァは、振り向かずに身支度を進める。人を寄せ付けない、強い女の背中だった。

「ええ。それに対抗する為に大佐は部隊を集結させている。もたもたしていると警戒がさらに厳重になる」

そして振り向いたときには、彼女にはもう一分の隙もなかった。黒い無骨なライダーグローブの手で、小さな鍵《かぎ》を渡してくれた。

「例の鍵よ。これで地下壕《ごう》への扉が開くわ。そこから、グロズニィグラード内部へ入れる」

スネークは手のひらに落ちた鍵に視線を落とす。原始的で古いつくりだ。こんな偽造の簡単そうな鍵で要塞の厳重なゲートを迂回《うかい》できることに、不穏な匂いがした。

エヴァとスネークとの関係は奇妙だ。彼女は危険をおかして彼と接触し、彼も唯一の情報源である彼女のために無理をする。任務がある間だけ濃密な絆《きずな》で結ばれる、おかしな運命共同体だ。

スネークはもう疑いの泥沼に溺《おぼ》れてはいない。彼女がKGBの二重スパイでも、当面は警戒してばかりいる必要はないように思えてきていた。

「ソコロフはグロズニィグラードのどこにいるか、わかるか?」

「勿論《もちろん》。要塞の中心部、兵器廠《へいきしょう》よ」

彼女が要塞内の建物の配置を、地面に、手近な棒を使って描いてくれた。

「兵器廠は、三つの建物にわかれてる。研究施設のある東棟。すぐ隣に、兵器の組み立てが行われる格納庫がある本棟。シャゴホッドもここ」

そして、本棟から幾分離れた場所に少し小さな建物を描いた。

「本棟から二階の渡り廊下で、西棟が繋《つな》がっている。ソコロフがいるのはこの西棟よ。ここに潜入するには、東棟から本棟に入って、本棟の二階から渡り廊下を通ればいい」

エヴァが、ソコロフに近づくための順路を地面に描いてゆく。東棟から西棟まで、基地の建造物内を横断する必要があった。しかも、本棟から西棟に繋がる順路は、空中に渡された二階渡り廊下だけだ。逃げ隠れする場所がない。

「わかった。兵器廠の西棟だな」

「でもひとつ問題があって」

「またか」

さすがのスネークもうんざりしていた。これ以上難条件が重なるようなら、内部からの手引きなしで単独潜入するのは不可能にすら思えた。

「西棟のセキュリティは最高レベルなの。そう簡単には入れない」

「科学者の変装では？」

「無理よ。要塞内は、科学者が入れる区画と、入れない区画がはっきり区別されている。いい、この写真を見て」

ヴォルギンの写真だった。飛び抜けて大柄なヴォルギンが、二十センチほど背の低い若者と向かい合っている。二人とも笑顔だ。隠し撮りらしく、ピントが微妙に甘かった。

「イワン・ライデノヴィッチ・ライコフ少佐。東棟の警備をしているから、彼に化けるといいわ」

「どうやって？」

彼女が、イワンの写真をくれた。スネークとでは髪の色も金髪と茶色で違う。顔立ちもスネークのほうがよほど男性的だ。軍帽をかぶっているのが救いなくらいだ。

「彼の服装を奪えばいい。背格好も近いから大丈夫。顔は似てないけど……変装の道具は一応持ってきたわ」

彼女が開けて見せたケースに、金髪のかつらと変装用の道具が入っていた。訓練は受けたが、こんな切羽詰まった状況で、核戦争の危機を懸けてやることになるとは思ってもみなかった。

綿密にはほど遠い泥縄のプランだ。だが、これがおそらく選び得る最高の手段なのだ。

「わかった。だがソコロフを連れ出せたとして脱出方法は？　上官からは君が用意すると聞いているが……」

「北に三十マイル《五十キロ》のところに湖があるの。そこにWIGが隠してある」

「WIG？」

「最新鋭の表面効果機《Wing In Ground-effect vehicle》よ」

そう言われて納得がいった。表面効果機は、カスピ海を有するソ連で研究されている航空機だ。航空機の翼が、地表近い低高度では揚抗比がよくなる現象を利用している。水面の上なら、陸地より凹凸が少ないため更にこれを飛ばしやすくなる。

「そんなもの俺はとばせないぞ？」

「大丈夫、私は名パイロットよ」

彼女の思い切りがよすぎる運転を思い出して、苦笑した。脱出するまで付き合うことになるようだった。

「湖からの離水は厄介だ。バイクの扱いとは違うぞ。もっと繊細に扱わないと……」

「もちろんそのつもりよ。バイクの運転を見たでしょう？」

エヴァは自分を疑っていない様子だった。彼女のバイクほどスリルたっぷりの運転でないことを願った。彼女のブーツは、バイクの激しいクラッチ操作で左足の甲がEの字にすれている。普通に運転してくれるライダーの靴は、短期間でこうはならない。

「わかった。脱出については任せよう。俺はグロズニィグラードへ向かう」

そして廃墟《はいきょ》から出ようとしたスネークの手を、彼女がつかんだ。

「待って。聞いておきたいことがあるの」

振り返ると、エヴァがスネークを真っ正面から見つめていた。香水の匂いがした。

「なんだ？」

「ザ・ボスとはどんな関係だったの？」

立ち入られたくない柔らかい部分だった。だが、以前より痛みは癒《い》えていた。

「俺の親であり、師匠《マスター》だった」

「恋人でもあった？」

「……それ以上の存在だ」

スネークは改めて実感する。彼はＦＯＸを意識的に信頼しようとしているが、ザ・ボスを信じるのは呼吸するのと同じくらい当たり前のことだったのだ。

「それ以上？」

あけすけに問われて、目を合わせていられなくなった。そんな存在に裏切られた鈍い痛みが、また胸を貫いたのだ。

「俺の半分はザ・ボスのものだ」

エヴァが、じっとしていられない男を、動かずに観察している。

「好きなの？」

「そういう感情じゃない」

「嫌いなの？」

「好きか、嫌いか……そのどちらかでないといけないのか」

スネークは彼女に向き直る。そうした彼に、温かい女の身体が寄せられた。

「そうよ、男と女の間がらはね」

「十年、生死を共にした。とても言葉ではいえない」

ザ・ボスに教えられたことが、さまざまな言葉が胸に去来する。彼の半分は、ザ・ボスにもらったものでできている。

エヴァが抱き合うように腕を回してくる。やさしさを感じた。

「そんなザ・ボスを殺せるの？」

はっとした。顔を向けると、エヴァの顔がすぐそこにある。女の澄んだ青い瞳《ひとみ》が、ぴたりと男を見据えていた。

女スパイが身を離す。心臓が早鐘のように鳴った。彼が、ザ・ボスを殺すのだ。グロズニィグラードに潜入するとは、それが眼前まで迫っているということだ。

家族を喪失した巨大な穴をどう埋められるだろうと、金縛りにあったようだ。これからFOXの仲間と関係をずっと育んでゆけば、いつかは薄らいでいくのかも知れない。だが、家族を殺す任務を、実行せねばならないのは今なのだ。

「ザ・ボスの暗殺、それがあなたの任務でしょ」

十年もの時間の重みが、スネークの全身にのしかかる。彼はまだ十代だった時期から、人生を軍に捧《ささ》げてきた。そのほとんどで、ザ・ボスと苦しみも悦《よろこ》びも共にしたのだ。

「スネーク、恋人は？　好きな人はいるの？」

「他人の人生に興味を持った事はない……」

「ザ・ボスには興味を持った？」

「彼女は特別だ」

エヴァがそばにいた。彼の腕を摑《つか》んで、挑むように軽く引いた。

「そう、私は？　私はどうなの？」

「君こそどうなんだ？」

彼女の腕を捕まえてしまった。だが、女スパイはそのまま彼を見上げる。

「私？　私は任務のためなら人を好きになれる。あなたの事も……」

彼女がツナギの胸元のファスナーを臍《へそ》まで下げる。白い肌があらわになる。香水と混じった汗の匂いが、その見事なプロポーションをいっそう魅惑的にした。

ファスナーを凝視してしまったスネークに、彼女が抱きついてきた。そして、唇をキスの寸前まで寄せる。

スネークは視線を逸《そ》らした。拒絶も受け入れもしなかった。

彼女が顔を離す。視線を感じた。

「スネーク？」

じれたように、彼女の唇が彼の口に重なった。ついばむように、耳にも。

息づかいを荒くして、深いキスをするように唇を軽く開けた彼女が顔を寄せる。そして、スネークが身体を強張《こわば》らせたのに気づいた。

「どうしたの？」

自然と、互いに身体を離していた。

彼の心がキスをよろこべなかっただけではない。妙な気配がしていた。さっき聞こえたものは、距離は遠いが銃声だった。微《かす》かに木霊《こだま》していた。音の発生源は高音が反響しやすい山裾《やますそ》だ。

スネークは手近にあった廃墟の裏手ドアまで移動して、エヴァを振り返る。彼女も引き払う準備を済ませていた。

ドアから出ると、そこは山頂の断崖《だんがい》だった。ここから要塞《ようさい》の全貌《ぜんぼう》を見下ろせる自然の監視所になっているのだ。

停めてあったバイクに、エヴァがヘルメットを手に走り寄る。

「スネーク、それじゃ。気を付けてね」

彼女が、さっきまでのことが幻だったように切り替えて、バイクにまたがった。

「君は？」

「もう一人の私を演じないと。急いでるの」

そしてヘルメットをかぶる寸前、彼に声をかけた。

「基地から山を下りた、谷底の森の深いところに、物資を隠した洞窟《どうくつ》があるわ。何かあったら、次はそこで」

「大丈夫なのか？」

「さすがに彼らもスパイが居ることを疑い始めている。あなた一人でここまで来られるはずはないもの」

彼女がヘルメットをかぶる。彼女は一度も振り向かなかった。

バイクが急発進する。そして、思い切りよく山岳の急勾配《こうばい》を降りてゆく。相乗りの乗り心地は想像したくもないが、見事な腕前だった。崖《がけ》すら小さなものは飛び降りて、絶妙なバランスで斜面を駆け下りる。

スネークは廃墟へと戻ることにした。変装用の道具を回収する必要があった。彼女が残してくれた物資もある。特にガバメントの弾は、今ある弾倉を撃ち尽くしたら終わりだった。エヴァが気を利かせてくれているかもしれなかった。

有り難くも彼女は、ソ連軍では使われないタイプの拳銃弾《45ACP弾》を用意してくれていた。燃料とちいさな鍋《なべ》があったから、久しぶりに湯を沸かして、バックパックに入っていた粉末コーヒーを飲んだ。彼女が置いていった食糧を食べた。少し横になって休むことにした。廃墟の足跡の具合から見て、ここに人が訪れることはほぼない。

その眠りを破ったのは、また銃声だった。遠くかすかだったが、はっきりと聞こえた。全身が目を覚まして臨戦態勢になった。機械のように手早く正確に準備を整え、野獣のようなたぎりを全身に、油断なく廃屋の外に出る。

山地の強い風が、夜の青に閉ざされつつある空から、容赦なく吹き付ける。音の方向を、研ぎ澄まされた感覚は正確に覚えていた。山の警戒が少し緩んでいた。身を低くして、山裾を監視できる崖に近づいた。

頂上の断崖からグロズニィグラードが一望できた。改めて確認すると、要塞は広大だった。正面ゲートは高所に監視所を備えてフェンスも高く、守りは鉄壁だ。ざっと見えるだけでも大勢の兵士が巡回している。監視用の高い鉄塔がそびえ立ち、基地内を常にサーチライトの光がなぞっていた。正面ゲートの奥には、戦車や装甲車、軍用トラックなどが駐列している。物資のコンテナも潤沢で、大規模な軍隊に攻撃を受けてもたやすく陥落する施設には見えない。

広大な敷地内はフェンスに区切られていて、一箇所を突破してもまっすぐ基地の三つの棟には辿《たど》り着けない区画割りだ。潜入するには厄介なつくりだ。

シャゴホッドの格納された本棟はかまぼこ状の屋根を持ち、隣り合う東棟はコンクリート造りの堅牢《けんろう》な建造物だ。本棟から西棟への渡り廊下も見える。三つ並んだ兵器廠《しょう》の奥には、長い滑走路まであった。

そこは敵兵や科学者、装甲車やジープ、バイクが行き交う、軍事集団を動かす心臓だった。

ここに単独潜入するのだと思うと、緊張を超えて笑いがこみ上げた。無謀ではないかと問われたら、そのとおりだと返すよりない。

再び銃声がした。双眼鏡を向けると、要塞の巨大な正面扉のそばで、ひとりの男がドラム缶にパンチを繰り出していた。サンドバッグをボクサーが叩《たた》くように、軍服の大男が殴るたびに大きな金属缶が激しく揺れる。打撃するたび銃声までが轟《とどろ》いていた。鉄製の重いドラム缶が大きく凹《へこ》み、すでに穴だらけだ。あたりの床には、不自然に血のようなものがしみ出している。

基地内の灯火に照らし出されるその男は、ヴォルギン大佐その人だった。ヴォルギンがドラム缶に凄《すさ》まじいアッパーカットをぶちかます。重い金属缶が撥《は》ね飛び、音高く倒れた。その内部に詰めこまれていた人間が投げ出された。それは大柄な遺体だった。顔ははっきりとは見えなかったが、血だらけのそのスーツには見覚えがあった。グラーニンだ。

グラーニン設計局の長が、無惨な死体になり果てていた。それを、緑の野戦服のスペツナズ兵たちが監視していた。覆面をしていても、だらけた気をつけの姿勢で、その死に何ら感慨がないことは明白だった。対して、黒い軍服に赤いベレーの山猫部隊たちは労働英雄の死を厳粛に見守っていた。

ヴォルギンが拳《こぶし》を握って振り向く。威圧されて、スペツナズたちと山猫部隊が等しく震え上がる。グロズニィグラードは、この残虐な男が支配する城なのだ。

＊

ヴォルギンにとっては、すべては満足するべき範囲におさまっていた。

グラーニンは処刑せねばならなかった。だが、ソコロフのほうは、シャゴホッドのフェイズ2を完成させるまで反逆や逃亡をさせなかった。残るは明日の最終テストだけだ。

赤いゴム製グローブで固く拳を作り、最後にドラム缶を思い切り殴りつけた。グラーニンの死体を吐き出して軽くなっていたそれが、大きく宙に撥ね上がり、遠くまで転がってゆく。背後に控えたスペッナズと山猫部隊の兵たちが、人間離れした剛力に息を呑《の》む。

ヴォルギンは軍服の下に、極秘開発された電動スーツを密《ひそ》かに着込んでいる。電気を発する能力を持ち、グラーニンの二足歩行兵器開発の副産物である薄型のパワーアシスト機能とバッテリーを備えている。宇宙服とは別系統の、秘匿された宇宙技術だった。

皮膚が焼ける異臭がする。電動スーツは未完成の技術で、頻繁にヴォルギンの皮膚を火傷《やけど》させるのだ。火傷だらけの顔と身体が引き攣《つ》れて痛む。苦痛を表情には出さず、指の間に挟んでいた薬莢《やっきょう》を捨てた。指に挟んだ弾丸の雷管を高圧電流で激発させることで、殴った相手を同時に射殺するのが、彼の得意技だった。

ブーツの靴音が駆け寄ってきた。拍車が鳴る音がする。部下のオセロット少佐だ。

「大佐、何か吐きましたか？」

「いや、その前に死んだ」

オセロットがグラーニンの死体を見下ろす。同情している様子だった。

「スパイではなかったのでは？」

ヴォルギンは裏切った科学者の片方の靴を無造作に摑み上げると、靴底のかかとをひねった。靴底が回転して、ことりと落ちるものがあった。明滅する発信器だ。

「これを見ろ」

「発信器？」

「そうだ。こいつの居場所を知らせるものだ」

ヴォルギンが発信器を摑《つか》み上げる。バッテリーから導線を伝った高圧電流が、機械を瞬時に焼き切った。煙と異臭があがる。

「しかし、グラーニンがスパイだったかどうかは？」

オセロットの背後から、山猫部隊たちがヴォルギンの表情をうかがっていた。ロシア系の兵士を中心にして編成した山猫部隊は、彼のもっとも信頼する精鋭兵たちだ。

ヴォルギンは、甘いことを言いがちなオセロットを教育してやる気になっていた。

「奴は誰かに利用されていたのかもしれん」

「かもしれん？　こいつも同志ですよ」

詰め寄るオセロットが、スペツナズ兵たちに冷ややかな視線を送られている。覆面に顔を隠した彼らは、中央アジアのイスラム教地帯《ベルト》の出身者とコーカサス地方の兵士が多い。ロシア人を手厚く遇するなら、彼らのこともそうしなければならない。ヴォルギンは、彼らの信仰やしきたりを厳格なルールで抑圧している以上、ロシア人もそれに従わせるのだ。

「いずれにせよ、もう必要ない男だ」

「こんなやり方、納得できません」

このヴォルギンの計画に必要不可欠な男たちは、来歴がばらばらだ。彼が立ち去れば、山猫部隊は労働英雄グラーニンを惜しみ、スペツナズたちは夕食までには忘れる。その違い過ぎるものを一つにするのが、ヴォルギンとソヴィエト連邦の堅固な制度だ。

「納得などする必要はない。私が司令官だ」

「……核砲弾の件も」

「なんだ？　またその事か。軍部に報告する気か？」

　オセロットが鼻白む。その青臭い頭に分かるように大事なルールを教えてやった。

「これは戦争だ。いいか、冷戦という名の諜報《ちようほう》合戦なのだ。スパイは見つけ出さなければならない。やるかやられるかだ」

　ヴォルギンは周辺に人材がいないから教育する。強いコネ社会であるソ連軍で、ヴォルギンの支持者とは、かつての政敵ザ・ソローを恐れていた長老たちだった。だが、やつを片付けると力を握りすぎたヴォルギンは微妙な距離をとられるようになった。だから、コブラ部隊を重く用い、子飼いとしてオセロットに目をかけて少佐にまで引き上げた。

「疑いの芽を摘むことだ。組織の結束には邪魔な感情だ」

　かつて権力の確立に利用した男の死体を見下ろす。このグロズニィグラードを、彼はそう割り切って、人を乗り捨てて築いた。

「誰かが手引きしているはずだ。単独で出来ることはたかがしれている。必ず内部にスパイがいる」

「同志を疑うなど」

「C3爆薬が盗まれたんだぞ」

「例のアメリカ人では？」

オセロットが食い下がる。だが、スパイマスターとしての勘が告げていた。

「いや、奴はまだこの要塞《ようさい》までは来ていないだろう」

「では一体誰が？」

オセロットも、ヴォルギン自身も、彼女が近づくまで察知できなかった。

ザ・ボスだ。白い戦闘服の上にマントを羽織っている。アメリカ諜報史に名を残す大物が、彼らに告げた。

「部下を疑い出すとキリがない」

「ボス？」

ヴォルギンですらもこの英雄にだけは一目置かざるを得ない。

彼女の後ろから、タチアナもやって来ていた。震えてグラーニンの死体を見下ろしている。顔を真っ青にした彼女を、オセロットが引き倒さんばかりだった。

「どこへ行っていた？」

オセロットはこのKGBの女を疑っているのだ。

ザ・ボスがその勢いを遮るように前に出た。

「ザ・フィアー、ジ・エンドがやられた」

がしゃりと鈍い音がした。ボウガンが投げられて、地面に落ちたのだ。ザ・フィアーの愛用していたものだ。無惨に焼け焦げている。

その意味するところは一つだった。

「くそっ！」

ヴォルギンの身体が燃えるように熱くなった。激情のままに、ドラム缶に力の限り拳を振り下ろした。ドラム缶がくしゃりとボール紙のように凹《へこ》んだ。手の指から煙があがる。

コブラ部隊は、その全員が卓越した技倆《ぎりよう》を持つ英雄だった。彼らを三人も立て続けに殺せる人間がいるなど、想像もできない。身震いを禁じ得なかった。

「CIA《アメリカ》の犬め！　伝説のコブラ部隊がいとも容易《たやす》く……」

「さすがだ……」

オセロットがうっとりとつぶやいた。本音だと分かった。だから、尋ねたのは男の嫉《しっ》妬《と》からだ。

「惚《ほ》れたのか？」

オセロットの答えを聞く機会は、馬のいななきによって失われた。ザ・ボスがツェリノヤルスクでの移動に使っているスペイン原産のアンダルシアンの名馬を呼んだのだ。

ザ・ボスが、白い愛馬のほうへ歩いてゆく。彼女は地形の複雑なツェリノヤルスクを、馬を使って自在に移動する。

「心配するな、あの男は私がやる」

馬の首を軽くたたき、彼女が軽快に鞍《くら》にまたがる。ザ・ボスが言うならヴォルギンも頷《うなず》くよりなかった。

「奴の狙いはなんだ？」ソコロフだけとはおもえん」

彼女の横顔は厳しい。

「アメリカの狙いはシャゴホッドの破壊と、大佐が受け継いだ……『賢者の遺産』」

心臓に銃口を突きつけられたように、ヴォルギンの身体は強張《こわば》った。コブラ部隊の敗北が噴き上げさせたものが怒りだとしたら、こちらは生命以上のものを失う恐怖だ。CIAがこの期に及んで、彼の『遺産《レガシー》』を狙っていることに歯がみした。

「そして私の抹殺。大佐、ここの警備を強化しろ。彼は必ず来る！」

ザ・ボスの昂《たか》ぶりに反応したように、白馬が前足を上げて大きくいななく。

安泰なつもりでいた彼に火を付けるに足る衝撃だった。

「私はデイビークロケットを取ってくる」

英雄を乗せて白い馬が走り去る。

ヴォルギンは取り残されて日没後の空を見上げる。

タチアナが、食い止《さ》しのディナーのようにその場に立ち尽くしている。何をおいてもかぶりつきたい熱はないが、ここで捨てるのも惜しい。

オセロットもできることを失って基地本棟へと戻ってゆく。と、タチアナの背後を通り過ぎようとして足を止めた。そして、獣のように鋭敏な鼻をひくつかせる。タチアナが暴力の気配に圧《お》されて一歩下がる。

「香水か？」

オセロットが、噛《か》み殺される前の小動物のように震える女を、ぶしつけな視線で確認する。

そして、引っかかりをブーツに認めて彼女に告げた。

「いいブーツだ。ちゃんと磨いておけよ」

＊

スネークは舞台から役者たちがいなくなるまで、双眼鏡でじっと観察していた。拷問死したグラーニンの身体だけが、そこに残っていた。

人間味を感じた相手が、むごたらしく視界の中で殺された。怒りと喪失感をかすかに覚える。

地下壕《ごう》のドアは、登山の途中で発見していた。山肌に設置された鉄製のドアまで山を下りた。ソ連兵たちもその正体を知らなかったようで、特別な警戒はされていなかった。

ドアの向こうは薄暗いトンネルだった。長い階段を下りる。明らかに深く山がくりぬかれていた。コンクリート壁は建造して五年や十年のものではない古さだ。聞いているヴォルギンの情報と合わない。あの男とグロズニィグラードについて、誰かが同業者向

け の作り話《カバーストーリー》をしているのだ。他にも知られていない地下施設がまだあったとしても驚かなかった。

コウモリが棲《す》み着いた長い階段の底は、広い空間だ。ひとたび戦争が起これば、ここに司令部なりを設置する予定なのかも知れなかった。

死んだグラーニンは『賢者の遺産』がソコロフの研究に回されたと言った。これほどの地下施設を作らせたのがもしも『遺産』なら、それはとてつもない力だ。

その財力を、ヴォルギン個人が組織に頼らず自由に動かしているかのようだった。共産主義国家であるソ連では、あり得ないことに思えた。この国のことはCIAにも分からない部分が多い。だが、ソ連とは、堅固な規律で人間を縛る国であるはずだった。

広大な空間の隅にドアが開いている。そこからコンクリートの狭い通路を進むと、天井が高い縦坑に行き着いた。縦坑は細く、遥《はる》か上まで梯子《はしご》が据え付けられている。梯子の先には通路、また梯子と、まるで巨大な迷路だ。何時間も彷徨《さまよ》っていると、冷戦の闇の底に踏み込んでゆくようだった。

梯子を登り切って、天井を塞《ふさ》いでいた重い金属製の蓋《ふた》を押して隙間を開けた。周囲には誰もいない。マンホールをズラし、静かに登り切ってから、もう一度蓋を閉める。

たどり着いたのは、広い場所だった。

星空が見えた。

そして、そこかしこに人の気配があった。

スネークはグロズニィグラード内部に潜り込めていた。確かにグラーニンが言った通りだった。

要塞のコンクリートフェンスのすぐ内側、物資コンテナの集積地点に彼はいる。周囲はコンテナだらけで、視界は悪い。ここグロズニィグラードは、外部からは中を窺《うかが》い知れないコンクリートの巨大な箱だ。広大な敷地に積まれた物資コンテナに記されているロシア語を見るだけで、戦争状態へと移行しようとしていることを確信できた。物資も車両も人員も、充実している。

スネークは、この広大な施設で為《な》すべき仕事を思って、気が遠くなる。彼はこの大要塞からソコロフを救い、シャゴホッドを破壊し、ヴォルギン大佐とザ・ボスを暗殺するのだ。

手掛かりがあるのはソコロフを助けることだけだ。だが、これすら百メートル以上も奥へ進んで、フェンスを越えなければ主要建造物に近づけない。

コンテナの陰に隠れて、スロートマイクに手をやった。地下壕内では無線が通じなかったから、まずは潜入に成功したことを報告する必要があった。

グラーニンが言っていた『賢者の遺産』のことを報告するべきか迷う。金銭なのか、技術やもっと他のものかすら不明な、何の裏付けもない情報だ。ウォルギンが『遺産』で山をくりぬいて巨大地下壕をも建造したとして、コンクリートから判断すれば建造時期は大戦中かも知れないのだ。得体の知れない歴史の謎が任務にまとわりついている。

スネークは結局、無線で少佐に相談しなかった。通信が衛星を借りているＫＧＢに盗聴されているからだ。シギントが電波をいじっていて作戦中に解読するのは不可能にしても、遠からず内容はすべて露見してしまう。パラメディックが映画の話題を振ってくれた。グロズニィグラードへの潜入が、彼にとって何を意味するか彼女たちも知っている。だから、口の重いスネークを心配してか、気を紛らわせようとしてくれたのだ。

その気づかいに、ほっとした。だから、闇の底でザ・ボスのことばも蘇《よみがえ》る。『忠をつくしている』限り、私たちに信じていいものはない。たとえそれが愛した相手でも──。今は、ＦＯＸの仲間と絆《きずな》を育みはじめたから、その意味が違って感じられた。忠を尽くしていても、仲間なら信じられるはずだった。ザ・ボスにはコブラ部隊という〝家族〟すら信じられないとしたら、彼女は、今、何を考えているのだろうと思った。

とてつもない孤独が、彼を襲った。

スネークには、信じなければ耐えられない。

報告を終えると無線を切った。そして、行動を開始するために立ち上がる。

コンテナの陰に潜む。発見されてはならなかった。武装したスペツナズの兵士たちが、強いライトの下で注意深く見回りを続けているのが遠目に観察できた。二人一組でコンテナの周囲を、時折声をかけ合っての情報交換やハンドサインを送りながら確認してゆく。隠れながらカウントできただけでも、そういうペアが二十組以上あった。

スネークは兵士たちの視界に入らないように、彼らの死角へと移動してゆく。これまでの比ではない警戒の中、その中心施設まで潜り込むのは不可能に思えた。逃げ出したいほどの緊張感だった。だが、かつて経験したことがないレベルで集中していた。

コンテナの壁面に張り付くように身を隠したスネークのすぐそばを、足音が通り過ぎてゆく。数メートル向こうに敵がいる。発見されれば、人数の差に押し潰《つぶ》されて死ぬしかない。陽動の別働隊すらいないのだ。

要塞《ようさい》に集められたスペツナズ兵は精鋭だ。位置取りや動き方、仕草のひとつをとっても豊富な戦訓が息づいているさまが見て取れる。

スネークは神経をすり減らしながら、ときには敵兵の視線の方向次第で潰れてしまうわずかな隙を縫ってゆく。見付かっていない間だけ、スネークは脅威でいられる。GRUに分かるのはコブラ部隊が敗北していることと、敵が迫りつつあることだけだ。どうバックアップを受けているかも、スネークが一人なのか潜入チームの一員なのかすら分からないはずだった。

監視塔のサーチライトを避けるため装甲車両の下に隠れて、周囲を落ち着いて観察した。コンテナ、ドラム缶と身を隠す場所には事欠かないが、問題は高さ三メートルほどの内部フェンスだ。検問がない金属ドアの裏口も存在するが、そこを出た先に兵士でもいれば、潜入が露見してしまう。

要塞の夜空が、密林の樹木の屋根と違って、開け放されて広い。

ふと舗装道路の脇に側溝があるのに気づいた。コンクリートの蓋でしっかり覆われていて中が見えない。それでも、人間が入り込めそうなほどのサイズがあった。

スネークは重い蓋をずらした。頭を突っ込んで、暗い内部に罠《わな》がないことを確認する。側溝の行き先を見ると、厄介な壁の下を越えていた。

他に選択肢がないように見えた。迷わずにその身をコンクリートの溝に滑り込ませ、蓋を自分で閉め直す。中はほとんど真っ暗だ。土臭い施設を、AK—47を抱えて匍匐《ほふく》する。十分に大人一人が這い進めた。身体が少しずつ冷え、体温が奪われると脇腹の傷が疼《うず》いた。側溝は肩幅よりこころもち広い程度だが、這い進んでもトラップもセンサーのたぐいもない。このルートは警戒が薄かった。

隙を発見して、にやりと笑みが浮かぶ。側溝のサイズは、樹海を抱くほど雨量豊かな地域に要塞を建造した無理のツケだ。コンクリートで固めた地面は当然水を吸わない。大量の雨で要塞内を水浸しにしないためには、この太さの側溝が必要だったのだ。

側溝を這い進んでゆく。溝の曲がった部分を、銃をぶつけて音を立てないように慎重に移動する。コンクリートに触れ続けて疲労して凍える身体をほぐしながら、暗闇の中で息を潜める。ヴォルギンの築いたグロズニィグラードは人を圧する威容を誇る。だが、地面の下を毒蛇のように這うスネークには、柔らかい部分が見える。

箱は立派でも人材が足りていない。要塞の内実はいびつだ。だから、冷戦を打ち壊すための基地に集められたベテランも精鋭も、スネークを捕捉《ほそく》できていない。

気配を察知されれば死ぬ。だから、足音のそばでは焦《じ》れる気持ちを抑制してわずかにしか動かない。すべてが終わる恐怖と極限の緊張に耐えて耳を澄ます。ロシア語ではない、ペルシア語系の現地語で、兵士たちが話していた。パキスタンのウルドゥー語らしい声が混じっていた。グラーニン設計局でそうだったように、グロズニィグラードでも人種がばらばらだ。

そして、さっそうと自信に満ちた大股《おおまた》の足音が、ときおり訪れてはロシア語で状況を確認してゆく。現地語の会話がこのときばかりは流ちょうなロシア語に変わる。多様な人種のスペツナズ兵たちを、ロシア人の精鋭である山猫部隊が引き締めている。

これがヴォルギンの軍隊なのだ。敵の急所が少しずつ見えてくるようだった。敵の手触り、苦しさ、直面している困難が、伝わってくる。グラーニンの粛清に対して山猫部隊とスペツナズ兵が見せた反応の違いは、ヴォルギンにとってもおそらく悩ましいのだ。

ここではソ連の組織につきものの、組織の政治的正しさを保つ政治将校の影を感じられない。それは山猫部隊の規律とスペツナズの力の抜き方との間に、温度差を生じさせた原因でもある。ヴォルギンは、政治将校を何らかの手段で機能不全に陥らせているのだ。そして、その副作用で、軍部から思うように人材の供給を受けられていない。ヴォルギンがコブラ部隊の実力と求心力に頼るところは、たぶん大きかった。

スネークはこの要塞にただひとりで挑む敵だ。そして、物陰に潜み一噛《か》みで敵を殺す、狡猾《こうかつ》で危険な毒蛇だ。

山頂の崖《がけ》から見下ろしたグロズニィグラード要塞の全景を脳裏によみがえらせる。フェンスを越えて、三回側溝を曲がった。薄い光がコンクリートの蓋《ふた》から漏れる暗闇を這っていると、距離感を失いそうになる。奇妙な感覚があった。ザ・ボスを殺すために基地へ忍びこもうとしているのに、無謀な挑戦をしている今、かつてないほど彼女の教えを身近に感じた。

側溝が行き止まりに突き当たった。流せる水量の関係から、基地じゅうの側溝が一本に集まっているわけではないのだ。スネークは外の気配を探って、周囲に人がいないことを確認し、慎重に蓋を持ち上げる。

こちらを注意している兵士がいないかは、ただの運試しだ。スネークは装備をぶつけて注意を引かないように、慎重に側溝から上半身を押し出す。

地上一階建ての建物の裏手に彼は這い上がった。要塞内に点在する小規模な建造物の一つだ。

AK―47を先に出してから、滑らかに外に転がり出る。小石を踏んだ音がジャングルブーツの靴底で軋《きし》んだ。周囲を警戒する。要塞の潤沢な人員をもってしても、あらゆる場所に常時目を光らせることは不可能なようだった。

ドラム缶を発見して、その死角に身を潜める。広大な物資集積場を乗り越えて、建物に接近していた。いつそこから、高度に訓練された兵士が現れるとも知れない。彼を発見する可能性がある敵は、要塞の中で千人をゆうに超える。この極限の状況で、中心施設に忍びこみ、三つもの建物内を通り抜けて足手まといになるソコロフを救出しようとしている。不可能への挑戦だった。

過酷さが極まって、もはやあらゆる行動が冒険だった。だが、それを乗り越える最高の技能を、ザ・ボスが刻み込んでくれた。彼が技術を求め、ザ・ボスがそれを惜しみなく与えてくれた。彼女にとって彼がどんな弟子だったのか、今はもう分からない。

歯を食いしばり、警戒のもっとも薄い場所を見極めて進む。コブラ部隊の英雄たちとの戦いを経て、どこまでも鋭くなるようだった。監視のわずかな隙間、ヴァーチャス・ミッションのときなら躊躇《ちゅうちょ》したきわどい狭間《はざま》に、冷静に侵入できる。以前なら隙と認識できなかった針穴のような空白を、自信を持って進入路に選べる。建物の裏手の、当然監視がある区画にスネークは潜んだ。見張りが背中を向けていたからだ。振り返られただけでこれまでの努力がすべてフイになる危険極まりないルートだ。

スネークは忍び足で距離を詰めてゆく。十メートル以上も前進しても、ソ連兵はまったく気づかない。彼はこのとき、追われる者ではなく、狩る者だ。興奮で荒くなりそうな息を抑える。

屋外灯にほのかに照らされた通路から、スネークは監視の兵士を物陰に引きずり込む。口を手で塞《ふさ》ぎ、CQCでほぼ一瞬のうちに意識を刈り取る。これでこれから数分間、建物裏の安全を確保できる。ささやかな安全がよろこびをもたらす。だが、この兵士が意識を回復すれば要塞内で捜索が始まる。潜入プラン全体での危険度は上がっている。ここからは速度とタイミングの勝負だった。

ドラム缶の陰に兵士を引き込むと、スネークは自分のバックパックを下ろした。荷物から予備の水筒を取り出すと、蓋を開けてひっくり返す。水がこぼれて水没していた発信器が転がり落ちた。水筒に貼り付けていたテープを使って、発信器を気絶したソ連兵の背中に固定する。スネークがザ・ボスにやられたようにだ。最後に念のため、野戦服《ベルト》を着たソ連兵の目出し帽を引き上げて顔を確認した。案の定、肌の茶色いイスラム地域の出身者だった。

今、この発信器から、スネークの位置を示す電波が水に妨害されることなく受信機に届くようになった。だが、発信器が生きていた頃に彼を正確に追えたのは、コブラ部隊を除けば、オセロット少佐と山猫部隊だけだった。発信器の位置情報を、山猫部隊はスペツナズには教えていなかったのだ。発信器の信号が復活しても、おそらく山猫部隊は情報を伝えない。だが、反応を辿《たど》ると発信器はスペツナズ兵についている。重要情報を秘匿されていたことを、最低のかたちでスペツナズは知る。

倒した兵士が監視していた区域の様子を、スネークはそっと確認する。区画を取り囲むフェンスの向こうに、高さ十五メートルほどの大きな建物が見えた。あれがグロズニィグラードの中心、シャゴホッドを建造している本棟だ。

兵士の目を盗んで、フェンスの開いている部分が監視できる場所まで移動する。兵器廠《へいきしよう》との間には、高さ十メートルを超える監視塔が建っていた。その監視塔の脇を、トラックが煌々《こうこう》とヘッドライトをつけてこちらに走ってきた。その光に照らされ、周囲の建造物や屋根の上で警戒していたスペツナズたちが集まってくる。車両の運転席から顔を出した山猫部隊が、ロシア語で敵が潜入したと叫び、捜索を受け入れるよう指示を出す。この区画を警戒するスペツナズ側にしてみれば、現場で察知できていないスネークの位置を山猫部隊が確信している理由が分からない。何事か尋ねる大声の応酬があった。

スネークはフェンスの間を、そのわずかな混乱に乗じて一気にすり抜ける。

監視塔からのサーチライトが、基地内をゆっくりと捜索している。その強烈な光を避けるように、物陰を伝って忍び寄ってゆく。

ふと、サーチライトが遠くにあったものものしい戦車群のシルエットを照らし出した。強烈な白光で浮かび上がった数十台の戦車は、すべて忘れられない独特の形状をしている。その印象が強烈すぎて素通りできず、手近な装甲車の陰にしゃがみ込む。

見たことのない戦車だった。T—62よりも大型だ。片側二セットで、四本もキャタピラがついている。車体には、さまざまな方向からかかる圧力を上下に逃がすためらしい円盤状のシールドがついている。

くわしいことはシギントにでも聞けばきっと分かる。ただ、スネークにもこれが何を目的にしているかは予想できた。ＯＫＢ—７５４を吹き飛ばしたような、戦術核兵器が使われる戦場で運用するためだ。戦車同士の戦闘に勝たねばならない主力戦車が、今、戦車以上に意識する兵器があるとしたら、それは核だ。円盤状のシールドで爆風を上下に逃がせれば、爆心地からある程度離れていれば核の爆風に煽《あお》られても転覆せずに済むかも知れない。四本もキャタピラがあれば、接地面を増やして地面との摩擦力を上げられる。

想像できたからこそ、気分が悪くなってきた。こんなものがまとまった台数配備されている。ヴォルギンは本当にやるということだ。

状況はスパイ映画さながらだが、すべて現実だ。冷戦はある。核戦争の危機はある。キューバ危機がもしも映画の中のできごとなら、荒唐無稽《むけい》とほとんどの人が笑っただろう。ベルリンの壁がもしもフィクションなら、どれほど救われただろう。フィクションよりも現実のほうがいつも狂っている。

スネークは慎重に、暴走しそうな心を抑えて、また身を低くして進みだす。ひとりでに眉《まゆ》は逆立ち、奥歯を噛みしめていた。もう気絶した兵士は発見されているはずだった。だが、まだ騒ぎにはなっていない。山猫部隊も、自分たちが情報を秘匿していたように、スネークの情報をスペツナズも隠したと疑ってしまったのかも知れない。要塞《ようさい》を守る兵士たちには連携に小さなほころびがある。

シャゴホッドの最終チェックを明日に控え、緊張の中にある警備兵たちが、山猫部隊とスペツナズの摩擦に注意を引かれていた。そうして視界が狭くなった兵士たちの死角を、スネークは静かにかわしてゆく。

時間との勝負だった。背負っていたバックパックを、兵器廠東棟のそばに停車していたトラックの荷台に投げ込んだ。自分も車を揺らさないようそっと荷台に乗り込み、荷物を思い切って開ける。棟内に持ち込むものを厳選しなければならなかった。ライコフに変装するための道具は、ペーパーバック本サイズの容器にまとめられていた。科学者のシャツと白衣に手早く服を着替える。銃は危険だが腰のホルスターにぶち込み、サプレッサーをポケットに入れた。施設内でもしもザ・ボスに遭遇したら、銃器なしで勝利はありえない。

無線機はスロートマイクを外して白衣のポケットに入れた。ライフルは持ってゆけない。武器はナイフと拳銃《けんじゅう》だけで潜入するしかなかった。

夜の闇の中に、白衣は悪目立ちした。だからいっそう細心にタイミングをはかり、大胆に実行する。兵器廠東棟の入口ドアまで十メートルほどの距離が、絶望的に長い。実際には三秒にも満たない運試しに勝利したとき、全力疾走した後のように全身に汗が浮き出した。

金属のドアは、触れるとスライドして開く自動ドアになっていた。

野戦服のまま入らなかった判断に感謝した。エヴァに本棟の内部構造は聞いていた。ドアを開けて一歩入ると吹き抜けの大きな応接空間があり、二階廊下がその空間を取り巻くように配置されている。

ドアを開けた瞬間を見られていないかは、避けようがないギャンブルだった。今日、彼は本当についていた。

注意を引かないように、応接室を右側へ抜ける廊下へと歩いて去る。数秒とはいえ、敵の本拠の内部をその目で見た。兵器廠内部での行動を整理する必要が出てきていた。

東棟には使用者の人数比のため男子トイレしかない。タイル張りの清潔なトイレの個室に入り、変装道具を確かめる。ジャングルを通ってきたと露見しないように、念入りに顔から泥と汗をぬぐう。ライコフは今夜この東棟にいるスケジュールだというが、発信器が発見されたと伝わればどうなるか分からない。運次第では、要塞内にライコフが二人いるタイミングが発生する。

スネークは身だしなみを整えてトイレを出ると、吹き抜けの奥にある幅が広い階段を上った。絨毯《じゅうたん》を敷いた階段は、普通に歩いているだけでも足音が立たない。靴まで変装用を準備できたわけではないから、ジャングルブーツが見咎《みとが》められる恐れがあった。

彼の仕事は万全の状況を作れない。常に難しい挑戦になり、一転がりであらゆるものが崩れ去る。スネークはジャングルでの歩き方を捨て、軍人らしく映らないように上半身から力を抜いて歩く。立ち方ひとつをとっても、科学者と任務中の軍人とでは微妙に違う。

ゆっくりとタイミングを調整して歩き、巡回の兵士の注意が向いていない隙に二階のブリーフィングルームに滑り込む。東棟二階には、こちらと反対側に電算機室がある。スネークがジ・エンド戦で力を借りたコンピューターの、まさにソ連版が設置されているのだ。当然重要機密だから、不用意に接近するのは避けたかった。ライコフは要塞内では嫌われているという。だから、科学者だらけの電算機室より、軍人の空間にいる蓋《がい》然《ぜん》性が高いと読んだ。

ブリーフィングルームは、ホワイトボードとデスクとパイプ椅子だけの簡素なものだ。その奥に、パーテーションで区切られたロッカールームがある。男臭い臭気が、パーテーションの向こうから漏れていた。スネークはそこに乗り込んでゆく。着替え中だった兵士が一人いた。気づかれたと同時に相手を絞め技にとらえ、そのまま意識を奪った。昏《こん》倒《とう》したことを確認してから、顔をよく観察する。ロシア人だ。

兵士が開けていたロッカーの中に、三十代後半のその男の身体を詰めこむ。ロッカーには酒《ウォッカ》の瓶が入っていた。スネークは近くのロッカーを手早く開けて中を確認してみる。判で押したようにすべてに酒が入っていた。東棟の警備担当部隊の規律はゆるい。ヴォルギンに特別扱いされているライコフがいる影響かも知れなかった。スネークはロッカーを開いてゆく。エヴァに補足して聞いた範囲では、ライコフは専用の執務室を持っていない。ここにロッカーがあるはずだった。

一番奥のきれいに塗り直されたロッカーが、まさにそれだった。上等のシャツと糊《のり》の利いた軍服の替えが、きれいに整理されてハンガーにかかっていた。酒の他に、つまみ食い用だろう菓子箱が大量にある。ロッカーの戸に日時のメモが貼ってあった。時間は今から十五分後だ。スネークは思い切って吊《つる》してあった服に着替えた。上半身裸になってシャツとネクタイを身に着け、ズボンを穿《は》き替える。顔の変装を始めようというとき、足早にやって来るブーツの足音が聞こえた。何者なのか見当はついていた。

パーテーションを大股《おおまた》で回り込んできた男が、スネークを見て息を呑《の》んだ。相手は、若々しく、中性的に見えるほど線の細いロシア系の二枚目だった。イワン・ライデノヴィッチ・ライコフ少佐だ。自分の服を着た不審者に顔色を失い、青年将校が背中を向けて逃げようとする。だが、スネークが彼を捕らえるほうが遥《はる》かに早い。CQCで物音や悲鳴があがらないよう慎重に絞め落とした。

気絶した少佐から上着と帽子を奪い、ホルスターつきのベルトを拝借する。そのぐったりした身体はロッカーに押し込む。変装は、生きたモデルがすぐそばにいるとはかどった。スネークの男っぽい顎《あご》の線を苦心して誤魔化し、ジャングルで日焼けした肌を化粧で隠す。見れば見るほどライコフは俳優でも通用する男前だった。かつらでは男の見事に艶《つや》やかな金髪を再現できない。手はスネークの傷だらけのものとは似ても似つかないから、黒革の手袋をつけてくれているのが有り難かった。スネークは、変装用具についていた鏡で出来映えを確かめる。雰囲気は摑《つか》んでいることで妥協して、軍帽を目深にかぶった。

このロッカーの奥にあるドアを出ると、東棟に接して建てられた本棟敷地に入る。一本道の、立ち入り制限のある廊下だ。科学者を、東棟二階の電算機室から本棟シャゴホッド格納庫へと、余計な場所に立ち入らせず直接出入りさせるためのものだ。この廊下を突き当たりまで進むと、科学者を兵器廠《へいきしょう》の建家から出さずに西棟まで移動させられる渡り廊下に繋《つな》がっている。

廊下で出会った兵士たちは、ライコフの変装を目にすると全員立ち止まって敬礼した。彼の顔をしっかり見ようとする者はいない。出会ったロシア人兵士の何人かは、顔に殴られたあざがあった。ライコフはそういう男だった。

西棟は機密区画だ。科学者には情報漏洩《ろうえい》対策でここに繋がるドアを開ける権限がなく、ドアを警備する兵士がパスワードを知っている仕組みだ。

変装したスネークが近づくと、兵士たちは事情を聞かずにドアを開けた。

西棟に潜入した後は、巡回の兵士が少なくなった。ヴォルギン大佐の性格なのかチリ一つ落とさず清掃されている廊下を、ジャングルブーツが足跡をつけていないか気をつけながら歩く。

人の気配が極端に少ない建物だった。部屋のドアは金属で、中にも人がいる様子ではない。この夜が明ければ、シャゴホッドの最終試験の忙しい一日が始まる。西棟はそんな兵器廠の中でぽっかりと空白地帯になっていた。

一つ、わずかに閉じきっていないドアを見つけた。スネークはこの建物の情報を持っておくために、そっとそれを開いた。室内には金属製の棚が奥まで何列も並んでいた。棚に保管されていたのは、ガラス容器に満たされた液体に浮かぶ、人間の皮膚や臓器や骨のサンプルだ。静謐《せいひつ》な、だが不謹慎なまでに合理的に整理された、死体の保管庫だった。

スネークは、もっとも近い棚に置かれていたガラス容器を調べておきたくなった。それが、ひどく焼けただれた皮膚片に見えたからだ。通電状態を監視されているかもしれない電灯を避けて、暗いままの部屋にそっと入り込み、漏れ入る明かりで容器のラベルを確認する。採取場所はツェリノヤルスク。採取日付は一九六四年八月二十四日だ。ヴァーチャス・ミッションの日、ＯＫＢ―７５４が核攻撃を受けたあの日だった。

祈るかわりにしばし黙禱《もくとう》することもできず、現実を凝視する。ヴォルギンたちはあの核攻撃で死んだ犠牲者をここに運んで、人体への影響を調査するために解剖したのだ。ここにあるのは、すべて核戦争に資するための人体標本だった。ザ・ボスの罪、そして止められなかったスネーク自身の力のなさを責め立てるようだった。

標本資料を棚に戻し、ドアから出る。この西棟すべてから、知った今では死臭がするようだった。ここはおそらく核攻撃下で戦争を続けるための研究施設だ。西棟でソコロフは、放射能に汚染された焦土でもシャゴホッドを運用できるよう、仕事をさせられているのか。聞いてみたかったが、恐ろしくもあった。人間性の果てがこの建家の中にあるようだったからだ。

そして、一枚のドアを開けようとして、スネークは足を止めた。中から会話が聞こえてきたのだ。

隙間を慎重に作って、覗《のぞ》き見る。物置に使われているらしい雑然と棚の並ぶ部屋の中に、ソコロフがいた。そして、銀縁眼鏡をかけた金髪の女に、マイクロフィルムらしきものを渡していた。スネークは目を見張った。不意打ちの遭遇に鼓動が速くなる。

ソコロフは、数日前に会ったときより顔が疲れていた。その身体に生気を感じられなかった。

「約束は守るわ」

冷たい目をした若い女が、ソコロフと話している。スネークがすぐそばにいることに勘づいた様子はない。

『『賢者の遺産』については？』

「その事は何もしらん……」

ソコロフが嘆願するように両手を広げる。スネークは息を呑んだ。ソコロフまでもが『賢者の遺産』だ。『遺産』と呼ばれる力がこの地に深く根を張っている。

見せつけるように女が口紅を取り出した。暴力に晒《さら》されたソコロフが、目を見開いて後ずさる。

「それは！　私を殺すのかっ」

「どうしたの？」

女が怯《おび》えるソコロフの前で口紅のキャップを外す。あれが口紅型拳銃《キス・オブ・デス》なら、ソコロフは死ぬ。フェイズ２の開発が終わった今、彼の命の価値は下がっている。

「知らん、知らんのだ、『遺産』のことは大佐しか知らんはずだ！」

「そう……」

「やめろ！」

女が真っ赤な口紅を、ゆっくりと唇に引き直す。暴力に弱いことを見透かされて、完全に弄《もてあそ》ばれていた。

ただの化粧品だったことに、ソコロフが安堵《あんど》の声を漏らす。

嘘ではないと女が満足したように、軽い足取りで部屋から外に出た。スネークはドアの陰で身を潜める。そして、そのまま廊下を行く彼女の後ろ姿を見送った。どういう伝《つ》手《て》があるのか、女は西棟の厳重な二重扉を出て行ける立場なのだ。

次はスネークの番だった。

そっとドアを開けて部屋に侵入する。気配を殺していたわけではないから、ソコロフも気づいた。

「誰だ！」

驚いたソコロフが騒ぎ立てないよう、スネークは軍帽と変装用のかつらをとる。しばらく目を見開いていた科学者が、気が抜けたように肩を落とした。

「あんた、ＣＩＡの？　なぜここに？」

いい意味で驚いてくれた。それだけで、笑いがこぼれた。厳しいジャングルを踏破してきた甲斐《かい》があったように思えた。

「必ず助ける、あのとき、そう言っただろう？」

憔悴《しょうすい》していたソコロフの目許《めもと》が、やさしく下がる。

「上官に似て律儀な男だな……。だが遅すぎたようだ」

「遅すぎた？」

脳裏に、駐列していた重戦車の独特なシルエットが禍々《まがまが》しくよみがえる。この要塞《ようさい》には、核戦争に勝つという狂気の臭いがしみついていた。

「まさかシャゴホッドが？」

「フェイズ2の最終調整は完了してしまった……」

「フェイズ2とは一体何だ？」

「中距離弾道弾射程合成延伸システム。そう呼ばれている」

ソコロフはあれから一週間ほどで、十歳も年をとったかのようだった。口調は冷静さをとりつくろっているが、声の震えは隠しようもない。先ほど、女に脅されたときよりも顔色が悪いようにすら見えた。

「シャゴホッドは、あらゆる地表から核ミサイルを発射する核搭載戦車として設計された。だがひとつだけ解決出来ない難問があった」

ソコロフの落ちくぼんだ目が、助けを求めるようにスネークを凝視する。悪魔でも見たように手が震えていた。

「現在の大陸間弾道弾《ICBM》はシャゴホッドへ搭載するには大きすぎたのだ。だが軍部はそれに納得せず、あくまでもアメリカ本土へ直接核ミサイルを撃ちこむことの出来る兵器を要求した。そこで考案されたのがフェイズ2だ」

「だがシャゴホッドに大陸間弾道弾は積めないんだろう？　一体どうやって？」

ソコロフ本人が、シャゴホッドを、ＩＲＢＭ《中距離弾道ミサイル》を射出する核搭載戦車だと言っていた。だが、ＩＲＢＭの射程距離では、ソ連からアメリカ本土まで直接到達しない。だから、この難問を解決するためにソコロフはキューバ危機で売られた。それが、すべてのはじまりだった。

「加速するんだ。シャゴホッド本体を」

ソコロフが、アメリカ人であるスネークを、ぎらついた目で凝視していた。この科学者が抱え続けた苦痛と秘密がかいま見えた。

「加速？」

「フェイズ2では、シャゴホッド本体へロケットブースターユニットを装着する」

ソコロフが、左手で握った拳《こぶし》の上に右手の人差し指をのせた。そして、ぐいと拳を押し出し、そこから更に勢いをつけて人差し指を飛び出させるジェスチュアをする。まるで宇宙ロケットが、一段目のブースターで稼いだ加速から、更に二段目のブースターに点火することで、宇宙に飛び出すようにだ。

「ガガーリン少佐を宇宙へ送ったヴォストークロケットの技術を流用したユニットだ。このブースターによってシャゴホッドは最高時速五〇〇キロ《三〇〇マイル》以上で地上を走ることが出来る」

ヴァーチャス・ミッションで見た、あの丘の稜線《りょうせん》を這《は》い上がった怪物がと、信じられない思いだった。

「あの巨体が五〇〇キロ《三〇〇マイル》以上で……？」

「そうだ。そしてその高速走行状態から核ミサイルを射出する」

ソコロフが人差し指で、空中に、半弧を描いて下から上へ、そして下へと落ちるカーブを描く。落ちる先はアメリカだ。ぞっとした。そういう軌道で遥《はる》か高くまで核ミサイル《IRBM》を打ち上げ、敵地に落下させるために、シャゴホッドはある。

「シャゴホッド本体にロケットの一段目のかわりをさせるということか？」

「その通りだ。シャゴホッドが射出する核ミサイルの射程距離は四〇〇〇キロ《二五〇〇マイル》程度から一〇〇〇〇キロ《六〇〇〇マイル》以上に伸びた」

二倍以上だ。ソ連からアメリカ全土が射程に入ってしまう。

「それだけではない。シャゴホッドには、通常のＩＣＢＭのように巨大なミサイルサイロを建設する必要がない。四・八キロメートル《約三マイル》の滑走路、あるいはそれに準ずるものがあれば、この連邦のどこからでもアメリカ全域に熱核兵器を落とすことが出来るのだ」

ここが歴史の節目だった。冷戦の中、共産主義国と資本主義国は、敵を『脅迫して思いとどまらせる』ために核開発競争に邁進《まいしん》した。そして、自らの陣営の国に核ミサイルを配備することで、お互いに圧力をかけ合った。そこに一九五〇年代末、アメリカ、ソ連が本国から相互に相手国を攻撃可能なＩＣＢＭが登場した。この悪魔のゲームに、地上を自由に移動する核キャリアであるシャゴホッドが、ソ連だけが持つ本土攻撃の新たな選択肢として登場しようとしているのだ。

ソコロフの声は、罪を告白するように重々しかった。

「偵察機や衛星からも発見できない。隠密《おんみつ》展開、即時発射が可能な移動核要塞……」

「まさに悪魔の兵器か」

スネークの指摘に、五十代の分別盛りの男が顔を歪《ゆが》める。生きのびて、別れた家族に会うために、ソコロフは悪魔の兵器を作ったのだ。

「格納庫に完成したプロトタイプがある。今のところあの一機だけだ。だがヴォルギンはあのプロトタイプを元に量産化しようとしている」

「ソ連全土に配備を？」

「ああ。だがそれだけではない。東欧、アジア……東側に属する各国へ送り込む気だ。その上、シャゴホッドの提供を餌に、第三世界の独裁者や民族派、革命勢力に武装蜂起を促すつもりでいるらしい」

ソコロフに嘘を言っている様子はない。この危機は現実なのだ。ヴァーチャス・ミッションで見た核爆発のキノコ雲が思い出された。そして、彼の故国アメリカは、世界の危機だというのに、ベトナム戦争で泥沼の地上戦へと突き進もうとしている。

「奴には莫大《ばくだい》な資金がある。量産態勢はすぐに整うだろう」

「それも『遺産』か」

「東西の対立が冷戦として定着したのは、お互いが相手の力に恐怖したからだ。だがシャゴホッドの存在は恫喝《どうかつ》というレベルを凌駕《りょうが》している。もはや抑止は成り立たなくなる」

兵器は莫大な予算をかけて開発される。だから、兵器開発の裏には開発国の想定する戦争がある。シャゴホッド開発の背後には、これを必要とする戦争計画がある。フルシチョフ体制が崩壊しようとしているソ連に、核戦争を始めたがっている力がある。その力が、ソコロフに抑止《DETERRENCE》の幻想を壊す片棒をかつがせた。

核戦力は制御可能だという幻想が崩れた未来を、恐れなかったはずがない。だが、アメリカに見捨てられたソコロフは、たぶんおのれのうちに悪魔を見た。

「あれが世界に解き放たれれば、ただちに各地で火の手が上がるだろう。冷戦は終わり、全世界が灼熱《しゃくねつ》の戦争で焼き尽くされる。ヴォルギンとシャゴホッドがその中心だ。わかったろう。遅すぎたんだ」

「いいや。まだ遅くはない」

「なに？」

「あきらめるな。あれを破壊すればいいんだ。この施設ごと。量産される前に」

スネークにはここからが本当の任務だった。

「だが……」

男が男を勇気づけた。

「どうすればいい？　この施設を破壊するには？」

ソコロフが驚いたように彼を見上げる。力強さが、表情に取り戻されてゆく。

「……そうだな、ロケットエンジンに使う液体燃料のタンク。あれを爆破することができれば……。C3爆薬なら格納庫ごと吹っ飛ぶ」

C3は自在に形が変わるプラスチック爆弾だ。彼もグリーンベレーで扱ったことがあった。どれだけ量があるかは知らないが、高性能爆薬RDXを七十七パーセントも含むためおそろしく強力だ。あるなら心強かった。

「どこにある？」

「ここの武器庫にあったが、今はない。女スパイが盗んだ。さっき来ていた」

「エヴァ？」

エヴァだったなら、彼から無線で連絡すれば入手できるかも知れなかった。

「そういう名前ではない。タチアナ《ターニャ》という女だ。ヴォルギンの愛人としてここに潜り込んでいる」

「あんたの愛人じゃないのか？」

「私の？　違う、彼女はヴォルギンの愛人だ」

ソコロフが革のジャケットから一枚の写真を出した。そして、スネークに見せてくれた。穏やかな顔のソコロフと、肉の固そうな中年女性と丸っこい顔の少女とが並んで写っている。家族の写真だ。

「私の愛するものだ……」

「これは？」

「家内と娘だ。アメリカにいる」

今、ソコロフは、写真の中と同じように頬をほころばせていた。スネークは、アメリカが約束を果たしていることを伝えてやりたかった。

「そうだ。あんたの家族はCIAが保護している」

ソコロフが写真をしまう。そして、目を強く閉じて、首を横に振る。

スネークには確かめておきたいことがあった。

「タチアナとはいつからだ？」

「ほんの数週間前だ」

「あんたを助けに行くすぐ前か？」

自分でも分かるほど声が固くなった。ヴァーチャス・ミッションのことを事前に知っていたかのようなタイミングの良さだったからだ。ソコロフが、予感を裏打ちしてくれた。

「あの女はフルシチョフが派遣したスパイだと言っていた」

「何を渡していた？」

「シャゴホッドの実験データの全てだ」

ソコロフが言った。裏切ったザ・ボスと繋《つな》がっているヴォルギンはともかく、KGBまでヴァーチャス・ミッションのことを事前に摑《つか》んでいた可能性がある。どう回ってもシャゴホッドのデータは完全なかたちでソ連に残る。核戦争の根は取り除けない。

さらけ出したソコロフが、血を吐くような願いの言葉をつむぐ。

「必ずシャゴホッドを破壊してくれ。大切なことだ」

スネークはこの男を救ってやりたかった。前のミッションでやり残したことだ。

「ああ。だがまずはあんたの安全を確保する」

「……いいや。私は行かない」

「俺の任務はあんたを助けることだ」

「いいんだ。フルシチョフも私を見捨てた。国へはもどれん。シベリアの強制収容所《グーラーグ》送りだ」

「アメリカへは？」

ソコロフが、家族を愛していると言ったその顔を、悲哀に歪めた。

「一時はそれも考えていた」

「家族もアメリカにいる」

亡命から二年間、この男の家族はアメリカの支援で父親を待ち続けている。

「しかし、アメリカに逃げたとしても……。私はまた新たな殺戮《さつりく》兵器を創る羽目になる。何処に行こうと関係ない。私は兵器開発者だ」

苦悩に落ちくぼんだ目で、核戦争への階段を造ってしまった科学者がスネークを見る。

「正直、疲れた……。使われてはいけない兵器、存在してはいけない兵器を毎日開発している。毎日、寝ずに……。誰に褒められる事もない。人の為になるものでもない。政治に利用されるだけだ」

諜報《ちょうほう》の闇が、彼らを凍えさせる。渡米すれば、次はアメリカによってソコロフの家族が人質にされる。また悪魔の兵器を、今度はアメリカのために創る。ソコロフ本人もそうなる未来を分かってしまっている。

先端技術の多くは軍事に利用される。今日、ジ・エンドとの殺し合いで位置計算をしたコンピューターですら、アメリカ人を初めて宇宙に送ったマーキュリー計画に使ったのと同じ物かも知れないのだ。

「私は純粋に宇宙ロケットを創っていたかった……。だがそれも不可能だ。米ソの宇宙競争も政治の申し子。宇宙競争も軍備競争も同じだ。ミサイルもロケットも変わらない。科学者はいつも利用される」

男の目に、涙が浮かんでいた。

「家族を頼む」

残れば、用済みになった彼をヴォルギンは簡単に殺す。グラーニンがそうなったことは、彼も知っているはずだった。

これはソコロフの遺言なのだ。

夢を傷つけられながら走り続けてきた偉大な科学者が、足を止めた。スネークは、その傍らに無言で立った。グロズニィグラードからの脱出は、逃げる意志のない者を引きずってやれるような簡単なものではない。だが、これ以上ソ連に利用される前にと殺すこともできなかった。

スネークはソコロフを撃たなかった。

ただ、静かに別れることもできなかった。

ドアの向こうで、この部屋に入る二重ドアの外側が開閉する音がしたからだ。スネークは慌ててかつらと軍帽をかぶる。

ドアが開いて、大股《おおまた》で歩く堂々たる大男が入ってきた。

予想外の急転だった。訪れるはずのない客だから、最悪を予感して嫌な汗をかく。

ヴォルギン大佐その人だった。どう猛な顔には火傷《やけど》の痕《あと》が稲妻のように走っていた。立ち居振る舞いからは、時代に愛された寵児《ちょうじ》がしばしば持つオーラが漂うようだ。

「少佐、ここで何をしている？　部屋で待っていたんだぞ？」

スネークは、ライコフなら大佐の前でどう振る舞うのか分からず、背筋を伸ばして敬礼した。ヴォルギンがにやりと笑って彼の正面まで近づいてきた。

やおら大佐の大きな手が、彼の股間《こかん》をつまんだ。無遠慮なその手つきに思わず腰を引く。

「お前は誰だっ！」

股間の感触で正体を見破ったかのように、ヴォルギンが一喝する。

スネークに答えられるはずもない。

「とぼけなくてもいい」

ヴォルギンが嘲笑《ちょうしょう》する。

「騙《だま》しとおせると思ったか？　少佐のことは誰よりもよく知っているからな……」

　ソコロフが血の気を引かせて、彼らから顔をそらす。

「タチアナがここに来たと聞いてきてみれば……。こそ泥がいたとは」

　威圧されて、スネークもわずかに後ずさってしまっていた。

　大佐が拳銃《けんじゅう》をホルスターから抜くと、無造作にスネークに突きつけた。中途半端に間合いが開いてしまったのと、焦りのせいで反応できなかった。大佐が銃口をソコロフに向けて発砲した。立て続けに二発だ。ソコロフが両膝《りょうひざ》を撃ち抜かれて悲鳴をあげる。

　顔を紅潮させて、ヴォルギンが再びスネークに銃を向け直す。スネークの身体は怒りでそれ以上に熱くなっていた。銃口が完全にポイントされる寸前、踏み込んだスネークの手がヴォルギンに届いた。即座に摑んで、CQCで大佐の体勢を崩す。ヴォルギンがスネークに反応して、凄《すさ》まじい背筋力と腕力で腕を引き抜こうとした。スネークはその動きを読んで踏み込み、ヴォルギン自身の力を利用して巨体を後頭部から床へ投げ落とす。

　常人離れしたタフネスで立ち上がったヴォルギンの勢いを利用して、今度は前方に投げ飛ばした。体重百キログラム近い鍛えた肉体だからこそ、受け身なしで床に叩《たた》きつけられるダメージは深刻だった。

　ひれ伏したまま膝立ちになることもできず、ヴォルギンがうめく。止《とど》めを刺すため、スネークは拳銃を抜いた。

こいつを撃てば核戦争の脅威が遠のく。引き金にかかった指が興奮で熱くなった。だが、一つ任務を片付けられるかというタイミングで、寒気のする気配が影のようにスネークに迫った。白い戦闘スーツをまとったザ・ボスだった。彼女が一瞬で肉薄して、スネークの拳銃の狙いを逸《そ》らしつつ力みを利用して重心を崩す。十年間ともに訓練したスネークでなければ、立て直すのはまず不可能だった。

腰のひねりと上半身の連動で、スネークは崩れかけた体勢を回復させつつ彼女を押し返す。拳銃を生かす距離を作りたかった。だが、ザ・ボスの拳《こぶし》が当たる間合いから逃れる隙など一瞬たりともない。

互いに相手を無力化しようと、身体をとらえては押し、あるいはその手を払い、目まぐるしく体勢の微妙な有利不利が入れ替わる。今度こそは絶対に勝たなければならなかった。なのに、ザ・ボスの最高の技術は、はっきりと彼を上回る。そのうえ、鍛え抜いた身体能力も超人的だ。じりじりと技を返し切れなくなり始めた。

汗が飛び散る。ザ・ボスがついにスネークの身体を摑んで、東洋武術由来の技術で投げを打った。受け身をとって必死に構えをとり直すスネークに、冷たく声をかける。

「その格好はなんだ？　長く自分を偽ると浸食される」

もうヴァーチャス・ミッションの裏切りも何も関係なかった。この場を支配するのはただ暴力だ。スネークにはそれでも彼女を倒さねば先がない。その焦りが致命的だった。均衡が崩れた瞬間、スネークは顎《あご》に肘《ひじ》撃ちを叩き込まれ、動きが止まった隙を完璧《かんぺき》にとらえられて投げられた。全身を衝撃と不快感が支配し、視界がひっくり返っていた。

「常に自分を見失わないことだ」

ザ・ボスの手で、かつらと軍帽がスネークの顔から引きむしられた。スネークが立ち上がると、ほぼ同時にヴォルギン大佐も立って銃を構えた。引き金が指にかかっていた。その銃口を、ザ・ボスが瞬時に手刀で制圧する。

「手を出すな！」

大喝し、ヴォルギンすらも金縛りにした。

気を取られて棒立ちになったスネークを、ザ・ボスが容赦なく叩き伏せる。なんとか抵抗しようとした彼の視界を、拳が埋め尽くした。

『八章』


意識が遠くなった。目の前が真っ暗になり、目を見開こうとしているのに何も見えなかった。

激しい耳鳴りの中、声だけはおぼろげに聞こえた。時間の感覚も分からなかった。一刻も早く回復しようと、ほとんど本能だけで大きく息をしようとする。

「さすがはザ・ボス……。これはジュウドーの一種か？」

「いや、ＣＱＣと呼んでいる……接近戦での基本だ。私とこの男で編み出した」

苦痛しか感じなかった。なにも出来ない赤ん坊に戻ったようだ。この痛く、無力に怯《おび》え、死から逃げようもないことも、生命そのものだ。

意識を完全には失えなかった。

まったく自由にならない身体が、持ち上げられた。強引に立たされる。

「見事なものだ。……あとは私に任せてもらおう」

「殺すのか？」

「当たり前だ。だがその前に……」

スネークの腹を強い衝撃が揺さぶった。脳がうまく働いていないおかげで、恐怖はまだ状況に追い着いていない。力が入らない身体で、内臓が揺らされて嘔吐《おうと》する。

心臓が不整脈を起こして、胸が掻《か》きむしられるように痛む。息が出来ない。殴られただけにしては、負わされたダメージが異常だった。

「イワンの苦しみを償ってもらおう」

ヴォルギンの拳で、仕込まれた高圧電流の端子がスパークした。そのまま殴られる。同時に高圧電流を流されて、スネークの筋肉が勝手に痙攣《けいれん》した。足の筋肉が硬直して、倒れることができない。サンドバッグだった。顔面から、胃、肝臓、腎臓《じんぞう》と、ヴォルギンの拳が彼の肉体をじわじわと一部分ずつ破壊してゆくように、鋭く重く殴りつけてゆく。それでも足だけがぎりぎりで崩れることがない。このGRU幹部は、人体のそういう痛めつけかたを熟知しているのだ。

生命の危機を感じた本能が脳を覚醒《かくせい》させ、感情が戻ってきた。だが、感じられるものは極限の恐怖だけだ。精神力など関係ない人体の限界に達して、腹を殴られたスネークは口から血を吐いた。それでもヴォルギンのラッシュは止まらない。呼吸すら自分の意思でできなくなって、殴打される衝撃で勝手に喉《のど》から悲鳴が漏れるようになった。それに高ぶったヴォルギンが、笑いながら更にスネークをめった打ちにする。返り血が飛沫《しぶき》になってヴォルギンの顔に飛び散っていた。彼には、身体のどの傷から出血したかなど分からない。すでに全身に傷のない場所などない状態だったからだ。

腫《は》れて視界の半分ふさがった目で、それでも脱出の可能性を探ろうとする。ヴォルギンの拳が、その眼球を叩きつぶさんばかりに叩きつけられた。床は返り血で血だらけだった。

ザ・ボスが顔を背けて部屋を出て行こうとしていた。全身をさいなむ激痛よりも、彼女の背中が遠ざかることが身体を動かさせた。手を伸ばそうとした。その腹をヴォルギンの振り抜いたフックが折り曲げさせた。

部屋の様子を腕を組んで見ていたオセロットと目を合わせず、ザ・ボスが行ってしまった。もうヴォルギンにどれだけ殴打されたか分からなかった。暴行に身体が耐えきれなくなるときが、訪れようとしていた。

そして、暗い部屋で彼は意識を取り戻した。何も見えなかった。身体には苦痛の他、何も感じなかった。

「言え⁉」

暴力の音がした。彼ではない誰か――人間を殴る音だ。

「やめて！」

女の涙声がそれに続いた。

そして、凄まじい悲鳴だ。

スネークの世界は、いつもその三つの音で満たされているようだった。

「誰と連絡をとっていた⁉」

疑い。

「何も知らないのよ！」

嘘。

そして、親しい人のものでも遠い他人のものでもあるような、犠牲者の悲鳴——。

ただの兵士だったときは、任務はこれほど陰鬱《いんうつ》ではなかった。諜報《ちょうほう》に深く関わって、慣れてしまったものだ。

「いい加減に吐け!!」

「もうやめて！」

暴力の音は続く。いたぶることが人間の習性であるかのようだ。

激しい物音が、頭の中をガンガンと跳ね回った。

「フルシチョフの犬は誰だ？」

「ひどいわ！」

拷問者には殴る理由がある。政治だ。

そして犠牲者は追い込まれきって、いつしか悲鳴すら上げられなくなる。

「データを渡したんだろう⁉」

「彼はそんなことしてない！」

「この……！」

重い物を振り回したような、風を切る鈍い音がした。木材でできたものが壊れる音がした。何か重量のある物を、大きな力で持ち上げて投げつけたのだ。

なおも、人間を殴る音が聞こえる。もう声どころか、あえぐ息すら聞こえない。

暴力だけが、人間が力尽きてもいつまでも続いている。

「……死んだか」

それでも死体をすら、拷問者は殴り続けた。死人は何も漏らさない。

念入りに、しばらくの間、肉を打つ音が響き続けた。骨が折れる音も混じっていた。

「……ひどい」

凄惨《せいさん》さに心が折れた女の声がした。

「さて……お前はもっと楽しませてくれるんだろうな？」

スネークの身体を、大きく力強い手がなぶった。

「その前に、体を検《あらた》めさせてもらおうか」

執拗《しつよう》に筋肉や骨格を確かめていた。

「敵ながらタフな男だな。普通なら、生きてはいまい」

拷問者が含み笑いを漏らした。

「楽しみ甲斐《がい》がありそうだ……」

彼は今、両腕を頭の上で拘束されて、身体を吊《つる》されている。上半身は裸だ。逃げられない。まったく何も見えなかった。

「では始めるとしようか……」

スネークが暴力に晒《さら》される番がやって来る。手術の前のような、冷たい緊張が走った。

「お前の狙いは何だ？」

腹が殴られた。暗闇で、抵抗もできずにうめいた。

「シャゴホッドか⁉」

鋭く鳩尾《みぞおち》にパンチが叩《たた》き込まれる。息を吸おうとすると、ほんのわずかに吸い込んだところでそれ以上空気が入ってこなくなった。胸が猛烈に痛んで、パニックになりかける。

「ソコロフか⁉」

殴られた。朦朧《もうろう》としていた。酸欠で頭が痛んだ。

「それとも『遺産』か⁉」

殴られ続けた。身動きできない身体を苦痛から逃げようとよじる。

「言え！ 貴様の仲間は？」

殴られた。頭が働かなかった。

「誰が手引きしている？」

殴られ続けた。意識が何度も途切れかける。

「タフな男だ。だがいつまで持つかな」

スネークの身体が揺らされた。彼は今、両腕を縛られて吊され、両足だけがかろうじて地面についている。吊されて激痛に苛《さいな》まれる腕と上半身に負担をかけないためには、疲労しすぎた下半身を酷使するしかない。

「まだまだ終わらんぞ」

この尋問は本当に終わらない。それでもスネークは何も答えない。意識を手放そうとしたとき、全身にべっとりとした衝撃が走った。水をぶっかけられたのだと分かった。麻痺《まひ》していた皮膚細胞が感覚を取り戻して、いっせいに苦痛を主張し始める。

悪寒と全身の痙攣で嘔吐《おうと》しそうになって、本能が生きる知恵を引きずり出した。呼吸すら満足にできない状態で吐いたら、自分の吐瀉物《としゃぶつ》で溺死《できし》する。頭が鈍く冴《さ》え始めた。息をしようとして途中で息苦しくなる。そのたびに、聞き覚えのある固い音が、顔の皮膚に密着した。今、彼は、頭にビニール袋をかぶせられているのだ。東欧でよくある拷問だ。呼吸するたびビニールが口に張り付いて息ができなくなる。

「さあ、そろそろ本気でいくか？」

この声は、ヴォルギン大佐だ。

「私の身体は一〇〇〇万ボルトの電圧で帯電している」

冷たい感触が彼の腹筋に触れた。

「こいつはどうだ！」

筋肉が痙攣した。止められない筋肉のこわばりが、激痛へと転化されてゆく。ふさがりかけていた傷口が体中で引き攣《つ》れて、そこから裂けてしまいそうな地獄の痛みだ。見えなくても、悲鳴をあげるスネークを、誰かが見ている視線を感じた。ヴォルギンではない。どこか純粋で熱っぽい目だ。

「さあ、吐けっ！ CIA《アメリカ》は何処まで知っている？」

スネークはビニールをかぶせられたまま、首を横に振る。ヴォルギンは拷問を楽しんでいた。核心に絞り込まない答えにくい聞き方をして、犠牲者を痛めつけているのだ。

「私の『遺産』が目的だろう？」

高圧電流が流される。スネークは身体をよじる。荒い息を吐く。

電流を更に強く流される。

痛みに抵抗できないと教え込むように、徐々に時間を長くしてゆくようだ。

闇の奥から、父性を感じさせる深く力強い声が、スネークに尋ねる。

「お前の目的はまさに『賢者の遺産』だろう？」

悲鳴が声になるよりも、電撃が加えられるほうが速い。

ヴォルギンの両手が、スネークの脇腹に押し当てられた。これまで以上の電流が、スネークの背骨にまで衝撃になって伝わった。下半身が自分のものではなくなったように麻痺していた。股間《こかん》が生暖かい感触に包まれる。失禁したのだ。

両足がわななく。つま先立ちになった姿勢では踏ん張ることができない。

「そうだ、そうだ。自分を解放しろ。その調子だ」

嘲笑《あざわら》われていた。愉快そうにスネークの周りを歩き回りながら、ヴォルギンも息を荒らげている。

スネークはかぶせられたビニールに口を塞《ふさ》がれながら、息を整えようとする。風船のように、吐くたびに袋が膨らみ、吸うたびに縮んで顔に押しつけられる。

ドアの開く音がした。ヴォルギンの重い足音とは違う、軽い靴音が聞こえた。

「無駄だ。そいつは口を割らない」

すぐに分かった。ザ・ボスの声だ。

「そう訓練されている。私が訓練したんだ」

ザ・ボスがいる。彼女の足音がここを拷問の場以上のものにした。ヴォルギン大佐の息づかいからも、興奮しているような熱気が去っていた。

大佐は嬲《なぶ》ることをやめたようだった。身構えても、電撃はやって来なかった。そのかわりに、歯を強く嚙《か》みしめた耳障りな音が聞こえた。

「言えっ！『遺産』の在処《ありか》だろう！」

触れるのではなく、ヘビー級のパンチ力で腹を殴られた。そのまま電撃を流される。踏ん張れず、吊された両腕が千切れそうになりながら後ずさる。苦鳴が口から漏れた。

「二度の大戦を通じて三大国が出し合った秘密資金だ！　それが貴様の目当てだろう！」

ヴォルギンの足音が、自制を失って荒い。

心臓の上に、拳《こぶし》と電撃が叩き込まれた。

「世界中に分散して隠された、一〇〇億ドル！」

パンチと同時に撃ち込まれる電流で、神経が焼かれるようだった。

肺から何度も声とともに空気を吐き出しきっても、ビニールのせいで求めるだけ吸うことはできない。酸欠になってゆく。頭が割れそうだ。身体が内側から潰《つぶ》れそうな激痛にさいなまれる。

「その全ての記録だ！　それが欲しいんだろう⁉」

自分の肉が焦げる臭いを嗅《か》いだ。もはや顔を上げる気力もなかった。力尽きる寸前の彼をヴォルギンが軽々と引き寄せ、執拗に殴打しながら電撃を流し込んでゆく。

「そうとも。『賢者の遺産』は私が守っている。このグロズニィグラードの地下金庫でな。貴様ごときに手は出せん！」

耳元で、ヴォルギンが、おのれの手の内の黄金を誇るように宣言する。

思い切りスネークの身体を後ろに突き飛ばした。天井から吊されているスネークは、振り子のように勢いをつけてヴォルギンのもとに戻るしかない。待ちかまえていた拳と電撃が、カウンターで彼の胴をさんざんに打ち据えた。

内臓に直接電気を流されたような、正気を失いそうな苦痛に声を絞っていた。

体がただの血を流す袋になったように、自由が利かない。彼はもはや無力だった。

「こいつ一人で、ここまでのことができたとは思えん。仲間か、部隊が後ろにいるはずだ」

スネークの鍛えた肉体を、値踏みするようにヴォルギンが触れる。電撃が流される。

ヴォルギンは、たった一人の兵士が密林を孤独に踏破してきたとは信じていない。

ヴォルギンが今、スネークを使って、室内にいる人間を威圧している。スネークは、見えないながら聴覚で屋内の人数を推測しようとする。ヴォルギンと、ザ・ボスがいる。他に、男が一人壁際にいる。ドアのすぐそばで、後ずさった軽い足音がした。女だ。ヒールのある靴を履いている。

一番弱いヒールの女が暴力のはけ口に選ばれるかと思いきや、ヴォルギンへと進み出る足音があった。ザ・ボスだった。彼女が、激情の収まらない大佐との間に立ったのだ。

「ボス、疑うわけではないが、状況が状況だ」

暴力があらゆるものをおかしくしてしまうようだった。ヴォルギンが、ザ・ボスのまわりを歩く靴音が聞こえる。

「あんたがこいつとグルではないという確証が欲しい」

「私を疑うというのか？」

「いや……」

歴戦のヴォルギンが、ザ・ボスに強く返されて、うろたえたように後退した。

「こいつはあんたの弟子だ」

「どうして欲しい？」

「そうだな、眼を抉《えぐ》れ」

冷たい緊張が、見えていないスネークからも感じられた。

「そいつの、その青い眼が気にいらん」

ザ・ボスに、スネークは目を奪われる。我知らず、逃げ場を探して首を左右に向けていた。今のビニールに閉ざされた暗黒ではない。もう二度と目が光を受けることはなくなるのだ。彼は核戦争を止めねばならない。FOXの仲間の未来を切り開かねばならない。希望は力でもぎ取るしかなく、戦場でそれを行うのは視力を失っては絶対不可能だ。自信が根こそぎ打ち崩される。

「兵士に取って眼は大切だ。師匠として弟子の兵士生命を絶つ……。それもいい。感動のエピソードだ」

ザ・ボスからの返答はなかった。

「さあ！」

ヴォルギンが煽《あお》り立てる。

「やれ！ コブラ部隊がやられたんだぞ」

そして、重苦しい沈黙が落ちた。その通りだった。スネークは、ザ・ボスの〝家族〟を殺した。

意を決したように、ザ・ボスの静かな足音が近づいてくる。室内の空気が変わった。スネークは、勝負が敗北で終わろうとしているのを感じていた。

気配が彼のすぐそばに到達した。乱暴に、スネークの頭に被《かぶ》さっていたビニール袋が取り払われる。

ひんやりした空気が、スネークの顔に触れた。ようやく、自分がどこにいるのか目で確認できた。古びたコンクリートの壁や床に血の染みが飛び散った、拷問用の部屋だ。水で洗い流しやすいよう、彼の足下の床は金属板になっている。

ヴォルギンがいた。山猫部隊のオセロット少佐が、タチアナという女スパイの髪を摑《つか》んで、スネークの拷問を無理やり見せつけていた。そして、ザ・ボスがナイフを抜いてそこにいた。

どこにも逃げる場所などなかった。これですべて終わりだ。

ザ・ボスの顔は厳しい。だが、哀しそうでもあった。彼女は、降下したスネークに逃げろと警告した。あのとき南に百キロメートル行けばアフガニスタン国境だった。

ナイフの切っ先がじりじりと眼球に迫ってくる。

「やめて！」

突然、後ろから両手でタチアナがザ・ボスの腕にしがみついた。タチアナが、誰にも止められなかったザ・ボスの前に立ち塞がったのだ。視線をぶつけられて、ザ・ボスがナイフを下ろした。

「なんだ？　ターニャ？」

ヴォルギンが突然の成り行きを、不快そうに咎《とが》める。タチアナが吐き捨てた。

「酷《ひど》すぎる」

この生死の瀬戸際での選択を、冷静に観察していたのはオセロットだった。

「これは、これは……」

オセロットが両手を広げてタチアナに歩み寄る。何かを確信している様子だった。

「なぜ、かばう？」

彼女が怯《おび》えた顔で目を逸《そ》らした。その彼女の首筋に、オセロットが鼻を近づける。鼻をひくつかせて匂いを嗅いでいた。

「この臭い？」

やおらタチアナの腕を掴んで引き寄せる。

「タチアナ、おまえがスパイだな？」

「なんの事？」

固い声で彼女が問いながら後ずさる。運動能力の差で、オセロットが簡単に距離を詰めてもう一度匂いを確かめた。

「この臭い……」

そして無遠慮に彼女の胸をわしづかみにした。

タチアナが平手でオセロットの頰を打った。

「やめて！」

ヴォルギンが冷酷に笑った。

「オセロット、ターニャが欲しいのか？」

「いえ、この女に興味はありません」

そしてオセロットがリボルバーを抜くと、ローディングゲートから弾丸を一発装塡《そうてん》した。

「試してみたいのです」

そして、撃鉄を半分起こすと、シリンダーを軍服の腕で転がして軽快に回す。これではオセロット本人にも、何発目で弾丸が発射されるか分からない。

「こいつに判断して貰《もら》います」

ヴォルギンの答えには、疑わしい愛人への鈍い感情がこもっていた。

「好きにするがいい」

そして、タチアナは男たちの間に丸腰で取り残される。

オセロットが二挺《ちょう》目の拳銃《けんじゅう》をホルスターから抜き出す。そして、重い拳銃を空中に放り投げてお手玉を始めた。

「いくぞ！」

一挺を空中で摑むや、タチアナに銃口を向け、撃鉄を上げ、引き金を引くのを、一度の早業で行った。一発目は空撃ちだった。

怯えたタチアナが後ろに逃げようとする。だが、狭い部屋に逃げ場はない。

無造作に拳銃を投げ上げてジャグリングを再開する。そして、大して間をおかず二発目の引き金を引いた。ロシアンルーレットだった。

タチアナが、血の錆《さび》がこびりついた拷問部屋を逃げまどう。三発目の引き金を引かれて、悲鳴を上げた。

オセロットは女の反応に興味がないようだった。続けてすぐに二挺の拳銃でジャグリングを始める。これは拷問ですらなかった。女が確実に殺される、ただの処刑だ。

タチアナがスネークのすぐ脇を、ヒールでうまく走れず体勢を崩しながら通り過ぎた。そのすぐ後ろを凶暴な若い戦士が追う。

スネークは両手を縛られて天井から吊《つる》されている。血まみれで、拷問で力尽き、精肉店に吊された肉も同然だ。

スネークは、オセロットがお手玉している拳銃を見ていた。ザ・ボスは忠を尽くせと言った。意味はまだ分からない。裏切りも、過去を殺すことも片付けきれてなどいない。だが、それでもなお彼はここに来たのだ。怒りか、恐怖か、哀しみか、分からない激情が胸を満たす。コブラ部隊と戦っても自分の特別な感情を見つけられなかった彼の喉《のど》から、乱れた気持ちが呻《うめ》きになって噴き出した。

かろうじて届いている足を踏ん張って、スネークは思い切りオセロットに身体をぶつけていた。

銃を撃とうとしていたオセロットがバランスを崩した。リボルバーを持ったままの右手がスネークへと向く。スネークの右目の前に銃口があった。直後、マズルフラッシュの閃光《せんこう》が視界を焼き尽くした。頭の右側がまるごと吹き飛んだような衝撃で、絶叫していた。

頭を振った方向に、傷から噴き出した血が飛び散った。灼熱《しゃくねつ》の苦痛しか感じない右目を中心に、顔が血で濡《ぬ》れていた。

タチアナが顔を覆って泣き叫びながら走る姿が見えた。

立ち直れないオセロットから、リボルバーをザ・ボスが取りあげた。若いその頬に思い切り平手打ちする。

「これで思い通りになったか？」

暴力に生きる人間たちが動けないスネークに目をやった。畏怖《いふ》や嫉妬《しっと》、怒り、敬意、様々な感情が視線にこもっている。

そして、大佐が部屋の隅にうずくまって泣くタチアナに命令した。

「気分直しだ。私の部屋へ……来いっ！」

ザ・ボスもオセロットにそれ以上何かをすることはなかった。彼女は慎重に、スネークとオセロットを見比べまいとしているかのようだった。

悪びれずにオセロットがスネークのほうへと近づいてきた。血みどろのスネークの傷口にわざと響かせるように拳《こぶし》で一撃してきた。その激痛に、右目の痛みで言葉を発する気力も尽きていたスネークも、思わずあえぐ。

オセロットが素朴な称賛を込めて言った。

「大佐の拷問に耐えたたな」

吊されたままのスネークの身体を観察しながら拍手する。それは皮肉などではなく、本物の親愛の情動だった。

「耐え抜いた奴を見て初めてわかった。……悪くない。究極の表現法だ」

よろこびを込めて、ジェスチュアで銃のかたちにした手でスネークを指さす。若い戦士の表情は親密だ。

そしてそのまま取り落としたリボルバーを拾うと、オセロットもドアへと向かった。その途中で泣き続けるタチアナとすれ違う。

「命拾いしたな。タチアナ」

機嫌良く拳銃でガンスピンをしながら、足取り軽く拷問部屋を去ってゆく。

ドアが自動で閉まると、自失状態のタチアナを除けばザ・ボスとふたりだけになった。

ザ・ボスが、苦痛にあえぐスネークの前に立った。

彼女がさっきオセロットから奪ったリボルバーに弾丸を込めた。そして、無言のままスネークの額を狙う。

ここで殺されようと、呪いや恨みは何も出なかった。ただ、拷問初回で片目を失うほど追い込まれた身で、あと四日で任務をやり遂げられるとは思いもしなかったのだ。

ザ・ボスが脇腹へと銃口を逸らして引き金を引いた。銃声と銃火がたち、スネークの脇腹に激痛がねじ込まれた。悲鳴が漏れる。

彼女が、半死人も同然の彼に身体を寄せた。彼女がスネークを見つめていた。間近で視線が合った。

小声で鋭く、ザ・ボスが確かに「逃げて」と言った。スネークは聞き間違いかと振り返った。彼女がうつむき気味で足早に去る。白い戦闘服の背中はもう振り向かなかった。

ドアが開き、彼女も行ってしまった。

そして最後まで残っていたタチアナが、自分以外に誰もいないことを慎重に確認し、立ち上がった。涙は止まっている。そこにもう弱々しい女はいなかった。

スネークは限界だった。肉体を動かす糸が切れたようだ。もう二度と目覚めないのではないかと思うほど、意識が急速に薄れていった。その彼の耳に唇を寄せて、芝居を止めた彼女が囁《ささや》く。

「脱出路を用意したわ。ここを出て西へ向かって。それから渡り廊下の下をくぐって北へ行くのよ。マンホールが開けてあるわ」

「君は……」

尋ねようとした彼の血だらけの頬に、そっとタチアナが手で触れた。

「黙って」

正面から初めてしっかり見たタチアナの顔と青い眼に、確かに見覚えがあった。グロズニィグラードこそは陰謀渦巻く魔窟《まくつ》だった。

＊

ヴォルギンですら、スネークという兵士を認めずにいられなかった。

あれほどの拷問に耐えられる人間はそういない。人間性を極限まで削る苦痛の最中、命を賭《か》けて他人を救うなどまずあり得ない。ヴォルギンたちは厳しい訓練で自分の心身をいじめ抜き、自分の限界と向き合う軍人だ。だからこそ尊敬の念が湧いた。

彼は、拷問室を出てから、要塞《ようさい》内で山猫部隊とスペツナズの間に起こった混乱の報告を受けた。明日にシャゴホッドの最終試験を控えて万全の警備体制を敷いていたはずだった。それを乱されて、スネークによる潜入を許してしまったのだ。

寝室と続きになっている執務室で、ヴォルギンは上がってきた報告書を処理している。それは大要塞グロズニィグラードで部下たちに見せないようにしている部分だ。だが、トップに権力が集中しているここで、ヴォルギンが決裁しなければならない事案は膨大だ。彼は多くの独裁者がそうであったように、精力的に仕事をする。

警備の引き締めと、潜んでいる可能性が高いアメリカ軍を狩り出すため、最終試験を一日延期することにした。ソコロフを処分したことも、防諜《ぼうちょう》の面からは妥当だったが、スケジュール的には不安要素を増やしていた。

「フルシチョフ派の攻撃は必ずある。明日一日で要塞内の警備と、ツェリノヤルスクの周囲を洗い直す。そのうえで最終試験を明後日《あさって》に決行だ」

ヴォルギンは執務机の前から立ち上がって、つぶやく。秘書の机でライコフ少佐がその言葉を速記した。

「アメリカ軍の潜入部隊があの男一人であるはずがない。絶対に吐かせてやる」

そして、スネークを拷問する手順を夢想して、ほくそ笑む。

「だが、アメリカよりもまずはフルシチョフ派だ。やつらはシャゴホッドという核戦力さえあれば、通常戦力を軍縮できるつもりだ。愚かな選択だ」

フルシチョフの狙いは、シャゴホッドか『遺産』かを奪うことで間違いない。どちらかがあれば失った求心力を回復できるからだ。

フルシチョフとヴォルギンたち急進派の間では、シャゴホッドに対する認識が食い違っていた。フルシチョフはアメリカを牽制《けんせい》し核戦力の均衡をアピールするために、ソコロフの射程延伸システムを求めた。アメリカに対ソ封じ込め政策を放棄させ、核戦力を均衡させながら対等な軍縮交渉を行うことが目的だった。ヴォルギンたちはといえば、シャゴホッドで戦争に勝つつもりだった。

「一九六一年十一月だ……。西欧侵攻作戦演習『嵐《ブリア》』を行った後、フルシチョフはシャゴホッド開発を国防の重要計画に位置づけた。……全面核戦争の中、ヨーロッパに電撃的侵攻を行うことは可能だと、演習で軍司令部は結論していた」

室内を歩き回る。彼だけではなく、軍部には勝負をかけるべきだという動きがあった。だが、キューバ危機をソ連側から仕掛けたにもかかわらず、フルシチョフは妥協した。

「だが、フルシチョフは愚かにも、通常戦力から核戦力の拡充に重点を置くようになった。……シャゴホッドさえあれば、陸軍の通常兵力を軍縮可能だとやつは言ったのだ！」

この三年間準備を整えていた。シャゴホッドはフルシチョフ派にとって軍縮計画の切り札だ。だが、彼ら急進的グループにとっても未来を担う軍事的有用性が見えた。第二次大戦の爪痕《つめあと》がいまだ深く残っていなければ、軍縮の道もあり得たかもしれない。だが、人類史上最悪の陸戦で、ソ連は戦死者一四五〇万人、民間死者数七百万人以上もの被害を被《こうむ》った。その影響で戦中生まれの人口が極端に少ない。今後の二十年間の進歩を担う若者が足りなすぎるのだ。もう大戦後のドイツから科学者を拉致《らち》したような、技術を一足飛びに進める手段もない。勝てるときにやらなければ、西側の回復と成長に追いつけない。

だから、西側諸国との戦争に勝つには、核戦争に持ち込むしかなかった。核戦争なら多少の人口差は意味を失う。答えが出たならば鋼鉄の意志で遂行しなければならなかった。このグロズニィグラード要塞は、勝てる核戦争を始めるための拠点なのだ。

ヴォルギンは、かつてソ連内での政敵だったザ・ソローと話をしたことを思い出す。そのときは、自室で息抜きに映画を上映していた。ここが完成してからは趣味を楽しむ余裕もない。彼はおおらかで人に親密でときに偏執的なまでに凝り性になるロシア人を愛している。そして、彼らを守るためには、ソ連の堅固なシステムが必要だ。

「原爆を生んだ張本人のひとりであるアインシュタインは、第三次世界大戦がどういう戦争になるか聞かれて答えたそうだ。『第三次世界大戦では分からないが、第四次世界大戦では、人間は多分石を持って投げ合うだろう』と。……だが我が国はその戦いを生き残り、第四次大戦も勝たねばならない。それが石を投げ合う戦争であろうとだ！」

ライコフも鼻白んでいた。だが、自分の役目をはき違えはしなかった。

「そのとおりです、大佐」

「だが、あらゆる意味で国運を賭ける西欧電撃戦には、容易には踏み切れない。……だとしても、勝利を得られない均衡のまま戦力差が広がるのを待つ冷戦は、我々ソ連のための戦争だと言えるか」

ヴォルギンは執務室に張られた世界地図の前に立つ。社会制度が共産化され、資本主義から解放された国家が赤く塗られていた。祖国ソ連の影響圏は、地図中、ヨーロッパと、同じ共産圏だが関係が悪化の一途を辿《たど》る中国とに拡大を阻まれて、北半球の北部に押し込められている。

ソ連には封じ込めから抜け出すルートがいくつかあった。ここグロズニィグラードの南にはパキスタンがある。ヴォルギンはアフガニスタンを経由して南進し、パキスタンに侵入してイスラマバードを占領するルートを準備している。そのままカシミール地方に手を出すことなくパキスタンを打通《だつう》、インド洋沿岸の不凍港を手に入れるのだ。核戦争が不可欠なＮＡＴＯとの全面対決でなくても、冷戦構造を覆すことはできる。ソ連と直接国境を接する国が増えれば、世界は変わる。西欧資本からの経済的解放を待つアジアが、アフリカが、ソ連を待っているのだ。

アメリカはベトナム戦争に介入し、泥沼の地上戦に突入しようとしている。ソ連はこの絶好機に進撃する。シャゴホッドを配備すればそこが核ミサイル基地になる。人員の準備も進んでいる。グロズニィグラードで、スペツナズとして千人を超える中央アジア人民を訓練中だ。ロシア語とソヴィエト式教育を身につけさせ、ソヴィエト本国と現地を繋《つな》ぐパイプとするためだ。今はまだロシア人中心の精鋭である山猫部隊と、アジア人民の兵士たちの連携は乱れがちだ。だが、それでも人を育てる価値は高い。すでにパキスタンにも、アフガニスタンにも大量のスパイを潜り込ませている。ここで訓練した人員が、占領後のパキスタンと中央アジアを安定させる礎となる。共産主義のイデオロギーで固めた制度が、人民を守る強固な箱になる。

「偉大な我が国と、その固い制度こそが、守られなければならない。世界をまとめるためには、非人間的なほど固い制度こそが不可欠なのだ」

ヴォルギンは、ライコフの滑らかな頬の、スネークに殴られたあざを指で押す。苦痛でライコフの表情が歪《ゆが》む。ヴォルギンは部下に対して粗暴に振る舞う。分かりやすいリーダーシップと凶暴性で、彼が望むものを明瞭《めいりょう》にする。

「大いなる共存は、コンクリートのように堅固な制度なくしては維持できない。……イワン、中央アジアとカフカースとロシアは複雑な歴史を持つ。一つにまとめられる国家など、ソ連を除いてもはや永久に現れないだろう。世界を一つにまとめられる国家もだ！」

歴史の中に彼らはいた。

「大佐こそ英雄です……」

ライコフはそう信じているように見えた。ヴォルギンは祖国ソ連の若者を愛する。要塞に、彼に異論を挟める者はいない。彼自身がそういう安全を望んだ。かつてはコブラ部隊で唯一ソ連人だった英雄ザ・ソローがいた。彼らは二匹の毒蛇だった。二匹の毒蛇同士が互いの尻尾《しっぽ》を飲み合うとき、互いの目と牙《きば》がどこに向かっているか明白だった。だが、当時とは違って亡命したザ・ボスは敵ではない。信頼を互いに求められるその関係が、相互監視と猜疑《さいぎ》から成る権力に、小さいが無視できない裂け目を作ってしまっている。

ライコフは何も言わなくても、小さなグラスにキンキンに冷えた酒《ウオッカ》を注いで持ってきてくれた。二人で並んで、酒を底まで一気に飲み干す。

スネークのせいで、高ぶっているようだった。拷問を通して、ヴォルギンは生命を実感する。彼は極限の中で、誇りを示した兵士の姿を見た。男としての矜持《きょうじ》が疼《うず》かずにはいられない。

ザ・ボスはあれほどの男を育て上げた。見せつけられたからこそ、ヴォルギンはおのれの仕事と比べずにいられない。『遺産』の経済力を権力の源とする彼が、抱いている引け目だ。

遠大な夢も理念も、もっとも単純な現実である暴力の前には空しい。その峻厳《しゅんげん》たる現実を、ヴォルギンも味わうことになる。

執務室の電話が鳴り、ヴォルギンは不機嫌にそれをとった。そして、短い報告を受けて、思い切り拳《こぶし》で執務机を殴りつけていた。

「脱走だと！」

要塞《ようさい》内の収容施設から、あの男が早くも脱走したのだ。

ヴォルギンは軍服の胸ポケットから懐中時計を取り出した。拷問からまだ四時間だ。

電撃スーツの調整を誤って金時計が帯電する。電動式の時計だったら焼き切れていた。

「スネーク……」

その名を舌に乗せる。半死半生だったはずだ。

胸中に激しい衝動が渦巻いていた。それは、やつは不死身なのかという恐怖だ。そして、コブラ部隊を殺されて彼の権威を傷つけ、ライコフをも失いかけた痛みだ。怒りで冷静さを奪われつつあった。堅固な要塞に守られているのに死を感じた。敵には限りなく憎まれ味方には最も頼られる、そういう兵士がまれに現れることを、彼も大戦で知っていた。

あの男はまるで――英雄だった。

＊

――時は、ヴォルギンに電話がかけられた一時間前に遡《さかのぼ》る。

目が醒《さ》めたとき、スネークは狭い部屋にいた。独房だった。水気があった。地下水の出る場所に、無理やりコンクリート造りの建築物を建てたのだ。

ベッドにスネークは横たわっていた。水気のある場所に放置していたから、鉄製のパイプベッドは赤錆《あかさび》だらけだ。

痛みとだるさにどっぷり浸《つ》かった体を起き上がらせる。汚れたシーツに血と体液が吸われていて、乾いたそれがいっせいに剥《は》がれた。苦痛にスネークはうめく。それでも、筋肉が焼かれた腹筋を酷使して最後までやり遂げる。

我知らず、スネークの喉《のど》から叫びがほとばしった。右目の奥に脳を焼くような灼熱《しゃくねつ》の塊があった。だが、激痛を走らせているはずの眼球がすでにないことを、彼は知っていた。

右目はスネークよりも一足先に、地獄に落ちたかのようだった。

視界が狭いことに気づいた。眼球が破裂し、眼底まで達した傷だ。もう二度と治らない。右手を目のそばまで持ってゆく。皮膚まで三センチほどまで近づけても、死角になって見えなかった。おそるおそる手を鼻の上まで動かすと、ようやく視界の右側から小指がぬっと現れた。

大きくあえいだ。

猛烈にのどが渇いていた。

もう無理だと思ってしまった途端、身体が鉛のように重くなった。とうに身体は限界なのだ。疲労が全身の細胞に蓄積しているようだった。

そして、精神的にも極限にあった。独房に閉じこめられた彼に、任務を達成できる望みはもうない。ソコロフは死んだ。任務は一つすでに失敗している。

両手で顔を覆おうとした。それすらもできなかった。痛みのせいだ。右目の激痛《つる》がスネークの手を止めた。じっと傷だらけの両手に視線を落とす。手首には拷問で吊されたときの痕《あと》がくっきり残っている。

装備はすべて奪われていた。スネークイーター作戦の降下時も最小限度だけだったが、今度はバックパックも銃も通信機もナイフも何もない。野戦服すら上半身のぶんがない。包帯が巻かれていて、最低限度の応急処置は施されていた。

すぐに殺す気はないのだ。独房にベッドが設置されているのも、最悪の待遇ではないせいだ。スネークの持っている情報が欲しいのだ。準備が整えば拷問が再開される。

逃げなければならなかった。拷問部屋で意識を失う直前、タチアナは朦朧《もうろう》とする彼に言った。彼女は脱出路を用意していた。この要塞の地理に詳しいわけではないが、建物の配置と特徴くらいは把握していた。彼女の開けたマンホールから下水道に潜れば、北の扉が開けてあって、そこから外へ出られる。

だが、タチアナのルートには、肝心の独房から抜け出す手段が欠けている。彼女が伝えたのは、自由な立場の彼女が逃げるための脱出路なのだ。スネークは、閉じこめられてどうしようもない。

つまり、彼は敗北したのだ。ザ・ボスからは精神的に独り立ちして、仲間に支えられていた。それでもザ・ボスには届かなかった。

コンクリートの独房に閉じこめられていると、本当にもう未来などないのだと悔しさが差し込む。自由も、体力も、装備も、自信も、あらゆるものを剝ぎ取られて裸だ。裸《ネイキッド》のスネークにできることはもうない。

窓のない独房が、彼の終点なのだ。外には殺風景な通路がある。常時見張りが立っているわけではなく巡回の間隔も疎《まばら》だが、もう何時間もすればシャゴホッドの最終試験だと思えば不思議でもない。すでに終わった男に、人員をかけても仕方がない。

最初に申し渡されていた通り、政府は彼を救出するためにいかなる手だても講じない。彼は国籍がない兵士として、捕らえられれば兵士の権利を行使できず、闇に葬られる。生きている時間が終わる冷たすぎる現実を前に、極限の孤独によみがえるのは、やはりザ・ボスの問いだった。彼は何に『忠《loyalty》をつくす』のか。国は決して助けてくれず、軍にもできることはなく、仲間からも切り離されているから、身に沁《し》みる。

もはや答えを見つけようのない問いだった。ベッドに座ったまま、立ち上がることができない。

だが、スネークは、行き詰まったからといってグラーニンのような裏切り者になりたくはなかった。

敗北したはずの身体が、熱くなっていた。我知らず、奥歯が砕けそうなほど歯を食いしばっていた。軍人として任務をやり遂げる見込みはない。あとはもう苦痛の中で情報を引き出されて死ぬだけだ。なのに、押し潰《つぶ》されそうな絶望の奥底で、強い感情をもって、裸のスネークがあがいている。俺は生きたいと。

激情が彼をベッドから立ち上がらせていた。座っていられなかった。

そのとき、包帯に引っかかるものがあるのに気づいた。重い火傷《やけど》で引き攣《つ》れた腹に何かが置かれていた。手に取ってみると、黒い眼帯だった。誰かがスネークの目を気遣ってくれたのだ。敵地のまっただ中で、人間味を感じた。スネークは眼帯を右目につけた。最初にそれが目の傷に触れたとき、滲《し》みるような鈍痛が頭の右側に走った。だが、楽になった。戦場で受け取った小さな情に、残った左目が自然と熱くなった。

スネークは、彼を殺したいと、死んでも構わないと思っている人間に囲まれている。だが、そうではない人間も居るのだ。あらゆるものを剝ぎ取られても、生きのびてやりたいと思った。前にしか生きのびる道は残っていない。だったら、やるしかない。ザ・ボスの問いにどこか繫《つな》がっているようにすら錯覚する。

生きる気力が湧き上がる。拷問で付けられた傷と、ソ連兵がしてくれたらしい手当の具合を確かめる。幸運なことに、身体に動かなくなった場所はない。痛みと不快感がどうしようもないだけだ。

独房の鉄格子の向こうから、足音が近づいてきた。武装したソ連兵だった。開いた缶詰を、鉄格子の隙間から押し入れてきた。

「水をくれ」

スネークはロシア語で話しかけた。のどが渇いた。水の入ったカップが押し出された。身体を前傾させただけで痛む右目の傷跡に、大きくうめく。水を飲んだ。口の中と喉が染み、胃袋が急に動き出して吐きそうになる。食べ物は入りそうになかった。

ヴォルギンの囚人への待遇は悪くなかった。スネークを捕えたことでもう勝負が終わったのか、米軍の仲間が近くにいてそれを排除する必要があるのかが分かっていないのだ。安全を確保したと判断できる情報をヴォルギンは欲しがっている。

食糧が置かれてしばらく経つと、また別の見回りがやってきた、足音が廊下から響いてきた。

次のソ連兵は、かなり背の高い男だった。スネークを一瞥《いちべつ》しただけで廊下を去っていった。見張り達も、スネークの命が長くないことを知っている。そのうちまた彼はあの拷問室に引きずり込まれる。次は生きて出られる可能性が低い。

スネークは、独房を歩き回る。独房にはベッドと手洗いと便所の他には何も設置されていない。鉄格子は太さが直径一センチメートルを超える頑丈なものだ。鍵《かぎ》のシステムは牢内《ろうない》からは当然見えなかった。息が乱れて荒い。脇腹に鈍痛が走り、筋肉が引き攣れる。横腹の肉の中に異物があるのだ。そしてスネークは、気絶する直前、ザ・ボスに弾丸を撃ち込まれたことを思い出した。

歩くだけで猛烈に響いて、うずくまる。この弾丸は重大な炎症や化膿《かのう》を起こす前に、摘出しなければ命に関わるものだ。ソ連兵に頼んだところで手術してもらえることなど望めない。だが、自分でやるにも道具もない。銃創に指を突っ込んで取り出すのだけは避けたかった。祈るような気持ちでベッドの下を探ると、フォークが一本落ちていた。アルミ合金製で、武器にするには不安だが錆《さび》は目立たない。手洗いの蛇口をひねると、赤さび混じりの水がこぼれた。

スネークは舌打ちする。訓練を積もうが忍耐力があろうが限度はある。弾丸を摘出しようとすれば、独房の床に落ちていたフォークを傷口に突っ込むしかない。当然、破傷風を防ぐ抗生物質も、苦痛を和らげる麻酔もない。

ベッドに座り込む。弾丸が恨めしかった。ザ・ボスの行動が本当に分からない。ザ・ボスは裏切り者で、彼女の〝家族〟ではないスネークがコブラ部隊を殺したのだ。彼女がスネークを苦しめたいと思うのは、当たり前のことだ。だが、彼女は確かに拷問部屋で「逃げて」と言ったのだ。苦悶《くもん》と焦りで、考えがうまくまとまらない。

そのときスネークの脳裏に、ふと閃《ひらめ》いたことがあった。まさかと思った。だが、その考えは頭に染みついて、そのせいで鼓動が一秒ごとに高鳴ってゆく。

ベッドに座ったまま、腹の包帯を解いた。横腹の傷は縫合すらされていなかった。指で周囲の肉を押して、体内で異物が留《とど》まっている位置を確かめる。奥歯をしっかりと嚙《か》む。こんな馬鹿げたことを、気が滅入らずに完遂できる人間などいるとは思えなかった。それでも自分でやるしかなかった。

何か嚙むものが欲しかった。汗と脂の染み込んだシーツを引き裂くと、適当な太さになるまで折りたたんでねじった。しっかりと噛んで奥歯を固めてから、フォークの尻《しり》側を銃創に突っ込んだ。激痛で白目を剝《む》きそうになった。脂汗が猛烈な勢いで噴き出した。肉体を伝った汗が、傷口にも容赦なく入るがどうしようもない。そのまま内臓や血管を痛めないよう、慎重に肉をほじってゆく。フォークの先が固いものに触れた。それを自分で傷口の肉に押しつけるようにして、掻《か》き出してゆく。鋭いナイフが一本あればもっと簡単な手術だったのにと呪った。腹筋を思わず締めてしまい、フォークが動かなくなる。苦心して力を抜き、それをようやく身体から摘出した。ころりとベッドのシーツに血まみれのカプセル状のものが転がる。

スネークは、力尽きてがっくりとうなだれる。傷口を消毒するかせめて洗いたかったが、ここの蛇口の水を使うのだけはご免だった。心臓の鼓動が速すぎて、猛烈な頭痛にさいなまれた。大きくあえぐように息をする。

腹の包帯を巻き直す。わき出た血で、たちまち真っ赤ににじんだ。包帯を固定してから、スネークは摘出したものを確かめた。フォークで触れたとき、違和感があったのだ。形状が明らかに銃弾のそれではなかった。指で血と脂をぬぐってみると、小指の第一関節くらいのサイズの、小さな金属容器だった。強くねじって開く仕組みのそれを、スネークは慎重に開けた。中には薬のカプセルが入っていた。ＣＩＡで支給される仮死状態になるための薬物、いわゆる仮死薬だ。

泣き笑いに顔が自然と歪《ゆが》んだ。いよいよザ・ボスのことが分からなくなった。仮死薬は仮死状態になった後そのままいつか死ぬ薬物だ。目を覚ますには誰かに蘇生《そせい》用の薬物を投与してもらわなければならない。拷問で苦しんで死ぬよりも、これで安楽死しろという意味かと疑った。だが、諦《あきら》めきれなくて服を探る。

ザ・ボスは別れ際、「逃げて」と言ったのだ。

野戦服のズボンの腰につけた隠しポケットに、本当にもう一錠、いつの間にか錠剤が入っていた。白く丸い糖衣錠だった。汗の水分を吸ってかたちが崩れかけたこれを、スネークはよく知っていた。仮死薬と対になる蘇生薬だ。この一組が揃えば、一度死んで生き返れる。隠しポケットはFOXの野戦服にならってズボンにつけた独自のものだ。ザ・ボスがFOXの装備を利用してくれたことが、鋭い刃物のように胸をえぐった。

スネークは迷う前に仮死薬のカプセルを飲んだ。それが胃にきちんと落ちたのを確認してから、蘇生薬の錠剤をつまむ。

ザ・ボスのことを考えた。コブラ部隊を倒して、自分も成長したつもりでいたら、ザ・ボスは更に高みにある。今もスネークは思い知らされ続けている。ひとりの戦士として、追い着きたかった。そして、彼女に技術はどうでもいいとまで言わしめた、大切なこころに、この任務を進めてゆけば辿《たど》り着ける気がした。スネークには本当はきっと逃げることもできるのだ。だが、もしも降りたら、これから一生ザ・ボスに追い着くことはない。

「……ボス」

仮死薬の薬効で、視界がぐらつきだした。スネークは蘇生薬の錠剤を舌の下に入れる。立ち上がって、力が入らずに床に倒れる。盛大に物音が鳴った。目の前が暗くなってきた。呼吸が苦しくなって、演技ではなく喉《のど》を掻きむしる。鉄格子にしがみついて思い切り揺さぶる。

軍靴の音が近づいてきた。そして、ロシア語で大声で人を呼んでいるのが聞こえた。あらゆる音ががんがんと反響するようだった。見張りが彼の異常に気づき、もう一人のソ連兵が、慌てて牢を開けた。ヴォルギンはスネークが持つ情報を本気で欲しがっていた。だから、彼に死なれては問題があるのだ。

ロシア語で、軍医を呼んでこいだとかまず衛生兵だとか、まくし立てているのが聞こえる。スネークがさっきフォークで行った外科手術の傷と汗が、説得力を強めていた。手術台に使ったベッドは血まみれだ。横腹の包帯は明らかに傷が開いて真っ赤になっている。容体が急変したと思っている様子だった。

酸欠であえぐどころか、全身が痙攣《けいれん》していた。横臥《おうが》したままなのに足が震えていた。逃げるどころか立つこともできないのではないかと、頭のどこかで考える。だが、今しかなかった。兵。スネークは救急搬送が必要な重症だと判断して、ソ連兵が独房の扉を開けたままにしている。彼の前には、二人しかいない。

どうやってソ連兵を倒したのかは、スネークも覚えていなかった。途切れがちな意識が、蘇生薬がようやく本格的に効いてきて繋《つな》がるようになった。朦朧《もうろう》としていた。ソ連兵たちが独房の床にうずくまって呻《うめ》いていた。スネークは手に血の付いたフォークを握っていた。鉄格子に彼は身体をもたせかけている。ソ連兵の持っていた銃を持ち上げようとして、よろめく。わずか四キログラムのAK―47すら、今の容体では重すぎて持てなかった。武器をあきらめた。

まずここを脱出しなければならなかった。独房からよろけながら逃げる。軍靴の足音が聞こえたように思えて、距離を空けるように必死で前へと足を引きずる。武器がないことが不安だった。体調さえ戻れば、またソ連兵から奪えばいいと自分に言い聞かせる。

さまようように廊下を勘だけで歩いて、ドアを開けた。

向こうに広がっていたのは、バカバカしいほど広大なグロズニィグラード要塞《ようさい》だった。厚い雨雲に覆われた空が、明るくなりはじめていた。むっとこもっていた収容所の臭気から解放されて、排気ガスの匂いがする早暁の空気を一杯に吸い込む。

目につく場所すべて、敵しかいなかった。だが、その中でスネークは自由だ。武器は、固く握りすぎたフォークだけだった。スネークは思わず笑った。躁病《そうびょう》的に、激しくおかしさがこみ上げてきた。

スネークは限界の身体に無理を強いて、それでも物陰を移動してゆく。脱走はすぐに露見するはずだった。そして、捜索隊が出される。銃を持つことすら重荷な今の彼に、それを振り切る体力はない。右目は眼帯をつけてもひどく疼《うず》いた。隻眼の視界では確実に右側が見えなくなっていて、敵兵の接近を察知できるかも不安だった。

それでも、行かなければならない。小雨が降っていた。この雨水は、コンクリートの地面に吸われることなく、潜入時に使った側溝へと流れ込む。側溝はすでに小さな川になっているはずだ。潜《ひそ》もうとすれば溺《おぼ》れ死ぬ。

スネークは厳しすぎる道を歩み続ける。ほんのわずかな希望を伝って、諦めず生にすがりつく。

　雨が容赦なく、彼の鍛えた身体を打った。空からの洗礼が、血と汗を洗い落とし、まっさらにしてゆくようだった。物陰に隠れ、渇いたのどに水を求めて大きく口を開いた。生きていた。黒々とした雨雲の、東の端が明るさを増しつつあった。もうすぐ日が昇る。彼は歩く。要塞内にサイレンが大音響で鳴った。脱獄が知れたのだ。

厳戒態勢に入った要塞の気配がにわかに変わり始める。隠れているはずなのに、あたり中から発見されているかのように錯覚する。

　その感覚はかなり正解に近かった。収容所に兵員を輸送したトラックが二台もやって来た。そして、武装した兵士がそこから散開し捜索を開始する。満足に走ることもできないスネークが追いつかれるのは時間の問題だった。

スネークは食料品を入れていた大きな段ボール箱にもたれかかる。体重を支えきれず、箱がずるりと横にずれた。空箱のまま置かれていたのだ。ひらめくものがあって、スネークは段ボールを逆さにしてかぶった。暗くせまい箱に隠れられた。雨を避けられるこの小さな空間にいると、ひどく安心した。この空間だけは、ソ連でもアメリカでもない、スネークだけの所有物のように錯覚する。

落ち着いてくると、葉巻が吸いたくなった。当然、すべて没収されていた。スネークを探すソ連兵たちの足音が、幾つもすぐそばを通り過ぎてゆく。箱の、ソ連製の再生紙を頑丈に貼り合わせた実用的な感触が、心強かった。

あたたかさと暗さのせいで、少しうとうとした。意識を失いかけて、首を振る。短い休憩の終わりが来ていた。この眠気は疲労が頂点に達している証拠だ。だが、仮死薬がもたらす麻痺《まひ》と倦怠《けんたい》感から回復したということでもある。

スネークは、地面に耳を押し当てて、地面を伝う足音を聞く。周囲二十メートルほどの至近距離に敵兵はいない。そっと段ボール箱を押し上げて、そこから這《は》い出した。更に明るくなった周囲を慎重に観察する。右目側だけおろそかになっているようで、二度三度確認し直す。

安全を確かめてから、スネークはまた慎重に隠れ進む。タチアナが開けてくれているというマンホールを目指していた。そこから要塞の外側に出られる。

単純な仕事だ。ここまで肉体が痛めつけられて、かつ丸腰でなければ技術的には問題なかった。ほんの半日前には簡単だったことに、突然右目を失ったせいで難渋する。遠目にソ連兵が何度も視界をちらつく。そのたびに、大げさに物陰に逃げ込む。

雨がまだ降っていた。要塞は厳戒態勢だが、捜索隊は百人はいなそうだった。ヴォルギンは陣頭にはまだ出ていないのだ。ヴォルギンは雨を嫌っていた。グラーニンを処刑するときも、小雨が降り出すとすぐに去って行った。電気を流すスーツが、雨で短絡《ショート》する危険があるのかも知れなかった。

どこを見ても捜索隊が目に付く。これから日が昇って要塞は明るくなる。そうなれば動きが完全に取れなくなる。切羽詰まって、正体の分からない工具を強引に蓋穴にねじ込んで、マンホールを手当たり次第に開こうと試した。ひとつロックのかかっていないものがあった。滑り込むようにして地下に潜り込み、蓋を閉める。

下水道は、コンクリートで固められた立派な作りのものだった。雨のせいで水路が増水して川のようになっていた。明かりがなく真っ暗だ。

スネークは、ほとんど何も見えない下水道に追い込まれたかたちになった。渡り廊下に近づくこともできなかったから、ここはタチアナの指定したマンホールではない。北の扉の位置など分からない。当然タチアナと合流できない。ただ、正しいマンホールを選んでも、落ち合うのはまず無理だったことは理解できた。下水道に、犬の吠《ほ》える声が激しく響いていたからだ。捜索隊が犬を放したのだ。それも相当の数だ。下水が逃走経路として見落とされるはずがなかった。

装備も通信機も何もない。合流もできない。追われ続けるスネークに、逆転の目などまったく見えない。本国の仲間と相談すらできなかった。そのことが猛烈に不安を掻《か》き立てた。

アメリカとソ連という超大国が、存亡をかけて衝突しようとしている。たった一人の男ができることなど普通に考えれば何もない。それでも、壁を手探りしながら先が見えない下水道を北へと走った。核戦争の危機は刻一刻と近づいている。世界に、この要塞で今戦われている暗闘を知る者はほとんどない。だが、ここにいるスネークは違う。スネークなら変えられるかも知れない。

犬の吠え声が近づいてきた。それを頼りに捜索隊が確実に迫りつつある。長い、どこまでも続くような地下の道を、臭気をこらえて走る。彼を追う者は強大で大勢だ。暗い中を探りながら歩み、ときに転倒を覚悟して急ぐ。

ただ、これまで不可能だと諦《あきら》めずに乗り越えてきた足は前に進み続ける。

だんだん下水の水音が小さくなってきた。おそらく地上ではもう雨が止んでいる。そのせいで水量が減少したのだ。

通路が真っ直ぐになった。走れるコンクリートの足場がなくなった。スネークは意を決して、下水の流れに踏み込む。犬の嗅覚《きゅうかく》を誤魔化せるはずだった。水量は膝上《ひざうえ》まであって、立っているだけで体力を使う。傷口が濡《ぬ》れて猛烈に滲《し》みた。重いその水流をかき分けて、先へ進んだ。北へ向かっているはずだった。

鍵《かぎ》が開いているという扉には、結局行き着かなかった。だが、徐々に向こうが明るくなっていた。地下の暗闇に慣れた目には、まぶしい光だった。水面に白く照り返している。

スネークはそちらへ向けて走った。犬の吠え声や兵士の怒声が、いつ銃弾が飛んできてもおかしくないほど迫っていたからだ。水が轟《とどろ》く音がする。

光がまばゆく感じるほど近くにあった。向かい風が吹き込んできた。スネークは自由を求めて、水を蹴《け》立《た》てて走る。下水が流れて行く方向もそちらだった。

そして、たどり着いたとき、その先には空があった。朝焼けがオレンジがかった色に染め上げた雲と、樹海がどこまでも続いてゆく。彼が三日掛けて踏破してきたツェリノヤルスク周辺が一望できた。この足下の大断崖《だいだんがい》こそが、処女地のある絶壁という、まさに地名の由来なのだ。

ここで下水は途切れ、滝になって絶壁の下へと落ち込んでいる。滝壺《たきつぼ》までの落差は二十メートルをゆうに超える。雨上がりの朝空に虹《にじ》ができていた。この先にもはや道はない。人の歩ける足場は続いていない。この先は人間を超えた何かの場所だ。

天を仰ぐような絶景に心を奪われそうになる。転落しそうになって、足を踏ん張った。

水を蹴る足音が、整然とすぐ後ろまで迫っていた。捜索部隊に追い着かれたのだ。スネークは逃げ場を失って完全に追い詰められていた。

鮮やかに色づく空を背負って、スネークは振り返る。

山猫部隊だった。十人以上の完全武装の兵士が、銃を構えてスネークを狙っていた。何頭もの黒い軍用犬がスネークに吠えたてている。

赤いベレー帽の隊列が、中心から割れた。その奥からゆっくりとオセロット少佐が歩いて現れる。

「この時を待っていた」

オセロットの声が弾んでいた。抜かれたそのリボルバーの銃口は、スネークの眼帯をはめた右目をポイントしている。スネークの手には何もない。フォークすら野戦服の尻《しり》ポケットに入れたままだった。

山猫部隊の兵士たちも高ぶっている。その機先を制して、オセロットが命じた。

「誰も手を出すなっ！」

スネークに見せつけるように、首にお守りのようにぶら下げていた弾丸を引きちぎる。自動拳銃《マカロフ》で使う9ミリ弾に、リボルバーで撃てるようにリムをつけたものだ。この若い伊達者《だてもの》がリボルバーを使いはじめた原因の作動不良を起こした、運命の弾丸《ジャム》だった。

オセロットが弾丸を込めて、勢いよくシリンダーを回す。右目の次はきっと命を奪われる、彼らの二度目のロシアンルーレットだ。万感の思いを込めて撃鉄が上げられる。

「これで終わりだ」

銃口がスネークをとらえる。これで勝負がつくと、スネークもオセロットも思った。滅多にない関係だった。ソ連軍将校でありながらマカロニウエスタン風のガンプレイに興じる男が、スネークも嫌いではなかった。

トリガーが引かれた。カチッと撃鉄が空撃ちされた音がする。

オセロットと目が合った。一瞬、何かが通じ合った気がした。

死のルーレットの二発目の撃鉄を起こすまでの時間を、オセロットは味わっているようだった。ヴァーチャス・ミッションで戦い、何度も命のやりとりをして、見えない中心のまわりを二人でぐるぐる回るように深い因縁で結ばれている。

巨大な歴史の分岐点で、核戦争を眼前に、それでも個人の気持ちで戦っている。それが痛快だった。スネークの脳裏には、今、ザ・ボスの姿がよぎっている。タチアナのこともただそうしたくて、右目を失ったのだ。本当はこれまでもそうだったのだ。スネークは、ただアメリカ兵だから、任務だからというだけで戦っていたのではない。

そのとき、背中に清々《すがすが》しい風を感じた。分厚い雨雲が割れて、太陽が差している。つい数時間前、独房にいたときと同じように、スネークは極限の孤独の中で生の終わりを迎えようとしていた。だが、口元に自然と笑みが浮かんでいた。これまでの苦しさが、すべてこの歓喜にたどり着くためだったようだ。

スネークは自由だ。そう――鳥のように。

意を決して、スネークは両手を広げる。思いを強くして拳《こぶし》を握り、そのまま身体を後ろへ倒してゆく。そして、高い崖《がけ》から飛び込むように足を蹴った。

「スネーク！」

オセロットが悲痛な叫びをあげる。

スネークは翼など持たないから落下するしかない。水面に身体を打ち付ける寸前、オセロットが後を追って飛び込みそうな勢いで絶壁に駆け寄ったのが見えた。

その瞬間、オセロットは引き金を引いていた。

カチッと独特の感触が手に残る。空撃ちだった。

落下したスネークは、派手な水柱を残して滝壺に消えた。焦がれるように、その水面をオセロットは凝視して待つ。

期待に応《こた》えるように、スネークが顔を水面から浮かび上がらせた。大きくあえいで息をしていた。生きていた。

更に下流の滝へ向けて、雨で増水した川を流されてゆく。水流に揉《も》まれて、スネークが溺《おぼ》れかけていた。標的の位置はまだそれほど激しく動いていない。スネークの分厚い胸板をポイントする。

三発目を撃つため、引き金に指をかけた。そのとき、スネークの身体が、濁流に大きく弄《もてあそ》ばれて更に下流へ急激に流されてゆく。

狙いが完全に外れた。遠すぎてもう拳銃の射程内ではなくなった。

銃を下ろすと、シリンダーの隙間から弾丸の位置を確認した。次弾の引き金も外れだった。決着は更にその次だ。ルーレットの勝負は、スネークの強運でまた先延ばしになった。

たとえ偶然であっても、三回続けば運命だと錯覚できる。銃を下ろした右手が、疼《うず》くようだった。その昂《たか》ぶりを隠して、拳銃をガンスピンで回してホルスターに仕舞った。

「まだ死ぬな……」

呟《つぶや》いて吐いた、吐息の熱さを自覚した。

『九章』

戦場では、制度という頑丈な箱から、誰も逃れられないかのようだった。

近代の戦争は、国という巨大な制度が基盤になる。国と国という固い制度同士を、最悪どちらかが壊れるか機能が維持できなくなるかするまで、ぶつけ合うのだ。

ザ・ソローにとって、故国ソ連の第二次世界大戦はそういうものだった。共産主義という制度に世界があまりにも厳しかった一九一九年、彼は生まれた。ロシア革命からわずか五年で八百万人もの犠牲者を出した地獄のロシア内戦期で、ヨーロッパの援護を受けたロシア白軍に彼の故郷は制圧されていた。そして、赤軍に敗北して追い散らされる直前、白軍は、故郷の村を皆殺しにした。赤ん坊の彼が、両親の死体に抱かれて生き残ったのは、奇蹟《きせき》だったという。

記憶の底に、ビジョンがこびりつくように残ったのは、それがきっかけだ。焼け落ちる森の中、どこかへ歩いてゆく死者の列を幻視するのだ。

夢を見るたびに現れるその葬列の人々と、いつしか話ができるようになった。少年時代、死者と話ができると評判になった彼のもとにＮＫＶＤ《内務人民委員部》が訪れた。当時の内務人民委員ニコライ・エジョフは、彼と熱烈な勢いで握手をした。そしてスターリンに忠実に大テロル《粛清》を執行するエジョフは、死者から情報を引き出せる霊媒を得て、暴力の歯止めを失った。少年の日の彼は、凄惨《せいさん》な拷問を受けた遺体や銃殺された遺体の霊を、毎日尋問した。

制度が、彼にそうしろと求めた。ソ連の制度を守るために、彼は働き続けた。

まだエジョフの全盛期の一九三六年、制度は新しく諜報員《ちょうほういん》の仕事を彼に与えた。当時反政府勢力と内戦を戦っていたスペイン共和国は、軍事物資を求めて、ソ連と取引をしていた。スターリン肝煎《きもい》りの計画で、スペインから金塊をソ連へと輸送する計画を助けるため、彼は初めて国外に派遣されたのだ。

まだ十代後半だった彼は、人民戦線政府のキーパーソンとの会見に随行した。生者の心を読み、死者を尋問する彼の前では、誰も嘘をつくことができないからだ。そして、傭兵《ようへい》として内戦に参加していた彼女に出会った。

金髪で青灰色の眼をした、背の高い少女だった。

「ソヴィエト人にもカウボーイはいたんだな」

言われて、ひどく恥ずかしい思いをした。骨董《こっとう》品のガンベルトに古い回転胴式拳銃をぶち込んでいたからだ。兵士としては訓練が足りず、霊媒能力で道具から元の使用者の技術を読み取って借用していた。名手の愛用品を使うほど技倆《ぎりょう》が高くなるから、西部開拓時代の早撃ちのガンマンの拳銃を使っていたのだ。

カウボーイだってコミンテルン《共産主義インターナショナル》に参加しているだとか、皮肉を返そうとしたはずだった。だが、彼女の目を見た途端、すべて吹き飛んだ。

彼女の背後に、巨大な歴史の幻影を見たのだ。それは、アメリカ開拓の苦闘の歴史であり、諜報と政治のビジョンだった。血まみれの征服と不撓《ふとう》不屈の防戦であり、とてつもない規模の爆煙と死、その裏で産み増やしゆく愛だった。到底器を計りきれるものではない、人類史の大きな足跡が一瞬で彼の脳裏を駆け抜ける。

そして、我に返った彼は、言葉を紡ぎ出した。彼女が、あっけにとられて目を丸くした。そのとき何を言ったかは覚えていない。彼女は教えてはくれなかったが、ひとときも忘れたことはないという。

それがザ・ソローと、まだただの少女だった彼女との出会いだ。

彼がまだ自分の罪と本当の哀しみを知らない時代のことだ。

「ボス。あれからたった二年でエジョフシチナ《エジョフシチナ》時代は終わって、おれは口封じのために殺されるはずだった。おれに、《彼ら》が生きのびる道をくれた」

時代は巡り、出会いから二十年以上のときを経て、彼らは建造中のグロズニィグラード要塞《ようさい》にいる。一九六二年、ザ・ソローはKGBのスパイマスターで、ザ・ボスはアメリカのスパイだった。ザ・ソローは下水道の切れ目に立ち、背後には断崖《だんがい》があった。

崖の向こうは夜の闇だ。

「……あの頃、ドイツ軍は、共産主義の根絶を目指していた。おれが育った村も戦場になった。そうして死に絶えた村は珍しくなかった。……《彼ら》は、NKVDにいられなくなったおれを、ドイツ占領下の地域でパルチザンとして戦わせてくれた」

そしてそこでもまた虐殺の現場を見過ぎたことで、彼《ソロー》は哀しみに目覚めた。敵がいない状態を作ろうとする所行の果てを、彼は悟ったのだ。

「君と別れてから、世界は変わっていった」

何度、彼らの間で世界はその正義を変えたことだろう。今日、ソ連とアメリカが冷戦を戦う仇敵《きゅうてき》であることのほうが不思議なほどだ。

だが、彼らの間には武器がある。ザ・ボスは愛用する突撃拳銃《けんじゅう》ではなく、比較的隠蔽《いんぺい》しやすいM1911を手にしていた。銃を構えた彼女は警戒を解くことはない。熟達の兵士であり、霊媒能力で武器から持ち主の技倆を借りられるザ・ソローは、早撃ちでは彼女を超えるからだ。

ザ・ボスは年輪と辛苦を重ねて、若かった大戦の頃よりいっそう輝かしい。

「かつてはアメリカ人の私と、ソ連人のあなたは敵ではなかった。ナチスと枢軸国が世界に戦いを挑んで、ソ連は窮地に陥った。だから、ソ連の《彼ら》は、あなたをコブラ部隊に入営させた」

こうして、彼らの運命はあの第二次大戦で再び交差する。《彼ら》がザ・ソローにそう求めたからだ。彼は祖国とともに彼女とコブラ部隊のことをも愛するようになった。

「そうだ。……君と出会って人生を手に入れた」

ザ・ソローは、かつて世界を結び合わせることができると夢見た、激しく輝かしい時代を思い起こす。

「あなたは最高の戦士だったわ。勇敢で思慮深く忠実だった。誰もあなたに嘘をつけず、真実をいつも見つけ出した」

ヴォエヴォーダ《女戦士》とソ連でも尊敬を受ける彼女の称賛が、ひどくくすぐったく感じる。彼らが、今、殺し合いをしているのでなければ、酒《ウォッカ》でも呑《の》んで話したいことがいくらでもあった。

ザ・ソローは、要塞の調査に来たアメリカ工作員を抹殺する任務を受けていた。やって来るのがザ・ボスだと知らされていなかった。この夜の断崖まで追い詰められて、二人は信じたくなかった運命に直面したのだ。

雨音が彼らを冷たく覆っていた。

彼女が撃てば、ザ・ソローの身体は雨降る滝壺《たきつぼ》に落下する。

「銃を捨てなさい。あなたはコブラ部隊の家族よ」

亡命を勧められていた。彼は観念してその手から力を抜く。だが、彼女の手を取るためではない。

「それはできない。おれは一緒には行けない」

「あなたは特別な感情を見出《みいだ》した戦士よ。規範に縛られることから自由なはず」

言葉を選んで、ザ・ソローは一拍おいてから言った。

「哀しみは、おれを自由にしてくれた」

彼はツェリノヤルスクの樹海をその底へ沈めた闇に、深い吐息をつく。深淵《しんえん》のように底のない哀しみが、彼を自分自身にした。ソ連という国の制度以外のものも自由に選べるようにしてくれた。ザ・ボスも自由を愛した。

「そう、コブラ部隊の家族たちは、戦場にあって自由だったわ。勝利のときも窮地のときも、……戦場が混迷したときも、不可能に挑むときですらも」

「だから強かった」

郷愁が彼を微笑ませる。あのときは、アメリカ軍と行動をともにできた。心を結びつけることすらできた。そして、彼女がいて、彼は父親になることができた。

「……だが、それでも祖国を捨てることはできない」

今は時代が二人を分かっていた。かつて生まれてすぐに奪われた息子の身柄を盾に、ザ・ソローは《彼ら》に脅迫されている。

彼は、彼女に、息子のことを言えない。冷戦が始まってから、アメリカで強烈な赤狩り――公職からの共産主義者やシンパ《同調者》の排斥が起こったことは、よく知っていた。コブラ部隊にザ・ソローがいたばかりに、英雄ザ・ボスはそのターゲットにされたのだ。

だが、厳しい糾弾にさらされた彼女が、それでも手を差し伸べる。

「米ソが対立をこのまま続ければ、今に世界を滅ぼす」

闇の底で、彼らはまだ〝家族〟だった。繋《つな》がっていた。だが、だからこそザ・ソローには、彼女を破滅させる選択はできなかった。

彼は自分の選択をどう言えばいいのだろうと迷った。

「ボス。アメリカ人である君に、スターリン《独裁者》や粛清を理解してくれとは言えない。あの時代は過ちだった。……だが、それでもスターリンが、あの革命を、世界を覆す祭りから現実に落ち着かせた。ロシア革命が、世界革命を目指したままだったら、冷戦にすらならなかった」

　背後には断崖があった。いっそここから飛び降りたことにして、姿を消してもよいかも知れなかった。だが、彼にはできない。彼の立つ場所は、ソ連という国から離れない。彼にとっては、今の冷戦すら、まだ最大限にまともな現在に思えるのだ。

「スターリンによる大テロル《粛清》は、ソ連の国民に第二次大戦以上の犠牲を強いていた。関わったおれの罪は弁明しようもない。だが、スターリン亡き後、古い革命家や軍人が一握りでも生き残ってフルシチョフを焚《た》きつけていたら、人類の歴史は核戦争で燃え尽きていた」

　ザ・ソローはコブラ部隊にいた間も、ソ連のスパイであり続けた。だから、未来を夢見られた大戦の日々から、いつか家族は別れると気づいていた。この過酷すぎる冷戦より下に転落しないように、今を守りたいと思ってしまえる彼に、未来はない。

「結果論でもそう思えるおれに、新しい場所などないんだ」

「違う。私たちは克服できる」

「冷戦で行き来の途絶えたアメリカでどう見ているかは知らない。……だが、見方が変われば、世界の見え方は変わる」

悲哀をすでに受け入れている彼の運命は動かない。だから、ザ・ボスのために未来の予知を遺《のこ》そうとした。彼女へ向かって手をかざす。霊媒としての力を振り絞った代償で、眼鏡が割れて目から血が涙のように流れ出る。

最初に伝わってきたのは、別れている間、アメリカで彼女が受け続けた非難と中傷と誤解だった。米ソが、ルールどころではなく核兵器を突きつけ合う異常事態の中、共産党員とその同調者《シンパ》へのヒステリーは自然と現れた反応でもあった。だが、その中で、彼女は愛するものへの感情を敢然と表明し続けた。だから、攻撃を受けた。戦って勝ち取ったキャリアと信用を危機に晒《さら》しても、家族を見捨てなかった。

彼女は愛していると、家族だと言ってくれた。ザ・ソローの視界はゆがむ。

涙がこみ上げた。哀願していた。やはり彼女がここで失われてはならないのだと、愛が彼を突き動かした。

「ボス、おれを撃ってくれ！」

「できないっ！」

彼女の姿が、闇の中でぼやける。荒れ狂う彼女の哀しみが、ザ・ソローの胸を満たす悲哀と響き合う。

彼女はきっと、今、彼の息子がソ連にいると知っている。《彼ら》がザ・ソローを脅迫していることも承知している。だが、彼と彼女が手を取ってソ連から子供を取り戻したとして、どこへ行くのか。アメリカとソ連は核爆弾を突きつけ合って、和解することなどない。彼は祖国《ソ連》を愛している。彼女の祖国《アメリカ》への愛情もそうだ。

生命の終わりを迎えようとする最期の集中力で、未来のビジョンが急速に展開した。その一瞬、彼は何者でもなく、ただ彼女のための予言者だった。

それは深い哀しみの底から湧き上がる命の光景だ。彼女が失った遺伝子のかわりに、一人の息子《サン》が戦いに漕《こ》ぎ出してゆくのが見えた。そして、息子《サン》からまた恐るべき子供たちへと受け継がれて、歴史が語り継がれてゆく。死の哀しみと生の悦《よろこ》びの中に、彼らの奪われた赤ん坊も加わっている。血に混じって、涙がこぼれた。

「……ああ、君がおれに人生をくれた。だが、……おれの命は祖国のものだ。だが、いい、それでいいんだ」

彼は去る。そうすべきだと、未来を感じ取る直感が告げている。それは錯覚なのかも知れない。だが、ここで歩みを止めたい弱さだったとしても、人間として彼は人に言えない悲哀を背負いすぎていた。

「撃てっ!!」

闇の底で叫んだ。彼が死んで、恩讐《おんしゅう》の彼方《かなた》で、祖国ソ連は新しい時代を迎える。

歴史に区切りをつける引き金を、彼はザ・ボスに任せた。

「任務を遂行するんだろう? なら、君はそれでも撃たねばならない」

穏やかだった。哀しさの果てに広がっている優しさが胸に満ちた。満足だった。

ザ・ボスの指が引き金にかかる。彼女も単身ソ連領内まで潜入した身だ。任務を果たすことなくアメリカには帰れない。

「戦士の魂は常に君と共にある」

そして、彼女が見ている団結がどこを向いているか、今の彼には分かる。歴史の影を行く彼女が歩んだ影響は、種のように散らばる。彼女が思いすらしなかった場所で芽吹き、花を咲かせてゆく。

「悲しむことはない。また会える」

人生で最も愛した彼女が、血を吐くような叫びを押し殺す。その声は聞こえなかった。ただ、彼はそのかわりに、ようやく初めて会った青年の日、自分が彼女に何を口走ったか思い出したのだ。――君とおれは、きっと〝家族〟になる。

制度と制度がぶつかり合う暗い戦場にあって、ザ・ボスは人間がかく生きられる希望だ。それは戦う者にとって究極の人間美に思えた――。

＊

水流に揉《も》まれながら川を流され、滝を落下したことは覚えていた。

水の重さと勢いに押し潰《つぶ》されるように、滝壺に呑《の》まれた。上も下も分からなくなった。

気がつくと、スネークは肺の激痛と割れるような頭の痛み、そして窒息に藻掻《もが》いていた。水面越しの太陽が揺らめきながら輝いている。必死で浮かび上がろうと水を搔く。

水面に顔を出した。川岸まで必死で泳ぎ着き、四つんばいになって息を吐く。あえぎ、やっとのことで水を吐く。

新鮮な空気が肺に入ってきた。えずきながら、膝《ひざ》立ちになって樹海の枝越しの空を見上げる。呼吸をひとつするごとに、酸素が、生命が尊く感じられる。

溺《おぼ》れたことだけは覚えていた。自然の力に為《な》す術《すべ》もなく押し流されて、ここまで運ばれてしまった。

そして、溺れながら奇妙な幻を見た。それはザ・ソローというコブラ部隊の兵士の思い出で、その男はザ・ボスに撃たれて死んでいた。

静謐《せいひつ》としていた。千年を経た杉が立ち並ぶ森に、朝日が注いでいた。

仰向《あおむ》けに横たわって大きく呼吸をする。水の匂いと森の香りが、彼に活力を与える。

荒々しかった流れが、せせらぎの水音に変わっていた。

息が整うまで待ってから、上半身を起こす。そのために身体を支えた右腕が、固いものに触れた。

罠《わな》でも仕掛けられていたかと、スネークはぎょっとして確認する。

せせらぎに洗われたように、白骨化した遺体が横たわっていた。滑らかな緑の苔《こけ》に覆われた大きな石に、死体が引っかかっていたのだ。腐食に耐えた羊毛のセーターと野戦服のズボンが残っている。その脇に吊《つる》したホルスターが、スネークの右手に触れたものだった。

ホルスターからは、拳銃《けんじゅう》の把手が覗《のぞ》いていた。

スネークの背中に得体の知れない戦慄《せんりつ》が走った。何かが、この死体のもとまで導いたかのようだった。彼の意志が引き起こした錯覚だ。スネークを戦わせているのは、彼自身であることはもはや疑いがなかったからだ。

ホルスターの留め具を外して、おさめられていた拳銃を抜き取る。黒色に鈍く光る、よく手入れされたコルトのシングル・アクション・アーミーだ。山猫部隊のオセロット少佐と同じ銃だった。フル装弾された弾丸は一発も使われていない。取り出して確認する。奇跡的に弾丸の状態もよかった。二発、射撃に耐える可能性が高い弾丸があった。この道でいいのだと、生きろと託されたようだった。

スネークは両手ですくって清らかな水をがぶ飲みする。渇きを潤して、生き返った気分になる。

生命にあふれた緑の森が、灰色のグロズニィグラードで追われていたからこそ心地よかった。人間の尺度とは異なる悠久の時間が、この森には横たわっている。そういうルールが同じ地球に息づいているのだ。

スネークは立ちくらみがして頭を振る。休める場所が必要だった。

水もあり人間の気配もない。ここで少し昼寝でもしたら心地よいはずだった。だが、横になるには不用心な場所でもあった。危険な野獣の縄張りになっていないか、地面に獣の足跡を探す。そして、睡眠欲が消え失《う》せた。泥にタイヤ痕《あと》が残っていたのだ。兵士の靴跡はない。タイヤ痕も細いバイクのものだ。不自然に木にこすれた傷があった。それで、思い当たった。森には、エヴァのテクニックならバイクで通れそうな獣道があった。

スネークは背の高い杉の森に分け入り、川沿いの小径《こみち》を辿《たど》った。エヴァとは要塞《ようさい》に潜入する前、山頂の廃屋で、緊急時の合流場所を話していた。彼女は、基地から山を下りた谷底の森深くに、物資を隠した洞窟《どうくつ》があると言った。

小枝や藪《やぶ》をかき分けて森を進む。

小川は五メートルほどの高さから注ぐ、水量のある滝に行き着いた。バイクの痕跡《こんせき》もここで尽きていた。

滝壺《たきつぼ》のまわりは小さな池になっている。何かあると確信して、滝の周囲を探す。歩いて突っ切るならおとなの男でも難儀する水勢の滝の裏まで、歩いて回り込める岩の足場が続いていた。

それで確信した。ここが、エヴァが物資を置いている非常用の合流地点だ。

スネークによぎった感情は、身勝手なものだ。ただ純粋に彼はよろこんでいた。ここからまた挑戦を始められる。まだ戦える。

滝の水しぶきを浴び、苔むして滑りやすい岩場を上ってゆく。ずぶ濡《ぬ》れになって岩の奥を手探りする。本当に奥に空間が空いていた。中に身体を滑り込ませると、薄暗いが広い洞窟に踏み入っていた。五メートルほど奥からは、コンクリートで固められた長い通路になっていて、その先が見えない。高さも二メートルを超える。非常時の物資置き場としては、空間が広々として快適だ。もはや洞窟ではなく立派な地下壕《ごう》だ。たき火の形跡があった。エヴァはここで普段からキャンプしている様子だった。

真空管式の無線機が置いてあった。

それに触れてみるか迷っていると、バイクのエンジン音が微《かす》かに聞こえた。振り向くと、滝の壁を突き破って、水しぶきにまみれたバイクが飛び込んできた。大型バイクの重量感ある車体が、洞窟の地面にタイヤを滑らせて見事にブレーキングする。

スネークの眼前で止まったバイクのライダーがヘルメットを脱いだ。降りたライダーはソ連の女性用軍服を着ていた。そのシルエットがなまめかしい。グロズニィグラードの女スパイ、タチアナだった。滝壺を突っ切ってきた彼女の軍服もヘルメットもバイクも、艶《つや》やかに濡れている。ヘルメットから解き放たれた長い金髪が、匂い立つように豊かだ。

髪を下ろしたエヴァが、タチアナと同じソ連軍装で、悪戯《いたずら》っぽく微笑む。

「初めましてスネーク？　私がタチアナ……」

彼を助けてくれたエヴァとタチアナが、正体が明かされて一人になった。

スネークは拾った拳銃を下ろした。見事に化けていた女スパイを前に、気の利いた台詞《せりふ》を並べられなかった。

エヴァがバイクから降りると、ずぶ濡れのバックパックとウェブギアを地面に落とす。

「あなたの装備品よ」

要塞から、スネークの装備を取り戻してきてくれたのだ。危険を冒してここまでしてくれたことに、こころの底から感謝する。

「ずぶ濡れだぞ、エヴァ」

「そういうあなたもね」

エヴァがにっこり笑う。

あの拷問室では、余計な言葉をかわすどころではなかった。それでも、顔を合わせてしまうと、二度と元の関係には戻らないほどに彼らの距離は縮まったようだった。

スネークにとってエヴァは味方だ。エヴァにとってもそうだ。彼らには諜報《ちょうほう》の世界にあって、ひとときだけでも命を預け合える奇妙な信頼関係があった。

原始人のつがいのように、彼らは二人で火をおこす準備をした。道具は現代のものがあるから、心を落ち着ける炎のゆらめきをほどなく見ることができた。

たき火の炎が、彼らの身体を照らす。スネークは上半身裸のままだ。傷だらけのその身体から包帯をほどいて、脇腹の傷口を処置し直した。メディカルキットの消毒薬をふりかけると、うめくほど滲《し》みた。エヴァが見かねて彼の身体を横たえて、傷を縫合してくれた。

濡れた制服を干した彼女は、セクシーな黒の下着姿だ。スネークの身体が興奮して反応しそうになって、胸板を手で叩《たた》かれる。

「……スネーク、少し休んで」

たき火のまわりでは、蛇を棒に刺して焼いていた。滝壺で獲《と》った魚も炙《あぶ》られていい匂いをあげている。

ひどく穏やかな気分で、意識が暗闇に落ちていった。

目を開けると、エヴァが優しく彼を見守っていた。

「どのくらい眠った？」

「一時間くらいよ」

一晩ぐっすり休んだ気分だった。身体に活力が戻っている。スネークイーター作戦の初めての夜も、彼女に見張ってもらってゆっくりと休めた。作戦開始からまだ四日目だという、戦闘時間の長さを改めて振り返る。ほぼ無補給で戦い通しだった。チームでならともかく、単身での四日は集中力の摩耗が心配だった。

体力をつけるため、スネークは肉を食らった。エヴァは彼の食欲に驚きながらも、優しく見守ってくれている。炎をはさんで向かい合い、いつになく穏やかだった。

「どうだ？」

何も食べていない彼女に、串焼《くしや》きの蛇を差し出す。

「私はいい」

「蛇は嫌いか？」

「食べるのはね」

エヴァが彼を意識しているように、大げさにはにかむ。

「KGBでは食べなかったのか？」

「私の訓練は、もっぱらフレンチとか、イタリアンとか……。そっちの方……」

女スパイは山野に潜むより、都市と社交場の陰で真価を発揮する。高級官僚や将校と接触するための、食事マナーと場慣れのほうが重要なのだ。

「どうなんだ？ 自国相手にスパイするというのは？」

「いい気持ちはしないわ。でも、仕事だから」

彼女のKGBと、軍情報部であるGRUの関係は複雑だ。ソ連は建国初期から、労働者《プロレタリア》独裁を掲げた政府が専門家集団である軍との関係に苦慮した国だ。お互いを監視し合うことを宿命づけられている。

「任務でも蛇は食えないか……」

エヴァが、ソ連の話を止める機会を待っていたように大きく笑う。

「あなたなら食べたい」

彼女が、地面に手をついて炎をまわりこんでくる。上半身を近づけてくる。肉感的な胸の谷間がくっきり見えて、どきりとする。

生唾《なまつば》を呑《の》み込んでしまった。

押し黙ってしまった彼を、解きほぐすように彼女が親密な表情になる。

「この任務が終わったら、おいしいディナーをごちそうしてね」

「何がいい？」

「そうね……スシとかどう？」

聞き慣れない名前だったから、思わず聞き返した。

「ニッポンの食べ物。最近流行《はや》ってるみたい。魚を生で食べるそうよ」

彼は、自分の食べていた串《くし》を掲げた。

「生で？　サバイバルな国だな」

一緒に火を囲んだ彼女が、何か言いたげに微笑む。スネークも感情をうまく言葉にできなかった。

目の前に、炎に誘われてやってきた大きな蛾が飛んでいる。重そうな胴体で、羽根をばたつかせて空中をふらつくようだった。それが鼻先まで近づいてきたから、とっさに手が伸びた。

距離感を誤って、手が空を切った。

失ったものの重さが、暗い洞窟の彼らにのしかかった。スネークはもはや昨日までの彼ではない。

「スネーク？」

エヴァが哀しい目ですり寄ってきた。なくした右目を覆う眼帯に触れる。

「スネーク、ありがとう。私、あなたの眼になる」

彼女がそっと、眼帯に口づけした。彼女がスネークの身体にしようとしたどんな接触よりも、心がこもっていた。そして彼女が額に口づけ、唇へと移る。

女スパイの目から涙がこぼれた。

「ありがとう」

彼女の身体が、スネークにもっと深く触れようとした。

「スネーク」

エヴァが彼の手を取り、自身の魅惑的な、だがスパイの任務で傷ついた身体に添える。お互いの責務のために、彼らは傷ついていた。彼の身体は、兵士の任務を果たす武器というだけのものではない。彼女の身体も、スパイの任務の道具だけのものではない。

生身の男を確かめるように、エヴァが彼のまぶたに、額に、頬にキスする。

彼女の熱い息から、スネークは身を引いた。エヴァが傷ついたように頬を強張《こわば》らせる。

そのやるせない空気から逃げるように、彼は背中を向けた。

「気にする事はない」

「大丈夫?」

気遣わしげに彼女から見下ろされていた。

「見えない訳じゃない。片目があれば銃は撃てる」

スネークは自分の手のひらを見た。自分の力でまだ何かをやり遂げられるつもりだった。ずきりと脇腹の、ザ・ボスが仮死薬を撃ち込んでくれた傷口が鈍くうずく。

「そう、よかった」

彼女のいたわりが伝わって、胸にしみた。

もう休息の時間は終わりだった。たき火に水をかけて火を消すと、スネークはエヴァの持ってきてくれた装備で戦闘準備を整える。

「普通の野戦服はなかったのか？」

「捨てられていたの。あんなボロボロになっていたんだから、当たり前でしょう？」

スネークはライダー用のツナギのようであり、宇宙服のようでもある黒い戦闘スーツに袖《そで》を通した。見た目ほど着心地は蒸れることもなく、身体にフィットして快適だ。素晴らしい性能であることはすぐに分かった。

「こんなものをどこで手に入れた？」

「兵器廠《へいきしょう》の科学者が、あなたの通信機を分析するためにオフィスに持ち込んでいたのよ。そこにね。宇宙服の技術から開発されたそうよ」

シギントの通信機はＦＯＸの特別製だ。シャゴホッドを開発するような連中なら、分析したくなっても無理はない。英語だとスニーキングスーツと訳すのだろうこれを身につけて、彼は気づいたことがあった。

「……しかし、ザ・ボスの戦闘服とサイズと色が違うだけだ」

身につけて感じる。最先端の特殊装備なのに、米軍の野戦服用装具が使える仕組みになっていた。ホルスターやベルトも、米軍のものを使っても据わりがいい。

「それとも、ソ連軍の野戦服でもよかった？」

敵地で米軍の野戦服を調達できるはずがない。だが、どこの国の軍服でもない服を着ていると、何かと断ち切られているようで落ちつかなかった。

装備を調えて点検する。銃器やナイフは得体の知れないスーツに合わせても違和感がない。武器と人体との繋《つな》がりは、衣服との関係ほど文化の色を帯びないのだ。

「エヴァ、君が奴等から爆薬を盗んだと聞いたが」

任務の話に切り替えた。

「C3、西側の高性能爆薬だから使い方はわかるわね。シャゴホッドごと兵器廠を爆破できる量はあるわ」

スネークは、彼女の持つ量で、本当にできるのかと疑問になった。

「本当に？」

「ええ。だけどコツがいる」

髪を後ろになでつけて眼鏡をかけ、エヴァはすっかりタチアナになりきっている。彼女が煉瓦《れんが》大のC3爆薬の塊をねじ切ると、スネークの手に半分ほどを押しつけてきた。

「教えてくれ」

彼女が残った爆薬を少しちぎってこねた。粘土のように形がかわるC3で器用に作ったハートマークを見せる。

「どう？　これ？」

そして、女スパイらしく彼を翻弄《ほんろう》する彼女から、苦笑してハート型の爆薬を受け取る。

「シャゴホッドのブースターユニットには液体燃料を使うわ。そのタンクが兵器廠のシャゴホッドの格納庫にあるの」

「そのタンクを爆破する？」

ソコロフが言っていたのと同じ方法だと思い出した。

「そういうこと。液体燃料のタンクは四箇所よ」

スネークはその威力をにわかにイメージできず、ソコロフが言っていたことをよく思い出してみた。ソコロフはあの百五十トンを超えるのではないかというシャゴホッドの巨体を、最大時速五百キロメートルまで加速すると言っていた。そのためのロケット燃料をすべて爆発させるのだ。おそらくグロズニィグラード兵器廠ごと火の海になる。

「あなたならやれるわ」

「格納庫の警備状況は？」

「あなたの潜入を許したせいで、ヴォルギンは近くにアメリカ軍の特殊部隊が他にも潜伏していると思ってる。基地の兵力のうち、ヘリや車両も使って捜索をさせてる」

受け取ったC3爆薬が手に重かった。ソ連の科学者たちは、今日がシャゴホッドの最終テスト日のはずだったから、格納庫での仕事をもう終えているかも知れない。だが、まだ残っているかも知れない。起爆装置を、彼女がスネークに手渡す。

「そうか。で、セットしたら？」

「最初のタイマーを起動したらカウントダウンが始まるわ。ゼロになったら全ての爆薬が連動して爆発する」

「猶予は？」

「十五分」

これが彼らのラストチャンスだ。

「……ソ連の密林《ジャングル》で今こんなことが現実に起こっているとは、普通は誰も思わないだろうな。まるで妄想かＳＦだ」

スネークは、これまで以上に過酷な決戦だからこそ、奇妙な非現実感を覚える。だが、厳しい女スパイが、意外にも話に乗った。

「私たちの現実は、どれも人間が想像したものでしょう？　どんなに最低なものでも、はじまりはそう……」

「もっとリアリストだと思っていた」

「ソ連のシャゴホッドと、アメリカからザ・ボスが奪った歩兵に撃ててしまう核兵器――核無反動砲《デイビークロケツト》と……。たとえば、もしもどちらか一つだけが現実で、どちらかは嘘だって言われたら、何も知らない人はどっちが現実の兵器だと思うかしら」

もしもシャゴホッドが現実にはなかったなら、ツェリノヤルスクに来ることはなかった。だが、彼らを本当に追い詰めたのは、核兵器が使われてしまったことだ。厳重な安全装置もなく個人で核兵器を撃ててしまう核無反動砲《デイビークロケツト》がなかったなら、スネークイーター作戦はこんな展開ではなかった。それでもどちらも現実なのだ。

スネークはC3爆薬をバックパックの一番上に入れた。

「歴史はそんなことの積み重ねだ。それでも、生きるしかない」

そして諜報員《ちょうほう》である彼らは、それ以上空論をこねるのをやめた。エヴァが命を預けるバイクの最後の点検をする。

アメリカの諜報員に戻ったスネークには、確認しておかねばならないことがあった。

「エヴァ、ソコロフからシャゴホッドのデータを受け取ったな？」

「ええ。それが任務だから」

「フルシチョフか？」

エヴァは堂々と返す。

「そうよ。アメリカには必要ないものでしょ」

それはスネークには知らされていない、KGBとアメリカの取引の部分だった。

「もうひとつの任務も忘れてないわ。……あなたのサポート」

エヴァが彼に歩み寄ると、手袋を外した手で頬に触れてくる。間近でかわす視線とともに、何かが通じ合っているように思える。

「あなたはこの洞窟《どうくつ》の奥へ進んで。脱出に使うつもりだったルートよ。突き当たりの梯子を上れば、地下壕《ごう》から兵器廠の南西に出るわ」

心を許してはならないのは分かっていた。だが、この疑いに満ちた場所で、一時的にでも仲間ができた。心強くて、押し殺しきれずよろこびが湧き上がる。

「わかった。……君は？」

「私は脱出ルートを確保する。北に大きな鉄橋があるの。そこに爆薬をセットする。C3を半分もらっていくわ」

彼女も、スネークが任務を果たしさえすれば、これが最後の仕事になる。もうグロズニィグラードに戻る必要はない。

「俺は兵器廠を破壊する。くれぐれも兵器廠《こっち》にはちかづくな」

「わかったわ」

エヴァが示した洞窟の奥は、コンクリートで固められた長いトンネルだ。彼女を、無為に失いたくはなかった。

「それとオセロットに気をつけろ。君の正体を疑っていた」

「大丈夫よ。大佐はまだ私を信じてる。まだやれるわ」

エヴァが魅力的な肢体で艶《なま》めかしく媚《こ》びを含む。スネークが呆《あき》れているのを、彼女が穏やかに見つめる。

「わかってるわ。それじゃ行きましょう」

彼女がバイクにまたがってエンジンをかける。洞窟からバイクで出るつもりのようだった。

「バイクに乗って生まれてきたみたいだな？」

「毎日乗らないと生きていけないの」

彼女が目許《めもと》をやさしくゆるめる。

「風が私を強く打つの。痛いほど。その痛みが偽りの私を癒《いや》してくれる」

エヴァが答えた相手は、彼ではなく、彼女自身の裡《うち》にいる心であるかのようだ。

「自分を騙《だま》しつづけるのは難しいわ。でも、こうしてバイクに乗っている時だけ、本当の自分を解放できる」

バイクを愛《いと》おしむようにそっと触れる。ハンドルを握りしめて前方を見る。

「私がバイクから降りる時は……死ぬ時か、恋をした時……」

そして、彼女がスネークを振り返った。女豹《めひょう》のように強い瞳《ひとみ》を輝かせていた。

「君の名前は？」

「タチアナ」

「いや、本当の君？」

彼女がタチアナに変装するための眼鏡をかける。ライダーがツーリング前にサングラスをかけるように、楽しそうに。

「ターニャは嫌い？」

男の心が揺れたと見抜いて、女スパイがからかうように鼻で笑う。本名を告げずスパイに徹する彼女に、たいした女だと感心するよりなかった。

「ターニャ、見つかるなよ」

そう言ったとき、エヴァの軍服の胸元でシャッター音がした。彼が眉《まゆ》をひそめても、軍服のボタンに触れていた彼女は、悪びれすらしなかった。

「これ？ ボタン式のカメラ」

「どうするつもりだ？」

「保険よ。あなたが裏切らない為の……」

そしてヘルメットをかぶった彼女の表情はもう見えなくなる。

スターターをキックして、バイクが排気煙をあげる。ヘッドランプがまばゆく点灯し、エヴァが見事に大型バイクをその場でターンさせた。

「おいっ？」

呼び止めたスネークに、彼女が振り返る。

「何っ！」

彼は頼もしい相棒に声をかける。

「また濡《ぬ》れるぞ！」

小さくヘルメットが頷《うなず》き、アクセルが開放される。今度は前輪をあげて滝の壁を破り、外へと飛び出していった。

あきれるほど見事なテクニックだった。滝からあがった飛沫《しぶき》が、霧になって排気煙の独特な臭気を清めてゆく。

スネークにも彼の使命を果たすときが訪れた。その事実を噛《か》みしめると、高機能な戦闘スーツに包まれた体が重くなる心地がした。ザ・ボスと決着をつけねばならない。脇腹の引き攣《つ》れが、ザ・ボスが〝家族〟を殺したスネークを救ってくれたことを思い出させる。それでも今度こそ、彼女を殺さねばならないのだ。

――『忠をつくしている』限り、私たちに信じていいものはない。たとえそれが愛した相手でも。

そのとおりだった。ザ・ボスの言葉が、これからの彼の境遇に重なっている。ヴァーチャス・ミッションの通信越しで聞いたときには謎めいていた。だがそれが、今はきっと答えが出ないまま身体の一部になっている。

たとえ一時の慰めでも、任務の行き着く先をエヴァのおかげで忘れられたことを感謝する。

そのエヴァの仕事を最後にするためにも、勝たねばならない。猶予は終わったのだ。

スニーキングスーツの上に装着したウェブギアのポケットに、通信機を入れる。スロートマイクの具合を確かめて、通話ボタンを押してみる。

短いノイズの後、通信が繋《つな》がった。

〈スネーク！　無事か⁉〉

「こちらスネーク。少佐、待たせたな」

通信の向こうで、ＦＯＸの仲間たちがどっと沸いた。通信途絶していた半日近い時間、ゼロ少佐たちはスネークの連絡を待ち続けていたのだ。

「一時囚《とら》われて通信機を奪われていた」

〈大丈夫か、スネーク〉

「エヴァが取り返してくれた。脱出して、これからシャゴホッドの爆破に向かう」

〈わかった。急いでいるようだな。報告は今絶対に必要なもの以外は後からでいい。こちらで力になれることはあるか？〉

少佐は話が早かった。考えてみて、スネークはFOXに尋ねておきたい疑問が一つあるのを思い出した。

「少佐、コブラ部隊にザ・ソローという男は？」

〈ああ、聞いたことがある。ザ・ボスと共に闘った伝説の戦士だ〉

「どういう奴だ？」

〈ザ・ソローは……特殊な能力を持った男だ。当時ソ連で盛んに研究が進められていたESP。中でも霊媒《ミディアン》能力に長《た》けていた……〉

ゼロ少佐が存在して当然のようにオカルト用語を話しはじめたことに驚いた。

「霊媒《ミディアン》？」

〈あの世と交信し、死人を降霊する能力だ。死者と話が出来る。死んだ兵士から戦況を聞いたりできたそうだ〉

「……奴とザ・ボスは……何かあったのか？」

〈私もそこまで詳しくは知らない。シギントが今はCIAのデータの整理に回っていたはずだ〉

無線機のチャンネルが切り替わり、シギントが出た。

〈あいよ。ザ・ソローはとっくに調査済みだ。報告するまでもないと思ったんだがね〉

「どういうことだ？」

〈ザ・ソローは死んでるんだよ。二年前に〉

溺《おぼ》れてたどり着いた川岸に横たわっていた白骨死体は、ザ・ソローだったように思えた。非合理的でも、スネークが喚《よ》ばれたように想像した。バックパックに放り込んだリボルバーはたぶん英雄の遺品だったのだ。

「二年前に死んでいる……」

〈ツェリノヤルスク……あの断崖《だんがい》でね〉

人から聞くと、客観的なぶん事実の苦さが際だつ。

〈ザ・ボスはザ・ソローをその手で殺し任務を遂行した。記録にはそうある〉

溺れて見た走馬《そうま》灯《とう》の通りだった。あの中で、ザ・ボスはどんな表情をしていたろうかと思い出そうとした。

〈大丈夫か？〉

「ああ、大丈夫だ。どうやら俺はまだ死ねないらしい」

〈そりゃあそうだ。全部あんたにかかってる。頼んだぜスネーク〉

シギントに託された。コブラ部隊のあのザ・ソローからも、何かが繋がっている気がした。計り知れないほどの思いと因縁が、今のスネークの肩には乗っているのだ。

「わかってる」

結着は彼がつける。

歴史がかった暗い地下道を、スネークは奥へと進んでゆく。突き当たりに設《しつら》えられていた長い梯子《はしご》を登る。

それは奇妙な縦穴だった。ここまでの地下道も不可解だったが、登り切った先が原始的な坑道のような岩肌に戻ったからだ。湿っぽい横穴を進んでゆく。

そのかすかに凹凸があった固い地面の感覚が、突如平板なものに変わった。足音が湿った木材を踏んだように軽くなった。狭かった通路から、広い地下空間に出たのだ。

スネークはまったく明かりがない地下空間を、フラッシュライトを点灯させて照らし出す。そこには彼が予想していなかった風景が広がっていた。古い工作機械や、木製の台が、ホコリだらけで並ぶ、巨大な作業空間だった。長い机には古びたゴム製のベルトが渡され、ベルトの上には作りかけの砲弾が何十発も並んでいる。ここで工員を何十人も使って、ベルトコンベアで砲弾を製造する流れ作業をさせていたのだ。

「……工場か」

廃棄されて十年以上経っている。それどころか、第一次大戦から第二次大戦の頃使われた107ミリ砲弾に見えた。錆《さ》びた鉄のパイプが転がっている。旋盤に、万力、鉄板に浮かび上がる。地上に古い軍需工場があることと、フラッシュライトの明かりに浮かび上がる。地上にあるグロズニィグラード要塞《ようさい》の中心が兵器廠《へいきしょう》であることと、地下に古い軍需工場があることは、おそらくどこかで繋がりがある。

工具を拭《ふ》くのに使ったのだろう古新聞に、中国語が印刷されていた。ツェリノヤルスクから北西に向かえば、道はカシュガルに至る。おそらくここも闇工場だ。後ろ暗いなどというものではない。ヴァーチャス・ミッションでソコロフと最初に会ったのも闇工場だった。要塞は、あそこから普通の道を車で進めれば一時間ほどの近さなのだ。アフガニスタン国境に近い山奥に大要塞が築かれたことにも、山が地下道だらけなことにも、薄暗い意味がたぶんあった。この地下道のコンクリートや、周辺施設の錆《さび》具合にも理由がある。要塞地下の古すぎる地下工場は、この謎に大きく関わっている。巨大な歴史の闇が、口を開けていた。

だが、スネークの任務はそれを掘り進めることではない。ここは彼にとっては通路だ。ライトの光が床を照らし出す。

ホコリの上に新しい足跡があった。エヴァのブーツではない。足のサイズがもっと大きくて、補強材入りの特殊な靴のものだ。

ごそりと人の動く気配がした。そのとき、スネークは横っ飛びに飛んだ。その勘が彼の命を救った。暗闇が突然凄《すさ》まじい勢いで燃え上がったのだ。爆発するように、鮮やかにオレンジ色の炎があがった。

突然、工場が凄絶《せいぜつ》な火の海になった。その火影に浮かび上がったのは、黒い宇宙服を着た不気味な人間の姿だった。大きめのフェイスプレートに炎が映り込んで、中の人物の顔は見えない。ソ連側の宇宙飛行士だと主張するように、ヘルメットにソ連を表すCCCPの文字があった。

宇宙服の背中にロケットブースターを背負った怪人が、屋内だというのに躊躇《ちゅうちょ》なく炎をまき散らす。スネークはフラッシュライトをポーチにしまうと、スリングで肩にかけていたAK―47の安全装置を外す。

怪人が叫ぶ。

「私はザ・フューリー！　怒りの炎で貴様を焼き殺してやろう！」

スネークは後退しながらAKを撃つ。フルオートの銃声が反響する。

炎を背負った怪人が、その手に握っていたホースのような武器を向けてくる。その先端から、炎がよだれのようにしたたり落ちている。スネークは頑丈そうな工作機械の陰に飛び込んだ。凄まじい勢いで燃える燃料が吹き付けられて、金属の大型旋盤が炎上する。

ザ・フューリーがなぎ払ったベルトコンベアで爆発が起こった。砲弾が暴発したのだ。闇工場は広いとはいえ、火炎放射器を持った怪人が暴れるのに充分なスペースでなどあるはずがない。すでに周囲は焦熱地獄だった。

スネークは黒煙を吸い込まないように息を絞りながら、後退してゆく。かろうじて吸える空気すら、硝煙と燃料の焦げる臭いに汚染される。世界が延焼してゆく。

ザ・フューリーの動きは鈍い。AKの7・62ミリ弾を何発も胴体に当てているはずだった。なのに、倒れない。その特殊戦闘服の耐弾性能が高いのだ。

「私は宇宙からの帰還者。大気圏投入のその時、灼熱《しゃくねつ》の世界を見た。そこで見出《みいだ》したものはなんだと思う」

答える余力などなかった。洞窟《どうくつ》内の気温がほとんど呼吸できるものではなくなっていたのだ。だから、この火の海で全身火傷《やけど》にならずまだ動けているのは、おそらくスネークのスニーキングスーツも宇宙服由来の耐熱性能であるおかげだ。それでも、火炎放射器の炎に直接耐えられるとはとても思えなかった。

兵器の闇工場跡だったここには、砲弾製造用の火薬が残っている可能性があった。引火すれば爆発する。そしてスネークは今、バックパックに大量のC3爆薬を背負っているのだ。C3は化学的安定性が高い。引火しても爆発せず高温で燃えるためいくらかは安全だが、それで爆薬を失えば取り返しが付かない。

スネークは咳《せ》き込む。この闇工場にどの程度の換気能力があるかは不明だが、密閉空間でこんなに景気よく火を焚《た》いたら、スネークは酸欠で死ぬ。

「あるのは怒りだ。生きる事への憤怒《フューリー》だ」

爆炎さながらの勢いの炎の向こうから、くぐもった声がする。ザ・フューリーは吸気できる空気ボンベも装備している。

工作機械を盾にして火炎放射器の射程の外に逃れる。スネークは撃ち尽くした弾倉を交換し、冷静に急所へ射撃を撃ち込む。痛みすら感じないかのように、ザ・フューリーは迫ってくる。

その頭に、スネークは冷静に銃弾を叩《たた》き込む。「撃て《ビューィ》」とロシア語で記されたフェイスプレートが弾丸を弾《はじ》いた。突然、怪人の背中で炎が勢いを増した。そして、不気味に黒い宇宙服が宙に浮かぶ。背負っていたロケットブースターに点火したのだ。天井が三メートルに満たない閉所では、そのコントロールは神業だった。

「おまえにもあの灼熱のブラックアウトを感じさせてやろう！」

叫び声とともに、身体ごと黒い砲弾のように空中を突っ込んでくる。人間にどうこうできる速度ではなかった。歴史を焼き払うように、工場の腐った机や書類を燃やしながら突進してくる。炎の勢いで舞い上がった書類が、吹雪のように風に揉《も》まれた。スネークはその嵐の中を、身を低くして走るしかない。

科学が炎を高度に克服したことの実例がザ・フューリーだ。

スネークは力強く手ではたいて、わずかにかぶってしまった燃料に引火した火を消す。そして、まだ燃えていない床から、膝射《しっしゃ》でザ・フューリーが背負ったボンベを撃った。二発三発と吸い込まれたライフル弾が、ついに金属のボンベに穴を開ける。と同時に、凄まじい爆発を起こして背後からザ・フューリーを吹っ飛ばした。酸素を供給された炎が、猛火になって怪人に襲いかかる。

火だるまになった怪人が、うつぶせに倒れる。起き上がろうとするその背中に、スネークは更に容赦のない射撃を加える。

燃料容器から漏れた燃料を全身に浴びて、もはやザ・フューリーは動く松明《たいまつ》さながらだ。それでも全身を焼かれながら立ち上がる。

スネークは目が痛くてまともに開けられない熱気の中、口を腕で押さえて後退する。

もう戦闘力は奪ったはずだった。怪人が背中に背負ったロケットブースターのタンクは火炎放射器にも繋《つな》がっていた。そして、燃料を噴射するための圧搾空気タンクも無惨に吹っ飛んでいる。

コブラ部隊の英雄にも、それが分かっている様子だった。もうザ・フューリーは火炎放射器の発射機部を手に持たなかった。

なのに、それでもスネークへ向かって、生きた松明のようになりながら歩いてくる。

スネークはそのとき初めて敵の顔を見た。焼けただれて皮膚を失って、人種すら分からない有様になっていた。

「……ザ・フューリー」

煤《すす》だらけの空気に咳き込みながら、思わずつぶやく。彼も多くの傷を見てきた。どれほどの外傷を受ければ人間が動けなくなるか感覚で分かる。この男は最初から、まともに動けるコンディションではなかった。その苦肉の策のロケットブースターだ。

「おれにとって宇宙は漆黒《ブラック》だったが、ザ・ボスには美しい青だった……。どうしようもない怒り。それを抱えて……何に忠を尽くす？」

ザ・フューリーが、穴だらけの防護服から大量の血を流している。スネークは英雄に銃撃することを忘れていた。内側が血まみれになったフェイスプレートが、スネークのほうを向いた。

「ザ・ボス……これが、おれがコブラ部隊の身体につける最後の爆薬。おれたちは……ボスがいたから怪物にならなかった。あなただけは……生き延びてください」

そして、宇宙服の大きなヘルメットを外した怪人が、毛も皮膚も失ったピンク色の顔でにやりと笑う。

「スネーク……。おれはコブラ部隊で爆薬の専門家だった……」

宇宙服のグローブがスイッチを握っていた。

スネークは執念と怒りの英雄の最期を見ずに背中を向けた。すでに火の海になっている闇工場を、何も考えず全力で走った。腕で顔だけを守って炎の壁を突っ切る。足を踏む場所すべてが燃えている。この先がどうなっているかなど分からなかった。それでも進む方向は工場の奥だった。洞窟がザ・フューリーの自爆で崩落したら、この抜け道の先へ進めなくなる。

最初の爆発は、スネークが砲弾のベルトコンベアの脇を走り抜けた直後だった。爆風が背後から身体を強烈に煽《あお》った。熱風で身体がかすかに浮く。工場の機械に手を突いて咄嗟《とっさ》に倒れないよう支え、引っかかりそうになったAKは未練なく捨てた。天井まで届く炎のカーテンを、後はもう息を止めて突き抜ける。

カーテンや紙や木箱、ゴムや薬品、あらゆるものが砕け散り、燃え落ちて灰になってゆく。二発目、三発目の爆発が、洞窟どころか山を崩さんばかりに炸裂《さくれつ》する。聞こえるはずもないザ・フューリーの声が、耳に届いた気がした。

「管制塔聞こえるか!! 還《かえ》ってきた!!」

炎上する闇工場を、爆薬を背負ったまま祈る思いで逃げる。

そして酸欠で倒れそうになりながら、ついに古びた金属の扉に突き当たった。スネークが重量のある防火扉を渾身《こんしん》の力で開くと、熱気で膨張した大気が、一気に逃げ場を求めて外へと噴出した。そして、酸素不足で抑えられていた火勢が爆発的に膨らむ。

スネークは本能の命じるまま、地面に身を投げ出した。そのすぐ後ろから、爆炎が洪水のように止めどなくあふれ出た。洞窟の天井が軋《きし》んで、小さな石がぱらぱら転がり落ちてきた。そして、立つこともできないような猛烈な縦揺れが起こった。

床が波打ち、その上のスネークの身体が弾む。山が震えていた。間違いなく地上でも、地震になって伝わっている規模の爆発だった。

息も絶え絶えで、黒煙の臭いはしてもまだ吸える空気を肺に入れる。何度も咳き込む。そして、呻《うめ》きながら立ち上がった。熱気と燃料の臭気から解放されて、ようやく大きく呼吸できた。顔の汗を袖《そで》でぬぐい、頭に降ってきた土埃《つちぼこり》を払う。

振り返ると、闇工場跡の内部はもはや焼き窯《がま》の中さながらだった。黒煙が勢いよく噴き出していた。スネークは爆発で歪《ゆが》んだ熱い鉄のドアを閉める。

そして、バックパックに引火していないことだけを確認すると、休む時間も惜しんで前へと進み始めた。時間との勝負だった。

再び通路がコンクリートで固められた地下道になった。ただ、いくつか繋がっていた支道が、誰も通れないほど崩落していた。ザ・フューリーの爆破に、スネークを自爆に巻き込む以外の目的があったかと疑うほど見事な手並みだった。

そう見方を変えて観察すると、破壊は天井を決定的に崩落させることなく制御されている。灼熱の怒りに灼《や》かれながら、英雄は何らかの任務を果たしたのだ。そして、歴史の闇を戦い抜いたコブラ部隊の向こうにはいつもザ・ボスの姿がある。

＊

デヴィッド・オゥの耳に、声が届いた。

「あなたは、どうして私を助けた？」

一九六四年の春、デヴィッド・オゥ少佐は、ザ・ボスとともにFOX本部となる建物の視察に向かっていた。第二次大戦の地獄を経験して、もっとコンパクトなかたちで戦争目的を果たせないかと、彼とザ・ボスが語り合った隠密特殊部隊が、現実になろうとしていた。徒歩を選んだのは話をするためだ。盗聴を避けるため、歩きながら情報交換するのは、諜報《ちょうほう》の伝統的な技法だった。

「大戦で、君は功労者だった。ＯＳＳ《戦略情報局》からは、コブラ部隊に言いたいことはあったろうが、それでも彼らはやり過ぎた」

「コブラ部隊が疑われたのも、ＣＩＡにそれが引き継がれたのも、理由のある話よ。……それでも公聴会では世話になったわ。あなたが、私の潔白をあれほど強く主張してくれるとは思わなかった」

十年以上も前のことだ。大戦が終わって、アメリカは共産主義の伸張の脅威にさらされた。共産主義勢力の世界的な拡大、東欧諸国や中国共産党による共産主義政権の相次ぐ成立、そして冷戦の開始。その緊張から、アメリカは共産党員や同調者《シンパ》を排除し始めた。この赤狩りで危機に遭った一人がザ・ボスだった。当時からの友人だったデヴィッドは、大戦のとき彼女が潔白だったことを強硬に主張したのだ。

「客観的に、彼らの持ってくる証拠はでたらめばかりだった」

第二次大戦のドイツ降伏後、ソ連がポーランドを占領した問題で、コブラ部隊が疑われたのだ。ソ連のスパイでもあったザ・ソローに、ザ・ボスが情報を流した容疑だ。捕らえられた元ナチス将校たちのあやふやな証言の他、証拠は何もなかった。

彼女が苦笑する。彼は、尾行や監視が周囲にいないことを確認しながら尋ねる。

「ＣＩＡでいいのか？　彼らの組織は巨大化している。君が任務で実績をあげることで彼らが受けるデメリットは膨らんでいる。国防上ではなく、組織内部の問題だ」

「そうね。彼らにとって私は疑わしいうえに邪魔な存在。そのうえ軍は、独自に必要な情報を求め続けている」

アイゼンハワー大統領時代には、CIAの頭を越す任務が多く発令された。宇宙開発にまつわる諜報を大統領が直々にザ・ボスに命じたのだ。そして、CIAに失敗が続いた六〇年代初頭、DIA《国防情報局》の設立とザ・ボスへの長官就任の打診が伝えられる。ザ・ボスが独自の諜報機関を足場に持つことは、CIAにとって絶対に我慢がならないことだった。そして、ついにザ・ボス失脚の陰謀がくわだてられる。国防総省《ペンタゴン》と彼女の接近をそれほどおそれたのだ。

そして、彼女が地下へ潜ることを余儀なくされたことで、FOXはCIAの麾下《きか》で設立された。

「だが、どうして君は反撃しなかったんだ？」

「組織を疑惑で内部から崩すのは、諜報の常套《じょうとう》手段だ。私に向けられた謀略には、東側の工作も混じっていた」

ザ・ボスの情勢判断は、彼女自身を解剖できるほど冷徹で正確だ。終戦から二十年近くも報われない献身を続けてなお、彼女はこう言える。どんな人間がこのように生きることに耐えられるのだろうかと震えた。

彼女の感情はうかがえない。

「NSAの暗号解読員が二名、四年前にソ連に亡命している。私に、在米中CIAのほうから情報が伝わることはなかったがな。その後は、ソ連で諜報任務に従事しているらしい。暗号名はADAM《アダム》とEVA《エヴァ》だそうだ」

彼女はそれを知っていた。情報を摑《つか》んだうえで、知らせが来ない理由を斟酌《しんしゃく》して、ソ連側の罠《わな》に引っかからず待ち続けたのだ。ゼロは彼女がそら恐ろしい。

彼女が立ち止まった。

「もう一度聞く。どうして私を助けた？」

その問いに、心臓を握られた気分がした。暗闘を生き抜いてきた強靭《きょうじん》な魂が、軋む音を聞いたようだったからだ。

「一九四四年の秋、フランスに空路でやってきたとき、おまえは空港で赤ん坊を抱いた軍人とすれ違っているな」

ザ・ボスが、表情のない顔で彼を凝視していた。どんな些細《ささい》な嘘も見破られると確信した。

震えながらようやく微《かす》かに頷《うなず》いた。こめかみから汗が垂れ落ちていた。

彼女はやはり何も言わなかった。あらゆる痛みを、怒りを、恐怖を、克服できるとばかりに、首を強張《こわば》らせて目を閉じていた。

彼女に責められなかったからこそ、彼は心から恥じた。

連合軍のノルマンディ上陸作戦が成功に終わり、大戦も来年早々には終わるだろうと構えられていた秋の夜だった。デヴィッドを運んで着陸した深夜の軍用機は、なぜか泣き叫ぶ赤ん坊を折り返しで連れ去った。その赤ん坊の正体を直感的に察していた。だから見逃した。彼女には輝かしい未来があると思っていた。アイゼンハワー司令官の腹心として、戦後も陸軍や政治の世界で、彼女がやるべき仕事はいくらでもあった。けれど、ボスは家族を見捨てなかった。だから、赤狩りのとき、デヴィッドは彼女を守る証言台に立ち続けた。彼は罪を犯した。

「……そうだ。私は、あの子が、いつか君の最大のスキャンダルになると思った」

告悔にもなっていなかった。あのときの男の子、小さなアダムスカはもうすぐ二十歳になるはずだ。赤狩りから彼女を守ろうとしたのは、結局罪を償いたかったのだ。許されることなど望むべくもない。彼女は、だからゼロをコブラ部隊に近づけなかった。だが、これから真に彼女の仲間として働くなら、謝罪が必要だった。

デヴィッドはＦＯＸ本部のソファで目を覚ました。喉《のど》がからからに渇いていて、咳《せ》き込んだ。テーブルに置かれていた水差しから、コップ一杯の水で喉をうるおして、ようやく人間に戻った気がした。多くの作戦関係者が、スネークイーター作戦が始まってから過去にうなされているはずだった。

作戦開始から、彼はほとんど寝ていない。パラメディックから毎朝メディカルチェックを受けているが、あと二日も続けば、年齢的に体力の衰えが隠せない彼にはおそらくドクターストップがかかる。

それまでに決着をつけたかった。だが、決着が意味するものを思うと、胸は引き裂かれる。

「ここにいたのか、少佐。CIAの関連資料からこんなものが出てきた」

大柄な禿頭《はげあたま》の黒人男性、シギントが部屋に入ってきた。ソファの前のロウテーブルに書類を置く。シギントの仕事は早く正確だ。

デヴィッド・オゥ、ゼロ少佐は、書類を確認する。ソ連の宇宙機事故の情報だ。事故機の搭乗者の名前は、コブラ部隊にいた、アフリカ系アメリカ人の爆弾の専門家のものだった。その男は、宇宙に行くことが夢で、共産主義国家には人種差別がないという宣伝《プロパガンダ》に騙《だま》されて終戦後ソ連に亡命した。ソ連なら黒色人種でも宇宙飛行士になれると信じたのだ。

「事故がなければ、彼は、ソ連による人類史上初の黒人宇宙飛行士になっていたな」

ゼロは、空中で炎上して煙を噴き上げる帰還機の写真をにらむ。

黒人のシギントは別のところが気になるようだった。

「だけど、事故は秘匿された。くそったれ。失敗したからだ」

「そうだな」

シギントが、再びCIAが開示した資料を漁《あさ》るため、部屋を出て行く。ゼロはソファから立ち上がれない。

コブラ部隊はザ・ボスの部下であり、戦場で結ばれた〝家族〟だ。ゼロは、尊敬するザ・ボスの〝家族〟になることがなかった。

息子のような年のジャックのことが、羨《うらや》ましかった。ザ・ボスに、愛《まな》弟子に会いたいと持ちかけたのはゼロのほうからなのだ。

ヴァーチャス・ミッションの後、スネークが、ザ・ボスから家族ではないと言われたと聞いて、この男を何としても助けようと思った。スネークとともに生きのびたかった。だから、ゼロは彼らの命運と世界を託した。ザ・ボスに裏切られたばかりのコンディションから判断すれば、別の兵士を選ぶべきだったかも知れない。スネークイーター作戦前夜、病室のスネークは傷ついた青二才に過ぎなかった。だが、それでもザ・ボスが見出《みいだ》して十年間も磨いた才能と、スネークの見せる可能性を信じた。

そして、今やその成長に期待して止まない。

「スネーク……頼む」

ゼロは祈るように、苦しい声を絞り出していた。

スネーク以外の手だてが潰《つい》えるにつれて、ＣＩＡ本部《ラングレー》から、作戦指揮権の委譲を求める突き上げは激しくなりつつある。だが、ゼロ少佐の命の懸けどきは今だった。

＊

ほどなくスネークは長い梯子《はしご》に行き着いた。地下の抜け道の多さは、要塞《ようさい》の建造がヴォルギンの掌握しきれなかった複雑な政治の下で行われたことを示唆《しさ》している。あの男が知っていれば看過するはずがない。

　この梯子の先でも、ザ・フューリーの自爆は察知されているはずだった。だが、ルートを変えて山を登り直すのでは、シャゴホッドの破壊に間に合うはずがない。スネークは意を決して梯子を登りはじめる。

　グロズニィグラード大要塞の地下を、完全に把握している人間などいるのだろうかと、ふと疑問に思った。KGBのスパイであるエヴァが、ヴォルギンすら知らない抜け道を把握していること自体が異常だった。だが、それならばエヴァにも隠されている地下の秘密も間違いなく存在する。

　グロズニィグラードには、ヴォルギンも掌握しきれない力が渦巻いている。それはソコロフも言っていた『賢者の遺産』がすぐ側まで近づいた証拠なのかも知れなかった。巨大な力が本物だから、その周辺で制度を運営している人間たちが、せっせと抜け穴を造ることに邁進《まいしん》しているのだ。

　梯子の突き当たりは、またマンホールだった。蓋《ふた》を押し開けるとグロズニィグラード西棟に近い戦車だまりだった。

　警備の目が届いていない隙に、身体を引き出して外に転がり出る。最初は夜で、次は収容所から脱出した早朝で、今回は昼だった。見通しはおそろしいほどにいい。

　だが、これまでで一番プレッシャーは感じなかった。すぐそばのコンテナに身を隠した直後、装甲車がバックしてきて停車した。スネークの辿《たど》ってきたマンホールが塞《ふさ》がれた。だが、過密状態の施設ではそうなるものなのだろうと受け入れられた。

三度目だったからだ。兵士の動きがよく見えた。右目を失っても、死角で行われているだろう警備の癖と呼吸が感覚で掴めてきた。地形に慣れたのだ。

スニーキングスーツは、物陰に潜みやすい色にまとめられている。何より驚くほど音が立たない。ザ・ボスが開発に関わっているのは間違いなかった。だからこそスーツのサイズがスネークにぴったり合っていることに複雑な思いがした。

警戒は密度が濃く、スペツナズも山猫部隊も緊張した動きを見せている。ザ・フューリーの自爆が、地上からは破壊工作だと疑われているのだ。爆破で地盤が弛《ゆる》んで西棟が崩落した様子だった。渡り廊下が封鎖されて、西棟から土煙が上がっていた。軍の消防士が消火にあたっていて、警戒は乱れていない。よく統制された自軍に兵士たちは心強さすら感じている様子だ。だが、左目だけでもスネークには隙間が見える。聞かせたい相手の耳だけに届かせる強さで車両を叩《たた》いて、小さな物音を立て注意を引き付ける。たったそれだけで、兵士の注意は誘導されてしまう。それだけで警備の兵士の連携の隙間は、彼が潜り込める大きさまで広がる。

少しずつ隻眼での戦いに順応しつつあった。スネークの味方は恐怖と本能だ。命が惜しいから、人間は神経を尖《とが》らせる。だが、だからこそ戦場で見るべきもの聞くべきものだけに感覚を集中できない。

厳しい戦いで地を這《は》いずって積み重ねてきた隠れ進む技術が、今、完成に近づきつつあった。そして、スネークはすでに必要な情報を手に入れて、目的へとシンプルに行動するだけなのだ。

最初の潜入では随分苦心した兵器廠《へいきしよう》まで、余裕を持ってたどり着いてしまった。スロートマイクに手を当て、スネークは通信で報告する。

「少佐、兵器廠東棟の入口が見えるところまでたどり着いた。入口に二人歩哨《ほしよう》が立っている。だが、奇妙だ。……失敗する気がしない。俺のメンタルがおかしいと思うか」

〈おかしくはないさ。スネーク、君ならできる。いや、君に無理なら誰でも無理だ〉

ゼロ少佐が、彼の躁《そう》状態が伝染したように軽く請け負う。そして、一転して、年上の友人が真剣に言った。

〈必ず任務を達成してくれ。君なしのFOXを考えられない〉

ザ・ボスのことかと尋ねた。少佐は、そうだと答えた。ザ・ボスの友人でもあった彼の返答には、一切のぶれも泣き言もない。アメリカにとってこの任務の中心は、あくまで偽装亡命の可能性を排除するためにザ・ボスを暗殺することなのだ。

〈だが、今はシャゴホッドの破壊に集中してくれ〉

無線を切った。

本棟に乗り込むため、装甲車の陰から、東棟の警備状況を観察する。以前は、警備側が要塞の防御を過信して、建物入口前に歩哨が立っていないタイミングが存在した。今は車止めを利用して簡易な検問を設置し、二人の担当兵士が人の出入りをチェックしていた。

だが、本棟側のほうは巨大な格納庫扉を開け放しにせざるを得ない状態だ。化学兵器防護服の兵士が整然と列を組んで西棟方面へ向かっている。防護服の厳重さから見て、機密区画である西棟には放射性物質も保管されていたのかもしれない。

スネークは一台のトラックがエンジンをかけた音を聞いた。要塞内では、西棟の崩落事故で警備にひずみが発生している。西棟周辺には多くの兵士が集まって過密を極めていた。本棟警備は本棟正面の監視塔が中心だが、西棟の出入りの多さで混乱して、兵士の配置や動きがスムーズさを失っている。

スネークは発車間近のトラックに接近してゆく。車両が本棟に入ってくれるなら、車に潜り込んでおけば一緒に運び入れてもらえる。だが、車体の下に張り付くには、背負ったバックパックの厚みが邪魔だった。荷台の中に潜むならバックパックを持ち込めるが、車両が間違いなく検査される現況では成功の望みが薄い。

任務のために極限まで切り捨てると決めた。物陰に一度隠れてバックパックを下ろす。手早く四個に千切っておいたC3爆薬だけを引っつかむ。腰のポーチ類にも爆薬と起爆装置を詰めると、バックパックはそのまま装甲車の下に押し込む。それでも足りずに左手に煉瓦《れんが》状のC3爆薬の塊をわしづかみにする。

もはやバックパックの回収は不可能だ。咄嗟《とっさ》に銃を抜くことすらできない。サプレッサーと予備弾倉も諦《あきら》めた。爆薬の他にはホルスターにおさめた拳銃《けんじゅう》とナイフだけだ。精神は賭《か》けの昂揚《こうよう》と後戻りのきかない恐怖の間で引き裂かれそうだった。生存に必要な装備をすべて失っていた。メディカルキットや食料どころか、ジャングルや山岳で生き残るため絶対に手放してはならない水筒すらない。身体にはもう任務に直結するものだけだ。

身軽になったスネークは、ミラーに映らないよう慎重に大型トラックの車体の後部に忍び寄る。荷台の中を確認すると、積み荷は大量の電線と燃料だった。その用途を察して、迷わず車体の下に滑り込む。軍人としてすべてを切り詰め、同時にひとりの兵士として生き残るために投資している、極限の充実感があった。

そして、車体の下のスネークに気づかぬまま、土埃《つちぼこり》まみれのブーツを履いた兵士がやって来た。積み荷のチェックを始めて、運転手に報告する。共産主義社会らしい、ほとんど儀礼ばった律儀さで受領書類がその場で書かれる。スネークは隙を見計らってそっと車体の特徴的なシャーシにしがみつく。

頑丈な軍用トラックの八輪もあるタイヤはまったく沈まなかった。九メートル近くもある車体が動きはじめる。トラックが兵器廠へと徐行で向かってゆく。積み荷の危険な可燃物を、崩落中の西棟へ持ってゆくはずがない。そして、この急場で電線を運ぶケースを一つしか思いつかない。発電機を動かすためだ。東棟二階には電算機室があった。あの爆発と崩落で電算機用の電源なり電線が損傷した場合、シャゴホッド最終試験に支障が出る可能性がある。電線と燃料が、発電機を置いてある電算機室まで電源供給するためのものなら、設置場所は広大なスペースがあって東棟に近い本棟格納庫だ。

トラックがバックで本棟格納庫に入ってゆく。八輪トラックの底に貼り付いたまま、周囲にいる兵士の人数を数える。

積み荷を降ろすために、兵士が一人、メンテナンスクルーが二人近寄ってきた。シャゴホッドがあるらしい奥には、軍靴から判断できるだけで四人兵士がいた。荷物が下ろされればトラックは本棟格納庫を出てしまう。スネークはシャーシに懸垂していた手を離し、身を隠せる場所を仰向《あおむ》けのまま探す。爆破対象であるロケットブースター用の燃料タンクが、すぐそばに一つあった。あたりの気配を探りながら苦心して車体前部まで移動する。MAZ−535トラックは、八輪の最前の車軸から車体最前端まで二メートル近くも離れた構造をしている。運転席から完全に死角になるその真下で、スネークは体を丸めて膝《ひざ》立ちになった。

金属製の保管タンクの陰まで、そこから息を潜めて移動する。少しでも音を立てればそれで終わりだった。煉瓦状のC３爆薬を成型し、起爆装置をつけてからタンクの底に仕掛ける。一個目の爆弾のタイマーが動きはじめる。連動してすべての起爆装置がカウントダウンを開始する。残り十五分で仕事を済ませなければならない。

トラックは荷物を下ろし終えるとすぐに出て行った。もう一度、格納庫の巨大な金属扉が大きな音を響かせて閉じられる。

メンテナンスクルーはその場に残って、大型の発電機の周囲で作業をする。

スネークは、そのクルーたちを迂回《うかい》して、鉄板が張られて足音が立ちやすい床を慎重に移動する。ロケット燃料の保管タンクは、〝それ〟のそばに配置されていた。

歴史を歪《ゆが》めようとしているものが眼前にあった。それを見上げて一瞬足を止めてしまった。ヴァーチャス・ミッションの終わりに出会った怪物のもとに、スネークはついにたどり着いたのだ。

シャゴホッドは、間近に見ても戦車と呼ぶには異形だった。全長が二十メートル以上もある。高さは八メートルを超えていた。全幅も約六メートル半もあった。サイズが同時期の普通の主力戦車の十倍以上もある巨獣だ。

主砲の砲塔はない。砲塔のかわりに車両の一番上にはレドームらしい球体が設置されていた。車長用だろうハッチのすぐそばに、12・7ミリ機銃が据え付けられている。12・7ミリ機銃は、車体の前面底部にも備え付けられていた。

履帯《りたい》と履帯を保護する装甲があまりにも大きすぎて、地面から車体底面まで二メートル以上もの高さがある。

だが、もっとも特徴的なものは、車体が担ぐように右上部に設置したミサイルだった。長さは十六メートルを超え、直径が一・八メートルほどもある。おそらくIRBMだ。核弾頭が搭載されているかは分からない。だが、凄《すご》みがあった。これの最終試験とは、射程一万キロメートルのIRBMを本当に射撃してみることかも知れないとすら感じさせる、実用を期して作り上げたものが持つ緊迫感があった。

近づくと、あまりにも戦車の常識からはかけ離れていた。

随所に重量を減らすデザイン的な工夫は見られるが、それでも全重量は二百トンと言われても驚かない。

スネークは燃料タンクにC3爆薬を仕掛けてゆく。彼は、世界のためではなくCIAの任務でやって来た、ただの諜報員《ちょうほう》だ。だが、シャゴホッドが量産されて核戦争が始まる歴史を見るのはご免だった。

爆弾を三つ仕掛けたところで、起爆前に報告しようと無線機を取り出す。彼の周波数に電波が入ってきていた。通話ボタンを押すと、臨時の相棒からだった。

〈スネーク？〉

「エヴァか」

〈私の方は鉄橋への爆弾セットが終わったわ。ここを落とせば、敵は追って来られない。少なくとも時間稼ぎはできるはずよ。脱出ルートも確保した。そっちは？〉

「今、三つ目が終わったところだ。あともう少しかかる」

〈そう、じゃあ。鉄橋で待ってるわ〉

任務が一つ片付く。シャゴホッドの量産という悪夢は葬ることが出来る。気を抜かず、四つめの燃料タンクに接近した。

C3爆薬に最後の起爆装置をセットして、スイッチをオンにする。タイマーのカウントダウンはすでに残り十分まで進んでいた。そして、スネークはポーチに残っていたハート型のC3の塊を取り出す。ふと思い立って、プラスチック爆弾を粘土のようにこねた。さっと作ったわりにはよくできた蛾のかたちの爆弾を、左目へと近づけてゆく。たき火のそばで蛾は捕まえ損ねたが、この任務は片目でもやり遂げてみせる。

「今度は逃がさない」

逆襲だった。蛾を摑《つか》んで握り潰《つぶ》す。そして、C3爆薬の上に押しつけた。

無線でFOX本部に連絡する。

「少佐、C3のセットを完了した。今から脱出する」

〈脱出ルートはエヴァしか知らないのか？〉

「そうだ」

〈大丈夫か？〉

「彼女なら大丈夫だろう」

格納庫の出口そばから、広いその空間を一望できた。これで二度と見ることはないと思えば、シャゴホッドの威容も感慨深かった。

そして、建家を出るチャンスをうかがっていたスネークは、まさに正面出口が大きな音を立てて開くのを見た。

「スネーク!!」

叫んだその男の声を、よく知っていた。

だが、スネークの目を引き付けたのは、男の足下に倒れていた女だった。長い金髪を乱したエヴァだ。別れたときと同じタチアナの制服姿だった。眼鏡はかけていない。眠るように目を閉じていた。

顔に火傷《やけど》の痕《あと》を走らせ、ヴォルギン大佐がそこに立ちはだかっていた。身の丈二メートルを超える大佐の横には、オセロットもいた。

スネークは遮蔽《しゃへい》から飛び出すと、銃を構えて大佐の頭をポイントした。姿をさらすことになっても、基地のトップをおさえる以外に退路がなかった。

その、スニーキングを諦《あきら》めたスネークの真横から、ぬっと腕が伸びてきた。スネークは咄嗟《とっさ》に手を払う。だが、その動きもすでに予想されていて体の外側に回り込まれた。

ザ・ボスだった。反応しようとしたが、もはやすべてが遅い。完璧《かんぺき》なタイミングで投げられて床に打ち付けられた。

スネークはうめく。

彼の前に立ちはだかるたび、ザ・ボスという壁はその高さを増すようだった。

「どうして戻ってきた？」

カチャリと音がした。立ち上がる前に、オセロット少佐のリボルバーがスネークの頭部に突きつけられていた。

悔しさは、そのときようやく押し寄せてきた。あっという間の逆転だった。これでゲームセットだった。

スネークを、オセロットが手早く武装解除した。床に両手を突かせられた彼を前にして、大佐が見せつけるようにエヴァの体のそばに立つ。

「この女、地下金庫をうろついていた」

大佐を見るには、這《は》い蹲《つくば》ったまま見上げねばならなかった。拘束されていないのに屈辱的な姿勢を取るしかないスネークを、ヴォルギンが満足そうに見下ろしている。

「捕らえてみると、おもしろいものを隠し持っていた」

自慢げに見せびらかしてきたのは、親指の爪ほどの大きさのマイクロフィルムだ。

「『賢者の遺産』だ」

グラーニンやソコロフの口から語られていたものの、実物がここにあった。エヴァはスネークにも秘密で、鉄橋にいると嘘をついてまで、これをグロズニィグラードの隠された地下金庫まで奪いに行っていたのだ。

「このマイクロフィルムに『遺産』の全てが収められている。このフィルムがまさに『賢者の遺産』そのものなのだ」

ヴォルギンの言葉に付けかえて、そばにいたオセロットが、見せつけるようにエヴァの髪の匂いをかぐ。

「臭いだ。あのとき、臭いでわかった」

減らず口をたたこうとしたスネークを、オセロットが制する。

「いや、香水ではない」

鼻を鳴らす。自慢げにスネークに種明かしをした。

「ガソリンの臭いだ。バイク用のな。女にガソリンの臭いが染みついていた」

「タチアナ《この女》がスパイだったとは……」

ヴォルギンが今、本当に確信を得たようだった。一足早く見破っていたオセロットとの間にある微妙な情報伝達のズレは、敵の団結のわずかな揺らぎだ。

そして、エヴァの顔を、肢体を嘗《な》めるように見る。軍服の胸ボタンが外れて、白い肌と鎖骨が覗《のぞ》いている。意識のない女の体には、独特のなまめかしさがあった。

「なかなかいい女だった」

ヴォルギンが、記憶の中の女を嬲《なぶ》るように、下品に唇を歪めた。

「殺すには惜しい……」

大佐が思い出し笑いする。

「何でも言うことを聞いたな」

怒りを沸き立たせるスネークを、ヴォルギンが嘲笑《あざわら》って楽しんでいた。聞くに堪えない遊びの内容を、彼を煽《あお》るように聞かせてゆく。エヴァの体の傷跡の理由が、軍隊ならではの凶暴な冗談交じりで披露される。

「私の言いなりだった」

そしてヴォルギンが、エヴァの肚《はら》をつま先で思い切り蹴《け》った。

呻《うめ》き、息を詰まらせて、彼女が反射で体を折る。

「そうだなっ！」

苦痛の悲鳴をあげて、エヴァが目を開く。意識を取り戻したのだ。

ヴォルギンが、人間扱いしてこなかった女スパイをなおも蹴る。

腕をついて痛みをエヴァが噛《か》みしめていた。同じく這い蹲らされたスネークの目には、
彼女の手が口紅型拳銃《けんじゅう》を握り込んだのが見えた。

彼女が、赤い口紅を引いた唇で、声にならないうめきを大佐へと送る。

「なんだ？　いいたいことでもあるのか？」

子猫がじゃれつくのを愛《いと》おしむように、大佐がエヴァの顔へとかがみ込む。

「ファック・ユー……」

エヴァが歯を食いしばって口紅型拳銃をヴォルギンの右目へと向ける。予想済みだったように、ヴォルギンがその細い腕をわしづかみにした。腕力で、ぎりぎりとエヴァの腕がねじりあげられる。

そして、怒りに顔を赤黒くしたヴォルギンの大きな手が、口紅型拳銃を握ったエヴァの右手をその上から握り込む。電流が流されてエヴァが体を痙攣《けいれん》させる。それと同時に、エヴァの右手の中で甲高い破裂音がした。

彼女の白い右手からつっと、血が一筋滴る。彼女は右手の中で、口紅型拳銃を暴発させられたのだ。

エヴァが顔を蒼白《そうはく》にして目を見開く。本気の悲鳴が、彼女の口から漏れた。

ヴォルギンが彼女の腕を放す。傷ついて自失状態の女の腹に、もう一度蹴りをくれた。彼女が腹を押さえて転げ回る。

「この淫売《いんばい》がっ！　貴様のキス《キス・オブ・デス》はもういらぬわ」

押し殺した苦悶《くもん》の声が、エヴァの唇から漏れる。咳《せき》と一緒に、よだれが一筋垂れ落ちていた。

ヴォルギンの興味は再びスネークへと移った。石ころでもよけるように、うずくまる彼女を大股《おおまた》でまたぎ越してきた。

「気づくべきだった。ソコロフは愛人を囲うような大物ではない。手の込んだ色仕掛けとはKGBの連中のやりそうなことだ」

スネークは、屈辱と無力感をこらえて、勝ち誇る男に疑問をぶつける。

「『賢者の遺産』とはなんだ？」

このままではスネークたちは無為に死ぬ。だが、犬死にだけは避けねばならなかった。どうせ殺されるなら、あと十分間粘れば、C3爆薬でシャゴホッドごとあらゆるものが吹き飛ばされる。

「よかろう。殺す前に教えてやる」

ヴォルギンが上機嫌でスネークの周りを歩き出す。その足取りと間合いの取り方に、付け入る隙はない。

「先の大戦、米中ソの真の権力者たちの間に秘密協定があった。枢軸国に勝利し、その後の世界を動かすための協定だ。三国は大戦の勝利を決定付けるため、互いの資産を出し合って表に出せない様々な裏工作や研究を共同で進めた」

ヴォルギンが、物知らずな若者に歴史を講釈するように語る。日本とドイツとイタリア、当時の枢軸国と連合国との他に、もう一つの裏の協定があったとばかりに。

「原子爆弾、ロケット技術、コブラ部隊、……そしてそれらを可能にする莫大《ばくだい》な資金。あの大戦をあと五回は繰り返せる程のな。それが『賢者の遺産』だ」

スネークはシャゴホッドを思わず仰いだ。コブラ部隊はアメリカの特殊部隊で、『賢者の遺産』など無関係なはずだった。だが、彼の知る常識が、シャゴホッドが建造されている現実のせいで、信用できなくなっていた。

「大戦にケリをつけた後、三国は『賢者の遺産』をわけあうことになっていた。終戦と同時に米ソがドイツの有能な科学者を抱え込んだのも、その一環だ」

アメリカは確かにそういう極秘作戦を行った。だが、世界を核戦争に巻き込もうとしている男の動機としては、気に入らなかった。引き裂かれた家族と会いたかったソコロフを殺したのが、ただ科学者と一纏《まと》めに扱うこの男であることが、悔しかったのだ。

「だが我々ソ連は、間抜けな他の二国を出し抜いた。莫大な資金、最先端の研究、圧倒的な力。それらは我々にこそふさわしい」

ヴォルギンにとっては、まるでこの核戦争の危機が、過去を清算してどんなゼロから歴史を再始動するかの問題であるようだ。

「私の親父は『賢者の遺産』管理者の一人だった。終戦の混乱をつき、様々な手段を講じて、親父はソ連が『遺産』を独占できるよう図った。莫大な資金も、スイス、オーストリア、香港など世界各地の銀行を通じて分散し、洗浄《ロンダリング》した。その金の流れを記したのがこのマイクロフィルムだ」

その資金が巨大な歴史の流れを切り替えるターニングポイントであるようだ。

「親父の死後、私はその秘密を知り、マイクロフィルムを手に入れた。それらの資金を使ってブレジネフたちと手を組み、このグロズニィグラードとグラーニン設計局を建設した」

『遺産』がすべてをツェリノヤルスクに引き寄せた。ソ連最高位の勲章を受けたグラーニンも、だからアフガニスタン国境近い国土の外れで秘密兵器の製造に従事した。闇工場地帯は、中央アジアと共産主義とソ連の歴史の中で不吉な存在感を持つ。ここはかつてソ連とイギリスとの激しい争奪戦《グレートゲーム》の舞台だったアフガニスタンからも近いのだ。

「しかし無能なグラーニンは結果を出せず、フルシチョフの飼い犬、ソコロフの技術……シャゴホッドが必要になった。GRUに属する私が直接ソコロフの設計局を襲ってはあとが面倒だ。そこで、いまだ残る秘密協定のスパイ網《リング》を通じてザ・ボスに連絡を取り、亡命を勧めた」

スネークはザ・ボスと十年寝食をともにして、聞いたことがなかった。大佐が、何も語らない彼女を振り返る。

「ザ・ボスも私の意思に同調してくれた。世界は元々ひとつだったのだ。だが『賢者達』の対立により、世界はふたつに分かたれた。我々は『遺産』を使い、引き裂かれた世界を一つにする。そのためには力が必要だ。世界をまとめるに足る絶対的な切り札が。それがシャゴホッド、そしてコブラ部隊だった」

　グロズニィグラードの長が、力強く宣言する。

「コブラ部隊は失ったが、私にはまだシャゴホッドと『遺産』がある。アメリカごときに我々は止められん」

　そして、演説の反応をうかがうべく、スネークをにらんだ。大佐がマイクロフィルムをザ・ボスに渡した。

「ザ・ボス、これを安全なところへ。頼むぞ」

　彼女が無言で頷《うなず》き、マイクロフィルムを預かる。そして、大佐に助言した。

「こいつがのこのこと戻ってきたという事はなにかある。Ｃ３が盗まれた。何らかの破壊工作《サボタージュ》を企《たくら》んでいるはず」

　エヴァが橋に爆弾を仕掛けていた。それが、要塞《ようさい》から脱出するための彼らの切り札だった。

　ザ・ボスにはすべてお見通しだ。

「細工がないかどうか調べてくる」

　そして、エヴァを強引に立たせた。

「この女は私が始末する」

エヴァが最後の力で抵抗しようとする。ザ・ボスがその彼女を、ひとにらみでおとなしくさせた。

気丈だった彼女が、うなだれておとなしく従った。歩いて去ってゆく彼女の背中は、あんな姿は見たくなかったほど、悄然《しょうぜん》としていた。

そして、あらゆる希望を打ち砕いたザ・ボスが立ち止まる。もはやスネークのほうを振り返りもしない。

「大佐、戦士らしく闘いなさい」

冷厳な声が響いた。

「勿論《もちろん》だ」

ヴォルギンは自分の勝利を疑っていない。スネークの体に力がこもった。

ザ・ボスが格納庫を去ってしまった。

スネークは、追うように思わず立ち上がる。その姿勢の不十分な背中を手で押して、オセロットがヴォルギンの前に進み出た。

「私にやらせてください」

よろけてスネークはたたらを踏む。そんな後がない彼の眼前の床に、一本のナイフが突き立った。この刃物一本が、戦士として戦って死ぬために与えられた武器だった。

感極まってオセロットが声をうわずらせている。

「この時を待っていた……待ちわびていた」

ホルスターから両手で二挺《にちょう》の拳銃《けんじゅう》を抜くと、見事にガンスピンしながらスネークとの呼吸をはかる。

スネークは床からナイフを抜くと、ゆっくりとCQCの構えをとる。絶体絶命でも、負けて死ぬつもりは毛頭無かった。今は五メートル近くある距離で、オセロットの早撃ちにナイフで勝つ手段を必死で考える。

オセロットが右手のリボルバーのスピンをぴたりと止めると、人差し指を振って拒否のジェスチュアをした。

「おっと。ジュウドーも分解もゴメンだ」

だが、因縁の決着にはならなかった。ヴォルギンがオセロットの体を無造作に摑《つか》んで、押しのけたからだ。

「待てっ！　こいつは私の相手だ」

今のスネークは、生きて帰ることが絶対に不可能だと誰でも分かる獲物だった。相手にとっては、自分の男らしさや凶暴さを誇示するサンドバッグにすぎない。

「おまえはそこで見てろ！　いいか！」

「大佐、私に！」

懇願するオセロットを、要塞のボスである大佐が一喝する。

「ならん！」

ヴォルギンが薬莢《やっきょう》を握って銃弾に電圧をかける。弾丸が発射されてオセロットの足下に風穴が開いた。

舌打ちして、群れのナンバーツーであるオセロットは引き下がるしかない。ヴォルギンはスネークの血で、ザ・ボスと基地の兵士たちに戦士としての力を見せつけるつもりなのだ。

「待たせたな。では始めるとしようか」

基地の独裁者が、柱についたスイッチを入れる。格納庫が微《かす》かに揺れた気がした。そして、ゆっくりと床自体が下がり始める。スネークの立っていた足元は、地下一階と行き来する貨物用リフトになっていたのだ。

「せっかくの決闘だ。趣向をこらそう」

スネークと大佐だけがリフトで下がってゆく。処刑ショーにはうってつけの悪趣味な大仕掛けだ。ヴォルギンのコートが、内側から煙を上げてくすぶり始めた。その熱で劣化した軍服を破り捨てる。大佐はその下に、ソ連の国旗をまとったような赤い戦闘スーツを着込んでいた。

ヴォルギンが7・62ミリ弾の弾帯をたすきがけにする。ゴムのような質感のスーツと、無骨な機関銃用弾帯のコントラストのせいで、大佐の身体そのものが一個の兵器のようだった。

そして床が下がりきると、ヴォルギンがスネークへと振り返る。

「さあ、これで二人きりだ。存分に楽しませてもらうぞ！」

地下階からリフトに資材を搬入するための出入り口はシャッターで閉ざされている。だから、彼らが居るところは、もはや金属壁に閉ざされた十メートル四方ほどのリングだった。

「スネーク!!」

上から声がかけられた。決着を邪魔されたオセロットが、一階から彼へと声をかけたのだ。上官であるヴォルギンではなく、スネークの姿を見つめていた。すべてを仕組んだ男が、暴力を自分の軍隊に披露しようとしていた。

「いくぞ！　ザ・ボスの弟子!!」

スネークの手にはナイフが一本だけだ。体格はヴォルギンのほうが圧倒的に恵まれている。身長二メートル以上、体重百キログラム近いその男が、軽快なステップワークを披露する。拳《こぶし》をしっかりと握った両腕は、右手は顎《あご》をガードするように引き付けられ、左手は右手より少し前に持ってこられている。ヴォルギンの格闘術はボクシングだ。

間合いに入るやいなや、風を切って鋭い左ジャブがスネークを襲う。スネークはナイフでその腕の内側の腱《けん》を切り裂こうとする。狙い通りに吸い込まれたナイフが、ヴォルギンの体に触れる寸前で弾《はじ》き飛ばされた。

スネークの手が痺《しび》れていた。ナイフは弾き飛ばされたのではない。感電したスネークの手の筋肉が、不随意運動で収縮して取り落としたのだ。

「どうした、私に触れられんのか」

ヴォルギンが、驚くスネークに余裕を持ってかかってこいとアピールする。敵の戦闘スーツは高圧の電流を帯びているのだ。電流はスネーク自身のどんな意識的な動きよりも速い。

リーチの長いヴォルギンが、嵐のようにラッシュを叩《たた》き込んでくる。どんなに軽いパンチでもスネークは感電する。パンチが当たる寸前に、大気の絶縁を破壊して電撃がスネークを打つ。だが、反撃で触っただけでスネークも感電する。かわしきることなど不可能で、たまらず腕で防いだだけで全身に激痛が走ってよろめいた。

とてつもなく厄介だった。仕掛けかたを探るために、スネークは手の届かない距離まで油断なく後退する。

「その程度か！」

ヴォルギンがたすきがけにした弾帯からライフル弾を引き抜く。スネークの背筋に緊張が走った。銃器なしでヴォルギンは弾丸を撃つ。明らかに当たらない距離から、右ストレートが打ち下ろされた。スネークは反射的にその手が無限に伸びるつもりで上半身を振ってかわす。力強く空中で止まったヴォルギンの右拳が銃火を放つ。銃声が響き、ぶんと不気味な音をたててライフル弾がスネークの頭をかすめた。

あらゆる距離で危険な右拳が引き戻される。近づけば感電し、遠ざかれば銃弾が飛んでくる。投げたナイフが急所に深く刺されればスネークの逆転もあり得るが、それはヴォルギンも対策済みのはずだった。

「レフリーを呼んでくれ」

「諜報《ちょうほう》にルールなどあるものか」

空薬莢を捨てたGRUの大佐が、軽いフットワークで距離を詰めてくる。ヴォルギンはボクサーとして、パワーはあるがスピードにはそれほど恵まれていないタイプだ。ナイフを持ったスネークにとっては、電撃さえなければこうも打つ手のない相手ではない。

だが、ガードのために触れるだけで感電で動きが止まり、必殺のバレットパンチを死ぬ気で避けなければならない。電撃の拷問を体が思い出して、胃が勝手に縮む。

ヴォルギンも自分の優位を確信していた。ジャブで牽制《けんせい》し、それから逃げまどうスネークを冷笑する。

「世界には、東側と西側という、二つの制度の箱《BOX》がある」

スタンスを堅固に維持しながら、フットワークでスネークを壁際へと追い詰めてゆく。グロズニィグラード要塞《ようさい》の首魁《しゅかい》が、いかに厳しく自分を鍛えていたかが分かる。訓練は嘘をつかない。

「この二つの制度という箱は、内部の規範が違っているから融和せん。……近づけば激しく衝突する。……だから、どちらかが最後には潰《つぶ》れなければならん」

スネークは激しいパンチの嵐を、かいくぐることができずに後退する。リフトが下がって、まるでリングのように彼らは壁に囲まれていた。

「そうではないビジョンを語るやつもいるだろう。……だが、俺は信じん」

鋭い弧を描いた右フックを、スネークはダッキングしてかわす。急所を狙って突き込もうとしたスネークの反撃は、だがヴォルギンのボディを狙った左フックのせいで頓挫《とんざ》した。かろうじて右肘《みぎひじ》でガードする。電撃で引きつった筋肉を豪腕でぶっ叩かれて、思わず苦悶《くもん》の呻《うめ》きが漏れる。

構えもくそもなくよろけて、スネークは後退する。その背中が鈍い音を立てて、金属の壁にぶつかった。逃げ場をなくしたスネークに止《とど》めを刺すため、ヴォルギンが弾帯からライフル弾を三発抜き取った。

「……互いを支配する規範が違うからこそ、ロシア革命で生まれたばかりのソ連を、当時の連合国は潰そうとした。ソ連とアメリカでは、お互いという箱をぶつけ合って、潰し合うしかない」

ヴォルギンが見せつけるようにコンビネーションの素振りをする。次はバレットパンチが来る。

スネークの右腕はさっきのフックでまだ痺れていた。ナイフを左手に持ち替えて、CQCの構えを左右逆転させる。

「そうだ。灼熱《しゃくねつ》の……戦争だ！」

ヴォルギンの腰の回転が乗ったストレートが、スネークの心臓を狙って放たれた。覚悟を決めてスネークは全力のタックルで肩をぶつけていった。受け止められるのが最悪の展開だから、両手でアキレス腱をつかむようにヴォルギンのブーツの両足を刈る。スネークを、血が沸騰するような感電の衝撃が襲った。だが、ヴォルギンも轟音《ごうおん》をあげて背中から床に倒れる。

スネークの嚙《か》みしめた奥歯から血が流れた。マウントポジションをとるどころではなかった。心臓が激しい動悸《どうき》を起こしていた。激しい目まいと不快感で倒れそうになるのを、心臓を思い切り殴ってこらえる。ヴォルギンからの追撃はない。素早く後転して、大げさなくらい距離をとって立ち上がっていたのだ。

血臭のする笑いがこみ上げた。スネークは自分の両手を見た。開いて、閉じる。

「何がおかしい！」

素早いフットワークで襲いかかってきたヴォルギンが、腰を鋭く回転させてスネークの腹に右フックを叩き込もうとする。そのパンチを支える左足首を、狙い澄まして迎撃した。スネークも重い拳をスウェーしながら払ったと同時に感電した。だが、彼の踵《かかと》は、思い切りヴォルギンの足の甲を踏み抜いていた。

初めてヴォルギンの顔が苦痛に歪《ゆが》んだ。ブーツを狙ったスネークの蹴《け》りは、感電で勢いを止めることなく、完璧《かんぺき》にダメージを与えたのだ。思わず左足を引いたヴォルギンが体重を乗せてしまった右足首に、スネークはステップインして容赦なくローキックを叩き込む。

丸太を蹴ったような鈍い感触があった。ヴォルギンがよろける。倒れずになんとか踏ん張ったものの、体勢を崩して体を前傾させてしまっていた。スネークにとって殴りやすい高さに、ヴォルギンの顔が下がっていた。反射的にヴォルギンが腕を上げてガードを固める。スネークはその隙に、追い詰められていた壁際からするりと脱出する。

逆に金属の壁を背負う位置取りになったヴォルギンが咆哮《ほうこう》する。だが、スネークは痺れの残る頭に気合いを入れるように拳で頰を叩き、血の混じった唾《つば》を吐く。もうこの男に触れられる。

地面に接するブーツにだけは電流が流れていないと気づいたのだ。ブーツに電流を流すと、地面に電気が放電されてしまって、ヴォルギンは殴った相手を感電させられない。しかもボクシングで殴り殺すヴォルギンは、フットワークの邪魔にならないよう、足を守る補強材をブーツにほとんど入れていない。

「足下がお留守だぞ！」

なおも猛然とラッシュを仕掛けるヴォルギンに、スネークはCQCの足さばきでパンチが作る弧の半径の外側を滑り抜ける。対応できない側面から、右利きのボクサーの軸足になる左足を破壊しにかかった。

ついに赤い戦闘服の巨人が膝《ひざ》をついた。電撃スーツの膝をついた状態は、ヴォルギンにとって自分を守る電気の鎧《よろい》を床にアースしてしまったのと同じだ。その無防備になった顔に、今度はスネークが渾身《こんしん》の右フックを叩き込んだ。帯電しているのは電撃スーツだけで、顔はノーガードだ。

二発、三発と、この冷戦を灼熱の世界大戦に変えようとしている男を殴りつける。グロズニィグラードの独裁者の顔が歪み、口の端から血が流れた。

ヴォルギンが、呻く。肩で息をしていた。スネークのほうも、疲れ切って、自分から距離を空けて床にへたり込んでしまった。度重なる感電で、攻撃が続かなくなった。思ったよりもずっと体力を消耗していた。

凶暴な面構えになった大佐が、一階で戦いを観戦していたオセロットを見上げて命じた。

「こいつを撃てっ！」

命令をしたヴォルギン自身も、一対一を取りやめるのが口惜《くや》しそうだった。

スネークは死を覚悟した。体が動かなかったのだ。

だがオセロットは、銃を抜こうともしなかった。

ヴォルギンがオセロットに聞き間違えようがないよう、指さして上官命令を出す。

「聞こえないのか！　こいつを撃てっ!!」

だが、オセロットは冷めた口調で答える。

「大佐、それは出来ません」

「出来ないだと？」

「ザ・ボスと約束しました」

その一言はヴォルギンを本気で激怒させた。

「黙れっ！　私が貴様の上官だ！」

弾帯からライフル弾を改めて引き抜くと、拳《こぶし》に握り込んだ。激情の力で立ち上がると、拳をオセロットへ突きつける。そのまま容赦なく手に電流を流してヴォルギンは撃った。

オセロットの赤いベレー帽が頭から飛んだ。だが、頭部を弾丸がかすめたことになど気にも留めない。若い士官はその瞬間に、クイックドロウしたリボルバーをヴォルギンにポイントしていたのだ。

もはやスネークから見ても、初めて出会ったときの迂闊《うかつ》なエリート士官はどこにもいなかった。ここにいるのは、若いが見事な戦士だ。

「貴様、私にたてつく気か？」

オセロットがリボルバーをクルクルとガンスピンして、ホルスターにしまう。

「男らしく闘いなさい」

「闘いなさい？」

拒絶に眉《まゆ》を吊《つ》り上げたヴォルギンが、憤怒《ふんぬ》を爆発させそうだった。そのとき、全員の頭を冷やすように館内放送がスピーカーから流れた。

〈緊急事態！　爆弾が発見された。爆発物処理班要員《EOD》以外は総員退避せよ！〉

放送を耳にして、ヴォルギンが指揮官の顔に戻った。

「オセロット、爆弾の捜索に行け」

ぐずるようにオセロットがその場に残っていた。戦士から山猫部隊の長に、なかなか頭を切り替えられずにいた。

もう一度放送が響いた。

〈繰り返す。爆弾が発見された。爆発物処理班《EOD》要員以外は総員退避せよ！〉

「爆弾だ。行けっ！」

若い士官にヴォルギンは大喝する。

しぶしぶオセロットが去ってゆく。去り際にスネークと目が合った。その拳が大佐からは見えない角度でぐっと握られている。奇妙な共感を覚えた。

スネークは表情を変えない。

ヴォルギンが身構えていたのだ。

「さあ、蛇よ、こい!!」

スネークも立ち上がり、強敵を前にＣＱＣの構えをとった。

ヴォルギンは勝目の下がった戦いに固執する無謀な男ではない。ただ、戦士の習性を知っているのだ。グロズニィグラード要塞《ようさい》という巨大な群れは、ヴォルギンとザ・ボスという二人のボスを有する複雑な構造になっている。この男は『遺産』による財力と権力だけでなく、軍人としてもトップだと部下達に見せつけなければならない。この基地ではソ連軍の秩序維持に大きな役割を果たす政治将校が、すでに骨抜きだ。もはや大佐自身の才覚が、この集団の規律のよりどころなのだ。

弱点を見抜いても、ヴォルギンは危険な男のままだ。足へのこれ以上の攻撃を避けるように、複雑なステップを多用しようとする。当たれば一発逆転してしまうパンチを、最低限度の感電だけでスネークは防御してゆく。

危険すぎる右フックを、スネークはいつ動かなくなってもおかしくない筋肉の悲鳴に耐えながらかわす。

「抵抗できない科学者しか殴り殺せないのか！」

そして、容赦なくヴォルギンの足を削ってゆく。この男が苦しむ姿に、胸がすく思いがした。

「戦士を殺してみろ」

激情にかられたヴォルギンの足を更に痛めつける。血が出るほど歯を食いしばりながら、大佐はまだ倒れない。

ヴォルギンは二本の足で立ち続けなければならない。電撃スーツは、ブーツ以外の場所を地面に付けると力を失ってしまう装備だ。どれほど苦しくてもグロッキーでも、休むことができない。

スネークはナイフを握り直す。電撃スーツのない首か頭部に、刃物を突き立てる隙が欲しかった。

「来い！」

ヴォルギンがロシア語で叫ぶ。苦悶《くもん》の中で、ヴォルギンは執念で立ち続ける。頭のガードは下がらず、目も死んでいない。

「『賢者の遺産』を手にする資格は、遺産を運用できる者のみにある……」

パンチが目に見えて速度を失っていた。スネークはそれをかいくぐり、執拗《しつよう》に弱点を攻撃する。無意識にゆるんだガードの隙間から、顎《あご》を狙ってスネークもアッパーカットを打ち出す。確かな手応《てごた》えがあって、ヴォルギンの膝ががくんと落ちかける。スネークがその顔をめった打ちにした。素手《ベアナックル》で拳を痛めることすら気にも留めなかった。

火傷《やけど》だらけだった顔を血まみれにしたヴォルギンが、スネークの肩をつかんだ。ボクシングスタイルを突然捨てた変化に、対応が遅れた。後悔したときには、スネークの全身に高圧電流が流れていた。スネークはナイフを取り落とす。

ヴォルギンの握力は人間離れして凄《すさ》まじい。ライフル弾を手で握って撃つには、銃の薬室《チャンバー》にかかるのと同じ圧力を握り止める握力が必要なのだ。一度捕まれば、死ぬまで電気を流され続ける。だがスネークは、避けられないと覚悟すると、ヴォルギンののど頸《くび》をわしづかみにしていた。ヴォルギンも電撃スーツに守られていない部分は無防備だ。電気が流れても平気な超人ではない。スネークとヴォルギンが、同じ電気で感電する。

そして、予想外の激痛にヴォルギンの手が弛《ゆる》んだ。スネークのラッシュが再開した。殴り合いでどちらが上でどちらが下かをはっきりさせるように、止まらなかった。歯が折れ飛んだ。スネークの拳も血だらけだった。

そしてついに、大佐が吐血した。

ダウンを自分に許さなかった男が、床にひれ伏していた。まだ息はある。腕をついて体を再び立ち上がらせようとしていた。

口の中をズタズタにしたヴォルギンが、血が大量に混じった唾《つば》を吐いた。

スネークは、止《とど》めを刺そうとナイフを拾い上げた。

スピーカーが再度警報を発したのはそのときだった。

〈総員退避せよ！ 繰り返す！ 総員退避せよ!!〉

警報ブザーが鳴り響いていた。

スネークも爆弾のタイマーを起動してから何分経ったか覚えてなどいなかった。だから、壁の非常用ハシゴを登って一階へ戻った。大佐を残したままだが、ザ・ボスとの戦いを控えて手負いの戦士に逆襲される危険は避けたかった。

周囲にはもう誰も残っていない。スネークは無人の格納庫を全力で走る。身を隠す余裕すらなかった。

格納庫の出口へとようやくたどり着き、くぐり出る。この大扉だけでなく、出入り口という出入り口から作業員も兵士も逃げつつあった。おそらくここにオセロットもいる。だが、もはやパニックの中で、一人紛れた敵を探せる者などいなかった。

みんなが口々に叫んでいた。

「逃げろ!!」「急げ！」「退避しろ!!」

そうしなければ死ぬのだ。みんなが等しく巨大な力に焼き尽くされようとしていた。

「早く！」「あっちへ！」

人種も何もなかった。スペツナズも山猫部隊も区別がない。

「爆発する！」「早く逃げろ！」「どけ!!」

身勝手に仲間を押しのける者がいる。

「逃げるんだ！」

倒れた仲間に手を貸す者がいる。

「退避命令だ、命を無駄にするな」

秩序を維持しようとする者がいる。

「死にたいか!?　急げ!!」

爆発へのときをタイマーは確実に刻んでいる。

出口から少しでも遠くへと、スネークは逃げようと急ぐ。

そのスネークの前にバイクが急停車した。側車をつけた大型バイクに乗っているのは、処刑されたと思っていたエヴァだった。ヘルメットはかぶっていない。ツナギを着たライダー姿だった。

「乗って！」

　スネークは武器が満載された側車に飛び乗った。

サイドカーがタイヤを舗装路で擦《こす》りながら急発進する。加速しながらターンしたその遠心力で振り回されて、太い鉄のパイプのようなものがスネークの太ももにぶち当たった。ソ連の開発した対戦車擲弾《てきだん》発射器、ＲＰＧ－７だった。狙撃《そげき》銃も小銃も拳銃《けんじゅう》も手榴《しゅりゅう》弾《だん》も、要塞の守備隊と交戦するつもりか、ありとあらゆる武器が積まれていた。ガバメントがあるのに気づいて、スネークは拝借してホルスターにぶち込んだ。

スネークは習い性で武器と弾薬を整理しながら、走るサイドカーから格納庫を振り返る。空はいつしか厚い雲に覆われ、濃い灰色の曇り空になっていた。

「もっと飛ばせっ!!」

最初にやって来たのは衝撃波だった。大気の震えが、全身をぶったたくように押し寄せてくる。地面がサイドカーからも分かるほど波打った。

そして、格納庫が内側から巻き上がった巨大な炎に包まれた。音を感じたのはその後だった。爆発音はもっと早くにあがっていたはずだった。だが、スネークが意識して聞けるようになったのは、爆弾や燃料タンクの爆発より、要塞の中心施設が崩落する音だったのだ。

ロケット燃料の火柱が、黒煙とともにもはや火山の噴火のような凄まじい規模で噴き上がる。コンクリートや屋根の塊が落ちるたび、地面が震動する。サイドカーが急停車した。エヴァも振り返ってその凄まじい爆発を見ていた。

燃料や可燃物に引火して、グロズニィグラード本棟の内部で次々に爆発が起こる。そのたびに、車よりも大きな金属の屋根材が宙を飛び、ガラスが割れた。

兵器廠《へいきしよう》にいた兵士たちが逃げまどっていた。すでに東棟に延焼したのか、炎上しながら兵士が走り出て倒れた。

本棟そばの監視塔が鉄骨を歪《ゆが》ませていた。

怒号が津波のように押し寄せてくる。人間がごった煮で、この瞬間、あらゆる秩序が失われていた。

遠巻きに、生死の交錯する惨禍の中で、濃密な人間模様がくり広げられているのが眺められた。

そして、そのあらゆるものを純粋な力がなぎ払った。爆発の炎が、再び格納庫から大きく上がった。逃げ遅れた兵士が数人、紙きれのように吹き飛ばされて地面に落ちる。黒煙がもうもうと曇りはじめた空へと立ち上がっていた。

作業用クレーンが倒れて、装甲車を下敷きにする。

その圧倒的な光景を、スネークもエヴァも唖然《あぜん》と見つめるしかなかった。

「エヴァ、どうやって……」

彼にようやく言えたのはそれだけだった。

「ザ・ボスが解放してくれた」

「ザ・ボスが……なぜ？」

スネークにはザ・ボスのことが本当にわからなくなりそうだった。

「後で話すわ。湖の脱出機に急がないと」

「まだだ……。俺の最大の任務が残っている」

大混乱に陥ったグロズニィグラードを振り返った。彼は、任務を果たさなければ還《かえ》れない。だが、停車した側車付オートバイ《サイドカー》のシートで、エヴァが祈るように目を伏せる。

「ザ・ボスならその湖にいる」

スネークは驚いて聞き返した。エヴァがもう一度勘違いしようのないように言った。

「彼女はそこにいる。あなたを待っている……」

「俺を待っている？」

エヴァがハンドルを摑《つか》んでサイドカーを降りた。そして、熱のこもった視線を、彼女に付き合って降車したスネークに向けた。

「本当は黙っていようと思った。……あの人とは闘って欲しくない。でも……。あなた達二人が特別なのはわかった」

抱きつくように寄り添ってきた。彼女も激情の中にある。

「男女を越えた、私にはわからない関係……。羨《うらや》ましい。嫉妬《しっと》した。……いいえ、やっぱり、私には理解できない」

殺し合わねばならないことを指摘し続け、スネークという男を見定めてきたエヴァだから気づいた。ザ・ボスとスネークは、裏切りと戦いを経ても、断ちがたく互いの生と意志を意識し合っている。

そして彼女が、何か区切りをつけたように曇天を見上げる。

「私は伝言を頼まれた。あんなに澄んだ眼の人を見た事がない」

思わず歩み寄ったスネークを避けるように、エヴァが再びバイクに乗る。彼女がバイクを降りるのは、死ぬときか、恋をしたときだ。

「さあ、私は伝えたわ。行きましょう？」

彼女がしっかりと前を向く。スネークも側車に乗り込んだ。

「ああ」

そのとき、格納庫の屋根が内側から吹っ飛んだ。ひしゃげた建物に残っていたカマボコ屋根が大穴を開けた。巨大なシャゴホッドが、前部キャタピラをまるで獣の前足のように使って、這《は》い出してきたのだ。壁を押し潰《つぶ》して着地したシャゴホッドが、「一歩一歩踏みしめるもの」という名前の由来通りに歩く。初めて丘の稜線《りょうせん》から現れた姿を見たときよりも、間近にすると圧力が凄《すさ》まじい。それは人間を金縛りにする巨大な怪物だった。

地響きをあげて、基地のトラックや装甲車を踏み潰しながら、スネーク達のサイドカーのほうへと歩いてきた。

〈スネークっ！　まだだっ!!〉

スピーカーからヴォルギンの声が聞こえた。あの爆発から、ヴォルギンはシャゴホッドに乗り込むことで生き残ったのだ。そして、C３爆薬とロケット燃料をもってしても、シャゴホッドを仕留めるには足りなかった。

〈待て!!〉

エヴァが顔を真っ青にして、アクセルをふかす。サイドカーが猛スピードで発進した。

グロズニィグラードはすでに混乱極まっていた。ヴォルギンがシャゴホッドに乗っていて指揮をしていないのだから当然だ。振り落とされそうになって、車上のスネークは舟部分の座席へりにつかまった。アスファルトの路面が肩のそばまで迫る。サイドカーが急ハンドルを切って突っ走ったその加速度を利用して、スネークは体勢を戻す。

スネークたちに気づいたソ連兵が、散発的に銃撃をくわえてくる。スネークは側車に積んだ分隊支援火器で敵兵を排除した。足を使って体を固定し、進路の敵を撃つ。ロシア語の罵声《ばせい》と指揮の声があたりじゅうに飛び交っている。銃声が鳴りやまない。守備隊が事態のスピードに追いつけていないうちに脱出できるかが鍵《かぎ》だった。

路面と建物を砕く轟音《ごうおん》に振り返る。シャゴホッドの八メートルを超える車体が、前後のキャタピラを足のように立たせているおかげで、車高十メートル以上になっていた。明らかにシャゴホッドだけスケール感が違う。その重量で戦車や装甲車を蹴散《けち》らし、ソ連兵を瓦礫《がれき》とスクラップの波に呑《の》み込ませながら迫ってくる。

車体重量を支えきれず、アスファルトが沈む。ザ・フューリーの自爆でグロズニィグラード要塞《ようさい》の地盤は大きなダメージをすでに負っているのだ。

「側車の武器を!」

エヴァが叫ぶ。要塞の守備隊も、ヴォルギンがスネークたちを追っていると知るや、脱出を阻止しにかかっていた。指揮官に踏みつぶされるかどうかの瀬戸際で、彼らも必死だ。

ロシア語が分かるから、向かってくる敵意もよく伝わる。隠れ進んで潜入した要塞に銃声も高く破壊をバラ撒《ま》くことが、暗い爽快感《そうかいかん》をくれた。

そして、破壊に陶酔しているものがもう一つあった。シャゴホッドだ。この兵器に関わらされた科学者たちの、論理的に力を追い求めた成果が躍動した。重すぎるシャゴホッドがターンすると、それに衝突した装甲車や戦車も簡単に引きずられて転覆する。砕かれたアスファルトとコンクリートを霧のようにまとう履帯《りたい》に、逃げ遅れた兵士が何人も潰されている。

基地は地獄と化していた。だが、巨大な力はただ人を惹《ひ》きつける。関節はこんなにも哀しく軋《きし》むのに、その動きは生き生きとしていた。兵士たちはシャゴホッドを友軍だと認識して、スネークたちを追跡する。

車止めに道路を阻まれた要塞内で、エヴァがその隙間を巧みに走り抜けてゆく。だが、兵士達も統制を取り戻しつつあった。コンテナや車を遮蔽《しゃへい》にした銃撃から危ういところで逃げる。すでにスネークたちを何発も銃弾がかすめていた。

「しつこいわね！」

サイドカーを走らせて脱出路を探りつつ、エヴァが振り返る。スネークもシャゴホッドを撃った感覚から装甲が頑強であることは見て取っていた。側車にはＲＰＧ―７も弾体一発とともに積まれている。だが、どこに当てれば仕留められるのか見当もつかなかった。

シャゴホッドが建物を削りながら接近してくる。

「鉄橋へ向かいましょう」

「鉄橋？　君がC3を仕掛けた？」

「そうよ。あいつをあそこまでおびき寄せて……」

シャゴホッドは歩兵に扱える武器ではそうそう損傷を受けないように装甲が施されている。

「鉄橋ごと落とすということか。いいだろう」

スネークは側車の座席の下に転がっていた弾薬を、今の内に銃器に装塡《そうてん》してゆく。鉄橋は滑走路の向こうにある。そして、滑走路に西棟側からでは出られない。

そのとき、銃声が響き、バイクの燃料タンクを弾丸がかすめた。リボルバーをかまえたオセロットがいた。発見されたのだ。だが、エヴァは決着にこだわる男の世界に取り合わず、一気にサイドカーを加速させる。

オセロットは拳銃《けんじゅう》では当たらない距離だと見切るや、リボルバーにカスタムのライフルストックを装着する。二発目を撃とうとするが、とっくにサイドカーは拳銃の射程外まで移動している。

オセロットも銃をしまってバイクに飛び乗った。いきなりアクセルを全開にし、エヴァにはない腕力で強引に前輪を持ち上げて方向転換する。そして、急発進すると、車止めを凄まじい技術でジャンプし乗り越えて追ってきた。

オセロットのバイクはエヴァと同じ車種だ。エンジン性能が同じだから、スネークと側車のぶん車が重いエヴァの背後に、ほどなくつけてきた。真横にオセロットが並ぶと、車体をぶつけてきた。体の細いエヴァが果断に車体ごと自分の体をぶつけ返す。オセロットはよろめくが離れない。アクセルを右手で握ったまま、オセロットは左手でリボルバーを抜こうとする。だが、エヴァはバイクの上でならオセロットより早い。彼女は上体をいっぱいに前傾させると左手で強引に右手側アクセルを握り、右手でモーゼルを抜いて発砲した。

オセロットがバランスを崩してアクセルを緩めてしまい、急減速する。ライダースーツを向かい風ではためかせ、髪をなびかせてエヴァが銃をホルスターにしまう。だが、オセロットが諦《あきら》めずに食らいついてきていた。スネークは激しいチェイスの足手まといにならないように、側車にしがみつく。再びバイクを真横に並ばせられるほど、敵のテクニックも卓越していた。

エヴァが再び銃を抜いて射殺しようとする。だがオセロットが拳銃に付けたアルミのライフルストックを棍棒《こんぼう》のように振って、彼女の手からモーゼルを払い落とした。

サイドカーが急カーブを切る。二台のバイクは、シャゴホッドが這い出して大穴の空いた本棟格納庫へ向かっていた。迷わずエヴァもオセロットも、火の海になった格納庫に突入する。無人になった格納庫の中を、二台がチキンレースさながら疾走する。ロケット燃料で内部を焼かれた本棟内部は、灼熱《しやくねつ》地獄だった。万が一に備えて、スネークは猛烈に揺れる座席でRPG―7の射撃準備を始めた。屋根はところどころ落ち、柱も熱で歪《ゆが》んで、今にも崩れ落ちてきそうだったからだ。

オセロットが障害物をよけながら、ライフルストックで思い切り殴りつけてくる。スネークはそれを受けた。二発目はエヴァの腕に当たる。彼女がハンドルのぶれを嫌って、バイクをコントロールできる速度まで減速させた。

エヴァとオセロットとの間にも因縁は深い。エヴァより速いことを見せつけるように大きく追い越したオセロットは、結果、大きな賭《か》けに負けることになった。

炎上する屋根が、ちょうどその頭上に落下してきたからだ。オセロットは速度を落とすかわりにアクセルを全開にする。その度胸が功を奏して、落下に先んじてオセロットのバイクが走り抜けた。だが、その眼前に横倒しになった金属柱が倒れかかってくる。重さ二トンは下るまいという金属材だ。激突すればまず助からない。

最期を迎えようとするオセロットが、終わりの瞬間、眼に収めたのはスネークだった。振り向いた若い顔が、恐怖と勝負をつけられない無念で歪んでいた。それに反応して、スネークはRPG―7を射撃していた。ロケット推進擲弾《てきだん》が鉄材を迎撃して吹き飛ばした。

そして、二台のバイクがほぼ同時に格納庫内を走り抜けた。飛び出した先は、潜入のときは通らなかった区画だ。万年雪の峻峰《しゅんぽう》を見上げる道幅の狭い敷地に、コンクリートの小さな施設が幾つも建てられている。臨時の弾薬庫らしいテントも張られていた。

警備部隊が、スネークたちを発見して騒ぎ出す。スネークは撃ち尽くしたRPG―7を捨ててAK―47に持ち替える。撃った。兵士が三人、胸から血しぶきを噴いて仰向《あおむ》けに倒れた。弾倉を素早く交換する。格納庫裏手で警戒が薄かったそこを、エヴァが疾走してゆく。追いかけていたオセロットの姿はもうなかった。

「このまま行くわよ！」

ハンドルを握る彼女が、舗装が行き届いていない土の道に鮮やかなタイヤ痕《あと》を刻んでゆく。開いていた簡素なゲートを一気に通り抜けると、道と呼ぶには広すぎる空間に出た。

不自然なほど真っ直ぐな上に、路面状態は最高だ。滑走路に出たのだ。

だが、視界を遮るものがなさすぎる。こんな場所で撃たれたら身を守るすべがない。

エヴァが前傾してアクセルを全開にする。

ソ連兵たちが滑走路にあふれ出るより前に、背後で金属がひしゃげる鈍い音がした。燃える格納庫を、シャゴホッドが突き破ってきたのだ。

そしてサイドカーの行く手に、空気をぶったたくようなヘリのローター音がした。今一番聞きたくなかった音だ。機体の左右に短翼《スタブウイング》をとりつけられた特徴的なシルエットは、一キロ以上離れた空にいても判別できた。シャゴホッドの移送にも使われたハインドが呼び戻されてきたのだ。

さらに滑走路に、彼らを追跡するオートバイ部隊までが到着していた。止まれば包囲されるから、ヘリが待ちかまえる正面だろうが進むしかない。

「スネーク!」

エヴァがたまらず叫ぶ。スネークは狙撃銃《SVD》を側車から引っ張り出して、弾倉を装填する。虎の子のRPG—7は、オセロットを救うのに使ったから、これしかなかったのだ。強烈な向かい風に煽《あお》られるエヴァが、息を呑んでスネークをじっと見る。男というものが理解できないと、その目が言っていた。

シャゴホッドの巨体が彼らを猛追する。まっすぐな滑走路を砕きながら背後を這《は》い進んできていた。

土埃《つちぼこり》に覆われたシャゴホッドが、獣の足のように立てていた前部キャタピラを折りたたむ。そして、宇宙ロケットさながら、とてつもない勢いの炎を車体後部から噴き出す。シャゴホッドのフェイズ2は、ロケットブースターにより本体を加速するシステムだと、ソコロフは言った。その加速システムが生きていたのだ。

*

ロケットブースター点火の瞬間、ヴォルギンはシャゴホッドの操縦席で笑っていた。

監視カメラシステムの撮像管で撮られた周囲の状況が、五枚の白黒受像管に映し出されている。画像の一枚は、ロケットブースターの点火状況を確認する後部カメラだ。そのロケットブースターの点火の炎と、背後からバイクで追っていたオセロットが映っている。

前方視界を画像が粗い前部カメラがとらえ続けている。唯一ズームができるメインカメラで逃亡者たちをとらえる。

あのKGBの女スパイがまだ生きている。

「女……『遺産』の情報を握ったまま、フルシチョフの元には戻らせぬ。……この手違いだけはそのままにはせんぞ」

シャゴホッドのハンドルを握る。後部カメラには煙をあげるグロズニィグラードが映っている。ヴォルギンが踏みつぶしてきたものや、受けていた尊敬、手に入れたかったもの、すべてが炎に包まれてゆくようだった。

「……『遺産』さえ失わなければいい。またやり直せる」

ヴォルギンは、車内の通信機で要塞《ようさい》に指示を出そうとする。爆破でアンテナが損傷したのかノイズがひどすぎてほとんど聞き取れない。どの程度伝わっているかも期待できなかった。

人員よりもまずは『遺産』だった。ソ連の『賢者達』は、第一次大戦以後の秩序を計画する秘密会議としてスタートした。設立当初に国際連盟に加盟できなかったソ連にとって、それは議会上院の反発で参加しなかったアメリカと連携して、国際秩序を補う影の秩序だった。ヴォルギンは成り立ちをそう聞いている。一九一〇年代末、まだボリシエビキ政権と呼ばれていたソ連の《彼ら》は、対英国諜報《ちょうほう》リングだと認識していた。この中央アジアを舞台に、共産主義をもってユーラシア大陸中央部を染めてインドまでを影響下におさめようとしたソ連と、それを防がんとする大英帝国が、第二次グレートゲームとも呼ばれる大諜報戦をくり広げていた頃でもあったのだ。

アメリカ、そしてソヴィエト・中国の有力者達は、世界の中心をヨーロッパと大西洋から、アジアと太平洋に移そうとしていた。共産主義の世界革命から一国社会主義に移行することで、ソ連は資本主義と一定の和解を得ようとした。なのに、第二次大戦の途中で、英国からの核爆弾の情報供与という餌でアメリカが裏切った。世界初の原子爆弾開発・製造に成功したマンハッタン計画だ。ソ連はいつも裏切られる。

そのアメリカが差し向けた特殊部隊員であるスネークと、KGBのタチアナ《エヴァ》が同じサイドカーに乗っている。ヴォルギンにとっては世界の歪みそのものだ。

ロケットブースターの加速が、ヴォルギンの体をシートに押しつける。赤い非常灯に照らされた操縦席内は狭い。

「この国の闇経済は政府よりも古い。共産主義社会が建前では関わらないそれを『遺産』の経済力で制御することも《我々》の役割だ。……フルシチョフは知っていたはずだ。……なぜKGBがそちら側につく！」

無線機がオフになっている操縦席で、ヴォルギンは嚙《か》みしめた歯の間で怒声をあげる。共産主義ソヴィエトにあって、ヴォルギンは複雑極まりない立ち位置にいる。二重三重に層をなした権力の中で、資金力によって生き抜いている。
ソ連の『賢者達』は常に分裂していた。ヴォルギンらブレジネフ派の『賢者達』と、死んだザ・ソロー達フルシチョフ政権に近い『賢者達』とが対立したように、権力の両側にいた。だが、最低限のルールがあった。『遺産』を中心に回っているからこそお互いを本気では潰《つぶ》し合わない。『遺産』を彼らから奪おうとするものに対しては、現政府に近いものと、次の政府を狙うものに潜む『賢者達』が、手を取り合った。

「世界はソ連を見捨てた。軍が守らねば、誰が祖国を守るのだ！」

それが現実であり、歴史だ。暴力の優越が証明済みだからこそ軍は膨れあがった。だから、ヴォルギンはここにいる。シャゴホッドがここにある。制度は必ず人を殺す制度を作る。制度の枠を超えるものがあったとしても、制度どうしの衝突は容赦なく起こり、その間に立った人間は潰されて死ぬ。そして、ザ・ソローが夢想したような理想は訪れない。

「走れシャゴホッド！　『遺産』を我が国から持ち出させるな」

急減速で操縦席にかかった力で、ヴォルギンは前につんのめる。シャゴホッドのフェイズ2では、ロケットブースターで四キロメートル加速を行う。爆発を生きのびたとはいえ、ブースターは万全にほど遠かった。燃焼が不安定になりつつあるのにまだサイドカーに追いつけない。滑走路を通り過ぎ、前方に鉄橋が見えてきた。峡谷に架けた長さ三百メートルの鉄橋は、充分にシャゴホッドの重量に耐える。

ヴォルギンはハンドルを握って咆哮《ほうこう》する。

核戦争は目の前だ。祖国にとっては、人命を資源だと割り切って、合理的な選択を大量運用して敵を押し潰すのが歴史的な勝ちパターンだ。ベストよりも大量のベターがいい。差を埋めて社会制度同士のぶつけ合いに持ち込めば、ソ連の固い制度が勝つからだ。ヴォルギンの見るソ連にとって、核兵器は大量に撃った方が勝利に近い。

彼の祖国は、平素では乗り心地が悪い、暴力と制度と酒という三頭の馬に引かれる三頭立て馬車《トロイカ》だ。ソ連が捨て去った教会の、父と子と聖霊のやさしい三位一体ではない。爆走する三頭立て馬車《トロイカ》に引きずられ続けるのが彼らの宿命だ。シャゴホッドはロケットの噴射炎に押されて突進する。ソコロフの夢見た宇宙ではなく、行き着けば他国の国境線を踏み越える地上を、ＳＳ―20セイバー級核ミサイルを担いだままでだ。

曇っていた空から、雨が降り始めていた。

*

変わりやすい山の天気が雨になると、スネークたちは向かい風と雨滴に悩まされるようになった。

銃弾がサイドカーのすぐ脇をえぐった。ヘリからの機銃弾がすぐそばを通過したのだ。着弾地点のアスファルトが飛沫《しぶき》を上げる。

だが、その最大の難敵だったヘリが遠ざかってゆく。

おそらく加速が不安定なシャゴホッドを安定して走らせるためだ。ヘリの射撃で荒れた路面を通るとき、走路がよれて車体の片側が浮くことすらあったからだ。ロケットブースターによる時速五百キロメートルの速度は、履帯《りたい》で走るには速すぎる。フェイズ2加速中は、シャゴホッドは履帯を接地させておらず、走行安定性が路面に左右されるのだ。

長い鉄橋にサイドカーは突っ込んでゆく。幅二十メートル近い大鉄橋の下は、百メートル以上もの落差がある大渓谷だ。

エヴァはアクセルをゆるめなかった。そのおかげで、オセロットに率いられる敵側のサイドカーは追いつけず、ついに諦《あきら》めて別ルートへ迂回《うかい》していった。スネークも手榴弾《しゅりゅうだん》やライフルを牽制《けんせい》に使っては撃ち尽くして捨て、積み荷を軽減していた。

猛烈な谷風に晒《さら》されながら、サイドカーはついに橋を渡りきった。エヴァがハンドルを切りながら車体を急停車させる。

「スネーク、起爆装置のスイッチを」

「やっぱりこいつか」

側車に放り込んであった武器を整理したとき、それらしいものが入っていたのだ。ダイヤルがついた箱形の装置を投げ渡した。彼女がダイヤルを合わせる。予期した反応がなかったか、再度ダイヤルを回して合わせ直した。そして、肩をすくめて装置を投げ返してきた。

「作動しないわ。……起爆装置を破壊すると信管が作動するから、狙撃《そげき》して！」

エヴァが強風の中、サイドカーを降りる。横殴りの雨の中、スネークは狙撃銃《SVD》を摑《つか》んでそれに続いた。

「観測手《スポッター》を頼む」

銃の動作を確認して伏射姿勢をとったスネークの隣に、双眼鏡を持ち出したエヴァがしゃがみ込む。

「スネーク、チャンスは一度っきりよ。爆弾は脚部に仕掛けてあるわ」

雨滴を装甲ではじき返しながら、シャゴホッドはすでに橋にかかる寸前だった。

あれが鉄橋に入ったら、爆弾を狙撃して橋を崩落させる。四倍のスコープを覗《のぞ》く。金属材で組まれた橋脚に爆弾が設置されていた。狙うべき起爆装置はスネークが使ったものに酷似していた。エヴァに三箇所の爆弾の位置を確かめる。

スコープを覗くスネークの視界は狭い。橋の上の様子が見えるわけではないが、音で分かることもあった。ロケットブースターの噴射音は急速に弱まりつつある。シャゴホッドはスペック通りの加速を結局できなかった。スネークが格納庫に仕掛けた爆弾は無駄ではなかったのだ。

ヴァーチャス・ミッションの数日前からだったというエヴァの潜入ミッションは、シャゴホッドとヴォルギンを片付ければ区切りを迎える。その決着の引き金をスネークは預けられたのだ。

「もっと引き付けて」

エヴァがタイミングを計るため、シャゴホッドの現在位置をカウントする。微《かす》かに緊張しているが、それが表に出ないよう抑えてくれている。ジ・エンド戦で地球の裏側のコンピューターを観測手《スポッター》にしたときとは違った心強さがあった。彼女がＫＧＢのスパイだとしてもだ。

深い谷から吹き上げる風の強さを、雨滴の動きでエヴァが必死に読んでいた。爆弾までの距離は、最も遠いもので四百メートル未満だ。固定目標とはいえ、起爆装置は単一乾電池を三つ横に並べたくらいの大きさしかない。

決して簡単な仕事ではないが、やり遂げなければならない。シャゴホッドを量産させてはならない。軍人の義務だけでも、正しさだけでもなかった。スネークの感情がそうしろと告げた。コブラ部隊たちのような特別な感情を戦場に見出《みいだ》したわけではないが、彼の心は、ヴォルギンが何者であろうと撃てと言っている。

こいつはここで殺す。シャゴホッドも、ヴォルギンもだ。

雨に打たれて、スネークは観測手からの合図を待つ。

信頼しきった声で、エヴァが合図する。

スネークの引き金が静かに絞られる。

橋の出口近い鉄骨で、Ｃ３爆薬が轟炎《ごうえん》をあげて爆発した。

スネークは二個目のＣ３爆薬へと素早く照準をつけ直す。合図は待たなかった。二発目の銃声が渓谷に響き、また爆炎が上がった。構造の要になる鉄骨を立て続けに失い、シャゴホッドという重量物を載せた鉄橋がきしみ始めた。谷からの強い風は、常に橋を煽《あお》っているのだ。

そして三発目の銃弾で、最後の爆弾を爆発させたとき、シャゴホッドの重さで橋が大きく沈んだ。アスファルトの路面を支えきれなくなった構造が、ゆっくりとねじれてゆく。その急激な動きに、三百メートルもの巨大な橋の継ぎ目部分が断裂した。急な下り坂ができてしまい、登坂能力に乏しいシャゴホッドが滑り落ち始める。履帯は全力で回転していた。だが、シャゴホッドはあまりにも重すぎた。

継ぎ目から橋は三つに分断された。シャゴホッドが載っているのはもちろん不安定な中央部分だ。橋が崩落してゆく。高さ百メートル以上ある。落ちればシャゴホッドもヴォルギンも絶対に助からない。

「やったわ！」

もうもうと黒煙があがっていた。エヴァが悦《よろこ》びに目をうるませていた。

「凄《すご》いっ！」

「おわったか」

スネークもスコープから目を離し、エヴァと顔を合わせる。

シャゴホッドはもはや、すんでのところで橋に引っかかっているだけだ。ロケットブースターも止まっている。

だが、スネークが緊張をほぐして息を整えようとしたとき、エヴァが唇を強張《こわば》らせて橋を指した。

「見てっ！」

シャゴホッドが、ずり落ちそうになりながら、前腕部分をジャッキにして、車体を立ち上げようとしていた。まるで腕立て伏せをしているような姿勢になり、怪物が震えている。

その上部の操縦席ハッチが開き、ヴォルギンが現れた。赤い戦闘スーツが破れて上半身はほとんど裸だ。身体も顔面も血まみれで真っ赤だった。

「スネークっ!!」

二百メートル以上も離れていても、大佐の咆哮《ほうこう》ははっきりと伝わった。

スネークは即座に伏射の姿勢に戻って狙撃銃のスコープを覗く。ヴォルギンの上半身はもう見えなかった。いや、シャゴホッドの右肩後部、設置された核ミサイルの台座部分へと近づこうとしていた。

「まだ終わってない!!」

大佐の大音声が、呪いの声のように峡谷に反響する。シャゴホッドのミサイル台座で、メンテナンスハッチをヴォルギンが強引に引き剝《は》がした異音が響く。複雑な形状の上部装甲に隠れて、狙いが付けられない。

小降りだった雨が本降りになり出していた。橋が激しく揺れていた。スネークの技倆《ぎりよう》をもってしても、もはや照準の中心にヴォルギンをとらえることができなかった。ヴォルギンは、台座の底部を外した核ミサイルのブースターに直接点火して、その勢いでシャゴホッドを押し上げようとしているように見えた。

雷の音が鳴った。

スネークは一瞬の好機を求めて、申し分ない射撃姿勢を作って待つ。身体を激しく叩《たた》く雨滴など気にもならない。

本来クレーンを使うのだろう取り外しを、ヴォルギンは肉体のみでやり遂げた。一トンはあろうかという台座の底部が、傾いたシャゴホッドの車体から摩擦音を上げて滑り落ちる。鈍い金属音が、峡谷に木霊《こだま》する。ヴォルギンが自分の身長より少し足りないほどの直径があるIRBMを、愛《いと》おしげに撫《な》でる。雷鳴が轟《とどろ》く、稲光が閃《ひらめ》いた。スネークは激しく揺れる橋の上で、狙撃に必要な一瞬の静止が与えられることを祈るしかない。

スコープの視界の中で、窮地を脱したことを確信した大佐が冷笑した。

次の瞬間、視界を青白い光が埋め尽くした。

轟音《ごうおん》が頭上から落ちてきた。

スネークにとっては、狙撃銃のスコープの向こうで爆発が起こったようだった。何が起こったかわからず、反射的にすぐ移動できるよう膝《ひざ》立ちになった。

そのとき、シャゴホッドの上で、人間のものとは思えない悲鳴があがっているのに気づいた。

ヴォルギンがいた場所に、炎の柱のように燃え上がるものがあった。人間のかたちをした炭の像が立っているようにも見えた。真っ赤な炎に包まれて、もはや直立したまま動かない。

これがヴォルギンだ。落雷を受けたのだ。

炎が鮮やかに雨の中になお立ちのぼる。

スネークは核戦争を起こそうとした男が死んだか確認するため、スコープを覗く。銃声があがった。パンパンと散発的に、まるで爆竹を鳴らすように激しく破裂音が響く。ヴォルギンの身体に巻かれたベルト弾帯が、破損した電撃スーツからの漏電で暴発しているのだ。その弾丸に貫かれて、ヴォルギンの身体が何度も撥《は》ねるように揺れる。一斉に暴発が起こって、全身が蜂の巣になってゆく。

きれいな花火があがるように、ヴォルギンの身体のそこかしこで火花が散っていた。その一発一発が人間を即死させられるライフル弾だ。

それは美しくも凄惨《せいさん》な光景だった。

双眼鏡で確認していたエヴァが目を逸《そ》らした。

炎をあげるヴォルギンが、ついに仰向《あおむ》けに朽ち木のように倒れる。脈や心拍は確認できなくとも、これで助かるはずがなかった。

「自分で暴発するとは……サンダーボルト《奴》にはうってつけの最期だ」

今、任務が二つ片付いた。一つはスネークから様々なものを奪った、核戦争を起こそうとしたヴォルギンの死だ。そして、シャゴホッドが、少しずつ崩れる橋からずり落ちてゆく。

スネークは構えていた狙撃銃を下げた。

歴史を変えるかも知れなかった男と、鋼の巨獣の最期から、目を離すことができなかった。その彼の肩に、そっと温かい感触が触れた。

「これで片づいた……」

エヴァがスネークの肩に頭を乗せていたのだ。何も言わなくても、安堵《あんど》の気持ちが伝わってくる。

緊張と恐怖から解放されて、見つめ合った。彼女の目に涙があった。

祝いの爆竹のように、パンパンと鳴る音はいつまでも止まらない。

そして、哭《な》き声のような金属の歪《ゆが》みこすれる音を残して、シャゴホッドが谷底へと引き込まれてゆく。歴史の表舞台に生まれ落ち損ねた怪物が、谷底へと葬られようとしていた。

敵国人であるはずの彼らが、心を結び合わせたそのとき、空気をたたくローター音が聞こえた。

峡谷を山側から迂回《うかい》してヘリが近づきつつあったのだ。

濛々《もうもう》と立ちのぼる煙の向こうから、その攻撃的なシルエットが迫ってくる。

「続きはおあずけね」

エヴァが立ち上がる。要塞《ようさい》の追跡部隊はまだ彼らを追っているのだ。

雨はまだ止まない。

「脱出機はこの先よ。急ぎましょう」

彼女がサイドカーにまたがって、エンジンをかけ直した。スネークも側車に乗り込む。

サイドカーが発進する。ついに橋が崩れて、深い谷底へとシャゴホッドが落下した。

地獄の門が開いたような、鈍い音と地響きがいつまでも一帯を揺らしていた。

『十章』

スネークを乗せたまま、エヴァがスピードを上げる。検問所を車体で突き破った。その先は、急峻《きゅうしゅん》な山を下る道路だ。舗装されていないが、落石は取り除かれている。

彼女がＷＩＧを準備しているという湖まで、サイドカー《側車付オートバイ》で向かうようだった。だが、グロズニィグラードからは厳しい追跡が続いている。奇妙な感覚だった。達成しようがないかのような困難な任務が、ずっと彼らの前に立ちはだかっていた。だが、この逃避行は違う。

勝負を生きのびたスネークたちが、この先の何かを摑《つか》むための戦いだ。

ヘリが低空を飛んで彼らを追い立てる。ヴォルギンはもういないと、要塞の守備隊にも分かっているはずだった。だが、追撃は止まない。士気は高いままだ。

スネークは側車の荷物を改めて探った。底のほうにバックパックがあった。中身を確かめて驚いた。

「エヴァ、このバックパックは？」

「私がサイドカーに戻ったときには、積んであったの……」

彼のものだ。格納庫に潜入する前に捨てたそれを、回収できたことが不可解だった。内容物を一つずつ確認してゆく。底に覚えのないものがあった。小さな発信器だった。

微妙な表情になったスネークのほうを、運転席のエヴァは振り返らない。どこまでも彼女は女スパイだ。バックパックを背負い直した。心地よい背中の重みが戻ってきた。

暗い雨空の下、スネークは側車から背後を振り返る。

おそらくコマンド部隊だろうオートバイとサイドカーが、彼らを追跡してきていた。視界が悪い谷間の道を、土埃《つちぼこり》をあげて猛追してくる。進路が単調になると、すぐに背後から銃撃が加えられた。連携して牽制《けんせい》されるせいで、エヴァの技術をもってしても追っ手を引き離せない。

「スネーク、応戦して！」

エヴァが助けを求めてきた。スネークはＡＫの弾倉を交換して撃った。銃弾は国籍の違いなどなく兵士を殺す。サイドカーを運転していたソ連兵が上体を弾《はじ》かれたように後ろに傾けた。タイヤがよろけてカーブを切り始め、岩に激突する。

谷間の曲がりくねった道を、近づいた敵に銃撃を浴びせながら突っ切ってゆく。道の脇に、古びたコンクリートの建物や山をくりぬいたトンネルの入口を幾つも見た。

「いたぞ！　追撃しろ!!」

地下道の入口から、ロシア語で叫び声が聞こえる。兵士が飛び出してきて銃撃してくる。物資の集積所が道路沿いにあるのだ。撃っても撃っても兵士が現れる。スネークは残りの弾倉を数えながらエヴァに叫んだ。

「包囲されるぞ！」

「わかってる！」

ぬかるみに滑るタイヤを地面に嚙《か》ませ直し、エヴァが叫び返す。

前方では、トラックで道をふさいだ検問が作られている最中だった。スネークは狙いをつけてトラックの運転手を容赦なく射殺する。ハンドルに倒れ伏した運転手が、車両を前進させすぎてしまう。そうしてできた隙間を、エヴァがタイヤで泥を撥ねさせながら通り抜けた。ソ連兵たちの銃弾が至近距離からサイドカーに命中する。彼らが射殺されなかったのは、エヴァの技術と運が引き当てた奇蹟《きせき》だ。

そして、彼女が整備された道から、銃撃を逃れるため森林の山道に突っ込んだ。

杉の樹林は、スネークが踏破してきた樹海ほどは樹木が太くはない。地面を這《は》う木の根や大きなこぶも、踏んだサイドカーが転覆するほどはない。だが車体の揺れは、安定を失って制御を奪われそうなほどだ。間の開いた樹林を、エヴァが右へ左へとハンドルを切って走り抜ける。また強くなってきた黒雨が杉の木の間から注ぐ。検問から追ってきたトラックのライトが、彼らの背中を照らしている。

スネークは頭上を見上げた。地形が複雑すぎる谷を通過する間、高度を下げてこなかった羽音が、また大きくなっている。ついに最悪の敵が近づいてきたのだ。

最新ヘリ、ハインドだ。

ローターが起こす気流が、森の木々の枝を激しく揺らしていた。濡《ぬ》れた木の葉が雨のように落ちる。黒雲の下で、スネークたちを探すライトの光が目にまばゆかった。

独特の飛行音を立てて、低空飛行のヘリがサイドカーに襲いかかる。機首の機関銃が火を噴いた。掃射を受けて凹凸の多い地面が、着弾の衝撃で土埃を吹いて沸き立つ。太い木の幹ですら半分以上もえぐられて吹っ飛ぶ。12・7ミリ口径だった。

エヴァがバイク操縦の名手でも、ヘリからは逃げ切れない。スネークはAKで機体を撃つ。コックピットもキャビンも装甲が施されていて損傷にならない。

彼女がバイクをジャンプさせて倒木を跳び越え、森の深いところ、地形の複雑なところを選んで走らせる。ヘリから地上が簡単に視認できる場所にいては、遠からず機銃に当たって死ぬ。もはや獣道とすら呼びがたい藪《やぶ》を、エヴァのサイドカーが突き抜けてゆく。どうショートカットしたのか開けた道路に出た。木立を隔てて川が流れている。

グロズニィグラードからずいぶん斜面を下っていた。要塞の警戒網は、その中心から遠ざかるにつれて着実に薄くなりつつあった。

後方も、彼らに追いついているのは今のところヘリだけだ。

「摑まって！」

エヴァが警告する。そして、サイドカーが崖《がけ》からジャンプした。五メートル近い段差を、見事に着地する。だが、反動を吸収しきれず、あわやスネークですら転落しかけた。

「いつもこんな無茶をしていたのか？」

「ええ。あなたが来てからは、ずっと」

彼女の笑顔は、雨でずぶ濡れだが輝いている。タチアナの化粧はすっかり落ちてしまっていた。爛々《らんらん》と目を輝かせた彼女は、雌の豹《ひょう》のように美しい。

また森の獣道に突っ込む。背後に地上を追撃する敵部隊はもういない。

「どうやら、地上の敵はまいたらしい」

ヘリも一時的にだが彼らの姿を見失った様子だった。電子的な探知装置がまだ不十分なのか不調なのか、空中という高所をとれる長所を生かし切れていない。地上との連携が必要なのだ。

だが、エヴァはというと、燃料計をしきりに気にしていた。

「喜んでられないわ。燃料が漏れている……」

スネークは向かい風と大雨の中、彼女のかわりにバイクの車体を確認した。エヴァからは完全に死角になる場所に被弾して大きな穴が一つ開いていた。ガソリンが漏れている。

「くそっ！　タンクに被弾している」

運転中に彼女が首をひねってタンクの損傷具合を確かめようとする。

それが、幸運のツケが払われる瞬間だった。

彼女の全身が緊張した。行く手を倒れた大木が塞《ふさ》いでいたのだ。その先の地面は見えない。先刻からの雨で、崖が崩れているのだ。

「まずいっ！」

スネークの警告は遅すぎた。

エヴァが咄嗟《とっさ》にハンドルを切ろうとする。だが、サイドカーではいつものバイクのように車体を倒して急旋回はできない。減速の足りないバイク部分が車体を倒木に突っ込ませる。

悲鳴をあげた。車体が衝突の勢いで、崖から大きく跳ね上げられる。乗っていた二人も空中に身体を放り出されるしかない。

そして、スネークの肉体は崖下の大木に激突した。ヴォルギンに殴られたのよりきつい一発を背中に受けて、思わず苦悶《くもん》の声をあげる。

崖上に残されたサイドカーが爆発した。赤黒い炎に包まれる。ガソリンに引火したのだ。

背中の激痛で立ち上がれず、濡れた土を這いながら、暗い森で彼女の姿を探した。

「エヴァっ！」

雨の森に、明かりは黒煙をあげて燃えるバイクだけだ。これまで絶体絶命の窮地を生きのびた彼女が、こんなことで死ぬはずがないと信じる。

「ここよ……」

微《かす》かな声が、森の奥から聞こえた。打撲の苦痛にあえぎながら、スネークは下生えをかき分ける。彼がすぐ行動できたのは、背負っていたバックパックが衝撃を和らげてくれたおかげだ。そして、エヴァはバイク操縦の妨げを嫌って荷物を背負っていない。

ともに困難を乗り越えたエヴァを失う予感に、感情が振り回される。名を大声で呼びながら森を探す。今にも消えてしまいそうな力のない声が返ってきた。倒れた大木の幹に背をもたせて、彼女がぐったりとしてうずくまっている。立ち上がる気配はない。彼女のツナギを着た脇腹を、背中から腹まで、大木の折れた枝が貫いていたからだ。串刺《くしざ》しに縫い止められていた。

スネークは彼女のもとに駆け寄った。

顔に脂汗を浮かべた彼女が、苦しい息の下で尋ねてきた。

「スネーク、どんな具合？」

枝のせいで身体を折り曲げることすらできないのだ。彼女の脇腹の傷は、太さ約三センチの枝が、背中側から腹筋側に向けて身体を貫通したものだ。苦痛の様子から見れば、おそらく腸を傷つけてはいない。だが、内出血があって血液が臓器を圧迫しつつあるのかもしれないし、今すぐ容体の急変が起こっても不思議はない。スネークは気休めを言わなかった。

「……酷《ひど》い」

彼女が力のない笑顔を作る。

「優しさのかけらもないのね……」

彼女がのどに詰まった唾《つば》を吐き出すように、咳《せ》き込んだ。出てきたものは少量の血の塊だった。

「エヴァ？」

「スネーク、あなたは？」

このままでは遠からず命の危機に陥るエヴァが、彼を気遣ってくれた。スネークも息をするたび打撲が痛んだが、顔に出さなかった。

「俺は大丈夫だ」

「よかった……」

彼女が安堵《あんど》して、苦しい息をほんの少し和らげる。

スネークはあたりを見回した。敵の追っ手はまだ見えない。だが、黒煙が目印になっている。ヘリのローター音が近くにあった。強いライトが、炎上するバイクを照らし出す。そして、しばらくしてヘリが機首を返して遠ざかっていった。見逃されることなどあり得ない。要塞《ようさい》まで、給油と兵員輸送に戻ったのだ。ほどなく彼らは包囲される。

「すぐにここを離れなければ。エヴァ、逃げるぞ」

「私は置いてって」

脂汗を浮かばせて彼女が言った。

「エヴァ！」

「あのひと《ザ・ボス》が待ってるわ。あなたは行かなきゃいけない」

彼女があえぎながら懇願する。

「銃を貸して……」

暗い森に雨は降り続けていた。

彼らは国にとっては、捕らえられるより死んだほうが問題がない。だが、彼らは生きている。任務を完遂したら、帰還しなければならない。

「ダメだ。逃げるぞ」

「湖はまだ遠い。私は無理よ」

うつむいて彼女が目を逸《そ》らした。自分の命を諦《あきら》める兵士がしばしばするように、表情にいくつもの感情を去来させる。

スネークは彼女のそばにしゃがみ込んでいた。この女スパイのことは、この任務のことしか知らない。だが、彼女とともに戦ってきたせいで、自然に言葉になった。

「初めてだな」

「え？」

エヴァが彼を見上げる。

「初めて君が弱音を吐くのを聞いた」

「なにそれ？」

「いいか、エヴァ、一緒に行くんだ」

彼女が生への未練から逃げるようにうつむく。彼らはお互いの国家のために戦っている。今は人間らしくあり自由だが、ここを離れればそうではなくなる。彼女は、自分を助けるリスクに見合うものをスネークに払えないと知っている。

「一人で……」

「エヴァ、君の力が必要なんだ」

だが、はじめてスネークのほうから、エヴァの肩を力強く摑《つか》んだ。

彼女がスネークを見つめる。戦場で結ばれる絆《きずな》がある。コブラ部隊が〝家族〟だったことが、今はもう彼にも理解できる。

自信が、彼女の瞳《ひとみ》に炎が大きくなるように揺らめきだす。

「もう一度、言って」

「君が必要だ」

心からそう思った。

「俺はＷＩＧを操縦できない」

エヴァが肩を震わせて笑った。串刺しのままなのに、おかしみのほうが強いかのように、笑いは大きくなってゆく。

そして、彼女が痛みに咳き込んだ。口の端を血で汚しながら、彼を見たエヴァは真顔になっていた。

「わかったわ。私が助けてあげる」

彼女が、背中側に手を回して、大木の幹を押した。自分一人の力で、突き刺さった枝を引き抜こうとしているのだ。スネークは手を貸すつもりで立ち上がる。だが、彼女はそれを許さなかった。

気合いを入れて彼女が身体を押し上げる。枝が抜けたと同時に、傷口から血がこぼれ、エヴァも地面に倒れ込んだ。危ういところで手を突いた彼女が、再び血を吐いた。呻《うめ》きながら、傷ついても誇り高い彼女が、手で口をぬぐう。

「世話の焼ける男」

そして、横腹を押さえて立ち上がる。そこで強がりも限界に達した。

荒い息をつく彼女を抱き留めると、スネークは無線でFOXの仲間に救援を求めた。

彼女は横にならせるよりない状態だったのだ。

遠くアメリカのパラメディックは、エヴァの症状を伝えると即座に適切な応急処置の方法を教えてくれた。エヴァの傷は内臓をそれていた。だが、適切な処置が必要だった。

〈落ち着いてスネーク〉

パラメディックが、無線機の向こうでゆっくり説明する。

「落ち着く……？」

〈すぐに応急処置すれば二人とも助かるわ〉

告げられて、自分が動揺していたことを自覚する。

〈でも、処置はあなたしか出来ない。いい？　だから、落ち着いて〉

「ああ、わかった……」

メディカルキットをバックパックから出すと、パラメディックの指示で必要なものが揃っていることを確認する。

〈それからスネーク、わかってるとは思うけど、もし薬が足りないなら自分を優先し

て〉

スネークは沈黙した。祖国にとっての優先順位は考えるまでもなかった。

〈わかる？　私の言ってる意味？〉

スネークイーター作戦は、まだ最も重要なザ・ボスの暗殺を残している。同じ任務のために働くパラメディックの言葉だから、重かった。

〈あなたにはまだやらなければならない任務がある〉

「ああ、やるべきことはわかっている」

〈スネーク？〉

「生きて帰ることだ」

スネークは、うなされるエヴァの傷を指示通りに消毒した。止血し、包帯を巻く。一連の処置を終えると、手早くやったつもりでも三十分近く経っていた。

焦りか暑さか、顔に浮いた汗が、雨滴で流され続けている。早急に移動しなければならなかった。

止まない雨の中、スネークがエヴァに肩を貸して立ち上がらせた。

「歩けるか？」

「ええ、なんとか……」

ヘリの飛行音やバイクの走行音がいつ追い着いてくるか、びくびくしていた。もしも囲まれたなら、二人で逃げ切ることは不可能だった。

スネークはエヴァの腰のホルスターを見た。彼女のモーゼルは、オセロットに弾《はじ》き飛ばされた。銃の予備はないようだった。

「武器は持っているか？」

エヴァが首を横に振る。彼女に、バックパックに入れていたコルト・シングル・アクション・アーミーを手渡す。ずっしり重い拳銃《けんじゅう》を、彼女は戸惑ったように見下ろした。

「モーゼルとは違うぞ。ツーハンドホールドする時は、シリンダーギャップからの燃焼ガスで指を焼かれないよう、手の位置に気をつけろ」

彼女が銃を受け取る。そして、目を閉じて、「本当に銃が好きなのね」とあきれたように微笑み、リボルバーをホルスターに入れた。

密林を二人で寄り添うようにして歩いた。

スネーク一人なら逃げ切るのは簡単だった。警戒網をくぐり抜けて基地に潜入するより、逃げるほうが遥《はる》かに楽だ。だが、二人だから、遅い方に速度を合わせることになる。

エヴァも体力の消耗を嫌うように黙々と歩いた。

樹海に注ぐ雨は、少しずつ弱まりつつあった。

彼らの間には、余計なものがたくさんありすぎた。エヴァはアメリカを裏切ったＫＧＢのスパイで、生き残ればシャゴホッドのデータをフルシチョフに渡す。彼女が死んだ方がアメリカの国益に沿うのかも知れない。ＷＩＧがなくても、アフガニスタンなりパキスタンなりに歩いて脱出することすらスネークになら不可能ではない。

それでも、スネークは彼女を支えて歩いた。顔色の悪い彼女に水筒の水を与え、近くの果樹から食料を集める。

少佐に無線で連絡した。現状の報告はしたが、特段の指示はなかった。

「……いいのか、少佐？」

〈いいとは言えん。だがフルシチョフは賢明な指導者だ。抑止以外の使い方はしないだろう〉

彼らは複雑なパワーゲームの中にいる。決して満点の回答は手に入れられない。

「……ありがとう、少佐」

少佐に感謝する。

瓜《うり》のような果物を木に登って穫《と》って、彼女と分け合って食べた。水っぽい果肉をむさぼる。生きている実感がした。そばに彼女がいることは悪くはなかった。

水分を補給すると、また水たまりや坂を越えて密林を進む。ソコロフを助けられなかったから彼女を救うのかと、疲れのせいか自問する。アメリカに帰れなかった男のことを思うと、彼女に尋ねてみたくなった。

「家族はどうしている？　アメリカにいるんだろう？」

「私が答えたとして、あなたは信じられるの？」

逆に問いかけられた。彼女は女スパイだ。

「すべてを知ることはできない。だが、何かを信じられなければ、感情が耐えられない」

課せられる任務だけは、そんな中で、信じられるほどに固い。だが、この任務のほうは人間を切り捨てて殺すのだ。

「あなたたちは、強いのね。私には……できないわ……」

エヴァの語る言葉にはいつも密《ひそ》やかな意味が隠れている。

「任務が終わったら、信じられるようになる……。そうでなくても、いつかはそういうときが来るかも知れない」

こんなにも長い時間、彼女と過ごしたことがあったろうかと思い返す。彼女といた時間のほとんどでスネークは傷ついて眠っていた。

エヴァに肩を貸して進みながら、この作戦のことが思い出された。一人で乗り越えてきた道程よりも進みは遅い。だが、エヴァを捨てようとは考えなかった。

彼女は今、バイクから降りて自分の足で歩いていた。お互い、そのことを口には出さなかった。ただ温《ぬく》もりを感じ合った。

行く手に高さ二メートル近い崖《がけ》が現れた。明らかにエヴァが自力で越えるのは無理だったから、スネークが足場になって押し上げてやった。

「だいじょうぶか？」

スネークは彼女のブーツの足を支えながら、彼女が難渋している様子を見上げる。意外に体重が軽かったから、靴底を下から思い切り持ち上げた。無事に這《は》い上がったのを確かめてから、彼も岩をよじ登る。冷たい手が途中で触れた。気丈にも、体力の尽きかけている彼女が引き上げてくれたのだ。

「まだやれるわ」

死を選ぼうとしたエヴァはもういない。手間も不自由も増えているのに、単身で踏破したときのほうが、過酷だったように思えた。

雨が上がり、森には霧が出ていた。捜索が厳しくなることは容易に予想できた。時間を使いすぎていた。二人で助かるなどあり得ないと恐怖は囁《ささや》く。彼らは、一人しか助からない救命ボートに、二人で乗ろうとしているのかも知れなかった。

エヴァの身体は冷えつつあった。彼らの歩む道は寒く、容赦がなかった。それでも、今このときだけは助け合っていられた。彼女という人間が、この任務の間、近くて遠い場所で戦い続けていた。

ザ・ボスは、軍人は政治の道具に過ぎないと言った。任務に正義を持ちこむことはない。敵も味方もない。どんな命令にも従う。それが軍人だと。だが、ここに確かに繋《つな》がりはあった。スネークとエヴァはつかの間でも支え合うに足る関係を築いたのだ。

スネークはもう彼の足で歩んでいる。何に忠を尽くすのかと問われて、無様に立ち尽くすことはもうない。

そして、彼らは森の向こうが明るくなっていることを知った。

密林の植生に、背の低い木が増えた。木漏れ日が地面に落ちている。森が尽きるところにたどり着いたのだ。

エヴァが陽光を浴びて、顔を上げた。

雨上がりの空から、憂鬱《ゆううつ》な黒雲は薄れはじめていた。森が途切れると、気持ちが浮き立つほど視界が広くなっていた。

彼女の顔から、劇的に不安と恐怖のくもりがぬぐわれてゆく。元気を取り戻して走っていった。

「来て、スネーク！」

むせぶような彼女の声に、スネークも駆けだした。

「助かったわ！」

「助かった……」

山に囲まれた小さな盆地に、きらめく美しい湖面があった。雲が流れて、太陽がまばゆい顔を覗《のぞ》かせる。微《かす》かに蒼《あお》い空を見て、昼間の明るさの下で安心していることが感慨深かった。

「あそこ！」

彼女が指さす。静かな湖面に、白い航空機が停泊していた。胴幅が広い特徴的なシルエットをしている。あれがＷＩＧだ。

エヴァはこれで還《かえ》れる。彼女が、未来へ向かってよろけながら歩いてゆく。傾き始めた太陽の光を浴びて、その後ろ姿が力強く美しい。

警戒が解けた無防備な彼女を見ていると、強いよろこびがスネークの身体にわきあがった。それは、人間の生命が、過酷な世界でも深く繋がっている実感だ。彼らと同じように、世界中でそうして生は営まれている。歴史すらも、そうして紡がれている。彼が核戦争の危機を防ぐことで、守られるものがあるのだ。

だが、同時に、ぞっと背中に冷たいものが走る。

そうして人間の深い繋がりで結ばれた、最愛のザ・ボスをこれから殺す。

スネークはふと気配を感じて、振り返った。森の端で視界を遮られて確認はできないが、緊迫した感覚がそこに息づいていた。エヴァは、ザ・ボスが湖で彼を待っていると言った。ザ・ボスがあそこにいるなら、もしも彼が勝負から逃げてＷＩＧに向かったら、ＲＰＧで簡単に湖上の飛行機を破壊できる。

スネークイーター作戦が開始してから、ザ・ボスはずっと不可解だった。スネークのことを幾度も立ち去らせようとした。裏切り者としてソ連側につき、巨大な障害として立ちはだかって彼を挫《くじ》きながら、殺そうとはしなかったのだ。

敵の音も影も、不思議なほどなくなっていた。グロズニィグラードで何か状況が変わったかのようだ。

それでも、彼にできるのは、これから始まる残酷な対決に向かうことだけだ。

「ザ・ボスね？」

首だけで振り返る。エヴァからも笑顔が消えていた。

「私はＷＩＧの離陸準備をしておく」

「ああ」

「邪魔はしない。でも帰って来てね」

彼女の姿を、スネークはじっと目に焼き付けた。

決然と、彼女が桟橋に向かう。いつも通りに肝が据わって思い切りがよい後ろ姿を、スネークは見守っていた。

だが、彼はまた彼女に驚かされる。立ち止まって、はじめて来た道を振り返ったのだ。

「きっとよ！」

そしてエヴァが、鮮やかな印象を残してＷＩＧへと向かう。彼女の離れてゆく背中に勇気づけられるように、スネークも歩き出した。

＊

苦痛と美は、すでにないまぜになって曖昧《あいまい》だ。

白い花園で彼女は待ち続けていた。

湖畔の穏やかな風に揺れるこの場所を、彼女はザ・ソローを喪《うしな》ってツェリノヤルスクを彷徨《さまよ》っているとき見つけた。世界の果てを訪れたように美しかった。

これまでの数日は彼女にも苦しいものだった。余命を宣告されて一日一日を過ごすようだった。一瞬後に命が奪われているかもしれない戦場とは違った、着実に逃れようのない死が迫りつつある感覚だ。

感情は乗り越えたようで、それでも荒れ狂う。恐怖に耐え、哀しみをこらえた。世界が、途方もなく色鮮やかだった。人生のよろこびは克服の向こうにある。

スネークの姿が思い浮かぶ。

そして、若く伸び盛りのオセロットの面影が、彼女を微笑ませる。彼女のアダムスカは立派な若者になった。

最愛の弟子《サン》が、これから彼女を殺しに来る。

何度もスネークをこの地から立ち去らせようとした。それには失敗したが、結果的にはそのことが本当の望みを叶《かな》えてくれた。もう一つの、自分が何者かも知らないADAM《アダムスカ》を使うプランがきっと決定的に壊してしまっていたものを、救ってくれた。

「感謝するわ。あなたは、私たち家族を救ってくれたのよ」

スネークを強く意識して、その戦いを通じてひとかどの戦士の顔をするようになったアダムスカ、オセロットのことが思い出される。

苦しみが、すべてこの歓喜《ザ・ジョイ》にたどり着くためだったようだ。

コブラ部隊の〝家族〟たちの去りゆく足音が聞こえるようだった。時代は行き去る。先に行った〝家族〟の顔がよぎる。

スネークの気配が近づいてくる。

彼女の胸は歓喜《ザ・ジョイ》に満たされる。

＊

湖のほとりには、白く立ち枯れた木がまばらに立ち、太い幹は朽ちて倒れていた。そして、白い花が咲き乱れていた。一面の花畑だ。膝《ひざ》の高さほどに見渡す限り、六枚の花弁を星形に広げた花が揺れていた。

スネークは、しっかりした地面を歩いて、群生地に分け入る。オオアマナは繁殖力の強い頑健な植物だが、ここのものは相当に立派だ。草丈は高く、六十センチメートル近くもあった。

突然、背後で大気が大きく震えた。轟音《ごうおん》がスネークの背中にまで響いてくる。振り返ると、彼方《かなた》のグロズニィグラードのあったところに、大きなキノコ雲があがっていた。ヴァーチャス・ミッションの失敗のとき、ソコロフの設計局を吹き飛ばしたはじまりの核爆発そのままの光景だった。地響きが伝わり、遅れて吹き飛ばされそうなほど強烈な、熱い衝撃波が押し寄せてきた。

強烈な大気の塊にスネークは耐える。

白い花びらが、熱風で一斉に舞い上がった。そして、雪が舞うように降り注ぐ。核爆発の爆風が創り出した光景だとしても、雨上がりの空を舞う花は、現実からこの湖を切り離したように幻想的だ。

「綺麗《きれい》でしょ？　生命《いのち》の終わりは……」

背後に気配があった。振り返ると、白い戦闘スーツの上にマントをまとったザ・ボスが立っていた。

「切ない程に」

彼女は穏やかな顔をしていた。

スネークは信じられない思いで、ザ・ボスを凝視していた。知らないうちにそこに現れたステルスの技術がゆえだけではない。

今、核爆弾が爆発した。何度見ても、それはスネークの人生の決定的な節目を作ってきた核のキノコ雲だ。

やったのはザ・ボスだ。

爆心地はグロズニィグラードだ。それは、人間の活動している施設に行われた、事故や実験ではない史上四発目の核攻撃だった。

叫び出したいのに声が出なかった。ザ・ボスが核爆弾を撃ったなど嘘だと、頭では分かっても感情ではどこかで否定したかったのだ。だが、彼はまたしても核攻撃の痕跡《こんせき》を目にしていた。

白い花園で、彼女は視線を微かに上げる。そして、散る花の香りをかぐように鼻腔《びこう》で息を吸う。

「生命《いのち》は最後に残り香《エネルギー》を放つ。光とは、死に行くものへの闇からの餞別《せんべつ》。待っていたわ……スネーク、ずっと」

ザ・ボスの年季の入ったマントに、花弁の雪が降り積もる。

「あなたの誕生、成長、そして今日の決着を……」

「ボス……どうしてなんだ？」

懇願するように問いかける。彼女は、このミッションの間、最もおそろしくも不可解な敵だった。答えに近づきそうになっては突き放され、ついに核の炎だ。

「どうして？　世界をひとつにするためよ」

ザ・ボスは、ソ連のでもアメリカの軍服でもない、白い戦闘スーツを身につけている。スネークのものと同じスニーキングスーツだ。目許《めもと》に力が入ると、彼女の顔に年相応のしわが寄る。スネークが知っているころより、少し疲れた表情だ。

「かつて世界はひとつだった。だが大戦の終結と共に『賢者達』の反目が始まり、世界は分散した」

彼女もまた歴史を語る。だが、ヴォルギンによる『遺産』を分配して〝分け合う〟予定だったという『賢者達』のありようと、前提から違いがある。彼女の言う世界が一つだった時代を、ヴォルギンは重要視しなかった。ただ、彼女の言葉には確信がある。

「コブラ部隊もバラバラになった。共に訓練し、共に闘った仲間だ。政府の体制、時代の流れで敵味方がまるで風向きのように変わる。こんな馬鹿な話はない」

核爆発が乱した気流が、再び強い風になって空中の花弁を弄《もてあそ》んでいる。ここまでたどり着いた彼に、彼女は謎の答えをくれようとしていた。

「昨日の味方は今日の敵。冷戦？　思い出せ。私がコブラ部隊を率いていた頃、米ソは同盟国だった」

コブラ部隊の勇士たちは、ザ・ボスと強い絆《きずな》で結ばれていた。コブラ部隊を通して浮かび上がる彼女は〝家族〟を率いる情を注ぐリーダーだった。

「そして、想像してみろ。二十一世紀に米ソが変わらず敵対してるかどうか。おそらく違う。時代によって時流によって敵は変移する。その中で我々軍人は弄ばれるのだ。おまえを育て、鍛え上げたのも、私とお前が闘い合うためにしたことではない。我々の技術は仲間同士を傷つけるためにあるのではない」

核爆弾をザ・ボスが使った、その衝撃からようやく頭が冷めてきた。

スネークも人の繋《つな》がりを背負っている。ＦＯＸの仲間たちは彼と一蓮托生《いちれんたくしょう》だ。エヴァはＷＩＧで待ってくれている。

それでも、ザ・ボスから大事なことを伝えられようとしていることは分かった。

「では、敵とはなんだ？　時間には関与しない『絶対的な敵』とは？　そんな敵は地球上には存在しない。なぜなら敵はいつも同じ人間だからだ。『相対的な敵』でしかない」

核戦争寸前まで至ったのも、皆が必死に相対的な敵と戦い合った結果だ。この構図は世界中いたるところでずっと続いているのだ。

「世界はひとつになるべきだ。『賢者達』を再び統合する。私は自分の技術をそこに投入する。大佐の資金をもとにそれを実現する。大戦中《かつて》の『コブラ部隊』のように」

彼女の上に、まだ高く舞い上がった花弁の雪は降っている。

「彼らという家族がいる。もう子供は生めないが、私には家族がいる」

家族というその言葉を発するとき、彼女の目はやさしくなる。母が子へまなざしを向けるように、スネークを見る。スネークはこの空気を、ともに過ごした十年でも感じたことがあった。コブラ部隊ではない彼のことを、彼女はきちんと認めてくれていたのだ。

「一九五一年十一月一日。私はネヴァダの砂漠にいた。原爆実験へ参加するために」

スネークにとっては大事な、彼らが師弟になった朝鮮戦争の時期のことだ。あの頃、陸軍の中でもザ・ボスは濃い影のある英雄だった。彼女を共産主義者《アカ》だと中傷する者は、陸軍にもいたからだ。彼女が極秘のミッションで姿を消すことがあり、兵士たちの誤解を受けやすいことも理由だった。

「ネヴァダの語源はスペイン語の形容詞で……『雪をいただく、雪のように白い』という意味だ。私はそのネヴァダで文字通りの雪を見た。そして私の血は白く凍った」

オオアマナの白雪は、スネークの身にも等しく積もる。

「スネーク……お前も被曝《ひばく》したな。ビキニ環礁で。それがお前に惹《ひ》かれた理由でもある。お前と私は同じだ。お互い、人の作り出したカルマに蝕《むしば》まれつつある。自然に老いて死ぬことは許されない。私たちに明日はない。だが未来を夢見ることは出来る」

一九五四年、彼も水爆実験に参加し、被曝して子孫を遺《のこ》す能力を失った。スネークがそれでも〝家族〟を持つとしたら、ザ・ボスとコブラ部隊のような関係になる。未来に遺せるものは、自然に沿った遺伝子ではなく、そこには含まれない様々な情報しかないからだ。

そして彼女は、分厚い雲が裂けて深い青が覗《のぞ》く、遠い果てを見上げる。

語られる歴史は、この数年の現在進行形のものに迫りつつあった。

「……一九六〇年。私はあるべき未来を見た。宇宙から……。ソ連が人類初の人工衛星スプートニクの打ち上げに成功したのはその三年前だ。その衝撃は全米を揺るがし、アメリカは国の総力を挙げた有人宇宙飛行計画『マーキュリー計画』をスタートさせた」

核の時代だからこそ、アメリカもソ連も核爆弾をより遠くへ飛ばす技術を求めた。それが宇宙開発競争であり、大戦でドイツのロケット技術者を自国に連れて帰るような、熾烈《しれつ》で長期間にわたるものだった。ソコロフもその犠牲者だ。

「ソ連の有人宇宙飛行の成功は目前と言われている中、アメリカはまだチンパンジーをロケットに乗せた実験を繰り返していた。政府は人間のデータを欲しがった。そして非公式に人間を宇宙に放り出すことにした。……選ばれたのは私だった」

それを聞いて怒りの衝動が突き上がる。彼の前から去った後、ザ・ボスはそんな目にあっていたのだ。だが、彼女の口調は恩讐《おんしゅう》を超えて穏やかだ。

「当時の宇宙線遮断技術は不十分で、乗員の被曝は避けられなかった。だから私が選ばれたんだ。既に被曝していた私がな。教科書には載らない裏の歴史だ」

アメリカでマーキュリー計画の宇宙飛行士は英雄として迎えられた。その輝かしい宇宙開発史にザ・ボスの名はない。なのに、捨て駒にされたことを告白するザ・ボスは誇らしげだ。

「そのとき、私は宇宙からこの星を観た。そして全てを悟った。……米ソは宇宙開発に鎬《しのぎ》を削《けず》っている。政治で、経済で、軍備で、無為な争いを続けている。見ればお前にもわかるはず。地球には国境などどこにもない。まして冷戦や東西の線引きなど何処にもない」

スネークの心も揺れる。ヴァーチャス・ミッションで行ったHALO降下の最中、鳥になったように高高度から見た地上に国境線などなかった。

「皮肉なことに、米ソのミサイル競争も、宇宙開発競争も、この答えに辿《たど》り着くために行われているようなものだ。二十一世紀には誰もが直視する事になる。我々は地球という小さな星の住人であるという事実を」

ザ・ボスは宇宙を見た。

ヴォルギン大佐はそうではなかった。

だから、グロズニィグラードが築かれ、スネークイーター作戦に至った。

「共産主義も資本主義もない。それが世界のあるべき姿だ」

純粋と潔白を花言葉に持つオオアマナの花が、重そうに揺れる。花園はあらゆる制度から解き放たれている。

「だが現実の世界は私を裏切りつづけた」

ザ・ボスの顔つきが厳しくなる。

スネークの胸に重いものが宿る。もうすぐどちらかが死んで伝えられなくなるという、彼女の覚悟が伝わってくるからだ。軍の任務に従う軍人としてここに立つなら、迷いはもはや捨てねばならなかった。だが、人生で本当に愛したものを殺さねばならない理不尽は、その義務感をすら苛《さいな》む。

歴史の生き証人として、彼女は過去を語ることを止めない。

「一九六一年。私はキューバ……コチーノス湾に送られた。亡命キューバ人による祖国奪回の形をとった、CIAのキューバ侵攻作戦……」

彼女はキューバ事件の原因となったコチーノス湾事件でも戦っていた。

「だがアメリカ政府は裏切った。腰抜けの大統領は航空支援を取り消し、部隊は孤立無援のままキューバ軍に壊滅させられた。私はそれを黙って見ているしかなかった。私はハメられたのだ。あれだけ尽くした国に、命まで捧《ささ》げた政府に」

そして、彼女はスネークの前にもう姿を現さなかった。忠を尽くすという言葉があれほど大事に伝えられた意味が、不可解になるような話だ。

「私は表の世界から追われ、地下に潜った」

それでも、スネークは掛け替えのないもののように彼女の姿を目に焼き付ける。

「そして二年前、かつての戦友……ザ・ソローと対峙《たいじ》した。彼は仲間だった。だがどちらかが死ななければならなかった。選択の余地はなかった。ザ・ソローは私の為に命を絶った。お互い恨みなど何もない。どちらかが死んでどちらかが生き残る。それが任務だった」

川縁《かわべり》に倒れていた、リボルバーをホルスターに入れたままだった白骨死体の歴史だ。

「その任務を私に与えたのが『賢者達』……」

ツェリノヤルスクを取り囲む山々を、彼女が振り返る。

「二十世紀初頭。アメリカと革命直後のロシア、そして当時の中華民国を動かす実力者たちが集まった。後に『賢人会議』と呼ばれる極秘会談。その秘密協定が『賢者達』の始まりだ。……だが一九三〇年代、彼等の最後の一人が死んだ。それ以降、組織だけが暴走を始めた。『賢人会議』はただの形骸《けいがい》に成り下がった」

ヴォルギンとザ・ボスの語る『賢者達』の歴史は、二人のありようを反映するように食い違っている。だが、それが制度化して権力になったことでは重なっていた。

「今の『賢者達』には正義も悪もない。あらゆる戦争のあらゆる局面で様々な国、組織につく。まさに『戦争』そのものだ」

このミッションでは、さまざまな人間が『賢者達』とその遺産に関わった。ソコロフもグラーニンもヴォルギンも、エヴァも、ザ・ボスですらもだ。『賢人会議』の椅子が空っぽになり誰もいなくなっているのに、空っぽの会議場で規範だけが働き続けている。

「それが彼らの手口だ。戦争は犠牲をもって時代を変える。それは新たな衝突を生み、次の戦争を創る。この核分裂は巨大な螺旋《らせん》となり、この先も、永遠に続いていく。……わかるか、『スネーク』。『賢者達』は私を、そしてお前を喰《く》らうことで、この環を永遠につむいでいくつもりなのだ」

ザ・ボスは隠された世界の重みを背負う。諜報《ちょうほう》に関わる彼らは、それぞれ語られぬ仕事を果たしながら、その尊厳を何かのかたちで受け伝えずにいられない。

「全てを教えてくれたのは私の父だ。彼は『賢者達』の一員だった。そう、私は『賢者達』の最後の娘なのだ」

ザ・ボスは『賢者達』から、そして彼女からはスネークへと、記録されない歴史は語り継がれる。これは冷戦という巨大な時代の文脈に押し潰された家族の、誰かが伝えねばならない証言だ。

「しかしその父も真実を私へ伝えた後、実体のない組織に命を奪われた。……だが『賢者達』が私から奪ったのは父だけではない。一九四四年六月、私とコブラ部隊はノルマンディ上陸作戦に参加した。V2ロケット発射基地の捜索・破壊などの極秘任務にあたるためだ」

彼女が物語る歴史は自分だけの個人史になった。この時間は核心と終わりに近づいていた。

「当時私は妊娠していた。父親はザ・ソロー……。出産は戦場でした。元気な男の子だった……。だが息子は取り上げられた。『賢者達』に……」

ザ・ボスがマントを掴《つか》んで脱ぎ捨てた。

「この傷を見るがいい」

そして、戦闘スーツのファスナーを大きく開いて、身体を晒《さら》した。

戦闘の傷が至るところにあったが、整った美しい肉体だった。その乳房の下から白い腹部に、変色した長い傷跡があった。

「私が母親となった証拠だ」

肉の色をして盛り上がった、乱暴な野戦手術の傷跡だった。

「身体も……子供も……国に捧げた。もう私の中には何もない」

彼女の声はやさしい。この腹が家族の歴史の、空っぽの終着点だ。

「何も残ってない。恨みも後悔さえも。ただ、夜になると痛みだけがジワジワとはいずり回る」

彼女の指が、肉体に刻まれた、のたうつ蛇のような傷をなぞる。

「身体の中を、蛇のように……」

そして彼女が吐息をついた。重荷を下ろしたような、安らかな顔をしていた。

「こんなに自分の事を話したのは初めて」

彼女が微笑む。英雄ではなく、一人の人間として、彼と向き合っていた。

「ありがとう……黙って聞いてくれて」

すべてを吐き出しきった昂揚感に、彼女が浮かされている。彼にはこの彼女からの遺産になるかもしれないものを、ただ敬意を払って受け取ることしかできない。

「うれしい。スネーク……」

彼女の物語には、スネークの居場所がある。その浮かされた熱が、彼にまで伝わってくる。

一筋の涙がザ・ボスの頬を伝う。

そのとき彼女が、彼に背を向けた。そして、無線機を手にとるとどこかへ命令した。

「例の作戦を開始しろ」

そしてベルトの背部に無線機を仕舞う。

もう一度スネークに振り返ったとき、ザ・ボスはもう厳しい英雄の顔に戻っていた。

「私はおまえを育てた」

彼女の声には確かに満足があった。彼女の誇りになれたことが、彼にも誇らしかった。

「お前を愛し、武器を与え、技術を教え、知恵を授けた。もう私から与える物は、なにもない」

白い戦闘スーツの胸元にはＣＱＣ用のナイフが吊《つる》され、右腰の大型ホルスターにはあの個人兵装パトリオットが挿されている。

「後は私の命をお前が奪え。自分の手で」

戦闘スーツの開いた胸を直さず、彼女が自分の手を心臓の上にやる。

「どちらかが死に、どちらかが生きる」

強い風が吹き続けていた。オオアマナの花びらが降り止む。

「勝ち負けではない。生き残った者が後を継ぐ。私達はそういう宿命」

すべてが彼女のもとにたどり着くために必要な道だったようだ。スネークは、道のある場所もない場所も、変化に富んだ道も、倦怠《けんたい》をもよおすほど長く苦しい道も、みんな自分の足で歩いた。

そして、ここに立っている。

英雄の前に、立っている。

「生き残った者がボスの称号を受け継ぐ」

スネークにとって、ザ・ボスは母のような大きすぎる存在だ。だが、彼女にとってのスネークも今や特別なのだ。だから、どちらかが消えることでしかすべてを受け渡しきれない。

「そしてボスの名を継いだ者は、終わりなき闘いにこぎ出してゆくのだ」

ザ・ボスが銃を抜いた。

「十分間、時間をやろう」

彼女は、彼にはきっかけがないと迷いを断ち切れないと、読み切っていた。

「十分後にミグがこの場所を爆撃する。十分のうちに私を倒せば、お前達は逃げ切れる」

戦士の時間は、最後には戦いへと至る。そして、その納得と同じくらい感情が、あらゆる道理を乗り越えて叫んでいた。ザ・ボスは核爆弾を撃った。彼女をこのままにはしておけない。

「ジャック、人生最高の十分間にしよう」

――生き残る。

「ボス！」

「お前は戦士だ。任務を遂行しろ。お互いの忠《loyalty》を尽くせ！」

彼女の気迫がスネークを打つ。スネークもナイフを抜いた。決意をこめて、彼女を殺す武器を握る。

銃を握るザ・ボスの構えもＣＱＣだ。

「さあ、来い！」

スネークはその声とともに、立ち枯れた木の陰に飛び込んだ。パトリオットの制圧力と勝負するのは無謀だった。

銃弾が太い木の幹をえぐる。スネークはバックパックを木陰でおろした。花園に自生するオオアマナの丈は六十センチメートルに満たない程度だ。この地面に伏せたとき、バックパックの厚みで簡単に発見されてしまう。

地面に腹ばいになって、スネークはじりじりと移動し始める。適切な位置に移動することと、敵を先に発見することが重要だった。花園は風に揺れ、花の香りで様々なものを包み込んでいた。もうザ・ボスの姿も気配も、視界にはない。彼女も身を隠したのだ。

ツェリノヤルスクで過酷なミッションをここまでやり遂げた彼は、この窮地にも焦らない。彼は確かにザ・ボスの言うとおり、すべての技術を伝えられていた。難関にぶつかり、それを乗り越えるたびに、遠かった英雄の背中に迫るようだった。

目を凝らし、耳を澄まし、ときには地面に耳を押し当てて彼女の痕跡《こんせき》を探す。この世のものではないような風景の中、スネークは環境に自分を同化させようとする。息を絞る、筋肉の動きを精密に制御する。

蛇が這《は》うようなしゃっという擦過音が、十メートルほど先で聞こえた気がした。スネークの全身に鳥肌が立った。動物かも知れない。だが、ザ・ボスかも知れない。獣にとっての十メートルは射程外だが、拳銃《けんじゅう》を持った彼女なら即死の交戦域だ。

心臓が爆発しそうに高鳴る。アドレナリンの助けがなければ恐怖で固まっていた。スネークは慎重に音の背後をとるように匍匐《ほふく》して回り込んでゆく。刻々と移ってゆく状況の中で、選択しなければならなかった。判断と戦略は頭の中で試されては破棄されてゆく。

また強く風が吹いた。オオアマナの花が大きく揺れる。スネークの身体が押しのけた花が、不自然な動きを起こしてはいないかと不安に沈みそうだった。

もう声は聞けない。だが、これほど近く彼女を感じるのは初めてだった。本当はずっと繋《つな》がっていたのだ。受け渡されたものを通じて、ずっとザ・ボスが彼の体の中に、分かちがたく息づいていた。

ザ・ボスの気配を五感で感じられない。それでも、彼女はそばにいる。死力を尽くして英雄が、彼に挑んできている。彼の受け継いだものが試されている。強靭《きょうじん》な心身は、冷静な意志のままに動く。訓練でもできたことがないほど完璧《かんぺき》に重心を移動させながら地面を這う。オオアマナの花園をかき分けて進む。風よりも大きな音は起こらない。

這い進むスネークの前で、がさりと大きな物音が立った。スネークは全身のバネを使って立ち上がる。ザ・ボスも身を起こして振り返ろうとしているところだった。彼女が銃を構えようとしていた。スネークに背後をとられたと見て、隠れ進む勝負から切り替えたのだ。スネークは彼女のふところに飛び込んだ。突撃拳銃《パトリオット》は重い。ザ・ボスの最高の技倆《ぎりょう》をもってしても、早撃ちはできない。

「それでいい」

彼女が、スネークが力強く突き込んだナイフを、突撃拳銃で受け止める。そして、指を切り落としにいったスネークのナイフを銃ごと引き下ろして崩し、彼女のナイフは彼の首を掻《か》き切ろうとする。

上体をそらしてかわす。頸動脈《けいどうみゃく》に到達しかけるほど肉を裂かれる。スネークはその間に拳銃をホルスターにおさめている。リスクを伴う決断だった。だが、スウェーバックから上体を戻した勢いと自由になった右手で、彼はザ・ボスの突撃拳銃の肥大した機関部を摑む。

前傾しすぎているスネークの肩に、密着寸前の距離からザ・ボスが鋭いタックルをぶつけてきた。よろめかないよう、スネークは必死で踏ん張る。引けばナイフで首を切られる。

　だが、その足が止まった間に、ザ・ボスも左手を自由にしていた。彼女の戦闘中に要所を自由にするセンスは彼の追随を許さない。空いた左手が、スネークの肩を摑《つか》む。

　その窮地に、スネークも彼女が捕まえている手を、伸びた腕を外側から突くことで外す。間髪を入れずに襟首を摑んできた右手は、さっきよりも位置が不完全だった。スネークは外側から腕を巻き込み、指を引き剝《は》がしつつ彼女の喉《のど》に肘《ひじ》を叩《たた》き込んだ。

　ザ・ボスがよろめく。スネークの右手が意識より速く閃《ひらめ》く。ホルスターに挿したガバメントを握っていた。次の瞬間、銃声が花園に響いた。オセロットの動きを盗んだ、抜くと同時に撃つ腰だめのクイックドロウだ。

　ザ・ボスの脇腹に命中した。45口径弾が着弾した衝撃で、彼女の身体が重心を崩す。

　恩人へ向かってなおも引き金を引く。心臓をとらえるはずだった弾丸が、彼女が咄嗟《とっさ》にかばった右腕に当たった。

　苦しそうな息づかいが聞こえる。彼女の苦痛が伝わる。

「強くなったわね！」

　横腹と、右手に傷を負ったまま、彼女が凄《すさ》まじい勢いで踏み込んできた。

　ザ・ボスの白い戦闘スーツが赤い血に染まっていた。

また投げられることを警戒していたスネークの、ほお骨をザ・ボスのパンチが叩き潰《つぶ》す。ひるんだスネークの、拳銃を握った右手首が摑まれた。実戦を通して教わった絶妙のタイミングでそれを振り払う。殴り、殴られる。極《き》められ、それを外す。

　その言葉にならない殺意の交換の中で、スネークはよろこびを感じていた。彼女に裏切られた哀しみと死の恐怖の奥底から、にじむ熱があった。ザ・ボスという人間がこの世にいて、出会えたことに感謝した。凍り付いていた何かがほどけてゆく。

　彼女の血が、死力を尽くした戦いで傷口からあたりじゅうに飛び散る。スネークも返り血に濡《ぬ》れていた。

　おそろしい正確さで彼女がナイフを抜いてくる。耐刃性の高いスーツがずたずたに切り裂かれて、スネークも血まみれだった。ナイフでは分が悪いと、彼女の外側に逃れようとした動きを読まれた。

「そんなものなの？」

　彼女の拳《こぶし》が、スネークの左脇腹、仮死薬を撃ち込まれた傷口にめり込んだ。苦痛に嘔《おう》吐《と》しそうになった彼の髪をつかんで、ザ・ボスがうつむきに引きずり倒しにかかった。足を踏ん張ろうとした瞬間、その軸足は神業のタイミングで払われている。背中を地面に叩きつけられ、一瞬息が止まった。体重をかけてナイフを彼女が急所に押し込んできた。彼女の超人的な腕力を、スネークも力をかけて押し返す。ナイフを突き合って花園を師弟は転がる。

彼らは全力で生きる。

全力で愛し、愛される。そして、愛したものを失う。人間はそうやって、何かを受け渡しながら進んできた。

もしもスネークが彼女と出会わず愛することもなかったなら、失うこともなかっただろうか。

そうではない。それでも、愛して失うことは出会わないよりずっといい。

すべてを尽くして愛して、受け入れられる。

すべてを尽くして愛されて、受け入れる。

そうして営々と積み重ねられてきた歴史に、彼らはいる。

——歓喜《ザ・ジョイ》。

オオアマナの白い花が咲き乱れている。花園は見渡す限り広がっている。

雨のように花弁が舞っている。

人生最高の十分間に、彼らはいる。

純白の花園が、彼女が激しく動くたび、血に染まってゆく。

「さあ、行くわよ！」

声をあげて跳ね起きた彼女が、鋭く腕を伸ばした。彼女が掴むタイミングに合わせて、スネークは組み手を切る。その手がまた捕獲される。だが、この展開を誘ったから備えがある。脇腹を負傷したザ・ボスの重心移動は完璧ではない。そこを狙って、わずかに速く踏み込む。スネークの足を踏み潰せるタイミングではなかった。中途半端な位置に足を置くしかなくなった彼女の体勢を決定的に崩し、ついに地面に投げて叩きつけた。

重傷の脇腹を打って、彼女が苦しい声をあげた。彼女の悲鳴に、心が引き裂かれる。ザ・ボスはスネークが殺さなければ生き続ける。なぜこんなことが必要なのか。かつて任務に忠を尽くした彼女から、すべてを受け継いだからだ。

体を丸めて起き上がるザ・ボスの首を、スネークは前腕で搦《から》め捕ろうと狙った。出血で青くなった彼女の顔に、手がかかった。そして、返り血で手がぬめったと思ったときには、手首を極めて投げられていた。彼女が、スーツを鮮血に染めて彼を見下ろす。

「その程度？　がっかりするわ」

スネークは立ち上がろうとする。

彼女が銃弾を受けている利き手を諦《あきら》めて、左手で突撃拳銃を撃つ。掃射の反動で、彼女の傷口から血が噴き出していた。

銃声が白い世界に轟《とどろ》き続ける。銃撃で花が散って舞い上がる。至近距離からスネークの太ももの肉を熱い激痛がそぎ取った。だがスネークは死の間合いから逃げなかった。膝《ひざ》が落ちそうになるのをこらえて、逆に鋭く踏み込んで突撃拳銃を腕に巻き込む。無理をして反動が強すぎる銃を撃った彼女の左手は、右手ほど力を抜くのが上手《うま》くない。

そして、地面に投げ落としたザ・ボスの腹に、スネークは抜き打ちで即座に銃弾を撃ち込んだ。ザ・ボスの突撃拳銃に比べて、スネークのガバメントは圧倒的に取り回しやすい。彼女は逃げ切れなかった。

決着がつき、花園に倒れていたのはザ・ボスだった。

風が吹いていた。

血の気の引いた彼女の肌に、白い花弁が降り落ちていた。

腹に彼が撃った銃創があった。手当をしなければ絶対に助からない重傷だ。

スネークは戦闘力を完全に失ったザ・ボスの傍らにひざまずく。花弁はまだ強い風に弄《もてあそ》ばれていた。白い花が横たわる彼女の上に積もってゆく。抵抗する力もなく、彼女は目を開いて最後の青空を眺めていた。

そして、スネークのほうへ彼女が首を向ける。

「託すぞ。これが我らを救う……」

ザ・ボスが戦闘服のふところからマイクロフィルムを出した。スネークは大切に保管されていた情報を受け取る。

死に行こうとして横たわる身体から、目を離すことができなかった。

彼女の任務は終わろうとしている。彼女が軍人であっても兵士であっても、死ねば永遠の別れになる。今、別れようとしている彼女から受け取りたかったものが、これなのだろうかと呆然《ぼうぜん》とした。

彼女が、立ち尽くすスネークの手に愛用の銃を押しつけた。

「そして、これを離すな」

「愛国者《パトリオット》、なぜこれを？」

愛国者の名を持つ銃は、ひどく重かった。手渡されたことの意味が大きすぎて、呑《の》み込みきれずあえぐ。

「ジャック」

彼女のあらゆるものを託し終えた空っぽの手が、最後に彼の膝をつかんだ。

「いえ、あなたはスネーク……」

苦しい息の下、彼の名を呼んだ。死相の出た顔で、だが声はよろこびに満ちていた。

「素晴らしい人」

彼女はスネークを認めてくれていた。繋《つな》がっていた。ザ・ボスはかつてすべてを与えてくれていた。そして、本当は彼の前から姿を消してからも、途切れてなどいなかった。スネークはコブラ部隊のような〝家族〟ではない。だが、それでも絆《きずな》はあったのだ。

「ボス……」

見守ってくれていたのだ。なのに、彼女は血まみれで斃《たお》れている。

スネークイーター作戦の間、ザ・ボスはずっと謎めいた存在だった。

彼女は、『忠をつくしている』限り、私たちに信じていいものはないと言った。たとえそれが愛した相手でもだ。なのに、スネークは、気づいてみればザ・ボスに信頼されてあらゆるものを託されていた。その愛銃《パトリオット》すら彼が握っている。

信頼が、彼が若僧だから見えなかったものを照らし出してくれていた。彼女は謎かけなどしていなかったのだ。

忠を尽くすことそのものは、核心ではなかった。愕然《がくぜん》として膝が落ちそうだ。

ザ・ボスはいつもスネークに「何に」忠を尽くすかを問うていたのだ。本当に大事なのは、忠を尽くすことそのものより、何に対してそうするかのほうだった。

ただ正解のない答えを、おのれの意志で選ぶことを求められていた。歴史に運命を翻弄された彼女だからこそ、これからを生きるためにシンプルな柱《こころ》が必要だと教えてくれた。ずっと問われていたのは、彼が何に対して忠を尽くすか、それを自らの意志で選んだのかだった。ザ・ボスは、スネークの意志で選ばせてくれていた。

それが自分自身を殺すという答えだったというのにだ。命懸けの愛に打たれて、震えた。

そして、愛した女は、今、白い花園に血まみれで斃れている。死の臭いがした。呼吸は苦しげで、息絶えようとしている。

彼女は、スネークの人生の大きすぎる部分を占めていた。その彼女が、船出を祝福するように言った。

「殺して……。私を……」

思い出がよみがえって、尽きることがないようだ。

ザ・ボスに聞いて欲しいことが山ほどあった。

誰もがいつか死ぬ。スネークもザ・ボスも、数え切れないほどの人間を殺してきた。

今、彼女の番が来たのだ。

だが、愛するものに引き金を引くことが、任務で片付くはずがなかった。

見つめ合った。最愛の彼女が、死の苦痛に苛《さいな》まれていた。

スネークは、ただ耐え難い苦しみに耐える。彼はその心と身体で、彼女からあらゆるものを受け継いできた。ともに戦いの歴史を歩んだ家族、コブラ部隊の命すらもだ。かつて、彼は教え育まれる若僧だった。だが、今、ザ・ボスのもとから、一人の男としてもう巣立つことを求められている。

「さあっ」

乞《こ》われて、スネークが立ち上がる。

米ソの核戦争までの秒読みはまだ続いている。彼は勝者だから、仕事を最後まで果たさなければならない。そして、仲間の元に戻らなければならない。

唇を歪《ゆが》めて、食いしばった歯の間から荒い息をついた。時間が止まって欲しかった。

だが、時間も時代も、人を待つことはない。

軍人と兵士との間で心を引き裂かれそうな彼の手には、ただ重い銃があった。

彼女が安堵《あんど》した安らかな顔になった。

「ボスは二人もいらない。蛇はひとりでいい……」

重すぎる銃《パトリオット》を、彼女へ向けて構えた。

銃口を挟んで、彼と彼女の心臓の音が、同調して響き合っているように錯覚する。

引き金を引けば、一つの命は永遠に失われる。

すべてを受け継いだ者《サン》だけが、彼女から命を受け取る。

いや、彼にはザ・ボスの、歓喜《ザ・ジョイ》だけは継げない。人生の最大の歓喜を、殺さねばならないからだ。

今、卵の殻のように白い花園で、彼らの時間には溶け合うようにお互いの存在しかない。

そして、すべてがここから新たに始まる。

ザ・ボスの致命傷の苦悶《くもん》に耐える顔を見下ろす。

スネークには、かつては彼女がすべてだった。

その心から愛したものがいてくれた、裏切られても輝いていた時代が、今、終わる。

彼女が眠るように目を閉じる——。

もう生きてはいない彼女を見下ろす。血で花園は染まっていた。白く清浄だった場所はすでにない。

銃を手にしたまま、彼女の気配がどこにもなくなった世界を、呆然と見渡した。身を切るように、湖畔の風は冷たかったのだと知った。

世界がすっかり変わってしまっていた。

そこに一人きりで取り残されたようで、立ち尽くした。

風が吹いていた。花弁が舞う空を仰いだ。

赤く染まった花園に、馬のいななきが聞こえた。白い馬がやって来た。ザ・ボスの愛馬だ。鞍《くら》にはデイビークロケット《核無反動砲》の発射筒がくくりつけられていた。蹄《ひづめ》を鳴らして、まっすぐに寄って来た。

白馬は彼女の遺体に鼻面を近づけ、二度三度、匂いを嗅《か》いだ。そして、彼女がもう動かないと理解して、主人を悼んで再びいなないた。

馬は、彼女にただ純粋な愛を捧《ささ》げていた。重いデイビークロケットを鞍に背負いながら、痛切にたくましい首を振り、鼻を鳴らす。いつまでも主人の遺体から離れようとしなかった。

最も大きな仕事が終わった。彼はソ連を離れられる。なのに、まったく未来のことを考えられない。

スネークはその手で殺した大きなものの前から去ることができない。ザ・ボスから、呪いまでもを託された重みが、背中にのしかかっていた。彼女を殺した彼だけが、彼女の担った歴史の影を受け継いだ。

遺体の腹から胸にかけてを蛇のように這《は》っていた傷が、そのいたましい存在感を失っていた。彼女は苦しみからようやく解放されたのだ。

舞い上がっていた白い花弁が一枚、左目だけになった彼の視界にゆらりと降ってきた。意識せず、それを捕らえていた。白かった花がスネークの手の返り血で赤く濡《ぬ》れる。千切れた雲の端が、黄色から赤に染まりつつある。夕方が近づいていた。

WIGのエンジンが、甲高いタービンの回転音を響かせている。湖でエヴァが待っている。

ザ・ボスから重い銃を託されたスネークは、ここから旅立たねばならない。かけがえのない〝家族〟を、自分の手で殺してしまった。ザ・ボスの暗殺に成功したと、いまだFOXに報告できずにいた。右目を喪《うしな》ったときにはそう感じなかったが、現実が半分消え去ってしまったようだ。

花園を立ち去ると、離陸準備を整えたWIGの貨物室に乗り込んだ。エヴァが操縦席で計器のチェックを終えようとしていた。ジェットエンジンはすでに回転数を上げ、エンジン音が轟音《ごうおん》に変わる。

「いくわよ、スネーク？」

血に染まった赤い花弁が一枚、手に残っている。

「大丈夫？」

操縦席からエヴァが貨物室を振り返った。

ＷＩＧが、排気ジェットの噴射に押されて湖水を滑走しはじめる。すでに機が離水に入ったというのに機上から遠ざかる湖を見る彼を、心配してくれていた。

「スネーク？」

開け放しのままのハッチから、速度を上げた機が跳ね上げる水しぶきが盛大に吹き込んできていた。

「ああ……」

泣くことが出来ない彼は振り返る。その拍子に、強風で手のひらの花弁がさらわれていった。出入り口から飛び去って取り戻せない。白い花園はもう遠くなってしまった。

スネークは重いハッチを閉めた。薄暗い空っぽの空間から、操縦席のガラス越しに景色を見る。

ゆっくりと湖水からＷＩＧの鈍重な機体が浮き上がる。

彼らは厳しい任務の地だったソ連から離陸しようとしていた。

スネークも安堵の息をつく。ミッションが終わろうとしていた。

「言ったでしょ？　信用してって」

エヴァの声は生命力にあふれている。未来と前を向いていた。

つられて、これから生きる現実に、意識と気力が戻ってきた。口元に笑みがこぼれた。

機首が上がって、機内に太陽光が漏れ入る。

バックパックとウェブギアを取り外して、床に下ろした。飛行機のカーゴスペースががらんとして荷物がないことが、奇妙に落ち着いた。特殊作戦機《コンバットタロン》の貨物室から降下して始まった作戦が、今、他に誰もいないまっさらな貨物室で終わる。

エピローグ　帰還報告《デブリーフィング》

アラスカのガレーナ基地から、アメリカ東海岸に飛んだ。屋内から出ることは許されていないが、窓から見えるのはアメリカの風景だ。政治的にポジションが確定しない間、スネークはＣＩＡが用意したセーフハウスに詰めこまれた。エヴァも一緒だ。

核戦争の危機は回避されたようだった。快適な生活を送り、傷を癒《いや》しながら大統領との会見の日を待つのだと聞いた。管理人が用意するワインも食事も最高級だった。

リビングには、暖炉があった。高い敷物を敷いた部屋で、スネークは野戦服で過ごした。柔らかすぎるソファでは落ち着かず、ワインを飲むのすら床の上だ。

アメリカの夜は、ツェリノヤルスクとは何もかもが違った。だが、戻ってきたのに、身体がまだジャングルにいるように落ち着かない。

「これからどうする？　ＫＧＢに戻るのか？」

スネークの目には、エヴァがくつろいでいないのは明白だ。彼女はアメリカから亡命した身なのだ。

「どうして欲しい？」

隣に座った彼女が、スネークを覗《のぞ》き込む。世界を救ったのに何も終わっていないかのようだ。

「アメリカに戻るつもりは？」

「戻れない。私はアメリカ《このくに》を捨てたのよ」

エヴァのグラスを持つ手つきは、さまになっている。

「君はアメリカを救ったんだぞ？」

「あなたとね」

スネークは身を寄せてエヴァとの距離をせばめた。彼女の瞳《ひとみ》を見る。

「それに、ディナーの約束をした」

二人でワインを飲み干す。戦場を離れて、人間らしく向き合えるはずだった。

「それも任務？　それとも命令？　それともあなたのお願い？」

彼女が挑むようにスネークを見上げる。そして、彼女がスネークのワイングラスをとって、自分のものと並べて床に置く。

上気した彼女の顔がすぐそばにあった。信じ合えたことの余韻が、生き残れたことへの安堵が、深く繋がり合いたい欲望になって爆発しそうだ。ミッションの間とは違う。もはや彼らが愛し合うことを隔てるものはなかった。

激しく抱き合い、唇を重ねる。お互いの生命を感じるように、肌に触れ合った。感情がことばにならないかたちで爆発する。失ったものがぽっかり開けてしまった大きな穴を、一時だけでも何かで埋めたかった。理屈ではない。彼らには、お互いが必要だった。目の前にある彼女の身体だけが今はすべてだった。

狂おしく、身体を入れ替えて抱き合う。息が荒い。思い切りのよすぎる彼女が、着崩れていた服を脱いで、彼の上に馬乗りになった。

スネークが習い性で身につけていた通信機が、呼び出し音を鳴らしていた。彼女がそれを彼から取りあげると、暖炉に放り込んだ。

「もう誰の命令も聞かないわ」

彼女の裸の肌が、炎の明かりにあかあかと照らされている。豊かな乳房より、包帯を巻いた脇腹を彼女が恥ずかしがる仕草に興奮する。この夜、繋《つな》がりたいという激しい衝動を、止めるものはもう何もなかった。

幻のような一夜が明けた。朝、野戦服のズボンだけを穿《は》いた彼が目を開けると、セーフハウスの気配は昨夜とはガラリと変わっていた。

カーテンを閉めきった窓の向こうで野鳥が鳴いている。床の上から身体を起こした。昨晩、行為の最中に倒れたグラスはきちんとロウテーブルに戻されていた。暖炉の火も消えている。プラスチックが燃えた後のような、かすかな異臭があった。

テーブルにはスニーキングスーツ姿のスネークの写真があった。隠しカメラで撮られたものだ。写真の裏には、口紅で書かれた別れの挨拶《あいさつ》と、キスマークがあった。そして、一本のテープと、オープンリールのテープレコーダーが置かれていた。

管理人室を確かめると、セーフハウスの管理人は眠らされていた。

スネークは管理人を起こさずにリビングに戻った。まだどこか夢から覚めきれない身体を、ソファに沈めた。

野戦服の胸ポケットにしまっていたマイクロフィルムは奪われていた。『遺産』のフィルムと同じサイズのものだった。テープを残したエヴァはもう遠くに行ってしまっている。

スネークは、腰の後ろの隠しポケットからもう一枚のマイクロフィルムを出す。ザ・ボスが彼を収容所から脱出させるため蘇生《そせい》薬を入れてくれた命のポケットだ。エヴァはこれに気づかなかった。

最後の最後まで、プロのスパイであることに徹し続けた女だった。

置きみやげのテープをレコーダーにかけてスイッチを入れる。リールが回り始める。

音声のノイズがひどいが、吹き込まれた声はエヴァのものだった。郷愁を抱きながらその告白を聞いていたスネークは、瞠目《どうもく》し、呼吸を忘れた。そして、テープの再生が終わって、仕掛けのあった装置が煙をあげて壊れるまで、身動きすらできなかった。

数日後、ワシントンDCで大統領から表彰を受けると決まったのは、その昼だった。

スネークは正装用のドレスユニフォームで、勲章授与式に出席した。ドアを開けると、迎えてくれた列席者はそうそうたる顔ぶれだった。

リンドン・ジョンソン第三十六代大統領がいた。CIA長官がいた。マクナマラ国防長官も、国家安全委員長もいた。ゼロ少佐は洒落《しゃれ》たスーツ姿で、シギントもパラメディックも正装だ。みんな笑顔だった。

大統領が手を叩《たた》く。長官達が笑っていた。ＦＯＸ隊員達も誇らしげだ。スネークだけが場違いに表情を凍り付かせている。

カメラのフラッシュが焚《た》かれた。これはアメリカの歴史の輝かしい一ページなのだ。栄誉ある人々の拍手の中、豪華な部屋の中央を通って、奥に立つ人物の前まで歩く。四角い顔の大統領が、秘書に差し出された勲章を手に取った。

ジョンソン大統領を殴り飛ばすことはできなかった。スネークはただ直立して勲章を受け取るよりない。

「ザ・ボスを越える称号……。君にＢＩＧＢＯＳＳ《ビッグボス》の称号を与える」

大統領が重々しく告げて、勲章をスネークの左胸につける。スネークはアメリカ軍人の敵を決める男に、儀礼通り敬礼する。

「君は真の愛国者《パトリオット》だ」

大統領が握手を求めて右手を出した。だが、スネークは敬礼した右手を、下ろさない。スネークイーター作戦を発令した祖国のリーダーから、決して目を離さなかった。

焦《じ》れたように大統領が右手を動かす。スネークは歯を食いしばって手を下げる。大統領が掴《つか》まえるように強く握手し、左手を添える。そして、カメラマンの前で並んで見せ、親愛をアピールするように握手したまま肩を抱いた。

フラッシュがまぶしい。まるで知らない国に迷い込んだように、スネークは視線をさまよわせる。笑顔の仮面をかぶった人々が、同胞だと信じられない。

スネークイーター作戦を発案したCIA長官がスネークに握手を求めてきた。その手を一瞥《いちべつ》して、彼はまっすぐに出口へと歩く。

拍手とフラッシュに背を向けて、FOXの仲間たちの祝福に向かい合う。彼の様子に拍手を止めたゼロ少佐から、目をそらして部屋を出た。

大統領との会見までは外出が許されなかった。だが、役目を終えて、スネークは解放された。その足で向かわねばならない場所があった。作戦をともに遂行した掛け替えのない人の前で、彼には最後の役割があった。

そこは寂しいが整備された無縁墓地だ。戦犯や戦場犯罪者、そして陰の英雄が葬られている、訪れる者も少ない墓地の一角に彼は立つ。定期的に人の手が入ったことで時の流れに耐え抜いた秩序があった。ここに名前を刻まれない、没年のみが正確な墓がある。

スネークは託《さざ》された突撃拳銃《パトリオット》を提げていたケースから出して、そっと置いた。そして、花束を墓石に捧げる。ザ・ボスのために有志によって密《ひそ》かに建てられた墓だから、潔白を意味する白いオオアマナの花だ。

あの朝、エヴァが残したテープを聴いてから、ここを訪れることばかり考えていた。

ノイズの混じったエヴァの声を、プロのスパイの仮面にひびが入って最後には鼻声になった告白を、スネークは今でもありありと思い出せた。

〈――スネーク、おはよう、

よく眠っていたようね。
スネーク、ごめんなさい。
まず謝らないといけない。
私は、フルシチョフに送り込まれたスパイではない、
KGBでも、元NSA《国家安全保障局》のスパイでもない、
私は中華人民共和国、人民解放軍総参謀部第二部のスパイ……、
全ては嘘。あなたを騙《だま》した……ごめんなさい。
中国にも『賢者達』の残留員がいるの。
そうよ、私の任務は大佐が隠していた『賢者の遺産』を奪うこと、
その為にKGBのスパイとして潜り込んだ。
かって亡命した元NSA暗号解読員は……本当は二人とも男。
本物のアダム《ADAM》は約束の場所に現れなかった。私が彼を始末する必要もなかった、
私はエヴァ《EVA》の名を騙《かた》って潜り込んだ……、
ソコロフも、あなたも、大佐までも……それを信じた。
『賢者の遺産』はもともと米中ソ共用のものだった、
ソ連やアメリカの独占を許す訳にはいかない。
中国政府もその莫大《ばくだい》な『遺産』に注目していた。
『遺産』のマイクロフィルムは手に入れた、

それと……ソコロフからシャゴホッドの核ミサイル発射データもね。

ソ連から核兵器の技術供与を停止されて以来、中国の『両弾一星』……原水爆と宇宙ロケットの開発は滞っていた。

だけどこれで我が国も核を持てるようになる。

米ソに負けない抑止力を手にできる。

全てはうまくいった。あなたの協力で。

私も残留『賢者達』のひとり。

対米諜報技術訓練所《チャームスクール》を卒業した『賢者達』の工作員。

米中ソ共同出資の施設で潜伏工作員候補《スリーパー》として育てられた。

大戦前の事よ。世界中から子供たちが集められていた。

だから、私はネイティブのアメリカ人と変わらない、
あなたや大佐が見抜けなくても仕方がない。

でも、あの人は最初から気づいていた、
彼女も大戦前まで『賢者達』の訓練所で教官をしていたから。

ザ・ボスだけは騙せなかった、
ザ・ボスは私が偽者だと知っていた。

私は彼女から全てを聞いた。

なぜ私に打ち明けるのか？

その時はわからなかった。
でも、いまならわかる。
スネーク？　彼女はあなたに伝えたかったのよ。
あなたに伝えるために私が選ばれた。だから私は助けられた。
あなたには多くの嘘を吐《つ》いた。でも、これは違う。
私が政府から指示された任務は『遺産』の入手と……、
真相を知っている者を全て始末する事。
つまり、あなたをも殺さなければならない。
でも、それは出来ない。
あなたと愛し合ったからじゃない、
あなたに命を救われたからでもない、
あの人との約束を守るため。
ザ・ボスとの約束。
これだけはあなたに言わなければならない、
そしてあなたには、生きてもらわなければならない。
スネーク、いい？
彼女はアメリカの裏切り者ではない。
いいえ、彼女はむしろ国の為に死んでいった英雄。

彼女は全て覚悟の上で任務を遂行した。
自己犠牲。それが彼女の務めだった。
ザ・ボスの亡命はアメリカ政府が仕組んだ偽装亡命だったの。
アメリカ政府は『賢者の遺産』を手に入れるために大きな芝居をうった、
その主役がザ・ボス。
ヴォルギン大佐が受け継いだ『遺産』を手に入れ、
同時にシャゴホッドを破壊する為に仕組んだ。
大佐も伝説的な大物であるザ・ボスにだけは気を許す。
『賢者の遺産』のありかを探るのが彼女の最大の任務。
偽装亡命はうまくいった、
ただ思いもしない事態が起こった。
ヴォルギン大佐がソコロフ設計局に向けてアメリカの核弾頭を撃ち込んだ。
アメリカ政府はフルシチョフから潔白を求められた、
『遺産』の奪取という当初の計画を中止する事もできない、
作戦のシナリオは大きく加筆、修正させられた。
アメリカ政府の潔白を証明するためにザ・ボスは抹殺されなければいけない。
自らの政府の手によって、
公に、そして後々まで記録されなければいけない。

それが穏便にすませる最善の策だと結論された。
生還は許されなかった、
自決も許されない。
あなたに、愛した弟子《サン》によって命を絶たれる、
それが政府の望んだ、遂行されなくてはならない、
彼女に課せられた任務。
あなたに殺される事が、
彼女に与えられた責務だった。
軍務のために仲間を背く、
常人なら到底、耐えられない重荷。
彼女は汚名を着せられたまま葬られる、
後の世紀まで彼女は語りつがれる。
アメリカでは恥知らずの売国奴として、
ソ連では核兵器を撃ち込んだ凶人として、
表の世界史に犯罪者として永久に記録される、
誰にも理解されないまま。
それがザ・ボスの最後の任務《ミッション》。
彼女は見事に任務《ミッション》を全うした。

でもあなただけには伝えたかったのだと思う。
あなたの記憶の中には残りたかったのだと思う、
軍人としてではなく、女として。
だけど自分の口から伝える事は禁じられていた、
それで私に真実を……。
スネーク、これは歴史には記録されない、
誰にも伝えられる事のない、
あなたの心だけに残す……、
彼女の帰還報告《デブリーフィング》。
全ては国のため、
祖国の為、名誉《オナー》も命も捧《ささ》げた、
彼女こそが英雄《ヒーロー》よ、
彼女こそが真の愛国者《パトリオット》――〉

スネークは墓へと敬礼する。
いつまでも心からの敬礼を崩さなかった。
世界を救ったのは彼女だ。彼は、そのすべてを伝えられた。
だから、真相を知って、とてつもないむなしさが押し寄せる。

ザ・ボスは命も献身も真心すらも利用されて奪われ尽くした。彼女に残酷な任務を与えた張本人たちにだ。そういう彼らに、スネークは罪を勝利だと装われ、勲章を胸につけられ愛国者だと評価された。

彼らが献身を尽くしたザ・ボスに汚名を着せ、その死すらを利用しようとしている。ザ・ボスを越えるという意味の、彼女を踏み台にしたビッグボスという名を、彼女を裏切った国がスネークに与えたのだ。

彼女の命を奪うまで気づけなかったスネークも、ＦＯＸの仲間たちも陰謀の一部を担わされたのだ。

真意を伝えられて、もう彼女を恨むこともできなかった。おのれに忠を尽くせば死が避けられないとき、それでも愛を信じられるとしたら、いつなのか。物言わぬ墓がスネークの前に佇《たたず》んでいる。彼女の尽くすべき忠はすべて果たされた。だから、ここにはもう美しい信頼と愛が咲いていていい。

左目の底が熱くなった。止めどなく、涙がこみ上げた。

真実を知っても、敬礼した手にこびりついた愛する者の血は、もはや落ちることはない。あの銃声は耳から消えることはない。

スネークはもうヴァーチャス・ミッションのときの若僧ではない。英雄の勲章をつけられたからではない。彼自身の最も大事にしていた気持ちを信じ切れなかった。ＦＯＸで彼女とともに戦えれば何も言うことはなかった。だが、おのれ自身の選択をする中で、他にどうすることもできず彼女を選ばなかった。

彼女だけが、おのれの愛に潔白だった。

その彼女に、彼はすべてを懸けて愛されていたのだ。

彼女を殺した彼には、空しい勲章と、名誉であり汚名である名前が残った。歓喜《ザ・ジョイ》は去り、どうにも名前をつけようがない感情が、彼を縛り付ける。

そして、スネークは自らの戦いへと漕《こ》ぎ出す。

ビッグボス《BIG BOSS》の称号を与えられたスネークの左目から、ついに涙がこぼれる。

スネークイーター作戦は終わった。

本書は書き下ろしです。

メタルギア ソリッド

スネークイーター

長谷《はせ》敏司《さとし》

平成26年 1月25日 初版発行
令和7年 9月30日 15版発行

発行者●山下直久

発行●株式会社KADOKAWA
〒102-8177 東京都千代田区富士見2-13-3
電話 0570-002-301(ナビダイヤル)

角川文庫 18110

印刷所●株式会社KADOKAWA
製本所●株式会社KADOKAWA

表紙画●和田三造

ISBN978-4-04-100991-8 C0193

角川文庫発刊に際して

角川源義

第二次世界大戦の敗北は、軍事力の敗北であった以上に、私たちの若い文化力の敗退であった。私たちの文化が戦争に対して如何に無力であり、単なるあだ花に過ぎなかったかを、私たちは身を以て体験し痛感した。西洋近代文化の摂取にとって、明治以後八十年の歳月は決して短かすぎたとは言えない。にもかかわらず、近代文化の伝統を確立し、自由な批判と柔軟な良識に富む文化層として自らを形成することに私たちは失敗して来た。そしてこれは、各層への文化の普及滲透を任務とする出版人の責任でもあった。

一九四五年以来、私たちは再び振出しに戻り、第一歩から踏み出すことを余儀なくされた。これは大きな不幸ではあるが、反面、これまでの混沌・未熟・歪曲の中にあった我が国の文化に秩序と確たる基礎を齎らすためには絶好の機会でもある。角川書店は、このような祖国の文化的危機にあたり、微力をも顧みず再建の礎石たるべき抱負と決意とをもって出発したが、ここに創立以来の念願を果すべく角川文庫を発刊する。これまで刊行されたあらゆる全集叢書文庫類の長所と短所とを検討し、古今東西の不朽の典籍を、良心的編集のもとに、廉価に、そして書架にふさわしい美本として、多くのひとびとに提供しようとする。しかし私たちは徒らに百科全書的な知識のジレッタントを作ることを目的とせず、あくまで祖国の文化に秩序と再建への道を示し、この文庫を角川書店の栄ある事業として、今後永久に継続発展せしめ、学芸と教養との殿堂として大成せんことを期したい。多くの読書子の愛情ある忠言と支持とによって、この希望と抱負とを完遂せしめられんことを願う。

一九四九年五月三日